신흥 귀족 이야기

이청준 李淸俊 (1939~2008)

1939년 전남 장흥에서 태어나, 서울대 독문과를 졸업했다. 1965년 『사상계』에 단편 「퇴원」이 당선되어 문단에 나온 이후 40여 년간 수많은 작품들을 남겼다. 대표작으로 장편소설 『당신들의 천국』 『낮은 데로 임하소서』 『씌어지지 않은 자서전』 『춤추는 사제』 『이제 우리들의 잔을』 『흰옷』 『축제』 『신화를 삼킨 섬』 『신화의 시대』 등이, 소설집 『별을 보여드립니다』 『소문의 벽』 『가면의 꿈』 『자서전들 쓰십시다』 『살아 있는 늪』 『비화밀교』 『키 작은 자유인』 『서편제』 『꽃 지고 강물 흘러』 『잃어버린 말을 찾아서』 『그곳을 다시 잊어야 했다』 등이 있다. 한양대와 순천대 교수를 역임했으며 대한민국예술원 회원을 지냈다.

동인문학상, 대한민국문화예술상, 대한민국문학상, 한국일보 창작문학상, 이상문학상, 이산문학상, 21세기문학상, 대산문학상, 인촌상, 호암상 등을 수상했으며, 사후에 대한민국 금관문화훈장이 추서되었다. 2008년 7월, 지병으로 타계하여 고향 장흥에 안장되었다.

이청준 전집 32 장편소설

신흥 귀족 이야기

초판 1쇄 발행 2017년 1월 10일

지은이 이청준
펴낸이 주일우
펴낸곳 ㈜**문학과지성사**
등록번호 제1993-000098호
주소 04034 서울 마포구 잔다리로7길 18(서교동 377-20)
전화 02)338-7224
팩스 02)323-4180(편집) 02)338-7221(영업)
전자우편 moonji@moonji.com
홈페이지 www.moonji.com

ISBN 978-89-320-2152-2 04810
ISBN 978-89-320-2120-1(세트)

이 도서의 국립중앙도서관 출판예정도서목록(CIP)은 서지정보유통지원시스템 홈페이지(http://seoji.nl.go.kr)와 국가자료공동목록시스템(http://www.nl.go.kr/kolisnet)에서 이용하실 수 있습니다. (CIP제어번호: CIP2016029201)

이청준 전집 32

신흥 귀족 이야기

문학과지성사

일러두기

1. 문학과지성사판 『이청준 전집』에는 장편소설, 중단편소설, 그리고 작가가 연재를 마쳤으나 단행본으로 발간되지 않은 작품과 미완성작 등을 모두 수록했다.

2. 전집의 권별 번호는 개별 작품이 발표된 순서를 따르되, 장편소설의 경우 연재 종료 시점을, 중단편소설의 경우 게재지에 처음 발표된 시점을 기준으로 삼았다. 단, 연재 미완결작의 경우 최초 단행본 출간 시점을 그 기준으로 삼았다. 중단편집에 묶인 작품들 역시 발표된 순서대로 수록하였으며, 각 작품 말미에 발표 연도를 밝혀놓았다.

3. 전집의 본문은 『이청준 문학전집』(열림원) 발간 이후 작가가 새롭게 교정, 보완한 내용을 충실히 반영하여 확정하였다. 특히 미발표작의 경우 작가가 남긴 관련 자료에 근거하여 수록하였음을 밝힌다.

4. 전집의 각 권에는 작품들을 수록하고 새롭게 씌어진 해설을 붙였으며 여기에 각 작품 텍스트의 변모 과정과 이청준 작품들의 상호 관계를 밝히는 글을 실었다. 이 글은 현재의 문학과지성사판 전집의 확정 텍스트에 이르기까지 주요한 특징적 변모를 잘 보여준다.

5. 이 책의 맞춤법은 국립국어연구원의 '한글 맞춤법'에 따르는 것을 원칙으로 하되, 띄어쓰기의 경우 본사의 내부 규정을 따랐다. 단, 작품의 분위기에 영향을 준다고 판단되는 방언이나 구어체 표현 · 의성어 · 의태어 등은 작가의 집필 의도를 살려 그대로 두었다(괄호 안: 현행 맞춤법 표기).
   예) ① 방언 및 의성어 · 의태어: 밴밴하다(반반하다) 희멀끄럼하다(희멀겋다) 달겨들다(달려들다) 드키(듯이) 뚤레뚤레(둘레둘레) 뎅강(뎅궁) 까장까장(꼬장꼬장)
   ② 작가의 고유한 표현:
   –그닥(그다지) 범상찮다(범상치 않다) 들춰업다(둘러업다)
   –입물개 개얹고 아심찮게도 목짓 편뜻 사양기
   ③ 기타: 앞엣사람 옆엣녀석 먼젓사람 천릿길 뱃손님 뒷번
   그리고 나서(그러고 나서) 그리고는(그러고는)

6. 이 책의 외래어 표기는 국립국어연구원의 '외래어 표기법'에 따라 바꾸었다. 단, 작품의 제목이나 중요한 어휘로 등장하는 경우에는 원본을 그대로 살렸다.
   예) ① 맘모스(매머드) 세느(센) 뎃쌍(데생) ② 레지('종업원'으로 순화)

7. 이 책에 쓰인 문장부호의 경우 단편, 논문, 예술 작품(영화, 그림, 음악)은 「 」으로, 단행본 및 잡지, 시리즈 명 등은 『 』으로 표시하였다. 대화나 직접 인용은 큰따옴표(" ")와 줄표(—)로, 강조나 간접 인용의 경우 작은따옴표(' ')로 묶었다.

차례

프롤로그

민 형.

우습게도 결국 오고 말았군요.

게다가 소식도 없이 보름이 지났어요.

민 형의 권유를 받은 날 밤 문득 생각을 정하고 바로 다음 날로 떠나왔던 거지요.

민 형께서 일러준 대로 T시에서 기차를 내려 택시를 잡아타고는 석씨별장이라고 했더니, 운전수가 곧장 차를 몰아 한 반 시간 만에 쉽게 데려다주더군요. 별장이라기에 나무 좋은 물가의 아담한 양옥을 연상했더니 이건 한식 와가에다 뒤에 산을 지고 벌판을 굽어보는 웅대한 규모가 가문 좋은 집안의 종가 같은 인상이었습니다.

부인께서도 퍽 반가워하시더군요.

민 형이 어머니라고 불러도 허물이 없으리라던 그 부인 말입니다. 민 형이 전에 3년 이상이나 정을 들였었다는 그 동편 끝 연못이 내다보이는 방을 내주시며 편히 쉬라는 거예요. 이런저런 사연을 말씀드리기도 전에 말이요.

예고도 없이 불쑥 들이닥친 저를 부인께서 이런 식으로 환대해 주시는 건 물론 민 형의 소개를 받고 온 힘이 크겠지만 아무래도 좀 이상한 기분이 들 지경입니다.

혹시 민 형께서 따로 글을 쓰신 건 아닌지요. 그렇지 않고서야 사람을 이렇게 믿어버릴 수 있다는 게 잘 이해가 가지 않아요. 닭 밑구멍이나 들여다보며 살아온 쌍놈이어서 그럴까요? 무엇을 하던 사람이냐 무얼 하러 왔느냐, 얼마쯤 묵고 갈 참이냐, 통 아무것도 묻질 않는군요. 부인께서는 이날까지 기껏해야 가끔 민 형의 추억담을 들려주시며 근황을 물으시는 정돕니다. 저에 관해서는 딱 한번 성씨가 지씨(池氏)랬느냐고 가문에 관심을 갖는 듯한 말씀을 하셨을 뿐이에요. 그러나 그것도 다른 이야기 중에 지나가듯 잠깐뿐이었습니다.

그러니 이것저것 오히려 제 쪽에서 실토를 하고 싶어 못 견딜 지경입니다.

어디 이상한 게 그뿐입니까.

민 형이 계시다 간 뒤로는 쓸 사람이 없어 줄곧 비워두었다는 이 방이 어찌나 말끔히 손질되고 잘 정리되어 있는지 주인이 없었던 방이라고는 생각되지가 않아요. 미리부터 저를 기다리고 있었거나 제가 늘 쓰던 방이던 것처럼 편안한 기분이라니까요.

조금밖에 듣지 못한 민 형의 이야기로 짐작을 해보려고 하지만 하도 뜻밖의 일들뿐이라 어리둥절해지는군요.

솔직히 말씀드리면 전 지금 어떤 비밀의 냄새 같은 것에 정신을 차리지 못하고 있어요.

비밀의 냄새—

민 형, 그렇습니다. 민 형께서도 이미 짐작이 가셨는지 모르겠습니다만 그것이 알맞은 표현 같군요.

정말로 이 집에서는 온통 어디서나 그 비밀의 냄새가 나고 있어요. 집의 구석구석에서, 가구 하나하나에서 그리고 사람들의 거동과 말씨에서 무엇에서나 짙은 비밀의 냄새가 나고 있어요.

무엇보다 우선, 이 집의 굳게 잠긴 솟을대문을 들어섰을 때 그 분위기에서부터 전 어떤 음산한 비밀의 냄새를 맡을 수 있었습니다. 문을 열어주고 나서 안채에는 알릴 생각도 않고 흘끔흘끔 문간방으로 들어가버리는 젊은 문지기 사내의 게으름이 가득한 눈길에서 그리고 군데군데 잡초가 무성한 수천 평짜리 정원과, 그 정원을 성벽처럼 싸고 돌아간 높고 긴 담장에서도 그 음산하고 황량한 비밀의 냄새가 났습니다.

거기뿐만이 아닙니다.

담장을 따라 둘러선 키 높은 은행나무와 감나무 들에서도, 정원 중앙 등산에 새끼로 몸을 칭칭 동여매고 서 있는 향나무 고목에서도, 그리고 안쪽 깊숙이 들어앉은 본채 건물의 지나친 규모와 어두컴컴하게 변색한 굵은 서까래 하며 동편 끝 저의 방 창문 앞에 가지를 드리우고 선 석류나무 그 석류나무 아래로 연꽃이 가득 피어 있는 연못에서도 그 비밀의 냄새는 흘러나옵니다.

식어가는 저녁노을처럼 어딘지 음산하고 황량한 느낌이 드는 비밀의 냄새가 말입니다.

그러나 그런 것은 별로 문제가 되지 않습니다. 이 집의 가구나 기물 집기들에는 더 진한 비밀의 냄새가 서려 있습니다. 옷장이며 병풍이며 구석구석에서 어둠을 지키고 서 있는 자기 화병이며 오래된 탁자나 서화족자, 누가 모아 들였는지 알 수 없는 서가의 장서, 어느 것에도 그 비밀의 냄새가 스며 있지 않은 것이 없는 것 같아요. 담배 재떨이 하나에까지도 알 수 없는 무늬가 가득 장식되어 있고 반상의 자개는 세월에서 더욱 영롱한 광택을 얻고 있는 게 분명합니다.

대사(大師)의 미소, 석양에 어둠을 마시고 피어나는 연꽃의 신비 같은 비밀의 냄새를, 그것을 느꼈다면 과장일까요?

하지만 여기서 제가 그런 느낌을 받게 된 깊은 사연은 역시 부인 때문인 것 같습니다.

그렇습니다.

무엇보다 저는 그 비밀의 냄새를 부인에게서 가장 짙게 느끼고 있으니까요.

예고도 없이 민 형 알음 하나를 쳐들고 찾아온 저를 기다리고 있기나 했던 듯이 집에 맞아들이고는 답답하도록 아무것도 물으려 하시지 않는다는 것은 앞서 말한 대롭니다.

부인은 오히려 제 쪽에서 이야기를 꺼낼까 두려운 눈치예요. 뭔가 알 수 없는 수심 같은 것이 어린 얼굴로 조용조용 뜰을 거닐거나 테가 가는 안경을 끼고 옛날 명작소설 같은 걸 읽고 계실 뿐입니다. 사실을 털어놓고 양해 같은 걸 구할 엄두가 나지 않아요. 그 부인이 늘 조심스럽고 수수께끼 같기만 합니다. 투명하도록 맑은 부인의 얼굴에 가늘게 어려 있는 그 수심기 같은 것도 수수께끼의 하나지요.

하지만 이 밖에도 부인에게는 쉽사리 납득할 수 없는 점이 한두 가지가 아닙니다.

부인은 언제나 눈부시게 흰 치마저고리 차림이더군요. 그리고 책을 읽거나 정원을 거닐다가 장소를 가리지 않고 곧잘 낮잠을 즐기시는군요.

부인의 그런 습관까지도 저에게는 심상치가 않게 느껴져요. 부인은 그렇게 자기 자신이 온통 수수께끼의 덩어리가 되어(적어도 저에게는 그렇게 느껴집니다) 집 안을 거닐면서 곳곳에 그 비밀의 냄새를 뿌리고 다니는 기분입니다.

물론 이 집의 다른 사람들에게도 그런 비밀의 흔적은 많습니다.

우선 이 커다란 집을 대문간 문지기 부부까지 합해서 모두 다섯 사람이 지키고 있었다는 것부터가 쉽게 익숙해질 수 없는 일이 아니겠습니까?

민 형이 계셨을 때도 마찬가지였겠지만, 안채에는 부인과 부인의 딸 은영 양, 그리고 은영 양이 언니라고 부르는 식모 아가씨까지 모두 세 사람뿐이더군요. 거기다 은영 양은 방학 때 외에는 학교 때문에 서울로 가버리나 봅니다. 아직은 방학 중이어서 집에 와 있습니다. 민 형께서는 아직도 은영을 제복의 소녀로 상상하고 계시겠기에 드리는 말씀입니다마는 그녀는 지금 서울 G대학 미술과에서 도자기를 공부한다구요. 그녀의 방은 자신이 구워온 도자기들로 온통 정신을 차릴 수가 없게 되어 있어요. 그런데 그렇게 생각해서 그런지 은영이 식모 아가씨를 꼭 언니라고 부르는 버릇도 이 집에서는 새삼스러워 보여요. 그리고 이따금은 좀 엉뚱하고 갑작스런 그녀의 행동하며 그 언니라는 아가씨의 눈에 띄게 고운 얼굴까지도 심상치 않은 느낌이 든단 말예요.

하지만 그런 것은 역시 부인이 뿌리고 다니는 그 비밀스런 분위기의 작은 조각들에 불과합니다.

부인은 그렇게 집 안을 돌아다니며, 가시 울타리에 싸인 성에서 왕자를 기다리며 끝없는 잠에 빠진 공주의 숨결처럼, 또는 은영이 구워낸 자기의 은은한 빛깔처럼 신비스런 비밀의 냄새로 집 안을 가득 채워버리는 것입니다.

그렇다고 민 형!

제가 이곳에서 늘 그런 은은하고 신비스런 비밀의 냄새에만 취해 지내는 것은 물론 아닙니다. 그 은은하고 신비스런 비밀의 냄새에 묻어오는 어떤 불길한 예감, 저는 자주 그런 예감에 사로잡히곤 하니까요. 그리고는 새삼스런 눈초리로 주위를 살피곤 합니다.

저의 방 창문 앞에 서 있는 석류나무의 밤 그림자, 높은 처마 끝에 매달려 윙윙 어둠을 재촉하는 저녁 바람 소리 부인의 그 심상찮은 낮잠 버릇 그런 것들에는 꼭 어떤 불길한 비밀이 몰래 숨을 죽이고 숨어 있는 것만 같아요. 서울 근교에 목장을 경영하고 있다는 부인의 큰아들이나 휴전선 근방에서 군복무를 치르고 있다는 둘째 아들에 대해서도 저는 별로 유쾌한 예감을 가지고 있지 못합니다.

사연이야 어떻든 왜 이 사람들은 가족 넷이 모두 뿔뿔이 흩어져서 살게 된 것일까. 아들들이 어머니를 이 커다란 집에 팽개쳐버린 것일까. 왜 부인은 그 아들들에 대해서 한마디도 이야기를 하려 않은 것일까. 그렇다면 오롯이 발을 개고 앉아 있는 부인은 어디서 생활비를 마련해 들이는 것일까. 구한말 일정에 걸쳐 이 지방을 주름잡은 부호요 독지가였다는 이 석씨 가문의 유산은? 은영의 부친 석용호 씨의 유산은? 황량하도록 크기만 한 이 집 한 채가 그 유산의 전부란 말인가.

그런 상상은 모두 상서롭지가 않습니다. 환갑이 가까운 부인의 얼굴이나 손등이 놀랍도록 곱고 팽팽하게 젊은 것까지도 마치 흘러갔어야 할 세월이 그 속에 숨어 있다가 언제 한꺼번에 피부 바깥으로 튀어나와 부인을 갑자기 늙어버리게 하려는 것처럼 위태위태하게 느껴질 때가 있어요.

그러나 이런 불길한 이야기는 이제 그만두기로 하겠습니다.

느낌이 그렇다고는 하지만 그것들은 어떤 식으로든 아직 확인된 일이 없으며, 저 자신도 그렇게 되지 않기를 간절히 바라고 있는 터이니까요.

저의 그런 느낌 자체가 부인에게 어떤 불행을 암시하게 되지나 않을까 두렵기도 하구요.

하긴 무어라고 해도 전 우선, 한 인간에게서 세월이라는 것은 어떤 식으로 지나갔든 그것은 아름다운 것이며 부인에게서 저는 먼저 그 아름다움을 봅니다. 그리고 저는 거기서 더욱 비밀의 냄새를 느끼게 되는지도 모릅니다.

어떻든 지금까지 이야기로 민 형은 지금 제가 어떤 생각에 젖어 지내리라는 것은 대강 짐작하셨을 줄 압니다.

전 아무래도 안 되겠어요.

알량한 소설일랑 아주 그만두고 양계나 하겠다는 저에게 이런 곳을 소개해주신 민 형의 배려는 알고도 남음이 있지만 말입니다. 그날 밤 민 형에게 이야기를 들으면서나 이곳으로 오기로 결정을 내리면서 제가 다시 소설을 쓰게 되리라고 기대를 가졌던 것은 아니지만 역시 전 어디서부터 이야기를 추려가야 할지 가닥을 찾을 수가 없어요.

그 비밀의 냄새 때문이지요.

적어도 그 냄새가 걷히고 그 속에서 무엇인가를 볼 수 있기 전에는 아무것도 해낼 것 같지가 않군요. 그렇다고 부인에게 이야기를 시킬 수는 더욱 없는 일이구요.

역시 저에겐 무리였나 봅니다. 좋은 소재는 좋은 작가를 만나야지요. 알이 삐져나오는 닭 밑구멍이나 들여다보고 지내는 것이 제겐 알맞은 일이었어요.

하지만 민 형! 그렇다고 지금 제가 이곳으로 온 것을 하나부터 열까지 전부 후회하고 있다고는 생각지 마십시오. 후회하고 있다면 전 벌써 서울로 돌아갔어야 하지 않습니까. 전 아직 이곳에 있습니다. 비밀의 냄새가 좋아졌다고 할까요. 처음에는 민 형의 이야기를 좀더 듣고 오지 못한 것을 후회했지만 그것도 지금은 제 식으로 하나하나 풀어가는 것이 오히려 의미 있는 일이라고 생각하게끔 되어가고 있습니다. 이 말은 물론 앞서 저의 말을 뒤집고 소설을 써보겠다는 뜻은 아닙니다. 소설 쓰는 사람으로서가 아니라 그냥 한 인간으로서 그 비밀의 냄새에 호기심을 느끼게 되었다는 말입니다.

동봉한 원고는 대략 이런 심경에서 스케치한 저의 이곳 생활입니다.

새삼스런 말입니다마는, 제가 이것을 소설이라고 생각하지 않고 있다는 점을 다시 한 번 미리 다짐해두고 싶군요.

언젠가 그 비밀의 냄새들이 저의 코끝에서 걷히고, 또 제가 다시 소설을 쓸 수 있다는 자신이 설 때 그리고 그때 제가 이 집의 이야기를 한 편의 소설로 정리하고 싶어질 때가 오게 된다면 그때는 아마 썩 요긴한 참고자료가 되겠지요. 제게 그런 때가 오게 될지조차도 의문이지만 말입니다.

그러면서도 이런 부질없는 짓을 하고 있는 것은 이런 것이라도 끄적거리지 않는다면 제가 이곳에 더 머무를 구실이 없기도 하지만, 일부러 이런 데까지 소개하여 저를 염려해주시는 민 형의 배려에 제 나름으로나마 보답할 방법이 없기 때문입니다.

언제 다시 찾게 될 날이 있을지는 모르겠습니다마는 민 형께서 좀 맡아주십시오. 이곳에서 굴리다가 혹시 부인의 눈에 띄기라도 하면 아무래도 제가 거북해질 것 같군요. 혹시 부인께서 저의 일을 알고 계신 경우라도 말입니다. 제가 가지고 있다가는 지난날 저의 대부분의 원고들이 그렇게 되었듯이 얼마간 시간이 지난 다음에는 또 아궁이로 들어가게 될 것 같기도 하구요.

번번이 신세를 끼쳐드리다 보니 이젠 아주 염치가 좋아져서 이런 부탁까지 드리게 되는군요.

횡설수설, 쓸데없이 너무 늘어놓았군요.

그럼 다시 소식 드리겠습니다.

그간 제가 이곳을 떠나게 된다면 다음번에는 서울에서 직접 뵙게 될지도 모르겠군요.

그럼 그때까지 민 형의 건필을 빌겠습니다.

말하는 나무들

1

—누굴까.

출입구도 없는 담장 쪽 어둠 속에서 검은 그림자 하나가 소리 없이 동산으로 다가오고 있었다.

상민(相民)은 바싹 긴장을 하며 시선에 온 신경을 모아 그림자를 응시했다. 그리고 그 그림자가 그가 앉아 있는 동산 근처를 지나쳐주기를 기다렸다. 그러나 그림자는 동산 중앙 향나무에 가려 이쪽 바윗돌 위에 숨을 죽이고 앉아 있는 상민을 알아보지 못한 듯 익숙한 거동으로 그 역시 반대쪽 동산 잔디 위로 풀썩 주저앉아버린다.

—누굴까.

담장 안 사람일 리는 없다.

안채 여인들은 조금 전까지도 각기 다른 세 개의 자기 방을 지키고 있었다. 그러다가 하나씩 불이 꺼지며 차례로 잠자리로 들어가는 것을 보고 있었던 것이다. 그 여인들 가운데서 누가 불을 끄고 나와 어두운 정원을 밤늦게 거닐고 있을 리가 없다. 혹시 그 여자들 중의 한 사람이라 해도 하필 안채와 먼 담장 쪽에서 나타날 리는 없다.

문간방 역시 대문을 닫아걸고 불을 끈 지 오래이다.

그렇다고 담장 밖에서 온 사람이라기도 어려웠다. 이 집은 시내에서 택시로 반 시간이나 걸리는 곳이다. 주변에 인가도 없다. 그렇다면 누구란 말인가.

상민은 계속 그림자의 거동을 주시하며 이리저리 생각을 모으고 있었다. 그림자 쪽도 누구를 기다리는 것인지 쉽사리 일어설 기미가 보이지 않는다. 그림자 쪽에서 일어서주지 않는 한 상민 쪽에서 먼저 일어설 수는 없다. 아직 그림자의 정체를 모를 뿐 아니라, 만약 그게 담장 안 사람이라면 밤늦게 이런 곳에 나와 숨어 있다가 불쑥 나타나는 상민 쪽이 오히려 수상한 의심을 받게 될 판이다. 상민은 그림자에게 꼼짝 없이 붙들리고 만 셈이었다.

그런데 그때 상민을 일어설 수 없게 만든 일이 한 가지 더 일어났다. 이번에는 안채 쪽 어둠 속에서 다른 그림자 하나가 동산을 향해 다가오고 있었던 것이다.

상민은 조심스럽게 내쉬던 숨을 아주 삼켜버린 채, 이번에는 그쪽 그림자의 기미를 살피기 시작했다. 먼젓번은 향나무 가지들에 가려서 남자인지도 잘 구별을 할 수 없었는데 이번에는 여자가 분명했다. 그런데 이번 그림자도 역시 바윗돌에 섞여 앉아 있는 상민을 알아보지 못한 모양이었다. 그림자는 서슴지 않고 동산의 다른 그림자에게로 다가갔다. 그리고는 미처 상민이 눈을 피할 사이도 없이 두 그림자는 재빨리 하나로 엉켜버렸다.

상민은 더욱 꼼짝할 수가 없었다. 긴장으로 마비된 몸이 움직여질 것 같지도 않았다.

세 여인의 얼굴이 차례로 머릿속을 지나갔다. 쉰 고개를 넘고도 젊은 사람 못지않게 맑고 윤기 있는 피부를 지닌 부인의 얼굴이 먼저 떠올랐다. 그러나 부인의 조용하고 깊은 사념이 어린 표정은 금세 상민의 못된 상상을 꾸짖으려 드는 것만 같았다.

그렇다면 은영일 수밖에 없다.

어쩐 일인지 낮에 부인은 그녀를 직접 상민에게 소개해주려고 하질 않았다. 부인에게 인사를 드릴 때 그녀가 곁에 있지 않은 탓이었는지도 모른다. 부인은 가족 이야기를 하다가 지나가는 말처럼 얼핏 그녀의 이름을 소개했을 뿐이었다. 한데 은영 역시 고만 나이의 소녀들이 자기 집에 오래 묵게 되는 남자 손님에 대해서 흔히 갖는 호기심 같은 것을 전혀 느끼지 않는 눈치였다. 기웃거리는 일이 없었다. 상민은 혹시 그것이 이 집의 점잖은 습관인지도 모른다고 생각했었다. 부인이나 은영에 대해서 상민은 그만큼 중압감을 느끼고 있었던 것이다.

한데 그런 은영이?

만약 그 은영도 그림자의 주인공이 아니라면 이젠 한 여자밖에는 없었다.

은영이 언니라고 부르던 아가씨—식모라고 부르기에는 어딘지 혀가 잘 돌아가지 않는 정결한 한복 차림에 눈을 아래로만 뜨고 다니는 아가씨. 이 아가씨는 조심스런 거동만큼이나 말도 적었다. 저고리 소매를 살짝 걷어 올린 팔목에 시계를 감고 있는 것도 그녀에게는 이상하게 어울리고 있었다.

하긴 그림자의 주인공이 은영보다는 그 여자이기가 더 쉬울 듯도 했다. 공연한 느낌인지도 모르지만 그녀의 깊이 가라앉은 얼굴 표정에는 오늘 밤 일과 어울리는 어떤 비밀이 숨어 있었던 것도 같았다.

—하지만 누구래도 상관이 있는 일은 아니지.

상민은 연상을 중단하려고 했다. 아무래도 점잖지 못한 행동이었다. 기분이 꺼림칙했다. 도처에 비밀이 숨을 쉬고 있는 듯한 이 집에서는 오히려 어울리는 일일지도 모른다고 생각했다.

"안 돼요……"

"아직도 두려워하고 있군요……"

향나무 저쪽에서는 짙은 어둠을 마시며 비밀이 한껏 성숙해가고 있었다.

그 소리에 상민은 다시 연상 속으로 빠져들고 말았다. 그는 자기도 모르게 소리를 구별해내려고 귀에 신경을 모으고 있었다. 그러나 닮은 음성을 기억해낼 수가 없었다. 그는 아직 이 집 안 여인들의 음성에 귀가 익어 있지도 않았다. 게다가 소리는 잘 알아들을 수조차 없게 낮았다.

"안 돼! 안 돼! 안 돼……"

어둠 속에서는 이미 뜻을 잃고 만 여인의 신음 같은 절규가 가쁘게 반복되고 있었다.

상민은 이제 어떻게든 일어서야겠다고 생각했다. 더 숨어 듣고 있을 수가 없었다. 기색을 살피며 조심스럽게 발길을 가다듬었다. 그러나 그는 이내 다시 붙잡히고 말았다. 웬일인지 그때 마침 소리가 그쳐버렸기 때문이었다.

그리고 그쪽 어둠 속에서 불쑥 그림자 하나가 솟아올랐다.

상민은 다시 숨을 죽였다.

나머지 그림자도 곧 따라 일어선다. 그리고 두 그림자는 서로 노려보기라도 하듯 말없이 마주 서 있기만 하더니 이윽고 그중의 하나가 먼저 움직이기 시작한다. 그러고는 곧 담장 쪽으로 사라져갔다. 그러자 나머지 하나도 곧 안채 쪽으로 어둠을 헤치며 소리 없이 사라져갔다. 언제나 그래 왔던 것처럼, 그리고 모든 것이 그렇게 미리 약속되어 있는 듯 둘 다 말이 없이 익숙한 거동이었다.

두 개의 그림자가 어둠 속으로 완전히 지워져버리자 상민은 비로소 후 한숨을 내쉬었다. 손에 땀이 배어 있었다. 그러나 그는 아직도 자리를 일어설 엄두가 나지 않았다.

안채 쪽으로 사라진 그림자가 안심하고 집 안으로 스며들어갈 때까지 좀더 기다리고 있었다. 조금이라도 이쪽 기미를 눈치채게 해서는 안 될 것 같았다.

—도대체 어느 여자였을까? 그러나 상민은 그것까지도 알아서는 안 될 것 같은 이상하게 조심스런 기분이었다.

안채 쪽에서는 아무런 기척도 없었다. 문소리도 나지 않았고 어느 방에 숨어 움직이는 불빛도 없다. 비밀스런 밤의 숨결 속에서 담장 안의 모든 것은 조용히 잠들어 있다.

그것은 오늘 밤 새로 지은 비밀을 품어 안고 조용히 부화를 기다리고 있는 것만 같았다.

—알게 되는 날이 오겠지.

상민은 아슬아슬한 예감으로 머리가 가득한 채 바윗돌 위에서 일어났다.

그리고는 아직도 조심스런 걸음걸이로 천천히 안채를 향해 걷기 시작했다.

2

그러나 상민에게 이 첫날의 수수께끼는 거기서 끝난 것이 아니었다. 그리고 조금 전에 그가 담장 안의 모든 것이 비로소 잠이 들었노라고 생각한 것은 잘못이었다. 안채의 어둠 속에서는 아직도 잠들지 않은 그림자 하나가 조그맣고 장난스런 아기 유령처럼 밤의 비밀을 희롱하고 있었던 모양이다.

상민이 안채에 이르렀을 때였다. 그리고 그 동편 끝 자기 방문 앞으로 다가갔을 때였다. 연못 쪽 석류나무 그늘 밑에서 느닷없이 여인의 그림자 하나가 나타났다. 막 신발을 벗고 마루로 올라서려던 상민은 목에서 흑 소리가 나도록 놀라며 엉거주춤 그 자리에서 서버렸다. 그러나 여인은 상민에게로 더 다가서거나 말을 걸어오지는 않고 서너 발짝 떨어진 곳에서 가만히 거동만 살피고 있었다.

상민은 곧 정신을 수습했다. 놀란 것은 순간뿐이었다. 이 밤중에 누구 바깥사람이랴 싶었다.

"누구요?"

그는 시선을 가다듬으며 낮게 물었다. 그러고는 내친김에 벗은 한 짝 신발을 다시 신고 여인에게로 다가갔다. 그러나 그는 속으로 또 한번 놀랐다.

"아, 당신은?"

얼마쯤 예상한 일이었지만, 그것은 아까 낮에 먼발치로만 잠깐 보았을 뿐 얼굴을 마주할 기회가 없었던 은영이 분명했다.

"네, 석은영이에요. 이 집 딸. 아까 낮엔 엄마가 기회를 안 주셔서 인사를 못 드렸지요."

그녀는 서슴없이 또록또록 말했다.

"그런데 어떻게……?"

그러나 상민은 그렇게 물으면서 다른 생각을 하고 있었다.

―그렇다면 이 아가씨가? 조금 전 동산 향나무 밑으로 왔던 여자가 바로……?

"어떻게 처녀가 밤늦게 남자분의 방문 앞에서 서성거리고 있느냐는 말씀이지요?"

말끝을 흐리며 물끄러미 바라보고 서 있는 상민을 보고 은영이 대신 끝을 맺어준다.

그래도 상민이 여전히 말이 없자 그녀는 다시

"부탁드릴 말씀이 있어요."

마치 일인이역을 하고 있는 연극배우처럼 갑자기 어조를 바꿔 말하고는 상민에게 따라오라는 듯 혼자 연못 쪽으로 걸어가버린다. 상민은 할 수 없이 은영이 뒤를 따랐다. 연못가에 이르기까지의 몇 순간 동안 기이한 상상들이 재빠르게 그의 머릿속을 지나갔다.

—이 아가씨가 틀림없다면 그렇다면 은영은 내가 거기 숨어 앉아 있는 것을 알고 있었단 말인가? 하지만 그런 일로 부탁을 할 수 있는 맹랑한 여자도 있을까……

적어도 상민이 느끼고 있었던 은영은 그렇게 맹랑한 것과는 거리가 멀었다.

그러나 막상 연못가에 발을 멈춘 은영의 첫마디는 상민의 그런 상상들과는 좀 거리가 먼 듯한 것이었다.

"우리 집에서 방해가 되지 마세요."

은영은 상당히 다부진 목소리로 다짜고짜 말했다. 상민은 순간 머릿속에 가득했던 예감이 한꺼번에 걷혀가버리는 것 같았다.

—이 아가씨는 내가 집에 와 있는 것이 못마땅하구나, 그 말을 하고 싶은 거야. 처음 상민은 그렇게 생각했다.

"제가 와 있는 것이 불편하신 모양이군요."

그는 조금 처량해지려는 자신을 느끼면서 먼저 말했다. 그러나 그 말에 은영은 "아니에요. 와 계시는 건 상관없어요. 전 다만 방해가 되지 말아주시라고 했을 뿐이에요."

상민의 말을 부인하면서 뜻이 확실하진 않았지만 뭔가 만만치가 않은 투였다. 어떻든 상민은 약간 여유를 회복할 수 없었다.

"그렇다면 제가 벌써 무슨 일에 방해거리 노릇을 했단 말입니까?"

"방해거리가 아니라 방해를 놓으실 뻔한 걸요. 조금 전에 선생님이 어디 계셨나를 한번 생각해보세요."

—역시 그 일이었구나.

상민은 순간적으로 단정했다.

—그렇다면 이 아가씨가 그리 맹랑하진 않으리라던 생각은 잘못이었어.

그렇게 단정하고 나자 상민은 자기 쪽에서 먼저 몸이 달아오르는 듯한 수치감을 느꼈다.

그리고는 당황한 김에 바보같이 묻고 있었다.

"아 그럼 당신이?"

그러나 이 바보 같은 물음에 은영의 핀잔은 전혀 다른 쪽에서 날아왔다.

"거보세요. 또 방해를 하시려 들지 않아요? 그것이 누구든 그건 결국 우리 집 일이에요. 우리 집 일에 관한 한 그런 식으로 조급히 알려고 하시는 게 방해거리란 말이에요."

상민은 다시 아까 자신이 내린 단정에 자신이 없어지려고 했다. 아직 그녀는 그것이 누구라는 것을 밝히지 않았다. 그것이 그녀 자신이라기엔 너무 당당했다. 그러나 이제 은영이 오늘 밤 일을 모두 알고 있다는 점만은 적어도 확실했다. 그리고 그녀 자신이 당사자일 수 있는 가능성도 아직 세 여인(아니 두 여인이라고 하자. 부인에게 미안하다) 중에서는 가장 컸다. 만약 그렇지가 않다면 은영은 어떻게 그 일을 더욱이 거기에 갔던 상민의 일까지도 모조리 알고 있단 말인가.

"이상한 일이군요. 한 사람의 그런 일을 당사자 아닌 다른 사람이 지켜보았기라도 하듯이 그토록 깊이 자신과 관련시키고 싶어하는지를요."

상민은 그러나 그렇게 말하는 수밖에 없었다.

"그 사람이 누구든 어차피 우리 집 여자들 중의 한 사람일 테니까요. 그리고 그 한 사람의 일의 성패는 다른 두 사람과도 깊이 관계되고 있거든요. 그만큼 관심을 갖고 있으니까요. 이상한 이야기지만 우리 집 여자들은 그렇게 서로의 관련 속에서 살아가고 있어요."

—그래서 넌 아니란 말이지? 네가 아닌 대신 짙은 호기심과 자기 일 같은 관심을 가지고 어디엔가 숨어서 그것을 엿보고 있었단 말이지? 도대체 그것이 어떻게 너와 관련되고 있길래?

"점점 더 알 수가 없어요."

"덤비지 마시라니까요. 하지만 먼저 이것만은 알아두세요. 아까 말씀드린 우리들의 그 이상한 관계는 자신들도 잘 알지 못하고 있을 뿐 아니라 그래서 서로 비밀로 되어 있다는 것을요. 이렇게 말씀드리고 있는 저는 어슴푸레하게나마 짐작을 하고 있는 셈이지만 말씀이에요. 그리고 그것이 너무 미묘하고 조심스런 것이기 때문에 선생님이 조금만 방해를 해도 곧 파괴되고 흩어져버리리라는 점두요. 그렇게 되면 우린 모두 낭패예요. 그러니까 다시 말씀드리지만, 방해가 되지 않도록 천천히 느껴서만 알도록 하세요. 그편이 선생님 일에도 더 이로울 게 아니겠어요?"

은영은 연못을 향해 서서 상민에게 등을 돌린 채 꽤 길게 말했다. 상민은 은영이 뭔가 퍽 진지한 이야기를 하고 있다고 생각했다. 그러나 은영은 말을 너무 어렵게 우회하고 있었기 때문에 그 뜻을 거의 알아들을 수가 없었다. 상민에게는 마지막 한마디만이 번쩍 귀에 띄었다.

"저의 일에 유리할 거라구요?"

상민은 재빨리 물었다.

"그렇지 않구요. 우리 집의 모든 것이 깨져 흩어져버린 다음엔 선생님은 아무것도 얻어갈 것이 없게 되지 않아요."

"그렇다면 은영 씨는 제가 이곳에 온 이유를 알고 있었나요?"

상민은 처음 그가 놀랐던 대로 은영이 자기 정체에 대해서 뭔가 알고 있는 게 분명하다고 생각했다.

"짐작이지만 아마 맞을 거예요. 소설을 쓰시지요. 서울서 몇 편 선생님 이름의 작품을 읽은 일이 있어요."

영락없었다.

"어머니께서도 알고 계십니까?"

멋쩍게 물었다.

"알고 계시겠지요. 하지만 그것도 제 짐작이에요. 선생님께서 우리 집에 오신 까닭을 짐작으로 알아맞힌 것처럼. 엄만 그런 말씀이 없으니까요."

마지막은 거의 혼잣말이었다. 그러고 나서 그녀는 어쩐 일인지 지금까지의 그 만만치 않던 기세가 갑자기 꺾이며 소녀처럼 매달리는 투가 되었다.

"그러니까 제발 우릴 방해하지 않도록 해주세요. 그렇지 않으면 엄만 정말 가여운 분이 되어버리고 말 거예요."

미리 그렇게 정하고 있었던 듯 마지막엔 어머니까지 끌어들였다.

그런 은영을 보자 상민은 터무니없이 기분이 언짢아졌다.

대개 밤의 여인은 애처로운 편이다. 여자가 유쾌하게 지껄이고 있을 때까지도 남자에게는 그렇게 보이기가 쉬운 것이다.

은영은 지금 기분이 유쾌한 편도 아니었다.

거기다 상민은 은영의 말에서 문득 희미한 수심기 같은 것이 어려 있곤 하던 부인의 해맑은 얼굴이 떠올랐다.

상민은 은영의 기분이 무슨 이유로 갑자기 꺾이는지도 모르고 무척 그녀를 위로해주고 싶어졌다.

"어머니를 슬프게 해드릴 일은 하지 않기로 하지요."

그는 자신도 뜻을 잘 알 수 없는 말을 지껄이고 있었다.

"내일부터 그렇게 해주신다고 약속해주세요."

그러자 은영은 다소 기분을 회복한 듯 그러나 여전히 상민 쪽으로 등을 돌리고 선 채 말했다.

그러고는 또 혼잣말처럼

"내일 또 그럴 일이 있어요. 엄마를 슬프게 해드릴 일이…… 전 늘 같은 일로 엄마를 슬프게 해드리고 있어요."

이상하게 자꾸 어머니를 들춘다.

엄마를 슬프게 해드릴 일이라니? 게다가 늘 같은 일로? 그게 도대체 무슨 일인가? 상민은 그런 말들이 목구멍까지 차올랐으나 방금 은영의 다짐이 생각나서 꾹 눌러 참았다. 그러고는 대답 대신 그녀의 어깨 위에 가만히 손을 가져다 얹었다.

그러자 지금까지 줄곧 등을 돌리고만 서 있던 은영이 비로소 천천히 몸을 돌렸다. 그 바람에 상민의 손이 그녀의 어깨에서 저절로 미끄러져 나가버렸다.

그런데 무슨 일일까.

상민은 그때 돌아선 은영의 손에서 이상한 물건을 보았다. 언제부터 빼어들고 있었는지 그녀는 오른손에 가는 칼날을 꼬나쥐고 있었다. 조그만 은장도였다.

그러나 상민은 놀란 기색을 보이지는 않았다. 은영도 그 이상 다른 거동을 보이지 않았다. 칼을 꼬나쥔 채 노려보듯 상민을 응시하고만 있었다. 그러나 칼날보다 명백한 의사는 없다.

"우정으로 약속을 해주고 싶었던 것뿐인데?"

그는 침착하고 낮게 말했다.

3

뎅, 뎅—

안방 쪽 어디선가 육중한 벽시계 소리가 신음처럼 2시를 알린다.

상민은 좀처럼 잠을 이룰 수가 없다. 하루 동안 겪은 일들이 영사 필름이 풀리듯 머릿속에서 하나하나 다시 지나갔다. 어느 것

하나도 의미가 정리되지 않은 채였다. 가닥을 추릴 수가 없었다. 하나가 떠오르면 채 생각의 실마리도 붙잡기 전에 또 다음 것이 꼬리를 이어 떠올라버리곤 했다.

상민은 연못을 향한 창문에 희미한 여명이 서릴 때까지도 눈을 붙이지 못하고 알 수 없는 자기 사념에 끝없이 쫓기고 만 있었다.

—저도 선생님의 그 우정에는 늘 이 칼날을 염두에 두시라는 말을 드리고 싶었을 뿐이에요.

은영은 칼을 거두며 그렇게 말했었다. 그리고는 조용히 웃고 있었다. 무슨 뜻인가? 그리고 그 웃음은?

아니 그보다도 담장 안에 이처럼 충만해 있는 비밀의 냄새들은? 이렇게 나를 맞고도 아무것도 묻지 않은 부인은?

모든 것을 알고 있으면서 아무것도 모른 체하는 듯한 또는 아무것도 모르면서 모든 것을 알고 있는 듯해 보이는 부인은 도대체 무엇을 생각하고 있는 것일까.

그리고 그 부인의 얼굴에 끼어 있는 희미한 수심기의 정체는? 아니 그런 것은 너무 막연하다. 당장 조금 전에 동산 어둠 속에 나타났던 그 그림자에 관한 일부터 생각해보자.

은영은 그런 것을 조급하게 하려고 하지 말라고 경고한다. 천천히 느껴서만 알게 되란다. 그러지 않았다간 모두들 낭패시키고 특히 부인을 슬프게 하고 말리란다. 한사코 알 수 없는 관련을 고집하면서……

어째서 그런가? 어째서 그런 식으로 관련이 되어 있고 어째서 부인은 슬프게 된다는 것인가. 은영 자신이 그 그림자의 여인은 아니었는가? 그녀는 느닷없이 나타나서 너무도 당당하게 모든 이야기를 했다. 그래서 자기는 아니란 말인가? 눈을 항상 아래로 뜨고 살짝 걷어 올린 팔소매 밑에서 시계가 이상하게 어울리던 그 아가씨란 말인가?

어떻든 은영은 그것이 누구인지를 알고 있다. 다른 사람도 그것을 알고 있는 것처럼 말했다. 유령처럼 어둠을 타고 숨어 다니며 그것을 엿보았단 말인가? 무엇 때문에?

그러면서는 방해가 되지 말란다. 그러면서 그녀가 이야기를 부인에게로 돌리며 갑자기 우울해진 이유는? 어머니란 말로 스스로 슬픔을 암시한 이유는?

아, 그리고 또 그녀가 늘 부인을 슬프게 하고 있다는 일은? 날이 밝으면 또 그 일이 벌어지리라면서 방해가 되지 말라고 약속을 다짐하던 그 일이라는 것은? 부인의 잠은? 칼은? 연못은? 석류나무는……?

상민은 점점 더 가속적으로 휘몰아오는 비밀에 시달리면서, 솟제 밤의 어둠이 빨리 걷히기를 기다리고 있었다.

4

짹짹, 찍—

어디선지 참새 지저귀는 소리가 들려왔다. 상민은 눈을 감은 채 귀를 기울이고 있었다. 어렸을 때 고향 뒤꼍 신우대 밭에서 아침

잠을 깨우곤 하던 그 수선스런 참새 소리였다. 고향 집을 떠난 후로는 자기에게 그런 시절이 있었던 것조차 잊고 지내던 소리였다.
사위는 아직 정적 속에 조용히 가라앉아 있다. 벌써 자리에서 빠져나온 사람이 있으련만 그 아침의 적막을 깨뜨리기가 아까운 듯, 문 여닫는 소리, 신발 끄는 소리 하나 들리지 않는다. 혹은 그 참새들을 방해하지 않으려고 자리 속에서 가만히 기다리고 있는 것인지도 모른다. 들려오는 소리라고는 오직 그 새소리뿐이다. 푸륵푸륵, 가끔 날개 소리가 겹치기도 한다. 멀어지다가는 가까워지고, 그러다간 다시 멀어지고.
—두 마리로군!
이윽고 상민은 무슨 중요한 것이라도 맞혀낸 듯 번쩍 눈을 떴나. 툇마루와 아자창(亞字窓)으로만 이어진 안방 쪽은 아직도 조용하다. 그는 가만히 몸을 일으켜 창가로 다가앉았다. 그리고 연못 쪽 창문을 소리 없이 밀어냈다. 날은 완전히 밝아 있었다. 아니 처마 끝엔 벌써 햇빛이 닿아 있다. 그 햇빛에 젖은 처마 끝에 참새가 두 마리 대롱대롱 거꾸로 매달려 있었다. 그러나 한 놈이 갑자기 일직선으로 뚝 떨어져 내리는 체하면 이내 다른 놈도 따라 곤두박질을 친다. 그러나 두 놈은 아주 땅바닥까지 떨어지기 전에 용케 공중에서 엉켜버린다. 엉켜서는 또 푸륵거리고 짹짹거린다. 담장 안의 아침은 모두 저희 것인 양. 그러나 넓은 담장 둘레는 높은 은행나무 숫그루와 감나무 상단부를 빼고는 아직 아침 해가 비치지 않고 있었다. 밑둥 쪽 나무 그늘과 담장의 구석구석엔 엷은 새벽 기운이 남아 있었다. 특히 연못을 가득 채우고 있는 수련잎 사이에서는 숨어들었던 새벽안개가 조금 스며나와 연못 위를 오래오래 맴돌고 있었다.

그러나 이윽고 그 아침의 정적은 사라졌다. 실안개가 아직 연못 위를 감돌고 있을 때 부인이 방문을 열고 나왔다. 때를 같이하여 문간방 사내도 문을 열고 나왔다. 기척을 느낄 수 없었을 뿐 정숙(부인은 은영 언니라는 아가씨를 그렇게 불렀다)도 벌써부터 아침 준비를 하고 있었는지 반대쪽 부엌에서 뜰을 돌아 나왔다. 은영만이 아직 모습을 나타내지 않고 있었다.

상민은 수건을 목에 걸고 뒤꼍 우물로 나갔다. 그리고 우물에서 돌아와 보니 집 안은 한바탕 대청소가 벌어지고 있었다. 언제나 아침이면 그런 것일까? 그러나 정말 청소를 하는 사람은 문간방 사내와 정숙 두 사람뿐이었다. 사내가 뜰을 쓸고 풀을 뽑고 그리고 정숙은 덧문 유리를 닦고, 마루 걸레질을 했다. 부인은 살수주전자에다 물을 담아다 뜰을 둘러 넓게 심어진 채송화밭에 끼얹어주고 나서는 다른 일이 끝나기를 기다리고만 있었다. 수건을 목에 걸고 나가 뭘 좀 거들 눈치를 보인 상민에게도 부인은,

"괜찮아요. 다 됐어요." 웃으면서 그를 방으로 쫓아 들여보냈다. 그러나 청소는 부인의 말대로 그렇게 쉽사리 끝나지 않았다, 상민이 방으로 들어오고 나서도 반 시간은 더 걸리고 있었다. 뜰 손질이 끝나자 이번에는 대문에서 안채에 이르는 자갈길이 손질되고 그 길 주변의 잡초를 모조리 뽑았다. 나중에는 대문 앞까지 나가 비질을 시키고 오는 눈치였다. 날마다 하는 청소 같지는 않았다.

—은영이 오늘 그녀의 '엄마'를 슬프게 해드리라던 일과 상관이 있는 것일까. 늘 그렇기는 하지만 오늘 아침 부인의 얼굴에는 그 수심기 같은 것이 좀더 짙게 드리워 있는 것 같기도 했다. 아까 상민을 들여보낼 때의 웃음도 조금은 마지못해 웃는 듯한 것이었다.

그러나 아침을 먹고 나자 집 안은 다시 조용해졌다. 식구들은 문을 열어놓은 채 각기 자기 방에 들어앉아버렸다. 아침 일 뒤치다꺼리를 끝낸 사내까지 문간방으로 들어가버리자 담장 안에서 움직이는 것이라고는 그림자 하나 볼 수가 없었다. 여름날 오전의 태양빛만이 담장 안을 가득 채우고 있었다. 그 햇볕 속에서 채송화 밭이 눈부신 원색으로 물들어가고 있었다. 아무 일도 일어날 것 같지 않았다. 너무 조용했다. 그러나 상민은 기다렸다. 기다려졌다. 너무 조용한 것이 오히려 그를 기다려지게 했다. 그는 거의 한나절을 그렇게 기다렸다.

그러나 오정이 가까워올 무렵 기다리던 일이 결국 일어났다.

5

문득 자동차 소리가 하나 대문 앞으로 가까워오더니 이내 빵빵 경적을 울렸다. 기다리고 있었던 듯 문간방 사내가 대문으로 튀어 나갔다. 안방 쪽에서도 갑자기 부산한 기척이 일고 있었다. 상민은 무의식중에 방문을 닫았다. 그리고 좁은 문틈으로 바깥

정황을 살피기 시작했다. 대문을 나간 사내가 웬 중년 부인과 검정색 싱글 차림의 청년 한 사람을 안내하고 들어온다. 사내는 어디서 갑자기 그런 몸짓이 나오는지 허리를 반쯤 굽힌 채 한껏 겸손을 떨면서 두 사람을 자갈길로 안내해 들어오고 있었다. 안채에서는 부산한 기척뿐 아직 아무도 일행을 맞으러 나가지는 않았다.

—선을 보러 오는 모자로군.

상민은 두 사람이 대문을 들어설 때부터 벌써 사정을 짐작했다. 어젯밤 은영의 말이 떠올랐다.

—내일 또 엄마를 슬프게 해드릴 일이 있어요.

일행이 뜰로 들어선 다음에야 부인이 마루로 나와 두 사람을 맞는다. 그러고는,

"서울서 오셨답니다."

사내의 전갈이 끝나기도 전에 재빨리 안으로 안내해 들여버린다. 손들은 상민의 방에서 창문으로 칸이 막힌 방을 하나 지나, 안채 중앙 대청에 마련된 응접실로 들어갔다. 그로부터 상민은 뜸뜸이 들려오는 말소리와 기척으로밖에 그쪽 일을 알아낼 수가 없었다. 손님이 응접실로 사라진 뒤로 한동안은 별다른 기척조차 들을 수가 없었다. 그제야 양편이 낮은 소리로 인사를 주고받는 모양이었다. 상민이 처음으로 똑똑히 들을 수 있었던 것은, 은영이 아직 철이 들지 않은 나이라 바깥으로 나서기가 저어되노라는, 그래서 멀리 어려운 걸음을 시켜드려 미안하노라는 부인의 말소리였다. 그리고 손 쪽에서 사양의 대꾸가 있고, 두 여인의 낮

은 대화에 기가 질려 있는지 청년의 말소리는 아직 한마디도 들려오지 않았다.

"얘 은영아—"

청년의 소리가 들려오지 않은 채 이윽고 부인이 은영을 부른다.

"여기 차 좀 내오렴!"

그러자 대답도 없이 몇 차례 방문이 여닫히고 나서 마루에 옷깃 스치는 소리가 났다. 은영이 찻잔을 받쳐 들고 응접실로 들어가는 모양이었다. 상민은 기침 소리 한 번 내지 못하고 응접실 쪽에 신경을 모으고 있었다. 그러나 다시 한동안 아무 말소리도 들을 수가 없었다. 물론 은영이 응접실을 물러나오는 기척도 없다. 상민은 터무니없이 초조해졌다. 이제나저제나 은영이 응접실에서 물러나오기를 기다리고 있었다. 그러자 상민은 문득 자신이 모욕을 당하고 있는 듯한 느낌이 들었다. 기침 소리 하나 내지 못하고 있는 자신이 우스워졌다. 어떤 식으로든 이미 자기의 관심 속에 들어와 있는 한 여자가 다른 남자의 품에 안겨 가기 위해 절차를 치르고 있는 것을 구경하기란 미상불 유쾌할 수가 없는 모양이었다. 게다가 전날 밤 은영이 하던 말을 생각하면 더욱 그랬다. 은영은 이제 빨리 청년 앞에서 나와야 한다— 그의 불결한 시선이 은영을 핥고 있으리라. 그녀의 가늘고 하얀 목덜미를, 이마를 그리고 어쩌면 그녀의 입술과 가슴까지도. 맞선을 본다는 것은 엄숙하기는 하지만 결국 그 외에 얼마나 다른 의미가 있을 수 있는가. 도대체 은영은 왜 그것을 오래 견디고 있을 필요가 있는가.

그러나 은영은 여전히 응접실을 나오는 기척이 없었다. 왜 이런 곳에 초라해져야 하는가 생각하니 화가 나기도 했다. 그리고 피곤해졌다.

—내가 상관할 게 뭐냐.

이윽고 그는 방바닥에 벌렁 드러누워버렸다. 그러나 그때 마침 청년의 굵은 목소리가 처음으로 마루를 건너왔기 때문에 그는 다시 긴장하고 말았다.

"아, 그럼 이 도자기들이 모두 따님의 솜씨로군요!"

그는 아마 응접실 구석구석에 놓아둔 은영의 도자기 작품들을 구경하고 있는 모양이었다. 어조에 감탄기를 띠고 있었다.

"계집아이가 대학을 가면 무슨 공부를 하겠어요. 그런 것이나 해보라구 미술과를 보냈더니 된 건지 안 된 건지 작품이랍시고 자꾸 구워온답니다."

부인의 겸손한 설명에 청년은 계속 감탄이다.

"정말 훌륭하십니다. 물론 국전에도 출품을 하셨지요?"

"국전엔…… 뭐 어디 그런 솜씨가 되어야지요."

다시 부인의 겸양스런 대꾸.

"아니죠. 국전에 출품만 하면 틀림없이 특선감입니다. 전 매번 국전을 가보지만 이런 훌륭한 작품은 찾아보지 못했어요. 실력이 있으면 상당한 평가를 받아야죠."

"지도해주신 선생님도 한두 번 출품을 권유해오셨지만 내가 워낙 바라는 일이 아니라서…… 저 애도 별로 그런 욕심은 없는 것 같고 해서 출품은 아직……"

부인은 청년의 주장을 정면으로 꺾기가 안됐는지 말을 자꾸 끊었다. 그러나 청년은,

"아까운 일입니다. 이런 좋은 솜씨를……"

도무지 안타까워 못 견디겠다는 투이다.

"솜씨가 정말 좋다면 그 솜씨 작품으로 남는 거니까요. 작품은 모두 제 방에 가져다 쌓아놓는답니다."

"아 그렇습니까. 그럼 지금 따님 방에?"

청년은 줄곧 부인하고만 이야기를 하고 있었다. 용케 도자기에서 이야기의 실마리를 잡고 나서 그걸 몹시 다행스러워하고 있는 듯 했다. 제 차를 타고 온 친구라면 요즘 기세로 싹 깔아뭉개듯 입을 다물고 규수의 거동만 감시하다 돌아갈 법도 한데 청년은 퍽 순진한 데가 있는 모양이었다.

"구경을 좀 하고 싶습니다. 실례가 안 된다면. 모처럼 훌륭한 솜씨를 실컷 감상하게 해주십시오."

처음부터 도자기 때문에 온 사람 같았다.

"얘, 내가 구경을 시켜드리련? 한번 구경하고 싶으시다니."

한참 만에 부인이 은영에게 묻는다. 은영을 시키지는 않을 작정인 모양이었다. 그러나 은영의 대답은 들리지 않았다. 누가 자리를 일어서는 기척도 없었다. 이윽고 응접실 사람들이 모두 마루로 나왔다. 결국 은영의 방을 가보려는 모양이었다. 말소리가 차츰 멀어져갔다. 그리고 마침내 그 말소리는 상민이 전혀 알아들을 수가 없게 되어버렸다. 은영과 청년의 거동을 살필 수 있게 된 것은 한참 뒤에 두 사람이 정원으로 나선 다음이었다. 일행이

응접실을 나가고 나서 한동안 집 안이 조용하더니 이윽고 앞뜰 쪽에서 청년의 말소리가 들려왔다. 상민은 자기도 모르게 아까 그 문틈으로 다시 눈을 가져갔다. 그리고 거기서 두 사람이 지금 막 동산을 향해 정원을 걸어 나가고 있는 것을 보았다. 부인들은 어디론지 자취를 감추고 없었다. 그러니까 상민은 그것이 이날 은영을 처음 본 것이었다. 긴 하늘색 한복 차림을 하고 있는 그녀는 어젯밤 어둠 속에서 상민을 몰아세우던 은영이 아닌 딴 여자처럼 보였다. 그녀는 자기 어머니를 닮은 제법 성숙한 여인의 걸음걸이로 한두 발짝 뒤에서 청년을 따르고 있었다. 따가운 늦여름 볕이 두 사람의 등 위로만 쏟아지고 있었다. 앞서 걷던 청년이 그 햇볕을 견디지 못한 듯 동산을 돌아 향나무 그늘로 들어가 앉았다. 향나무의 그늘은 아직 서쪽에 있었다. 청년이 자리를 잡고 앉은 곳은 어젯밤 두 개의 그림자가 엉키던 곳이었다. 청년은 거기에 먼저 자리를 잡고 나서 은영에게로 앉기를 권하는 눈치였다. 그러나 은영은 무슨 생각인지 햇볕을 피하지도 않고 향나무 잎을 뜯으며 그냥 서 있기만 했다. 은영이 청년과 시간을 같이한 것은 그것뿐이었다. 물론 두 사람은 거기서 무슨 말인가를 몇 마디씩 주고받았다. 남자 쪽이 주로 묻고 은영은 두 마디에 한 마디꼴로 대꾸를 하는 모양이었지만, 하여튼 은영 쪽도 몇 마디 이야기를 했다. 상민은 물론 두 사람이 주고받은 말을 알 수가 없었다. 알 필요도 없었다. 그는 이제 은영이 청년을 헤어져 나와야 한다고 막연히 기다리고 있었을 뿐이었다. 그리고 그것은 곧 그렇게 되었다. 그 몇 마디 이야기를 주고받은 다음 청년은 곧 안채로 돌아와 부인에게 정중한 인사를 남기고 그리고 동행해온 부인을 부축하며 총총히 자갈길을 걸어 나갔다. 부인과 은영은 채송화 밭가에서 손님을 바랬다. 그리고는 일행이 대문을 나가기도 전에 벌써 그 일은 잊어버린 듯 발길을 돌려 뜰을 건너오고 있었다.

우르륵! 우르륵!

대문 쪽에서는 이내 자동차 시동 소리가 들려왔다. 어딘지 좀 화가 난 듯한 소리였다. 자동차는 마치 남의 대문을 향해 짖어대는 개처럼 한두 번 더 우륵거리더니 마침내 가벼운 엔진음을 남기며 멀어져가기 시작했다. 그러자 그 소리가 막 사라진 다음이었다. 지금까지 무연한 표정으로 어머니의 뒤를 따라 들어오고 있던 은영이 무슨 잊어버리고 있던 일이라도 생각해낸 듯 후닥닥 마루로 뛰어 올라왔다. 그리고 그길로 자기 방으로 들어간 은영은 저녁까지 방에만 들어박혀 얼굴을 내밀지 않았다.

웬일일까. 부인은 왜 아직 나이도 덜 찬 은영의 결혼을 서두르는 것일까. 어젯밤 은영의 말을 생각하면 선을 보게 한 것은 늘 부인 쪽이고 그것도 한두 번 있는 일이 아닌 듯했다. 그러면서도 손님을 바래고 나서 그 사람들이 아직 대문을 다 나가기도 전에 발길을 돌려버린 부인의 표정은 은영의 결혼에 그리 깊이 부심하고 있는 것 같지도 않았다. 마치 하루의 일과를 끝내고 난 사람의 가벼운 표정마저 엿보이고 있었다. 웬일일까. 그리고 은영은 그런 일들을 어떻게 받아들이고 있을까. 오늘 일은 또 어디가 잘못되어 심술이 난 것일까. 문까지 닫아걸고 더운 방 안에서 그녀는 무엇을 하고 있는 것일까.

그러나 부인은 은영을 내버려두고 있었다. 그녀를 방에서 나오게 하거나 까닭을 묻지도 않았다. 은영이 그러는 이유를 이미 알고 있는 듯 어딘지 침통하기까지 한 얼굴로 마루 끝에 앉아 뜰을 내려다보고만 있었다.

상민이 사정을 대강 짐작하게 된 것은 밤이 한참 깊은 다음이었다. 상민이 아직 이런저런 상념에 쫓기며 불을 끈 응접실 소파에 앉아 어둠을 지키고 있는데, 문득 부인이 은영의 방으로 건너가는 소리가 났다. 그리고 이내 낮은 말소리가 들려오기 시작했다. 그러나 상민은 밤이 깊은 데다가 방을 두 칸이나 건너와 있었으므로 그 말소리를 거의 빠짐없이 알아들을 수가 있었다. 점잖지 못하다는 느낌이 들기도 했다. 그러나 그런 느낌이 호기심을 이기지는 못했다. 이 집에선 그것이 처음 일도 아니었다. 원했건 원하지 않았건 늘 그런 식으로만 일이 되어온 꼴이었다. 새삼스럽게 자리를 피하느라 이쪽 기척을 알리고 싶지 않았다.

게다가 이야기는 이미 들려오고 있었다.

이상하게도 부인은 은영에게 사과를 하고 있었다. 경어까지 섞은 사과말로 부인은 은영을 달래고 있었다. 은영은 어린애처럼 훌쩍거리고 있었다.

창문을 지나온 이야기로 상민이 상상한 사정은 이런 것이었다.

6

은영은 오늘 선을 보는 자리에서 두 번이나 눈물을 쏟을 뻔했다는 것이었다. 그 한 번이 그녀가 찻잔을 받쳐 들고 응접실로 들어갔을 때였다. 그때 은영은 마루를 지나오다가 안방 기둥에 걸린 거울에다 얼핏 자기 얼굴을 비춰 보았다. 한데 그 순간 은영은 자기 얼굴이 온통 입술뿐인 듯한 착각이 들었다. 은영은 평소에 눈이나 입술 화장을 하는 일이 없었다. 그러나 이날은 얼마쯤 화장을 해두는 것이 손님을 맞는 몸가짐이라는 어머니의 충고가 있었다. 입술을 조금 그리고 있었다 한데 처음 일이라 신경을 써서 그런지 거울에 비친 얼굴이 온통 커다란 입뿐인 것만 같았다. 그러나 은영은 미처 그 입술을 지울 사이도 없이 아니 한 번 더 얼굴을 거울에 비춰볼 엄두도 내지 못하고 어느새 응접실 앞까지 와 있었다. 생각이 미처 긴장한 다리를 멈추게 하지 못했던 것이다. 그래서 응접실로 들어온 은영은, 손님들 앞에 앉아서도 그 커다란 자기의 입이, 입으로만 가득한 얼굴이 자꾸 떠올라서 잔뜩 울음을 참고 있었는데, 어느 순간 자기를 이리저리 뜯어 살피고 있는 시선을 의식하자 문득 그러고 있는 자신이 슬퍼지고 말았다는 것이었다.

그리고 은영이 눈물을 쏟을 뻔한 다른 한 번은 청년이 한창 그녀의 도자기 솜씨를 칭찬하고 있을 때였다.

청년은 아버지가 자동차 사업을 하다 물려준 유산으로 서울에

꽤 큰 회사를 차리고 있는, 이를테면 유능한 청년 실업가였다. 딸을 맡기겠다는 사람이 많았다. 그런 사람들 중에는 유수한 실업인들도 있었다. 한데 청년은 무슨 속셈인지 번번이 거절만 해오더니, 은영의 이야기를 듣고는 부랴부랴 어머니를 앞세우고 T시까지 차를 몰고 왔다.

그러나 은영은 생각이 달랐다. 청년이 어떤 사람이든, 무슨 생각으로 T시까지 자기를 보러 차를 몰아왔든, 그것이 정말 자기하고는 상관이 없는 일 같았다. 자기 일로 실감이 되지 않았다. 실감이 나지 않았으므로 서울에서 헐레벌떡 차를 몰아온 청년을 이해할 수가 없었다. 우습기까지 했다. 그래서 은영은 청년에게 우습다고 했다. 등산에서 청년이 함께 차를 타고 서울로 가지 않겠느냐고 은근히 제의해왔을 때 그녀는 정말로 우습다는 말을 해버렸다. 왜 자기에게 이런 일이 일어나고 있는지 모르겠노라고. 어떻게 그가 서울로 가자고 할 수 있는지 모르겠노라고.

혼담은 그것으로 파국이었다. 그러나 은영은 뭐 청년을 만난 것이 못마땅한 것은 아니었다. 우습지만 다시 선을 보지 않겠다는 것도 아니었다. 오히려 그녀는 언젠가는 그 결혼이 정말 자기 일로 다가와, 그 상대가 중매로 정해지리라는 것을 굳게 믿고 있었다. 그리고 그 전에라도 어머니가 바라는 남자라면 또 얼마든지 선을 보아줄 작정이었다. 서울 아니라 부산에서, 더 멀리는 일본이나 미국에서 온 사람이라도.

그러니까 은영이 눈물을 쏟을 뻔한 것은 청년이 싫었거나 억지 선을 보게 한 때문이 아니었다. 청년이 도자기 칭찬을 시작했기 때문이었다. 시집을 가고 싶노라, 필경 그렇게 보이고 말 얼굴을 하고 남자 앞에 나섰으면서도 어머니가 청년에게 도자기 칭찬을 시켰을 때는 문득 서러움이 복받쳐 와서 눈물이 솟았다는 것이었다. 그리고 나중에는 어머니가 청년에게 자기의 방까지 내보이려 하자 그 눈물을 참을 수가 없게 되었노라고.

그렇게 은영은 자기 도자기와 방을 보여준 일로 어머니를 원망하고 있었다. 알 수 없는 일이었다. 그러나 더욱 알 수 없는 것은 부인의 태도였다. 부인 역시 처음부터 이번 일엔 기대를 걸고 있지 않았던 듯, 은영이 동산에서 '우습다'는 말로 혼사를 망쳐버린 일을 한마디도 나무라지 않았다. 그리고 청년에게 도자기를 칭찬시킨 일로 은영이 화를 내고 있는 것이 당연하다는 듯 간절한 목소리로 그녀를 달래고만 있었다. 부인 역시 그 일을 후회하고 있는 게 분명했다.

무슨 까닭일까. 부인은 왜 기대하지도 않으면서 은영에게 자주 선을 보게 한 것일까. 그리고 청년에게 도자기를 구경시키고 칭찬을 조금 하게 한 것이 그토록 못마땅한 것일까.

그러나 맞선 소동은 이날 밤으로 완전히 끝이 나버렸다. 그날 이후로 부인이나 은영 어느 쪽도 다시 그 일을 입에서 꺼내지 않았다. 남자 쪽에서 무슨 소식이 오기를 기다리지도 않았고 그쪽에서 먼저 소식을 보내오는 눈치도 없었다.

그러니까 그 일은 결국 은영의 말대로 그녀가 한차례 '엄마를 슬프게 해드린' 일에 불과한 셈이었다. 그리고 상민에게는 또 하나의 불가사의한 비밀의 냄새를 더해주었을 뿐이고.

7

부인은 다음 날부터 또 무슨 다른 생각을 시작한 것인지 그 수심기 같은 것이 조금도 걷히지 않은 얼굴로 조용조용 집 안을 거닐고 있었다. 뜰을 거닐다가 서늘한 그늘에서 낮잠이 들어버리기도 했다. 때로는 책을 읽기도 했다.

그런 며칠이 지나고 난 어느 날이었다. 이날 부인은 전에 없이 새벽부터 나들이 준비를 서둘렀다. 그리고는 아침을 먹고 나자 곧 은영을 데리고 집을 나가버렸다.

"좀 늦을지 모르겠어요."

그러나 그뿐이었다. 행선지 같은 것은 아예 말하지 않았다. 부인은 역시 한복이었지만 조그만 보퉁이를 하나 꾸려 든 은영의 간편한 차림새로 보아 보통 시내 나들이는 아닌 듯했다. 그러나 상민이 그런 걸 물을 수는 없었다. 그는 부인과 은영을 떠나보내고 적막이 넘쳐흐르는 넓은 집 안을 혼자 지키고 있었다. 아니 혼자는 아니었다. 문간방 사내와 정숙이가 담장 안 어디엔가 있으리라. 그러나 사내는 문을 꼭꼭 걸어 닫은 방 안에서 얼굴도 비쭉하지 않았고, 정숙은 어디에 들어가 박혀 있는지조차 알 수가 없었다. 결국 상민 혼자뿐인 셈이었다. 은행나무 이파리와 담장과 자갈길 위로 볕발이 내려와 앉아 졸고 있었다. 채송화가 눈부시게 활짝 피어 있었다. 자기 방 앞마루에 걸터앉아 상민은 한참 동안 그런 것들을 바라보고 있었다. 한데 그때 안방 쪽에서 문득 덜

그럭 소리가 났다. 멍하니 앉아 있던 상민은 별안간 깜짝 놀랐다. 까닭 없이 숨을 죽이며 그쪽 동정을 살폈다. 하지만 그 소리는 그가 놀랄 만큼 큰 소리는 아니었던 것 같았다, 그러나 이상하게 가슴까지 두근거려왔다. 정숙이 방에 있는 것일까. 그처럼 조용히 무엇을 하고 있는 것일까. 그러자 상민은 문득 창자가 간지러운 듯한 실소가 솟아올랐다.

—터무니없이…… 집 안이 너무 조용하군.

혼자 변명을 하면서 관심을 돌리려 했다. 그러나 이때 또 안방 쪽에서 같은 소리가 났다. 덜그럭! 그러자 이번에는 상민이 벌떡 자리에서 일어서고 말았다. 그러고는 기웃기웃 마루를 걸어 안방 쪽으로 다가갔다. 안방 문은 열려 있었다. 정숙이 두 다리를 뒷문턱에 올려놓고 누워 있다가 상민이 나타나자 벌떡 일어나 앉았다. 손에 페이지가 들춰진 소설책이 들려 있었다. 좀 희한한 일이었다. 그러나 상민은 그것이 조금도 이상하지 않았다. 정숙에겐 그것이 오히려 어울리고 있는 느낌이었다. 그런데 정숙은 눈을 반쯤 내려뜬 듯한 시선으로 상민을 냉랭하게 쳐다보고 있었다. 무슨 일이냐고 묻고 있는 것 같지조차 않았다.

"이거 너무 조용해서요. 몸서리가 쳐질 지경입니다."

상민은 좀 멋쩍은 듯이 말했다. 그래도 정숙은 표정을 바꾸지 않고 계속 상민을 쳐다보고만 있었다. 그 눈에 어떤 긴장감마저 감돌고 있었다. 상민은 다시 무슨 말이고 하지 않으면 안 될 것 같았다.

"너무 조용하다 보니까 머리가 멍해져서 아무 생각도 할 수가 없군요. 책을 읽기도 힘들지 않아요?"

그러자 좀처럼 입을 열 것 같지 않던 정숙이 비로소 대꾸를 해왔다.

"그래도 이런 땐 책을 읽는 수밖에 없지 않아요?"

여전히 표정을 바꾸지 않은 채였다. 그러나 그것은 뜻밖에 당돌한 대꾸였다. 그녀 역시 집 안의 적막감을 느끼고 있는 건 분명했다. 한데 그보다도 무심결에 내뱉은 정숙의 대답은 책을 썩 좋아하고 있는 투였다. 상민은 아직 그녀의 손에 들려 있는 소설책을 슬쩍 내려다보았다. 일본인 작가가 쓴 본격 문예물이었다.

"한데 이건 『사양(斜陽)』이군요? 재밌습니까?"

상민도 무심결인 듯 물었다.

"어머니께서 좋아하세요."

한데 정숙은 이상하게 남의 대답을 하고 있었다.

게다가 '재미있느냐'를 '좋아한다'로 바꿔버린 대답이었다. 그러고 나서 그녀는 비로소 자리를 일어서서 마루로 나왔다. 상민은 긴장과 호기심을 반반씩 느끼면서 차분히 자리를 잡고 앉았다.

"어머니를 퍽 좋아하시는 모양이군요."

"전 이 댁에 와서 어머니의 은혜로 자랐고 중학교와 고등학교를 다 그 은혜로 다녔으니까요. 좋아할 뿐만 아니라 전 아주 이 집 식구가 되어 생각하는 것, 느끼는 것까지 어머니를 닮아버리고 있어요."

그녀는 처음으로 긴 말을 했다. 그러면서도 여전히 표정은 바꾸지 않았다. 책을 읽은 탓인지 그 표정에서 느껴지는 것만큼이나 대답이 차분하고 조리 있었다.

"어머니께선 책 읽기를 퍽 좋아하신 것 같더군요."

상민은 슷제 화제를 부인 쪽으로 돌렸다. 그러는 상민에게 정숙도 화제를 곧잘 이끌리었다.

"좋아하시죠. 그중에서도 특히 이 소설을. 지금까지 몇 번이나 되풀이 읽으셨는지 몰라요. 어찌나 좋아하시는지 한 번은 눈물까지 흘리고 계셨어요."

듣고 보니 그럴듯한 이야기였다. 전후 일본 귀족의 몰락을 아름다우면서도 치열하게 그리고 있는 그 소설의 이야기는 부인이 아니더라도 누구나 좋아할 수 있었다. 그러나 상민은 그 소설에 하필 부인이 되풀이 감동하고 있다는 데는 좀 다른 생각이 들었다. 처음 부인이 그 소설을 좋아한다고 했을 때부터 상민은 그런 생각이 들고 있었다. 그리고 그 이유까지도 어슴푸레 짐작을 하고 있었다. 아니 부인을 처음 대했을 때부터 상민은 그 얼굴 표정과 거동과 분위기에서, 그리고 담장 안을 온통 채우고 있는 비밀의 냄새에서 어떤 느낌이 어슴푸레 떠오르고 있었다. 그것이 그 소설이었다. 소설 속의 주인공 여인이었다. 약간의 과장은 있겠지만 부인은 필경 거기서 자신의 이야기를 만나고 있는 게 분명했다. 그리고 정숙이 그 책을 좋아하는 것도 아마 같은 이유에서리라. 하지만 정숙은 정말로 이 집 식구가 되어버린 것일까. 그렇게 될 수 있었을까.

"며칠 되진 않았지만 참 모를 일이 많군요."

상민은 이제 그녀에게 다른 이야기를 좀 시켜보려고 말을 뛰었

다. 그리고는 곧이어,

"한 가지 이야기에 그렇게 취해버리시는 어머니도 그렇고……"

말을 이으려는데 정숙이 끼어들었다.

"그야 절실한 감동이 있으면 몇 번이라도 상관없잖아요?"

"그건 그렇다 하더라도 일전에 아마 은영 씨가 선을 보았지요? 자주 그런 일이 있는 모양이던데 아직 은영 씬 서두를 나이가 아니잖아요."

비로소 마음에 두고 있던 걸 물었다.

"그건 어머니의 생각이시죠. 오히려 어머니께선 은영이 너무 나이를 먹어버리지 않았나 걱정하고 계실 정도니까요."

그렇다면 부인은 은영보다 나이를 한두 살은 더 먹고 있을 정숙에 대해서는 어떤 생각을 하고 있을까. 정말로 정숙이 이 집 식구가 된 것이라면 또 그런 정숙은, 은영이 반 어리광조로 '엄마'라고만 하는 부인을 꼭꼭 '어머니께' '어머니께서'라고 부르고 있는 것을 의식하고 있는 것일까. 그 차이를 알고는 있는 것일까.

"은영 씨가 그처럼 나이를 먹어버린 것이라면 은영 씨의 언니는 그만큼 늙어버리고 있겠죠."

상민은 웃으면서 조금 농스럽게 말했다.

"전 사정이 다르니까요."

그러나 정숙은 여전히 표정을 바꾸지 않은 채 담담하게 대꾸했다. 사정이 다르다? 어떻게? 그렇다면 자기는 역시 결혼 문제까지 부인에게 내맡길 만큼 마지막까지 이 집 식구가 될 수는 없었다는 뜻인가. 그러나 정숙은 그런 뜻이 아닌 모양이었다.

"하여튼 어머니께서 연애 같은 건 퍽 질색이신 모양이지요. 은영 씬 스스로 배우자를 고를 기회도 많을 텐데."

상민의 말을 정숙은 의외로 완강하게 부인했다.

"그러시진 않아요. 그 앤 처음부터 어머니께 모든 걸 맡겨버렸으니까요. 그 애 경우엔 반대고 찬성이고 하실 여지가 없었어요."

자기 경우는 자신의 방법으로 배우자를 선택할 것이며, 어머니가 그것을 찬성하고 있다고 말하고 싶은 눈치였다. 그러자 상민은 문득, 며칠 전 동산의 밤 어둠 속에서 만난 그림자가 떠올랐다.

"하지만 은영 씬 왜 처음부터 어머니에게 모든 걸 맡겨버리게 되었습니까. 어머니께서 다른 방법을 용납하지 않으시라는 걸 미리 알고 그런 것이 아닙니까. 결국 어머니께선 연애결혼 같은 걸 찬성하시더라도 그건 은영 씨를 제외한 다른 사람의 경우에서나 그러실 게 아니겠어요."

좀 잔인한 느낌이 들었다. 그러나 상민은 기왕 꺼낸 이야기에 끝장까지 가보고 싶었다. 그러자면 그 수밖에 없었다. 다른 사람의 경우란 물론 정숙과 그 밤 그림자를 염두에 두고 한 말이었다. 과연 이번에는 정숙의 얼굴이 달라졌다. 시선이 깊이 아래로 깔리며 눈 밑에 어두운 그늘이 어렸다. 그러나 그녀는 곧 표정을 바로잡았다. 그러고는 어딘지 체념이 어린 듯한 목소리로 말했다.

"하지만 전 그러시는 어머니가 조금도 다르게 생각되지는 않아요. 그분은 저의 어머니예요. 그리고 전 지금까지 그래 왔듯이 앞으로도 그분의 딸일 거예요."

상민의 말을 모두 알아듣고 한 말인 것 같았다. 그러나 그녀는 이때 처음으로 '어머니' 대신 '그분'이란 말을 쓰고 있었다.

—이 아가씨 역시 끝내 도깨비 속이로군. 그러나 상민이 진짜 아가씨의 도깨비 속 같은 이야기를 들은 것은 그다음이었다.

"도대체 두 분이 오늘은 어디를 가셨지요?"

궁금한 것이 아직 얼마든지 있었으나 정숙의 아픈 데를 너무 건드려놓은 것 같아 상민은 잠시 이야기를 바꾸려고 했다. 한데 이때 정숙의 대답이 뜻밖이었다.

"절에 가셨어요. 수덕사예요."

절을 찾아간 거야 별로 이상할 것이 없었다. 한데 그 절에 은영의 숙모가 한 분 수도를 하고 계시다는 것이었다. 은영 어머니와 나이가 비슷한 분으로 젊었을 때 입산하여 평생을 절에서 보내고 있노라더라고. 그러나 정숙은 그 후에 은영의 숙부 되시는 분이 다른 여자와 재혼을 했다는 것과 그러나 아이를 하나도 얻지 못한 채 6·25 때 행방불명이 되고 말았다는 것밖에 어째서 그 부인이 입산을 하게 되었는지, 동기나 경위에 대해서는 통 아는 바가 없었다. 뿐만 아니라 그녀는 1년에 한두 차례 부인이 은영과 함께 절을 찾는 것을 보아왔을 뿐, 자신은 그분의 얼굴도 한 번 본 일이 없다고 했다.

"집 안이 도무지 도깨비 굴속이군."

상민은 더 물을 수가 없게 되자 이번엔 소리를 내어 중얼거렸던 것이다. 또 하나의 비밀의 냄새가 물컥 코로 몰려드는 것을 느끼면서. 그러나 정숙은 모든 것이 당연하다는 듯이 말했다.

"참, 선생님은 아까부터 뭐가 그렇게 모를 데가 많구, 도깨비 속 같기만 하세요?"

그러고 나서 진짜 그 도깨비 속 같은 정숙의 이야기가 시작되었던 것이다. 상민이 먼저 이 집으로 온 날 밤, 안채의 불이 다 꺼진 다음에 동산 어둠 속에서 두 사람의 그림자를 만났노라고 했다. 그리고 다시 안채로 들어와서도 아직 잠들지 않은 다른 그림자를 만났노라고 했다. 불이 꺼진 다음에야 식구들이 유령처럼 어둠 속을 헤매는 것부터가 이상하지 않느냐고 했다. 그러자 정숙은 의외로 쉽게 마치 상민이 이미 그것을 알고 있으리라는 듯 자기가 동산에 나타났던 그 그림자의 여자라고 했다. 그러고 나서는 실상 상민이 그 그림자가 누구였는지 모르고 있었다는 것을 알자 그녀는 조금 당황하면서도 오히려 이상해하는 눈치였다. 정숙은 그날 밤 동산으로 다가오면서 상민이 거기 앉아 있는 것을 보았노라는 것이었다. 그렇게 가까운 거리에 있었으면서 설마 그 그림자가 누군지를 몰랐겠느냐고. 그러면서 왜 자리를 다른 곳으로 피하지 않았느냐니까 그녀는, 하지만 자기는 실상 상민이 방해가 되지는 않았으며, 또 자기의 장소는 반드시 동산이어야 한다고 말했다.

"선생님은 아마 저를 일부러 엿보진 않으셨을 거예요. 하지만 그때 다른 눈이 저를 열심히 지켜보고 있었어요. 그 눈이 어디에 있는지를 볼 수는 없었지만 전 그 시선을 느끼고 있었어요."

언제나 그렇다고 했다. 그리고 그 시선의 주인은 어머니라고 했다. 어머니는 웬일인지 자기가 남자와 만나는 일에 무척도 열심이라고 했다. 자기가 며칠씩 남자와 만나는 기색이 없으면 어머니가 이상하게 초조해하시는 빛까지 느낄 수 있다고 했다. 그런 때는 어머니가 담장 안의 등불을 일찍 꺼주기도 한다는 것이었다. 그래서 그녀는 자기가 남자를 만나고 싶은 것보다 더 자주 만나게 된다, 반드시 동산에서 그분이 어디선가 쉽게 정황을 짐작하실 수 있도록, 그러다 보니 자기는 그 남자를 좋아하는 건지 어떤지도 잘 모르겠다는 것이었다.

"그러니까 선생님이 나중에 안채 근방에서 다른 그림자를 만났다는 것도 이상할 것이 없지 않아요?"

그러나 상민은 이상하지 않을 수 없었다. 그녀의 말이 사실이라면 부인은 어째서 정숙의 일에 그런 이상한 관심을 갖는 것일까. 정숙은 그것을 자기의 결혼에 대한 관심으로 생각한 모양이었다. 그래서 자기의 경우는 연애결혼도 찬성해주리라고 한 모양이었다. 그러나 상민은 그렇게만 생각되지는 않았다. 부인이 그녀의 연애를 찬성하고 있는 것은 사실일지 모른다. 그렇더라도 역시 기이한 행동이었다. 부인의 관심은 전혀 다른 것일 수도 있었다. 한데 또 정숙은 어째서 그렇게만 생각되어버리는 것일까. 조금도 이상하지가 않단 말인가. 자기의 밀회를 그처럼 열심히 엿보는 '어머니'가? 그 어머니 때문에 좋은 줄도 모르는 남자를 만나게 되어버린 자신이? 게다가 그날 밤 상민이 안채 근처에서 만난 것은 정숙은 정숙의 '어머니'가 아니라 은영이었다. 한데 정숙은 다짐까지 하고 있었다.

"하지만 오늘 이야기는 다 안 들은 걸로 해두세요. 어머니께선 제가 그런 눈치를 다 채고 있는 줄을 모르고 계시거든요."

그녀의 말대로라면 부인과 그녀는 서로를 속이고 있었다. 아니 은영까지 낀 부인과 정숙, 세 사람이 서로 속이고 속고 있었다. 한데 정숙은 은영이 끼어든 줄을 미처 모르고 있는 모양이었다. 역시 도깨비 굴속이었다. 그러나 상민이 이번에도 그 소리를 하지는 않았다. 그날 밤 안채에서 만난 것이 '어머니'가 아니라 은영이었다는 것도 말하지 않았다.

—우리 집 일에 방해가 되지 마세요.

은영의 다짐이 떠올랐던 것이다.

8

은영 모녀가 집으로 돌아온 것은 밤이 꽤 늦어서였다. 버스 시간이 잘 맞지 않았노라면서 모녀는 10시가 넘어서야 대문을 들어섰다. 그리고 왜 먼저 저녁을 들지 않았느냐면서 모처럼 안방에서 함께 저녁을 하자고 했다. 그런데 상민은 저녁을 끝내고 나서도 잠시 안방에 머물러 앉아 있었다. 부인이 다른 어느 날보다 유쾌한 얼굴로 그를 잡아 앉혀놓았기 때문이었다.

"아녀자뿐이라 말동문 안 되겠지만 좀 앉아 있기라도 하다 가지 않구요."

"그래요. 오늘 재미있는 일이 있었어요."

은영도 싫지 않은 듯 어머니를 거들었다. 그러나 은영이 재미

있다는 일이란 절에서의 이야기가 아니었다. 절에서의 이야기는 두 사람이 약속이나 한 듯 한마디도 입 밖에 내지 않았다. 재미있는 일이란 T시까지 와서 버스를 내린 다음의 이야기였다.

"엄마가 말예요. 차에서부터 굉장히 소변이 마려우셨거든요."

부인이 눈을 흘기는 척하며 말리려 했으나 은영은 철부지 어린애처럼,

"어때요 뭐. 지 선생님도 이젠 우리 식군데…… 그리고 아깐 엄마가 먼저 신이 나서 말씀을 하시구선"

하고 나서는 기어코 이야기를 털어놓았다.

"차에서 내리자마자 엄만 정류소 화장실로 달려가셨지 뭐예요. 그런데 그다음에 어쨌는지 아세요?"

"남자처럼 엉거주춤하고 서서 일을 보았겠지."

이번에는 부인이 먼저 말해버린다. 그러자 은영은,

"호호호 그보세요. 상상을 좀 해보세요. 엄마가 남자들처럼 좁은 화장실에 엉거주춤하고 서서 소변을 보시는 광경을 말예요. 얼마나 재미있어요?"

우스워 못 견디겠다는 듯이 마구 '엄마'의 등을 두들겨댄다.

"그냥 돌아나오지는 못할 처진데, 어떻게나 불결한지 다리를 개고 쭈그릴 수가 있어야지."

변명처럼 말하고는, 그러나 부인도 그 일로 새삼 유쾌해지는 듯 남자처럼 하하 웃었다. 상민도 슬그머니 웃음이 나왔다. 그런 짓궂은 짓을 하고 나서 부인이 은영에게 자랑스럽게 이야기를 한 것이리라. 그러나 상민은 부인의 그런 장난기가 우습지만은 않았

다. 상상이 불결하지도 않았다. 오히려 부인에게는 그런 장난기가 이상하게 어울렸을 거라는 생각도 들었다. 그러나 부인의 그런 행동에서 상민은 이상하게 섬찟한 느낌이 들고 있었다. 그것은 어떤 비애 같은 것이었다. 그러자 상민은 그 조그만 일로 터무니없이 유쾌해져 있는 부인이 뭔가 차츰 위태롭고 조심스러워지기 시작했다.

9

느닷없이 불길한 사건이 한 가지 일어났다.

어느 날 새벽이었다. 상민은 잠결에 무슨 비명 소리 같은 것에 놀라 번쩍 잠이 깨고 말았다. 눈을 떠보니 방 안은 아직 깜깜한 어둠이었다. 소리도 들려오지 않았다. 집 안은 조용하기만 했다.

—꿈이었나?

이상스런 느낌으로 귀를 세우고 있는데 안방 쪽 골마루가 밝아왔다. 불을 켜는 모양이었다. 그와 함께 가는 신음 소리 같은 것도 들려왔다. 역시 심상치가 않았다.

—새벽에 무슨 일일까.

상민은 긴장을 느끼며 문을 열고 마루로 나섰다. 불이 켜진 것은 안방이었다. 한데 그 방에서는 누구 하나 움직이는 기척이 없었다. 조금 전에 들려오던 신음 소리도 다시 끊어져 있었다. 조용한 불빛이 창문을 새어나오고 있을 뿐이었다. 상민은 잠옷 바람

인 것도 잊고 조심조심 안방 쪽으로 발을 옮겼다. 그리고 방문 앞에 이르자 한번 헛기침을 하고 나서는,

"일어나 계세요?"

조용히 말을 들여보냈다. 그러자 방 안에서는 벌써 그가 오고 있는 기척을 알고 있었는지 대답도 없이 문부터 열어준다. 그런데 문을 열어준 것은 부인이 아니라 은영이었다. 상민은 방을 들어서고 나서도 영문을 알 수가 없었다. 은영은 문을 열어주고 나서도 넋이 반쯤 나간 멍한 눈초리로 상민을 쳐다보고만 있었다. 그러다가 그 눈초리는 이내 부인 쪽으로 옮겨져버렸다.

부인 역시 어떤 갑작스런 충격으로 실어증에 걸린 사람처럼 안타깝게 상민을 바라볼 뿐이었다. 부인에게서 그런 표정을 보기는 처음이었다. 그 두 사람의 표정은 어떤 공포 같은 것에 잔뜩 짓눌려 있는 것이었다.

뒷문이 열려 있었다. 이 집에는 상민이 쓰는 끄트머리 방까지 뒷문을 연결해주는 또 하나의 복도식 마루가 있었다. 그 복도 역시 앞쪽 마루처럼 바깥쪽에 이중 유리창이 있었다. 은영은 그 뒷문을 열고 복도로 해서 상민보다 먼저 부인의 방으로 온 모양이었다. 한데 웬일일까. 이 집에서는 그 뒷문이나 복도는 좀처럼 사용한 일이 없었던 것이다. 그리고 그 비명 소리는?

"무슨 일이 있었습니까?"

상민은 한동안 모녀의 표정을 살피고 있다가 조심스럽게 물었다. 그러나 부인은 아직도 질린 얼굴로 그를 쳐다볼 뿐 대꾸를 하지 못했다. 은영도 마찬가지였다. 은영 역시 상민처럼 부인의 대

답을 기다리고 있는 것 같기도 했다.

"마루를 좀 나가 봐줘……"

한참 만에야 부인은 간신히 한마디를 하고 나서는 여태까지 서 있었던 것이 남의 힘이나 무의식의 덕분이었던 듯 풀썩 방바닥으로 주저앉아버렸다. 상민은 은영에게 잠시 어머니 곁에서 기다리라는 눈짓을 하고 나서 그 열린 문으로 방을 나갔다. 한데 마루로 나서보니 열려 있는 것은 방문뿐이 아니었다. 마루 바깥 유리창이 두 짝이나 활짝 열려 있었다. 자세히 들여다보니 안에서 잠그게 된 걸쇠 부근의 유리창 한 장이 칼로 베듯 동그랗게 잘려나가 있었다.

"사람이 들어왔었나 봐요."

어느새 상민을 따라 나온 은영이 그 유리창을 보고 속삭인다.

"그런 모양이군요."

상민도 혼잣말처럼 중얼거리며 어둠 속에서 힐끗 은영을 돌아보았다. 사람이 들어온 모양이었다. 하긴 상민은 벌써부터 그런 예감을 가지고 있었다. 처음 그 비명 소리를 듣고 잠에서 깨어났을 때나 부인의 방을 들어서서 모녀의 질린 표정을 대했을 때부터도. 그러나 그가 사람이 들어온 모양이라는 은영의 말에 새삼스럽게 동의하면서 그녀를 돌아본 것은 다른 생각 때문이었다. 이상한 일이었다. 그녀는 왜 도둑이나 강도라고 하지 않는 것일까. 너무 공포에 질려 있기 때문에 그런 말을 입에 담기가 무서워진 것일까. 그녀는 마치 그런 밤사람을 부를 적당한 말을 알고 있지 못한 것 같은 투이기도 했다.

그런데 상민이 이상한 것은 그뿐만이 아니었다. 무슨 까닭인지는 알 수 없지만 은영이 그냥 '사람'이라고 했을 때, 상민은 그것이 그녀로서는 퍽 적당한 표현인 것같이 생각되고 있었던 것이다. 그리고 은영이 그렇게 말해야 할 무슨 이유라도 있는 것 같은 느낌이었던 것이다. 그렇다. 그것은 그냥 도둑이나 강도라고 해버릴 수 없는 그런 단순한 침입자가 아닐지도 모른다. 벌써 몸에 밴 이 집 분위기와, 그리고 너무나도 질려 있는 부인의 얼굴이 상민에게 그런 기이한 느낌을 갖게 했는지도 모른다. 하지만 상민의 그런 느낌은 집 안을 조사할수록 점점 더 짙어가고 있었다. 불을 켜보니 뒷골 마루에는 커다란 발자국들이 여기저기 흩어져 있었다. 그런데 그 발자국은 일부러 공포스런 흔적을 남기고 싶은 듯 질퍽한 물기까지 적신 어마어마하게 큰 것들이었다. 게다가 녀석은 산책이라도 하듯 상민의 방이 있는 데까지 마루를 몇 번이나 왔다 갔다 하고 있었고, 나중에는 이 집 안에서 원하는 곳은 어디든지 드나들 수 있다는 것을 시위하려는 듯 응접실 문을 열고 들어가 탁자 위에까지 흙칠을 해놓고 있었다. 한데도 없어진 것이라곤 응접실에 놓아둔 몇 점의 도자기뿐이었다. 그것도 아주 없어져버린 것이 아니라 뒤뜰에다 아무렇게나 팽개쳐버린 것을 곧 찾아낼 수가 있었다. 절도를 가장한 수작 같았다. 상민은 거기서 은영을 방으로 들여보내고 나서 집 안을 좀더 살피고 돌아갔다. 그러나 별다른 흔적은 찾아볼 수 없었다. 어둠 때문에 놈이 어디쯤으로 어떻게 달아났는지도 알 수 없었다. 그는 담장 너머로 동편 하늘이 희무끄럼하게 밝아오는 것을 보며 다시 안방으로 돌아갔다. 부인은 그제야 정신을 좀 수습하고 있었다. 자리를 다 정리해버리고 은영과 마주 앉아 있다가 상민이 들어오는 것을 보고는,

"그깟 녀석 그냥 내버려두지는 않구. 괜히 새벽잠을 깼구려."

대수롭지 않은 일이라는 듯 미소까지 지어 보였다. 상민도 이제 사정을 짐작했으리라는 투였다. 하지만 상민은 그 부인의 태도 역시 이상했다. 이미 은영으로부터 이야기를 들어 알고 있긴 했겠지만 부인은 뭐가 없어졌는지에 대해서는 거의 관심이 없는 듯했다. 그리고 어쩌면 그 밤 침입자의 정체를 어느 정도는 짐작을 하고 있는 것 같기도 했다. 납득이 가지 않는 일이 한두 가지가 아니었다.

잠결에 어슴푸레 발자국 소리 같은 것이 들려오더라고 했다. 한데 처음에는 그 발자국 소리가 어느 쪽에서 들려오는지 방향도 잘 잡을 수가 없고, 또 그 소리가 너무 침착해서, 아마 상민이 일찍 잠을 깼거나 아직 잠을 이루지 못해서 응접실을 서성거리고 있느니라 싶었노라고—

부인은 태연스럽게 정황을 털어놓았다.

그런데 그 발자국 소리가 끝내 사라지지 않고 계속되더니 나중에는 응접실을 나와 뒷마루를 왔다 갔다 하는 것 같더라는 것이었다.

"갑자기 이상한 생각이 들어요. 하지만 그때도 난 아직 그 발소리가 지 선생이리라 했지요. 그러면서도 뭔가 짚이는 것이 있어 헛기침을 한번 하고는 뒷문을 열었지요."

커다랗고 시커먼 그림자 하나가 우뚝 그 문 앞에 서 있었다.

"누구요, 지 선생 아니요, 했더니 녀석이 아무 대답도 없이 뜰로 내려서는 거야, 그러고는 어디 용기가 있으면 한번 쫓아와보라는 듯이 느릿느릿 달아나지 않겠어. 난 미처 문이 열려 있는 것도 못 봤었지. 그러니까, 난 녀석이 뜰을 다 건너가버린 다음에야 무서워지기 시작했단 말야, 갑자기— 우습지? 그때야 소릴 지르고 수선을 피웠으니."

나중에는 부인이 숫제 은영을 향해 이야기했다. 그런 일을 당하고 나면 으레 집어간 물건이 없나 알아보려 하고 밤 어둠 속에서 침입자의 정체를 알 수 없기 때문에 실제보다 더 공포감을 지니게 되는 그런 기색이 전혀 없었다. 오히려 뭔가 기분이 몹시 상한, 그리고 드디어 오는 화가 치밀어 올라서 그것을 자조와 한탄으로 바꾸고 싶어 하는 투가 되는 것이었다.

"참! 재수가 없으려다 보니 또 이런 일이 생기나 보지."

처음 당한 일도 아니라는 듯이 중얼거렸다. 은영 역시 이젠 그러는 부인에게서 무슨 암시를 받은 듯 근심스런 표정으로 이야기를 듣고만 있었다. 그러나 부인은 상민의 궁금증 같은 것은 끝내 모른 체해버렸다. 상민에겐 아무런 암시도 주지 않은 채 부인은 긴장이 풀린 어린애처럼 슬그머니 눈을 감아버리더니, 이내 새록새록 숨소리를 돌아 올리고 있었다. 바깥은 그제야 어둠이 조금씩 풀려가고 있었다.

상민은 어떻든 이젠 자기 방으로 돌아가야 하리라고 생각하면서 자리를 일어섰다. 그러나 그때 은영이 새삼스럽게 그를 붙잡았다.

"여기 앉아서 좀더 기다려주세요. 날이 아주 밝을 때까지요."

그러면서 은영은 잠든 부인의 얼굴만 들여다보고 있었다. 상민은 다시 주저앉았다. 그 역시 부인의 잠을 좀더 지켜드리고 싶었다. 은영은 상민이 다시 주저앉은 것을 보고는

"고마워요. 오늘 밤 선생님이 집에 계셔서 얼마나 든든한지 몰라요."

여전히 시선을 부인에게 둔 채 낮은 목소리로 말했다. 그러나 그 어조만은 상민에겐 처음으로 고분고분한 것이었다. 그러나 은영의 상민에 대한 고분고분한 말씨는 그 한 번뿐이었다. 그녀는 이내 목소리를 바꿔 상민이 전혀 알아들을 수 없는 소리를 하는 것이었다. 그리고 그 내용은 상민으로서는 정말로 뜻밖의 것이었다.

"하지만 선생님은 수고를 좀 하셔도 무방할 거예요. 오늘 밤 일은 선생님께도 책임이 있으니까요."

"네? 오늘 밤 일이 제게 책임이 있다구요?"

상민은 어이없는 눈으로 은영을 쳐다보았다.

—이 고집스런 아가씨가 또 무슨 터무니없는 소리로 나를 몰아세우려는 것인가. 그러나 은영의 대답은 그냥 억지는 아닌 것 같았다.

"선생님 때문에 소동이 벌어진 게 틀림없으니까요. 그래요. 오늘 밤은 누군가가 선생님을 몹시 놀래주려고 했던 게 분명해요. 물론 놀래주고 싶은 사람 중에는 엄마와 저두 포함되겠지만요."

이번에도 역시 도둑이란 말을 쓰지 않았다. 뭔가 짐작을 하고 있는 게 분명했다.

"저를 놀래주려구요? 무엇 때문에?"

"그건 선생님이 우리 집에 와 계시기 때문이죠."

"제가 와 있다고 놀래줘야 할 일이 뭡니까. 도대체 누가?"

"가만가만 말씀하세요. 엄마 잠 깨시겠어요. 그리고…… 전에도 다짐을 드렸지만 우리 집 일을 너무 조급히 알려고 하시지 말랬잖아요."

"이번에 절 놀래주려는 일이었다니까."

"하지만 선생님을 놀라게 하는 것이 마지막 목적이 아닐 거예요. 그러니 오늘은 그쯤만 아시고…… 다음에 필요하면 더 알려드리도록 하지요."

그러고 나서 은영은 아주 입을 다물어버리며 잠깐 상민에게로 옮겼던 시선을 다시 부인에게로 돌려버렸다.

10

며칠 뒤에 또 한 가지 일이 있었다. 하지만 이번 일은 뭐 사건이라고는 할 수 없는 조그만 소동에 불과했다. 그러나 상민은 그 조그만 소동까지도 자꾸만 불길한 예감이 들었다. 하긴 그날 새벽 일로 상민의 신경이 그만큼 날카로워져 있는 탓이기도 하리라.

그는 며칠을 두고 이리저리 그 사건을 생각하며, 자기 나름으로 해답을 얻어내려고 애를 쓰고 있었다. 더욱이 마지막에 은영이 그날 밤 사건이 상민을 놀라게 해주려는 것이었으리라는 말 때문에도 더욱 그랬다. 남의 집 신세를 지고 있는 사람의 도리로도 그냥 모른 체하고 넘겨버릴 수가 없었다.

그러나 은영네에게서는 그의 추리에 아무런 도움도 더 얻을 수가 없었다. 부인은 그 새벽의 잠에서 깨어난 후로 그 일은 다시 생각조차 하기 싫은 듯, 또는 일부러 그래야 할 이유라도 있는 듯 입을 꼭 다물어버리고 말았다. 문간방 사내나 아침 잠에서 깨어난 정숙에게는 그런 일이 있었던 내색조차 하지 않았다. 은영과는 따로 이야기를 하는 것 같지도 않았다. 게다가 은영은 그 뒤로 다시 한 번 상민에게 아예 그런 일이 없었던 걸로 해달라고 그편이 속이 편하리라고 다짐까지 받아갔다.

하긴 그 새벽의 일을 겪고 난 다음에 부인이나 은영의 거동이 상민에게 전과 다르게 느껴지는 점이 있었다. 부인은 거동이 여전히 조용하기만 했지만 그 조용한 거동 뒤에는 자기 발자국 소리에조차 깜짝깜짝 놀라는 기색이 엿보였고 얼굴에 늘 희미하게 깔려 있는 근심기 같은 것도 그날 새벽의 일과 어떤 관련이 있는 듯 싶기만 했던 것이다.

상민의 추리는 그러니까 그런 정도에서 조금씩밖에 진행될 수가 없는 형편이었다.

우선 그는 왜 자기가 그 사건의 원인이 될 수 있는가부터 생각해보았다. 그것은 물론 그날 밤의 침입자가 절도가 아니고 상민을 놀래주기 위해 뛰어든 괴한이었으리라는 은영의 말을 사실로 전제하고였다. 그래서 상민은 자기가 와 있는 것이 이 집에 어떤 의미를 줄 수 있는가를 생각했다.

우선 그는 은영이라는 혼기에 다가선 여인 곁에 와 있다는 것이 첫번째 의미라면 의미랄 수 있는 것이었다. 그러나 그것은 일고의 가치도 없는 사실이었다. 만약 어떤 자가 은영 때문에 그의 존재를 위험시한다면 그런 미련한 수작으로 나올 리가 없었다.

그것은 가장 효과도 없고 졸렬한 방법이었다. 보다 나은 방법이 얼마든지 있음 직했다.

다음에는 은영네 집이 외떨어져 있고 집에는 온통 여자들뿐이라는 점이었다. 그가 이 집에 와 있다는 것은 결과적으로 은영이네에게 외로움을 덜어주고 연약한 여인들의 밤을 조금이나마 안심스럽게 해줄 수 있다는 것이었다. 그 외에는 도대체 다른 의미를 지닐 수가 없었다. 부인 쪽에서 그를 청해온 것도 아니었고, 온 다음에도 특별한 부탁 같은 것을 한 일이 없고 보면 그가 이 집에 대해 지닐 수 있는 의미란 그것뿐이었다. 그렇다면 확실했다. 누군가 상민이 이 집에 와 있는 것을 못마땅하게 생각하고 있는 게 분명했다. 그래서 그를 놀래주고 기분 나쁘게 하여 이 집에서 그를 내쫓아버리고 싶어 하는 것이었다. 그래서 은영 모녀에게 다시 외롭고 두려운 밤을 지내게 하려는 것이었다. 은영이 상민에게 마지막 표적은 상민이 아니라는 말이 그것을 잘 뒷받침해주고 있었다. 그리고 그런 일이 처음이 아닌 듯한 부인의 말은 상민이 없을 때는 녀석이 훨씬 방해를 받지 않고 모녀를 놀래주며 뭔가 자신의 음모를 진행해가고 있다는 증거였다.

그렇다면 왜? 그자의 목적이 무엇이란 말인가? 그자가 단순한 절도가 아니라면 상민의 존재가 그에게 어떻게 방해가 되고 있다는 것인가. 그것은 상민으로서는 도저히 생각해낼 수 없는 일이었다. 그것을 알아낼 수 없는 한, 어떤 이해관계가 개재되고 있는지를 알 수 없는 한, 상민은 그자가 누구라는 것 역시 추측이 막연했다. 하긴 순서를 거꾸로 하여 용의자를 먼저 상정하고 그 용의자와 은영네와의 이해관계를 따지려고 해도 마찬가지였다. 왜냐하면 상민은 먼저 용의자로 상정할 인물을 주위에 한 사람도 가지고 있지 못한 것이다. 그런 절도나 협박 사건의 범인이 뜻밖에 가까운 곳에 있을 수 있다는 생각으로 문간방 사내와 (부부간이지만 부인은 요즘 어딘지 출타를 한 모양이다) 정숙을 의심해보기도 했으나 그들과 은영네 사이에 그런 심각한 이해관계가 얽혀 있을 리 없었다. 더욱이 문간방 사내는 너무 바보스러워 보였고 정숙은 마음이 부인에게 너무나 가까이 있었다. 시간적인 여유가 있을 리도 없었고, 부인이나 은영도 마음속에 지목하고 있는 범인이 그 두 사람과는 너무나 딴판인 듯한 인상들이었다.

결국 거기서 생각이 막혀버린 상민이 막연한 상념만 붙들고 방안에 뒹굴고 있던 어떤 날 오후, 그 조그만 소동이 다시 일어났던 것이다.

"요놈! 어서 내려와 요놈! 요놈이 그래도 날 내려보고만 있을 테냐?"

상민이 방 안에 드러누워 있자니 연못 쪽 창문 밖에서 그런 부인의 말소리가 들려오고 있었다.

얼핏 눈을 돌려보니 석류나무에 걸쳐 창문에 비친 부인의 그림자가 마구 헛팔짓을 계속하고 있었다. 그러나 그림자는 한 사람뿐이었다. 부인은 무엇인가를 향해 혼자 자꾸 삿대질을 하며 중얼거리고 있는 것이었다.

"아, 글쎄 요놈아 그래도 냉큼 못 내려와? 어서?"

마치 어린애에게나 하듯 부인의 어르고 구슬리는 소리가 한참 더 계속되고 있었다. 부인은 드디어

"예끼, 그랬단 봐라. 내 정말 호된 맛을 보여줄 테다."

마지막 선언을 하고는 뭔가를 찾아 나서는지 잠시 잠잠해져버렸다. 그러더니 이윽고 부인이 다시 나타나는 기척이더니 이번에는 톡톡 회초리로 한두 차례 석류나무를 두들기는 소리가 났다. 그런데 바로 그때였다. 부인이 별안간 외마디 소리를 지르는 것이었다.

"으읏—"

무슨 끔찍한 것을 보고 놀란 것 같기도 하고 난처한 것을 만나 어쩔 줄 몰라 하는 것 같기도 했다.

"아니 뭘 가지고 그러세요?"

그제야 상민은 몸을 벌떡 일으키고는 앞문으로 해서 모퉁이로 돌아갔다.

부인은 뭔가 몹시 난처해진 표정으로 열심히 땅바닥을 지켜보고 서 있었다. 그러다 상민을 보고는 마치 무슨 변명이라도 하듯 억지로 미소를 지었다. 그리고는 새삼스럽게 소름을 끼치며 그때까지 들고 있던 회초리를 멀리 던져버렸다.

"이건 도마뱀이군요."

그러는 부인의 발아래에 조그만 새끼 도마뱀 한 마리가 허연 배를 뒤집고 쭉 뻗어 있었다.

석류나무에 석류가 몇 송이 달려 있는데, 어떻게 지나가다 보니 하필 그 석류송이 하나에 도마뱀 한 놈이 올라 앉아 있더라는 것이었다. 그래 아무리 몰아내려고 해도 녀석은 어찌 된 영문인지 통 달아날 생각을 하지 않고 말똥말똥 부인을 쳐다보고만 있더라고. 결국 회초리를 찾아다 한두 번 톡톡 두들긴 게 하필 머리가 맞았던지 놈은 단번에 땅바닥으로 싱겁게 죽어버리더라는 것이었다.

"원 성질이 급하기두—"

부인은 경위를 설명해놓고 나서도 자꾸 난처한 얼굴이었다. 소동이란 그것뿐이었다. 그러나 상민은 그 부인의 표정 뒤에서 자신의 손으로 조그만 생명을 하나 문질러버렸다는 나약한 여인의 놀라움만이 아니라 그럴 수밖에 없도록 자꾸 자신을 강요해온 그 도마뱀에 대한 어떤 꺼림칙한 예감이 숨어 있다는 걸 똑똑히 감지할 수 있었다.

상민의 그런 느낌은 별로 빗나가지 않았다. 그 도마뱀으로 인해 또 한 차례 조그만 소동이 일어나고 만 것이다. 하지만 이번에는 진짜 도마뱀 때문은 아니었다. 전날 죽은 도마뱀이 원인이었다. 그리고 이 두번째 역시 전날과 마찬가지로 물론 대단한 소동은 아니었다. 소동이랄 것도 없었다. 하지만 상민은 이 두번째 일이 첫번째보다 더욱 꺼림칙했다.

첫번째 소동이 일어난 바로 다음 날 오후였다.

더위가 한풀 꺾이자 부인은 은영과 함께 동편 연못가로 나와 그 연못과 담장 사이의 좁은 길을 거닐고 있었다. 담장 밑을 따라 심은 코스모스가 몇 송이나 피어 있는지 살피는 모양이었다. 그러다가 이윽고 부인은 직사광선을 피해 엷은 코스모스 더미 그늘로 얼굴을 디밀고 비스듬히 주저앉았다. 연못 둘레에는 담장 밑까지 클로버를 둘러 심었기 때문에 사람이 누워 뒹굴기에는 안성맞춤이었다. 아닌 게 아니라 부인은 이내 팔베개를 베고 누워버리는 것이었다. 그러고 나서 한두 마디 은영과 무슨 이야기를 주고받는 모양이더니 곧 예의 낮잠 속으로 젖어들어버렸다. 은영은 그 곁에서 무료한 시선을 허공에 던진 채 한참이나 부인을 지키고 앉았다가 이윽고 몸을 일으켜 연못가를 맴돌기 시작했다.

상민은 동산 향나무 그늘에 나와 앉아서 의식 무의식중에 그쪽 동정을 쭉 살피고 있었다. 그런데 상민이 잠시 다른 생각을 하다가 어느 순간 다시 은영네들에게로 눈을 돌렸을 때였다. 그쪽에 이상한 일이 일어나고 있었다. 연못가를 무료히 거닐고 있던 은영이 부리나케 부인 쪽으로 뛰어가고 있었다. 부인은 여전히 잠 속에 빠져 있는 듯 누워 있는 채였다. 은영이 그 어머니를 마구 흔들어 깨우고 있었다.

"엄마, 일어나세요. 저예요. 은영이에요."

그제야 부인은 번쩍 몸을 일으킨다.

"무슨 뱀이 있다고 그러세요? 뱀꿈을 꾸셨어요?"

아직도 잠이 덜 깬 듯한 부인에게 정신이 돌아오게 하려는 듯 은영은 큰 소리로 묻고 있었다.

—무슨 일인가. 뱀의 꿈이라니?

상민은 어느새 몸을 일으켜 부인 쪽으로 가고 있었다. 상민이 다가갔을 때도 부인은 아직 잠이 다 깨지 않은 듯 눈동자가 몽롱했다.

"내가 무슨 잠꼬대를 했나?"

잔뜩 땀까지 밴 얼굴로 부인은 이상하다는 듯 은영을 몽롱하게 쳐다보았다.

"네, 아주 괴로운 꿈을 꾸고 계신 것 같았어요. 팔을 내젓고 싶은 것 같은 답답한 몸짓을 하시며, 목이 꽉 잠긴 소리로 '뱀이다' 하고 소리치셨어요."

부인은 분명 뱀의 꿈을 꾼 모양이었다.

—어제 죽은 도마뱀이겠지.

그러나 은영은 어제의 일을 모르고 있었다. 부인이 이야기를 해주지 않은 모양이었다. 그녀는 걱정스럽게 부인을 바라보고 있었다. 부인은 은영부터 안심시키려는 듯,

"그래 꿈이었군!"

비로소 안심스런 얼굴빛을 지으면서 그것이 꿈이었기 다행이라는 듯 새삼스럽게 사방을 휘둘러보았다.

"이렇게 누워서 잠을 자고 있는데 말야, 눈을 떠보니 어떻게 뱀 한 마리가 가슴까지 기어 올라와 있지 않아. 물론 눈을 뜬 것도 꿈속에서였지. 놀라 소리를 지르며 몸을 일으키려 하는데 무엇엔가 내 몸이 꼭 붙잡혀 있질 않아. 팔도 말을 안 듣구. 그래 소리만

마구 질렀는데, 그러는데도 놈은 달아날 생각은 않고 말똥말똥 두 눈알을 빛내며 나를 쳐다보고만 있는 거야."

"도마뱀이겠군요."

당돌한 느낌이었으나 상민은 기어코 그렇게 물어버리고 말았다. 어제의 도마뱀을 은영이 알아듣지 못하게 한 말이었다. 그러자 과연 부인의 얼굴은 갑자기 그늘이 덮였다. 그리고는 부인 자신도 벌써부터 그것을 알고 있었다는 듯 가만히 고개를 끄덕였다.

"복수를 당한 거라우."

체념기 어린 목소리였다. 은영은 여전히 걱정스런 얼굴로 두 사람의 이야기를 듣고만 있었다. 그녀는 자기 집 일에 대해 상민에게 질문을 막아놓은 것처럼 자신도 남의 이야기에서 궁금한 것을 물어서 알려고는 하지 않는 것 같았다. 어쨌든 상민은 일단 부인의 기분을 수습해드려야 할 것 같았다.

"어제 일을 너무 생각하셨던 모양이군요. 하지만 잊어버리세요. 그깟 도마뱀 한 마리쯤……"

그러나 일단 흐트러진 부인의 기분은 그런 소리로 쉽게 수습이 되지 않을 모양이었다.

"아니에요. 어쨌든 죽인 건 잘못이었어요. 생명을 주어놓고 그 생명을 다시 빼앗는 건. 우리 집 울타리 안에 있는 것은 모두가 독특한 생명을 지니고 있어요. 살아 움직이는 것은 도마뱀은 물론 은행이나 석류나무 한 그루, 연꽃 한 송이까지도. 심지어는 눈에 보이는 생명이 없는 기물이나 뜰에 돌멩이까지도 모두 우리 집 식구들과 같은 호흡을 나누며 살아온 것이란 말이요. 이 석씨

가문 사람들이 오랜 세월 동안 그것들에다 생명을 불어넣어왔어요. 그런데 이제 와서 다시 그 생명을 빼앗으려고 하다니…… 복수를 당한 거지요."

부인은 무엇에 들린 사람처럼 이야기를 길게 늘어놓았다. 처음 일이었다. 그것은 이미 도마뱀 이야기는 아니었다. 부인이 도마뱀 때문에 흥분하기 시작한 건 사실이었다. 그러나 그것은 단순히 도마뱀 때문이 아니었다. 도마뱀은 단순한 계기에 불과했다. 도마뱀이 이전에부터 부인에겐 어떤 상처가 깊어져가고 있었던 게 분명했다. 그러나 부인은 이번 역시 그 흥분을 끝까지 감당하지 못하지는 않았다.

"복수를 당해 마땅한지도 모르죠. 아녀자가 너무 끔찍한 짓을 생각하고 있으니까."

표정이나 말소리에 다시 진정을 찾으며 이젠 자신을 꾸짖고 있었다. 그 끔찍한 생각이라는 것이 어떤 것인지 말하고 싶은 충동까지도 끝내 억제해버렸다.

11

그러나 며칠 뒤에 상민은 부인의 그 끔찍한 생각이 어떤 것인지 어슴푸레하게나마 짐작을 하게 되었다.

하루는 시내에서 썩 정중한 눈매를 가진 중년 신사 한 사람이 별장을 찾아왔다. 사내가 그날 이곳을 찾아오기로 미리 약속이 되어 있었는지 은영 모녀는 또 집을 말끔히 치워놓고 있다가 그를 맞아들였다. 그러나 이번 남자는 은영의 선을 보러 온 것은 아니었다. 나중에 알고 보니 그는 이 지방에서 상당히 이름이 알려진 사람이었다. 원래는 화가이지만 골동품이나 고서화 감식에 상당한 눈을 가진 사람이라고 했다. 한데 그 화가 선생이 응접실로 안내되고 나서 한창 무슨 이야기가 오가고 나더니 이번에는 상민까지 응접실로 불러들이는 것이었다.

"좀 드문 물건이 하나 있어서 꺼낸 김에 지 선생께서도 한번 구경을 해보시라구요."

부인은 화가 선생과 무슨 병풍을 한 틀 펴놓고 들여다보고 있다가 상민이 응접실로 들어오는 것을 보고 말했다.

"이게 병풍 아닙니까?"

상민은 손님도 있고 하여 얼떨결에 그 병풍을 들여다보며 말했다. 한데 그것은 여느 병풍이 아니었다. 유난히 큰 열두 폭 병풍의 한 폭 한 폭에는 한 사람 솜씨가 아닌 여러 사람의 서화가 마치 낙서 비슷하게 가득 채워져 있었다. 동양화나 서양화도 있고 그런 그림 외에 한시나 우리 말 시조 같은 것도 섞여 있었다.

"좀 자세히 보십시오. 놀라운 물건입니다."

그림과 글을 하나하나 뜯어보고 있던 화가 선생이 감탄 어린 눈초리로 상민을 돌아보며 말했다. 인사도 없는 상민에게 불쑥 그런 소리를 하는 걸 보면 선생은 그 병풍에 어지간히 놀라고 있는 모양이었다.

아닌 게 아니라 상민도 그의 설명을 듣고 나서는 놀라지 않을 수 없었다.

그는 그림이나 글씨를 감상할 눈은 가지고 있지 않았다. 그 가치도 따질 줄 몰랐다. 그러니까 그가 놀란 것은 선생과는 조금 다른 뜻에서라는 편이 옳다. 그러나 그 이유가 어디에 있었든 하여튼 상민도 그 병풍으로 적잖이 놀란 것은 사실이었다. 병풍의 그림과 글씨들은 모두 이름이 알려진 사람들의 것이었다. 국내에서 상당한 지도자급에 속했던 항일투사의 한시가 있는가 하면, 요즘 그의 그림 한 폭만 가지고 있어도 기백만 원은 문제가 없다는 화가의 그림이 있었다. 사학의 전통을 열어 그 학원의 숨결과 함께 오늘날까지도 명망이 전해오는 분의 솜씨가 있는가 하면 당대를 주름 잡던 민족지의 명필들이 붓을 나누고 있었다. 이제는 모두 다 고인이 되어간 분들— 그분들이 거기 그렇게 자리를 같이하고 있었다. 놀라지 않을 수 없었다.

그런데 선생은 상민이 놀라건 말건 이젠 자신이 온 용건을 서둘러야겠다는 듯 병풍에서 눈을 떼었다. 그리고도 좀더 감개에 젖어들며 눈을 지그시 감고 있더니, 이윽고 눈을 뜨고는 부인을 쳐다보았다.

"한데 부인께선 심경이 변하셨다구요……"

안타까운 어조였다.

"예, 좁은 아녀자의 변덕이라……, 용서하십시오."

부인의 대답은 겸손하면서도 뭔가 단호했다.

"아니 저야 뭐 이런 좋은 물건 구경한 것만도 다행입니다. 변덕이랄 수야 있습니까. 이런 훌륭한 가보를 내놓으려다 보면 막상 애석한 생각이 드시는 것도 당연하지요."

선생도 부인의 뜻에 동의했다.

—그러면 부인은 이 물건을 방매할 참이었던가. 그러다 다시 심경이 변했다는 것인가?

그러나 선생의 동의에는 어딘지 석연치 않은 구석이 있었다.

"그렇다면 제 의견도 말씀드릴 필요가 없겠지요. 공연히……"

의견이란 아마 가격에 대한 것인 모양이었다. 선생은 그렇게 말을 해놓고도 부인의 허락만 있으면 금방 엄청난 액수를 뱉어낼 듯이 안타까운 눈으로 부인을 쳐다보고 있었다. 그러나 부인의 대답은 더욱 단정적이었다. 그리고 그것은 상민에게는 뜻밖의 것이기도 했다.

"네, 당분간 없었던 일로 해주시면 감사하겠습니다. 변명이 될지 모르겠습니다마는 웬일인지 선생님을 오시라고 해놓고부터는 꿈이 늘 좋지 않군요."

도마뱀 이야기이리라. 이 집의 모든 물건에는 독특한 생명이 있다고 했던가. 석씨 가문의 사람들이 담장 안의 모든 것, 나무나 기물 하나에까지 오랜 세월 동안 그 생명을 불어넣어왔다던가. 그 생명을 다시 빼앗고, 부숴버리려고 하자 그것들이 복수를 해오는 거라고 부인은 말했었다. 그리고 그때 부인이, 아녀자가 끔찍한 짓을 생각하고 있다는 것— 그것은 예상대로 도마뱀이 아니라 바로 이 병풍에 관한 일임이 분명했다. 부인의 끔찍한 생각이라는 것은 바로 그 병풍을 팔려고 마음먹은 것이었다. 그러자 부인은 그 병풍의 복수가 두려워진 것이다. 아니 부인은 그 두려움만으로도 벌써 복수를 당하기 시작하고 있었다. 그래서 생각을 다시 바꾸어버린 것이리라. 아닌 게 아니라 병풍은 석씨 가문에서 그 세월과 사람들의 의식 속에서 생명을 얻고 그것을 숨쉬어 온 게 분명했다. 막연하게나마 상민도 그렇게 믿을 수가 없었다. 그런데 부인이 병풍에서 그 생명을 다시 빼앗고 그것을 방매하려 했던 것이다. 하긴 다른 사람에게로 가도 그 병풍은 그림과 글씨의 값은 지니겠지, 그러나 은영이네로 보면 그것은 그만한 가치의 돈에 불과하다. 돈은 물리적인 가치 외에 생명을 지닐 수는 없는 것이다.

"정말 서울에 있는 분들이 기미를 알면 어떻게든 손에 넣으려 굉장들 할 겝니다."

선생은 아직도 미련이 가시지 않은 듯 말을 끌고 있었다. 그러나 부인은 이제 병풍을 개고 있었다.

"아까도 부탁을 드렸지만, 전 밖에서 집안 이야기가 되는 것은 싫습니다. 그래서 이번에도 이야기를 번지지 않으려고 조용히 선생님께만 의견을 여쭈려던 게 아닙니까. 혹시 생각이 바뀌면 그때 또 선생님께 도움을 청하기로 하구요. 이번 일은 그러니까 없었던 걸로 해주셔야겠어요."

한 번 더 다짐을 하고 나서 부인은 결국 화가 선생을 돌려보내고 말았다.

한데 선생이 돌아간 후 부인의 이야기를 대충 듣고 나니 상민은 부인이 병풍을 염두에 두고 했음에 틀림없는 그 생명감이란 말이 더 실감 있게 느껴졌다.

병풍은 그만큼 기구한 내력을 지니고 있었다. 이젠 마음이 좀 홀가분해진 듯 부인이 전에 없이 밝은 얼굴로 이야기한 병풍의 내력은 대략 다음과 같은 것이었다. 거기에는 물론 이야기를 들으면서 상민이 자기 나름으로 이야기를 해석하고 보충한 것까지도 포함된다.

12

이야기는 병풍의 옛 주인인 석용호 씨로부터 시작된다.

석용호의 선친은 구한말엽 정 아무품 벼슬을 지내다 국운이 기울자 비분강개, 관직을 벗고 향리로 나앉아버린 우국지사였다. 석용호 씨는 그 선친의 뜻을 이어받아야 할 맏아들이었다. 그러나 그는 그의 선친에 비해 성미가 훨씬 적극적이었다. 그는 아버지처럼 향리에 들어앉아 세월만 한탄하고 있지는 않았다. 그는 신학문을 배우고 일본 유학을 다녀오기도 했다. 그러다 선친에 세상을 떠나자 적지 않은 재산을 요령 있게 관리하여 그것을 더욱 불리고 사회 활동에도 적극 참여하기 시작했다. 학교 재단을 설립하여 육영사업에 열을 쏟는가 하면 관개 수리나 교통, 운수, 금융 등 영리사업을 벌여 자본을 육성했다. 중앙의 유학 시절 친구들과는 민중계몽과 민족혼의 수호를 위한 우리말 신문 발행의 필요성에 뜻을 모아 그 창간 발기인이 되었다. 그의 활약은 각 방면에 눈이 부실 지경이었다. 덕망으로 인품으로 그리고 재력과 사회적인 직위로 그는 선친과는 전혀 다른 방법으로, 선친보다는 훨씬 개방적이고 폭넓은 방법으로 이 지방에 군림하고 있었다. 그의 덕망의 그늘에 모여든 사람들이, 재산의 변두리를 스쳐간 사람들이, 그의 사회적 직위에 힘입은 사람들이, 단체들이, 행사나 사업이, 공적인 학교 사업 외에 개인적으로 장학의 혜택을 받은 사람들이 헤아릴 수도 없을 형편이었다. 그러나 무엇보다도 중요한 것은 그러한 석용호 씨의 재산의 일부가 그 자신 외에는 아무도 모르는 방법으로 국외 독립단체들에까지 헌납되고 있었다는 사실이었다. 적어도 그 당시로서는 그것이 누구에게 어떻게 전달되는지, 그리고 그런 일이 행해지고 있는지조차도 아는 이가 있을 리 없었다. 한데 그러한 사실은 해방이 되고 나서 공적인 사실로까지 인정을 받기에 이르렀던 것이다.

그러나 한편으로는 그런 석용호 씨에게도 심각한 갈등이 한 가지 있었다. 아니 그냥 한 가지 갈등이라고 하기에는 그것은 석용호 씨의 의식에 너무나 깊이 그리고 그의 생활을 거의 전체적으로 지배하고 있는 고민이었다. 그것은 당시 국내에 남아 있던 사회 지도층 인사들 가운데서 많은 사람들이 겪어야 했던 친일성이라는 말의 금기에 가까운 직선적 배타성과 필요악으로서의 자신이 지닌 외관적 친일 요소의 한계 사이의 고민이었다. 세상은 온통 일인(日人) 세상이었다. 일인의 지배하에 일인들의 제도 속에서 숨을 쉬고 살도록 되어 있었다. 일인의 풍속은 급속도로 전파되고 있었다. 그 사람들을 직접 만나지 않고 그 풍속을 외면하고 사는 방법도 있었다. 아예 세상의 그늘로 숨어버리면 그만이었다. 그의 선친이 그런 사람이었다.

선친의 뜻을 좀더 직접적으로 연장하면 그것은 일인들을, 그 제도를 정면으로 배척하고 나서는 길밖에 없었다. 압록강을 건너 중국 대륙으로 가거나 미주로 건너가서 독립운동을 하는 것이었다. 그러나 그는 이미 선친도 아니었고 독립지사도 아니었다. 일인들의 제도 속에서 사회적인 직위가 굳어져 있었고 재산이 지켜지고 있었다. 그러자니 일단 일인의 제도를 수긍해야 하고 표면적으로나마 그들을 용납해야 했다. 하지만 석용호 씨는 그것이 반드시 선친의 뜻을 배반하는 것이라고는 생각지 않았다. 오히려 선친의 방법보다는 그 뜻이 더 적극적으로 실현되고 있는 편이었다. 석용호 씨는 그렇게 믿고 싶었다. 그것이 자기의 방법이라고 확신을 해보기도 했다. 육영사업을 하고 민족 자본을 형성하고 그의 사회적인 직위와 신뢰감 밑에 수많은 사람들이 비호되고…… 나라 안에 남아서 후진과 이 땅을 지키고 끝내는 이 땅에서 그들을 몰아낼 힘을 모으고 기르는 일 또한 누군가가 맡아줘야 할 일이 아닌가. 내가 그 몫을 맡고 있는 것이 아니냐. 그러나 그런 모든 변명이나 신념에도 불구하고 석용호 씨는 끝내 자신의 갈등을 해소할 수가 없었다. 자신의 반쪽은 드넓은 세상에 화려하게 서 있었고 반쪽은 그늘 속에 숨어 초라하게 고민하고 있었다.

병풍은 말하자면 석용호 씨의 그런 갈등의 시절에 그 갈등과 깊은 관련을 가지고 태어난 물건이었다.

그 시절 그는 T시에 굉장한 저택을 가지고 있었다. 그런데 그는 그 저택의 사랑채를 항상 시인 묵객에게 내놓고 있었다. 시인 묵객뿐 아니라 하찮은 과객에서부터 명망 있는 인사에 이르기까지, 누구나 원하는 날까지 그 사랑채에서 지내고 가게 했다. 그러다 심경이 울적할 때 석용호 씨는 그들 중의 누구와도 쉽게 주연을 마련했다. 초저녁에 세모시를 다려 입고 술상 앞에 앉으면 새벽녘까지 주름살 하나 구기지 않고 꼿꼿한 자세로 술잔을 기울이는 주량이었다. 그는 그렇게 객과 술잔을 기울이면서 시국담에서부터 사사로운 인생사까지 가지가지 이야기를 나누는 것으로 울적한 심사를 달래는 것이었다. 어떤 때는 일부러 사람을 청해다 주연을 마련하기도 했다. 그런 사람들 가운데는 유능한 이웃 고을의 젊은이도 있었고 서울에 있는 유학 친지도 있었다. 당대의 논객이나 지사도 있었고 예술인도 있었고 사업가도 있었다. 알게 오는 사람, 모르게 오는 사람— 정체를 밝혀주지 않은 청년도 있었고 내력을 알 수 없는 촌로도 있었다. 그런 사람일수록 석용호 씨는 이야기가 길었고 술자리도 길었다. 그런데 석용호 씨는 그런 술자리를 언제나 집에서만 마련했다. 밖에서 술을 마시는 일이 없었다. 그리고 그것은 아주 드문 일이기는 했지만 어떤 때 석용호 씨는 술이 거나해지면 필묵을 준비시킬 때가 있었다. 화선지나 명주를 또한 내어오게 했다. 그러고는 흥이 오른 객들에게 거기에다 낙서 겸 심사에 맺힌 시 한 수, 그림 한 폭을 남기게 했다. 술 취한 객들이 마다할 리가 없었다. 아니 술에 취해서도 이야기로는 다하지 못할 심사들이 있었다. 그런 사람들은 한 수의 시나 한 폭의 그림으로 이야기를 대신하고 싶어 했다. 그것을 즐겨 벙어리 병풍에 남기는 것이었다. 석용호 씨가 맘에 맞는 객에게 필묵을 마련해주게 된 것도 처음에는 객들의 요구가 앞섰기 때문에 그 요구를 따른 것뿐이었다. 그러다 보니 그것이 아주 습관이 되면서 그림이나 글씨를 동양화나 서양화를 나누지 않고 회집한 면면대로 병풍으로 표구시켰다. 그런 병풍이 몇 틀이나 되었고 나중에는 그 병풍들을 무엇보다 귀중하게 간직하게 되었던 것이다. 그는 객이 없는 밤, 심사가 울적해지면 깊이 간직한 그 병풍들을 펼쳐놓고 하염없이 그 서화를 들여다보곤 하는 습관까지 얻고 있었던 것이다.

그것이 병풍의 내력이었다. 병풍들은 석용호 씨의 그런 갈등과 그 갈등을 참으려는 어떤 인고 속에서 태어난 것이었다.

그런데 그렇게 태어난 병풍들은 석용호 씨와 좀더 운명의 궤를 같이해야 했다. 6·25 사변 때였다. 석용호 씨는 괴뢰군이 T시를 덮쳐들어 올 때까지 피난을 가지 않고 있었다. 설마 했던 모양이다.

"제깐 놈들이 어디를……, 설마 예까지 발을 디밀어댄다 해도 며칠이나 갈라구."

그 며칠 동안이라도 사태가 심상치 않으니 잠시 몸을 피했다 오자는 주위의 권유에도 석용호 씨는

"그럴 필요 없어. 글쎄 왜 내가 도망을 가. 뭐 잘못한 게 있다구. 난 누구에게도 잘못한 일이 없어. 무서우면 너희들이나 갔다 오도록 해."

막무가내였다. 그는 8·15해방이 되자 대부분의 공직 활동에서

물러나 있었다. 그는 이제 나이를 먹고 있었다. 사업체들도 대개는 경영권을 양도해버렸거나 타사와 병합 또는 육영사업에 헌납해버리고 있었다. 그가 아직 사양치 못하고 있는 것은 몇 가지 사회단체의 명예직뿐이었다. 그는 이제 조용한 노후를 생각하고 있었다. 아직 고집이 좀 센 편이기는 하지만 그는 이제 별로 욕망이 없는 노인이었다. 마치 그의 선친의 노후와도 같이, 그래서 그는 번거로운 피난길을 나서고 싶지 않았는지 모른다. 게다가 그는 일정 시의 활약이 해방 후에 긍정적인 면으로 평가되자 끈질기게 그를 괴롭혀오던 내면의 갈등도 어느 정도 해소되고, 그래서 아무에게도 죄가 없노라 말할 자신이 선 모양이었다. 그러나 그의 생각은 너무 단순하고 소박한 것이었다. 그는 전쟁의 생리에는 눈이 어두웠던 것이다. 전쟁에 썩 자상한 이성을 인정하고 싶어 했던 것이다. 한때의 명망가, 재산가였다는 바로 그것만으로 이름이 쉽게 기억되고, 바로 그 이유만으로 숱한 사람들이 복수를 당해야 했던 세상을 미처 상상할 수 없었던 것이다. 하긴 괴뢰군이 몰려들어 오고 나서도 한동안 그는 무사했었던 것이다. 그러나 잠시 시골로 들어가 있던 은영네가 괴뢰군이 물러간 바로 다음 날 T시 집으로 와보니 석용호 씨는 집에 남아 있지 않았었다. 지금 서울 근교에서 군복무를 하고 있는 두 아들들은 그때 열 살을 갓 넘은 어린애들이었다. 석용호 씨는 그 두 아들에 의해 하루 뒤에 T시 형무소 뜰에서 시체로 발견되었다. 이리저리 수소문을 해보고 아는 집을 찾아보고 해도 종무소식이었는데 그렇게 시내를 헤매던 형제가 괴뢰군이 물러가기 직전에 형무소 수감자들의 학살이 있었다는 소문을 듣고 혹시나 하고 찾아가보니 석용호 씨는 시체 무더기 속에 피투성이가 되어 누워 있었다.

병풍은 — 아니 병풍뿐만이 아니라 그때 석용호 씨의 집에는 가재가 아무것도 남아 있지를 않았다. 그의 집은 어떤 괴뢰군 부대의 사무실로 사용된 끝에 가재들마저 깡그리 사라지고 없었다. 석용호 씨의 시체를 운반해다 텅 빈 집에 안치해놓고 어린 형제는 다시 가재를 찾으러 나섰다. 찾아질 리가 없었다. 그런데 그때 잃어버린 물건을 찾아온 시내를 두루 헤매던 형제가 어떤 은행 창고에서 용케 찾아낸 것이 바로 그 병풍 몇 벌과 석용호 씨가 가장 소중하게 여기던 난초 그림 한 폭이었다. 그 난초는 조선조 말엽의 풍운을 한몸에 겪은 한 역사적 인물의 솜씨로서, 그의 선친 때부터 전해 내려오는 것을 석용호 씨가 무엇보다 귀중한 가보로 간직해온 것이었다. 그런데 그 난초와 병풍이 은행 창고에 아무렇게나 내팽개쳐진 채 남아 있었던 것이다. 그 은행 건물 또한 다른 괴뢰군 부대의 사령부로 사용되고 있었는데, 놈들의 철수에는 그 병풍과 난초 따위가 쌀 한 가마의 가치조차도 지닐 수 없었던 게 분명했다. 그리고 그 혼란기의 이득을 톡톡히 본 철없는 부역자들의 눈에도 그 병풍과 난초는 은촛대며 자개반상 따위보다는 볼품이 덜 했을 게 분명했다.

상민이 선입견을 가지고 있는 탓으로 이야기를 부당하게 왜곡시킨 면이 있을는지는 모르나 부인이 말한 병풍의 내력은 대강 그런 것이었다. 그래서 은영네는 아직도, 지금까지 알려진 것 외에 그 역사적 인물의 난초를 한 폭 더 간직하고 있으며, 병풍도 상민이 구경한 것과 비슷한 것이 한 벌 더 간직되고 있다고 했다.

어쨌든 그 병풍의 내력을 들을 수 있었던 것은 상민에겐 무척 다행이었다. 그 이야기를 듣고 나자 상민은 지금까지 겪어온 여러 가지 은영네의 일들에 대해 어떤 이해가 가능해질 것 같은 느낌이 들었다. 그날 새벽의 사건 이후로 몇 가지 일이 연거푸 잇달아 일어나, 실상 그 이전에부터 지니고 있던 궁금증들에는 미처 생각을 기울일 틈이 없었지만, 병풍의 이야기는 그런 일들과도 어떤 깊은 관계를 가지고 있는 것만 같았다. 하긴 구체적인 사건들과 관련해서는 병풍의 의미 하나마저도 아직 확실해진 것이 없었다. 그러나 상민은 그것을 통해서 이 집에 일어나고 있는 갖가지 일이 대충은 비슷한 윤곽이나 성질을 지닌 것이리라는 느낌이 들고 있었다. 그러고 있던 참에 이번에는 그런 모든 일을 보다 확실하게 설명해줄 사람이 하나 나타났다. 휴전선 근방에 가 있다는 은영의 오빠—그 부인의 둘째 아들이 나타났던 것이다. 하긴 그가 어느 날 새벽 예고도 없이 불쑥 나타났을 때, 상민은 그로부터 자신의 그런 궁금증들을 풀게 되리라고는 꿈에도 기대하지 않았었다. 그러나 그는 자기 집에 대한 모든 비밀의 열쇠를 가지고 있었다. 비단 병풍에 관한 것뿐만이 아니었다. 부인의 얼굴에 늘 끼어 있는 그 근심기의 정체는 무엇인가. 은영이 그의 집 일에 방해가 되지 말아달라고 그처럼 다짐을 한 이유는, 그리고 정숙의 밀회를 둘러싼 가지가지 숙제들 하며 그 새벽의 침입자는? 또 상민이 그의 일차적인 목적이 되고 있다는 것은. 그는 그 모든 비밀의 열쇠를 거의 다 가지고 있었다.

그리고 부인이나 은영과는 달리, 상민이 원하자 곧 그 열쇠로 비밀의 문을 열어 모든 것을 보여주었다.

13

그러나 상민은 은영의 오빠라는 청년이 나타나기 전에, 이미 한 가지 비밀에 대해서는 실마리를 찾고 있었다.

그것은 정숙의 밀회와 관계되는 것이었는데, 뜻밖에 거기서 한 수수께끼 인물의 정체가 드러났던 것이다.

어느 날 밤 (그러니까 그것은 은영이의 오빠 철훈이 나타난 바로 그 전날 밤이었다) 11시가 넘어 상민이 막 잠자리로 들려는 참이었다. 불을 끄려는데 문득 방문 밖에서 노크 소리가 났다. 순간 상민은 귀를 쭈뼛 세우고 창문을 응시했다.

—그럴 리가 없는데?

밤이 깊은 데다가 부인이나 은영은 그가 밤에 한번 문을 닫아 걸고 나면 절대로 방문을 노크하는 일이 없었다. 낮 시간에도 물론 그의 방문을 함부로 노크하는 일이 없었지만, 밤이 되면 이쪽 마루조차 잘 밟지 않는 사람들이었다. 게다가 소리가 난 것은 앞문도 아니고 동편 연못 쪽이었다.

그러나 노크 소리가 상민의 착각은 아니었다. 똑똑, 누군가 다시 문을 두드렸다. 짧고 조심스런 소리였다. 이윽고 상민은 그 창문 앞으로 다가서며 나직이 물었다.

"누구십니까?"

"저예요. 저, 정숙이에요."

상민은 더욱 의외였다. 그러나 그는 그런 수수께끼에는 익숙해져 있었다.

침착하게 문고리를 땄다. 그리고 되도록 소리가 나지 않게 문을 열었다. 침착한 노크 소리와는 다르게 정숙은 방금 누구에게 쫓겨오기라도 한 듯 당황스런 모습으로 서 있었다. 옷매무새마저 흐트러져 있었다. 심상치가 않았다.

"웬일이십니까. 좀 들어오시겠어요?"

"밤이 너무 늦었는데 용서해주시겠어요?"

하고 싶은 이야기가 있는 게 분명했다.

"이 문으로 그냥 들어오시죠."

상민은 얼른 바지를 꿰입고 나서 정숙을 부축해 들였다. 은은한 향수 냄새가 상민의 코를 찔렀다.

"앉으시죠."

상민은 아랫목으로 그녀와 좀 멀찍이 자리를 잡아 앉으며 담배를 빼어 물었다.

"한데 무슨 일입니까. 밤중에 갑자기?"

정숙이 거북해지지 않도록 낮은 목소리로 물었다.

"한 가지 선생님께 부탁을 드리고 싶은 일이 있어서요."

"제게 부탁할 일이라니요."

그러나 정숙은 그렇게 입을 떼고 나서도 쉽사리 다음 말을 잇지 않는다. 뭔가 불안한 마음을 주저앉히는 듯 한동안 입을 다물고만 있었다.

"부탁을 드리기 전에 먼저 여쭙고 싶은 일이 한 가지 있어요."

한참 만에야 다시 입을 연 정숙은 상민을 정면으로 건너다본다. 그리고는 단도직입적으로 물어왔다.

"며칠 전엔가 우리 집에 도둑이 들어온 일이 있었지요?"

—이 여자가 왜 갑자기 그런 소리를 꺼내고 있을까.

상민은 조금 긴장이 되었다.

"도둑이요? 도둑인지 뭔지 밤사람이 다녀간 일이 있었지요."

생각할 여유도 없이 사실대로 대답했다.

"왜 정숙 씬 모르고 계셨나요?"

그러나 정숙은 모르고 있었다.

"역시 선생님께서도 알고 계셨군요. 저만 모르고 있었어요."

그제서야 상민은 부인이 아무에게도 소동을 알리고 싶어 하지 않던 것이 생각났다. 힘없이 고개를 툭 떨어뜨려버린다.

"무슨 일이 생겼습니까?"

"……"

"그리고 정숙 씬 그걸 모르고 계셨다면서 지금은 어떻게 알았지요?"

거푸 물어대는 상민의 추궁에 정숙은 그제야 무슨 각오가 선 듯 천천히 고개를 들었다.

"오늘 밤 그 사람을 만났어요."

"그 사람이라뇨?"

"전에 언젠가 선생님께서도 보셨지요. 정원 동산에서……"

그녀의 남자 이야기였다.

"그분 이야긴 왜 갑자기?"

그러나 묻고 있던 상민은 불현듯 어떤 예감이 스쳐갔다. 그의 예감은 정확했다.

"오늘 밤 그 사람한테서 이야길 들었어요."

"그분이 어떻게?"

그러나 정숙은 다시 고개를 떨어뜨려버린다.

"알겠습니다. 그렇다면 그날 밤 집엘 들어온 사람이 바로 그분이었군요."

정숙이 오늘 밤에 비로소 그런 사실을 알았다는 건 사실이겠지. 하지만,

"무엇보다 어머니를 실망시켜드리게 되어 죄송해서 견딜 수가 없었어요."

다시 입을 연 그녀는 이제 눈물마저 머금고 있었다. 그러나 그녀는 자신의 일을 실망하고 있지는 않았다.

—가엾은 여자로군. 이 여잔 그 남자를 만나는 것조차 어머니를 위해서라고 하지 않았던가.

한데 그자는 도대체 무슨 목적으로? 그러나 상민은 아직 그런 걸 물을 차례가 아니라고 생각했다.

"정숙 씨가 만나고 있는 분이 누군지를 어머니께서 알고 계시나요?"

정숙은 머리를 가로젓는다.

"모르실 거예요. 알고 계실 리가 없어요. 어머니께선 언제나 모른 체하셨으니까요. 제가 말씀드린 일도 없고."

"그러시다면……"

"하지만 이제 말씀을 드려야지요."

"그럴 필요가 있을까요? 정숙 씨를 만나는 것 이외의 일로는 다시 이 집엘 오지 않도록만 하시면."

"이제 그자가 저를 만나러 올 일은 없어졌어요."

정숙은 겨우 마음이 좀 가벼워지는 표정이었다.

"너무 괴로워하실 건 없어요. 정숙 씨가 처음부터 그자의 속셈을 알고 있었던 것은 아닐 테니까요, 오히려 이제라도 정체를 알아낸 게 다행한 일 아닙니까."

상민은 정숙을 위로하려 했다. 그녀의 흐트러진 차림새나 당황해 있는 표정에 잠시나마 이상한 생각을 했던 자신이 민망스러워졌다. 그러나 정숙은 여전히 완강했다.

"하지만 어머니께 고백을 드리지 않을 수는 없어요. 녀석이 언제 또 못된 짓을 하러 올지 몰라요. 전 모르고 있었지만 전에도 그간 가끔 우리 집에서 그런 짓을 해왔던 모양이에요."

그러나 상민은 그녀가 굳이 부인에게 고백을 하고 싶어 하는 이유를 짐작하고 있었다. 정숙은 이제 그자를 다시 만나지 않는다. 정숙은 그것을 고백하고 싶은 것이다. 마치 그녀가 남자를 만나고 있었던 것이 그녀 자신을 위해서가 아니라 부인을 위해서라고 생각하고 있는 것처럼.

"제가 도울 수 있는 일이 있겠습니까?"

상민은 이제 그녀의 부탁이라는 것을 생각하고 있었다.

"우선 선생님께서 이런 사정을 아시고 사건에 대비해주시라는 겁니다. 제가 이렇게 선생님부터 찾아뵌 것은 사실을 확인해볼 겸 그것을 부탁드리기 위해서예요. 그럴 리는 없겠지만 녀석이 당장 오늘 밤이라도 다시 달려들지 모르는 일이 아니겠어요?"

"그 점은 안심하셔도 좋습니다. 경위야 어떻든 전 이미 경험을 한번 한 일이니까 정숙 씨보다 먼저 각오가 되어 있거든요. 한데 정숙 씬 혹시 짐작 가시는 일이 없습니까? 무엇 때문에 그 친구가 그런 짓을 저지르고 있는지 말예요."

상민은 정숙을 안심시키고 나서 비로소 궁금한 것을 물었다.

그러나 정숙은 상민의 말을 잘 알아듣지 못했다. 녀석이 그런 짓을 하는 목적까지는 말을 하지 않은 모양이었다. 그녀는 아직도 남자를 단순한 절도로만 생각하고 있는 기색이었다.

"가령 정숙 씨와 그런 사이가 되기 전부터 아는 처지였다든지……"

한데 이때 정숙의 대답이 뜻밖이었다.

"네, 그건 선생님 말씀대로예요. 전에 이 집 문간방에 살고 있었던 사람이니까요."

얼굴까지 붉히면서 솔직히 대답해주었다.

"지금 살고 있는 사람 말고 그전에 우리 집이 이곳으로 옮겨오기 전에 살던……"

은영네가 시내 집에서 이사를 해오기 전에 이 집에는 안채고 문간채고 다른 사람이 집을 지키고 있었다고 한다. 그러다 은영네가 이 집을 쓰게 되자 그 사람들은 시내로 다른 집을 사 옮겨간 것이다.

그런데 그때 시내에서부터 줄곧 은영네와 함께 지내온 지금 사내 때문에, 문간채 사람들마저 멀리 친척이 된다는 그 안채 사람들을 따라 시내로 함께 이사를 해 갔노라고.

한데 그 문간채 가족 중에 정숙보다 나이를 한두 살 더 먹은 사내아이가 하나 있었다.

"학교를 고등학교만 나와서 별로 하는 일도 없이 빈둥거리고 있었어요. 전 그때 시내에서 가끔 이곳 심부름을 다니다가 그자의 얼굴이 익어졌지요. 하지만 그땐 그저 살림도 변변치 못한 주제에 젊은 녀석이 빈둥거리고만 있나 했지요. 그런데 우리가 이리로 이사를 해오고 나서…… 그러니까 그 사람들로 문간방에서 시내로 이사를 가버린 다음이었어요."

하루는 정숙이 무슨 일로 시내에서 좀 늦게 집에 돌아오는 참인데, 문간 앞 어둠 속에서 불쑥 녀석이 나타났다. 녀석은 다짜고짜 정숙을 붙들고 어둠 속으로 그녀를 끌고 갔다.

"할 말이 있다구요. 전 무서워서, 할 말이 있으면 안으로 들어가자구 애걸애걸했지요. 간신히 작자를 대문 안까지 끌어들일 수 있었어요. 하지만 창피하고 부끄러워서 소리를 지를 수도 없었어요."

결국 그날 밤 정숙은 녀석과 향나무 동산에서 꽤 긴 밀회를 갖게 되었고, 어쩌다 보니 다음번 약속을 하게 되었고, 그리고 나중엔 부인의 기색까지 살피면서 아주 그런 사이가 되어버렸다는 것이다.

정숙은 이제 모든 것을 체념한 듯 허탈하게 이야기를 모두 털어놓았다.

"어머니께선 그런저런 사정을 다 모르고 계시겠군요?"

"제가 만나고 있는 남자를 아시지 못하니까요."

"하지만 너무 근심하진 마십시오."

상민은 다시 정숙을 위로했다.

14

그런 다음 날 새벽 느닷없이 철훈이 들이닥쳤다. 한데 이상하게도 상민은 은영네 식구들이 그 군복의 청년을 맞이하는 태도가 여간 석연찮게 느껴졌다. 한마디로 은영 모녀는 철훈의 이 같은 출현에 뭔가 몹시 두려움을 느끼고 있었다. 모처럼 휴가를 얻어 온 철훈을 맞고도 두려워 어쩔 줄 몰라 하는 기색들이었다. 무얼 숨기고나 있는 듯 당황한 눈길을 주고받으며 철훈을 조심했다. 그런 여인들의 태도를 보자 공연히 상민까지 그 철훈이 조심스러웠다.

하긴 이 젊은 청년은 목소리며 거동이 지나치게 무뚝뚝했고, 어떻게 보면 난폭할 정도로 언동이 거칠었다.

"어머닌 정말 그동안 별일 없으셨어요? 은영이 넌 요즘 왜 얌전히 지내지 못하니. 난 전방에 가 있어두 네가 어떻게 지낸 줄다 알고 있어. 까분다는 소리만 들려봐라."

터무니없이 부인을 추구했다간 또 은영을 얼러대곤 했다. 아침상을 받고 나서 비로소 초대면을 하게 된 상민에게조차

"석철훈입니다. 수고가 많으십니다."

소개도 있기 전에 불쑥 인사를 건네고는 상민 쪽의 인사는 채 기다리지도 않고 얼굴을 돌려버렸다. 무슨 일로 와 있는 녀석이건 알 바 아니라는 태도였다.

—별놈의 인사법도 다 있군. 부인으로부터 말을 들어 이미 알고는 있겠지만, 수고를 한다는 건 또 무슨 소린가.

그러나 그 철훈은 말씨나 행동처럼 성격이 여간 직선적이고 활발해 보이지 않았다.

상민은 아침을 끝내고 자기 방으로 들어와 있으려니까 철훈이 저벅저벅 마루를 건너오더니 노크도 없이 불쑥 문을 열고 들어섰다. 그리고는

"지내시기가 불편하지 않습니까?"

뜻밖에 상민의 거처를 걱정하면서 앉을 생각도 않고 방 안을 휘둘러보고 있었다.

"아 뭐 좋습니다. 그보다도 아깐 미처 말씀을 못 드렸습니다만, 생면부지의 처지에 이렇게 신세를 끼치고 있어서…… 면목이 없습니다."

상민이 새삼스럽게 인사치레를 하려고 했다.

그러나 철훈은 상민의 말은 들은 체도 않고,

"불편을 참을 만하시다면 다행입니다만, 하여튼 어머니께선

여간 마음이 든든하지 않으실 겁니다."

"제가 무슨 도움이 되어드릴 게 있어야지요."

"웬걸요. 저도 선생님께서 와 계신 걸 보고 여간 안심이 되는 게 아닌걸요. 일전에도 한번 소동이 있었다고요?"

무슨 이야기든 서슴지 않고 꺼내는 성미 같았다.

"벌써 알고 계십니까?"

"어머니께선 말씀을 않으려고 하시지만 눈치를 보면 금방 알아요."

—부인과 은영이 철훈을 두려워한 것은 그걸 감추려고 했기 때문이었던가?

"유쾌하지 않은 일이라 알리고 싶지 않으셨던 게지요."

"하지만 어머니께서 제게 이야길 하지 않으려고 하시는 건 다른 이유가 있어요. 제 성미가 굉장히 급한 줄 알고 계시거든요, 말을 했다간 당장 녀석을 쫓아가 죽여놓을 줄만 알아요."

그러더니 철훈은 여유를 보이려는 듯 느닷없이 껄껄 웃는다.

"석 형께선 이미 그자가 누군지 정체를 알고 계신 모양이군요."

상민은 간밤에 정숙이 이야기 한 문간방 사내를 생각하며 물었다.

"알구 있지요. 그게 어디 한두 번 일이어야지요."

그러나 상민은 철훈으로부터 그 이상 이야기는 들을 수가 없었다.

"하여튼 좀 앉기부터 하시오."

철훈이 정말 그자의 정체를 알고 있는지 그자가 무슨 이유로 그런 짓을 되풀이하는지, 속시원한 것을 듣고 싶었다. 더욱이 지난번 일의 목적은 바로 상민이 자신을 놀래주려는 것이 아니라던가.

그러나 철훈은 상민의 이야기가 길어질 눈치를 깨닫고는,

"아닙니다. 가겠어요. 오랜만에 시내 구경을 좀 나가 봐야지요."

당장 문을 나가려고 했다.

"상관이 없다면 말이 나온 김에 이야길 좀더 듣고 싶습니다만……"

상민의 솔직한 요청에도 철훈은

"아, 이 집 얘기라면 이젠 더 하고 싶지도 않아요. 전 실상 처음부터 이 집 일엔 상관을 하고 싶지가 않은 놈이죠."

남의 얘기처럼 말하고는 기어코 방을 나가버리고 말았다.

한데 이상한 일이었다. 일단 그런 식으로 문을 나간 철훈이 이내 다시 방으로 되돌아왔다. 그리고는

"저와 이런 얘기한 거 어머님께는 모른 체해두세요. 공연히 걱정을 하실 테니까요."

새삼스럽게 다짐을 하고 가는 것이다.

알 수 없는 일이었다. 무엇 때문에 상민에게 그런 다짐이 필요했을까. 그리고 그가 상민과 그런 이야기를 나눈 것이 어째서 부인을 걱정시킨다는 것인가.

그러나 상민은 한참 나중에야 그가 철훈과의 이야기에서 한 가지 커다란 실수를 저지르고 있었다는 것을 깨달았다. 그리고 그

가 철훈의 성격을 활발하고 직선적이라고만 생각한 것도 잘못이었음을 알았다.

철훈이 다시 안방으로 돌아가고 나서 상민이 그 철훈의 행동을 한참 궁금해하고 있을 때였다.

"잠깐 이야기 좀 할 수 있겠수?"

뜻밖에 부인이 그의 방문을 노크했다. 상민이 안방으로 건너가 보니 부인은 은영하고 둘이서만 앉아 있었다. 철훈은 그새 집을 나가버린 모양이었다.

"그리 좀 앉아요. 좀 물어보고 싶은 일이 있어서……"

상민이 들어오는 것을 보자 부인이 먼저 입을 열었다.

"네, 무슨 말씀인지……"

상민은 영문을 몰라 자리를 잡아 앉으며 부인의 다음 말을 기다렸다.

"다름 아니라 우리 집 아이 말씀인데, 아까 지 선생님 방엘 들어왔던가요?"

상민은 가슴이 철렁했다.

—이분은 지금 철훈이 부탁한 바로 그것을 물으려는 게 아닐까. 그렇다면 철훈의 다짐은 그런 부인의 추궁이 있으리라는 것을 미리 예상한 행동이었던가.

한데 이번에는 곁에 앉아 있던 은영이 부인 대신 말을 물어온다.

"오빠가 무슨 얘길 했는지 좀 말씀해주시겠어요?"

역시 상민이 예상한 대로였다. 부인은 약간 초조한 표정으로 상민의 대답만 기다리고 있었다.

그러나 상민은 아직 부인이 알고 싶은 것이 정확히 어느 것인지를 짐작할 수 없었다. 도대체 철훈과의 이야기가 이들에게 무슨 뜻을 지닌 것인지, 어느 것을 조심하고 어느 것을 말해야 좋을지도 알 수가 없었다.

"네, 저더러 고맙다고 공치살 좀 하더군요."

상민은 우선 그렇게 대답하고 나서 어색하게 웃었다.

"그뿐이었어요?"

여전히 은영이 질문을 되풀이했다.

"그리고 시내 구경이나 좀 나가 봐야겠다구요……"

상민은 계속 대답을 조심하며 부인의 표정을 살폈다. 그러자 은영은 이 말에 뭔가 안심이 되는 듯,

"거보세요. 오빤 그냥 시내 구경을 나간 거예요. 그런데 어머닌 괜히……"

부인을 나무라고 든다. 그러나 부인은 여전히 상민의 기색만 살피고 있었다.

"그냥 시내 구경이라고만…… 볼일이 따로 있거나 누굴 만나려고 하는 기색은 없습디까?"

자신이 직접 물었다.

상민은 이제 짐작이 가고 있었다. 성미가 급한 철훈을 걱정하고 있는 게 분명했다.

"특히 볼일이 있는 것 같지는 않았어요."

"언짢은 일이 있는 것 같지는 않구요?"

"그런 기색도 없었습니다. 하지만 어머니 걱정을 하더군요."

그는 이제 부인을 안심시키려고 했다.

"내 걱정을?"

"네, 자기 성미가 몹시 급한 줄로만 알고 계시다구요. 그래서 요전에 있었던 일도 자꾸 숨기려 드신다고……"

상민은 웃으면서 사실대로 털어놓았다. 이젠 숨길 필요도 없을 것 같아서였다. 그러나 그게 잘못이었다. 철훈이 염려한 것이 바로 그 부분이었다는 것까지는 상민이 미처 깨닫지 못했던 것이다. 풀리는 듯하던 모녀의 표정이 갑자기 다시 굳어져버렸다.

"그럼 녀석이 이번 일을 눈치채고 있었군."

그러나 상민은 아직도 사정을 잘 이해하지 못하고 있었다.

"눈치를 챈 게 아니라 어떤 자가 그랬는지 벌써 범인까지 아는 모양이던걸요."

"녀석은 눈치로밖에 모르고 있었어요. 그걸 지 선생께 떠보러 간 건데 미처 내가 일러둘 틈이 없었구료."

상민은 비로소 사태를 깨달았다. 그가 철훈에게 그 눈치를 확인해준 게 틀림없었다.

"녀석이 겉으로는 아닌 체하지만 하두 성미가 급해서……"

그에겐 대개 일을 숨겨왔다는 것이다. 하지만 철훈은 번번이 눈치를 채고 식구들을 캐묻고 들었는데, 그때마다 모녀가 완강히 부인을 해버려서 별일이 없었지만 이번엔 아무래도 소동을 한차례 겪을 것 같다는 것이다.

"하지만 아깐 오히려 어머니 걱정을 하던데요"

철훈은 자신의 과실을 조금이라도 줄이고 싶은 듯 철훈을 변명했다. 그러나 부인은 이미 불안 때문에 풀이 하나도 없었다.

"걱정은…… 제 놈이 변통을 꾸미니까 내가 걱정을 하지요."

"그러나 아직 그런 일이 한 번도 없었다면 너무 근심은 마십시오."

상민은 어떻게 하든 우선 부인부터 안심을 시켜놓고 싶었다. 그러나 이번에는 화가 잔뜩 난 은영이 상민을 쌀쌀하게 힐난하고 든다.

"오빠 집안일에 한번 속이 상하면 가만있지 못하는 분예요."

소동을 벌인 일이 없는 것도 아니라고 했다. 언젠가는 철훈 자신이 직접 집에 있다가 그 일을 당했는데 날이 새자마자 그는 곧바로 집으로 쫓아가서 사람 하날 반죽음이나 시켜놓고 온 일이 있다는 것이다.

"아이가 한번 성질이 나면 원체 불꽃같아서…… 그때도 뭐 담장을 넘어온 녀석을 옳게 붙들어서나 그랬나. 확실치도 않은 집엘 짐작만 대고 쫓아가서 불문곡직 그 소동이었지."

부인이 한마디 힘없이 은영을 거들었다.

"그럼 아직도 범인은 잘 모르고 있는 게 아닐까요."

상민은 이제 철훈이 그자를 알고 있노라는 말까지도 의심이 갔다. 말을 해주진 않은 게 다행이라 생각했다.

그러나 부인은 조용히 고개만 가로젓는다.

"알고 있어요. 범인 이야기까진 하지 않았던 게로군요."

그 부인의 얼굴엔 이제 짙은 체념마저 깔리고 있었다. 범인이 어떤 자라고 일러주려고 하지도 않았다.

상민 역시 이미 범인을 알고 있노라 말할 필요는 없었다. 이제 그는 철훈이 돌아오기를 기다리는 수밖에 없다고 생각했다.

15

하루 종일 집 안은 무거운 침묵 속에 가라앉아 있었다. 사정을 알 리 없는 정숙마저 풀이 죽을 대로 죽어 있었다. 언제나 반쯤 숙어진 고개가 더욱 깊게 떨어지고 있었다. 아직 부인에게 고백을 하지 못한 때문인 것 같았다. 집안이 온통 불안하고 침울하기만 했다.

그러나 철훈은 좀처럼 돌아오는 기척이 없었다. 한낮이 지나고 오후 해가 설핏해질 때까지도 소식이 없었다.

그러자 상민은 걱정되는 일이 한 가지 더 늘고 있었다. 정숙 때문이었다.

—하필 이런 때 정숙이 그런 고백까지 해놓으면 부인은 얼마나 실망을 하고 말 것인가.

정숙이 눈치를 채고 고백을 연기해주면 좋으련만, 그러나 그걸 바랄 수는 없었다, 상민은 부인에게 미리 귀띔을 좀 해놓을까도 생각했다. 그러면 서로 충격과 실망을 줄일 수 있을 것 같았다.

그러난 상민은 역시 그 짓은 포기하고 말았다. 정숙으로부터 어떻게 그런 이야기를 들었는지 사연을 설명하기도 귀찮았고, 그보다도 자신의 과실로 이미 실망하고 있는 부인에게 다시 자신의 입으로 새로운 실망거리를 말하고 싶지는 않았기 때문이었다.

철훈이 집으로 돌아온 것은 저녁도 한참이나 늦은 다음이었다, 그는 술이 취해 있었다. 그러나 안방을 다녀 상민에게로 온 철훈은 불안하게 기다린 푼수로는 별 언짢은 기색이 없었다. 다만 술이 조금 심했던 듯, 상민에게로 오자마자 또 술을 하자고 했다.

"그만두지요. 석 형은 벌써 취했지 않우?"

상민이 말리려 했으나,

"그러니까 좀더 마시자는 거죠. 저는 술을 깨고 지 선생은 이제부터 취하시게 말이오. 집에 술이 있어요."

제법 술꾼다운 소리를 하고 있는 철훈은 오히려 기분이 썩 상쾌한 편이었다.

그러나 상민은 아직 마음을 놓을 수가 없었다. 아침에 은근히 속은 생각을 하면 철훈의 태도를 함부로 신용할 수가 없었다.

그러고 있는데 정숙이 벌써 주안상을 마련해 들고 마루를 건너왔다. 안방에 들렀을 때 그가 미리 이야기를 해놓은 모양이었다.

"집안에 자리를 같이 해드릴 사람이 없어 한 번도 술맛을 보여드리지 못했다더군요. 오늘은 마침 제가 동무를 해드리게 됐으니 잘됐지 뭡니까."

"집에서 담근 술인가요?"

상민은 은은한 자기 술병을 바라보며 물었다. 이젠 눈치만 살피고 있을 수는 없었다.

"마실 사람도 없는데 어머닌 늘 집에다 몇 가지씩 화주(花酒)

를 담가두고 계세요."

그러면서 철훈은 상민의 잔에 술을 따른다.

"평생 술을 입에 대본 일이 없는 양반인데도 어머닌 술맛을 알아요. 맛이 괜찮거든요."

"술 담그는 취미가 있으신 모양이지요?"

상민도 철훈 쪽의 잔을 채웠다.

"전에 제 아버지께선 꼭 어머니가 담근 화주만을 잡수셨다는군요. 자, 듭시다."

첫잔을 드는 동안 부인이 잠시 방을 다녀갔다. 상민에게 상인사를 하러 온 모양이었지만 그 부인 역시 철훈의 속을 확실히 알아내지 못하고 있는 게 분명했다.

아무렇지 않은 듯 아들의 얼굴을 살피고 있는 부인의 눈에는 아직도 조심스런 근심기가 숨어 있었다. 어쨌든 그 부인이 돌아가고 나자 두 사람은 이제 본격적으로 술을 시작했다.

술맛이 여간 향긋한 게 아니었다.

"술이 좀 달 겁니다. 하지만 독해요."

철훈이 천천히 잔을 비우며 상민에게 주의했다. 그러나 상민은 이제 더 그런 이야기만 하고 있을 수는 없었다.

"오늘 혹시 그자를 만나봤소?"

잔을 철훈에게 넘기며 대뜸 궁금한 화제를 끌어냈다.

"그자라니요?"

그러나 철훈은 갑작스런 상민의 물음을 잘 알아듣지 못했다.

"전날 밤 담장을 넘어들어왔던 녀석 말이오."

한데 철훈은 정말 낮에 아무 일도 없었던 모양인지 벼르고 벼른 상민의 물음을 아무렇지 않게 받아준다.

"아, 그깐 녀석은 만나 뭘 합니까."

그러나 상민은 철훈의 바로 그다음 말을 얼핏 알아들을 수가 없었다.

"만나보려면 아주 원흉을 만나야지요."

"원흉이라니?"

"원흉이 따로 있어요. 담을 들어온 놈은 하수인에 불과해요."

"그럼 석 형이 알고 있다는 건 하수인이 아니라 그 원흉이란 말입니까?"

상민은 부인의 말이 생각났다.

—담장을 넘어온 녀석을 옳게 붙들어서나 그랬나……

그때 그가 확실치도 않은 집엘 짐작만 대고 좇아가 소동을 벌였다는 것이 바로 그 원흉일 게 분명했다.

"물론이지요. 문제가 되는 것은 그 원흉이니까요."

"그가 어떤 사람인지 제가 알아도 괜찮을까요?"

상민은 이제 철훈의 오늘 낮 행적을 제쳐놓고 이 새로운 사실에 호기심이 끌리고 있었다.

그러나 이야기가 쓸데없는 곳으로 흐르고 있다고 생각했는지 철훈은 여기서 잠시 대답을 피했다.

"그러고 보니 지 선생은 우리 집에 여간 관심을 갖고 계시지 않은 것 같군요."

그러나 상민도 이젠 물러서지 않았다. 일부러 그랬는지도 확실하진 않지만, 어쨌든 아침에 한번 철훈에게 속고 나서도 상민은 아직 그가 이것저것 숨기려고만 드는 성미는 아니라고 생각하고 있었다.

"제 성미 탓이겠죠. 게다가 어머님이나 은영 씨께선 너무 말씀을 해주시려 하지 않구요."

그가 경험한 가지가지 수상쩍은 일들을 말할 수는 없었다. 그러나 철훈은 상민의 말에 벌써 짐작이 가는 모양이었다.

"그럴 겁니다. 어머님이나 은영이 년은 워낙 집안일을 이야기하기 싫어하죠."

솔직하게 시인했다.

"왜 그럴 이유라도 있나요?"

상민은 슬그머니 다시 물었다. 자꾸만 새로운 호기심에 쫓기고 있었다.

울타리 안의 모든 사물에서 생명을 느끼고 그것들과 영적인 교감을 갖고 있는 사람들이라면, 그런 자기들의 세계에 다른 사람들의 거친 눈길이 머무는 것을 좋아할 리가 없었다. 또는 바깥사람들의 생활과 자신의 방법에 이질감을 의식하게 되면 사람들은 자주 자기 성곽 속으로 움츠러들며 그 성곽을 지키려는 본능적인 자세를 배우게 된다.

상민은 확실하지 않으나마 부인의 태도를 그런 식으로 이해하려 하고 있었다.

그러나 철훈은 그렇게 대답하지 않았다.

"그야 한때 살 만큼 살던 집 안에 세를 꺾이고 나면 으레 그 집

구석구석엔 음침하고 기분 나쁜 비밀들이 서리게 마련 아닙니까. 어머닌 그런 걸 내보이기가 싫은 거죠. 말하고 싶을 리가 있겠어요?"

"하지만 석 형은 별로 숨기려 들질 않는 것 같군요."

"저야 뭐…… 상관하고 싶지 않으려니까요. 그런 건 어머니 한 사람만 지키고 있어도 충분한 것 아닙니까."

철훈은 과연 진짜 술꾼답게 이야기의 질서가 점점 명료해지고 있었다.

"그렇다면 석 형은 역시 제게 이야기를 해줘도 괜찮겠군요."

상민은 비로소 처음 질문으로 다시 돌아갔다.

"그렇게 이야길 듣고 싶습니까?"

철훈은 웃었다. 과연 상민의 추측대로 무턱대고 감추고만 싶어하는 얼굴은 아니었다.

"네, 우선 아까 그 원흉이라는 자가 어떤 사람인지부터……"

그러자 철훈은

"좋습니다. 말씀드리죠. 원흉은 우리가 이리 이사를 오기 전에 이 집을 지키고 있던 작자예요."

정체부터 밝히고는 상민이 미처 놀랄 틈도 주지 않고 허심탄회 경위를 털어놓기 시작했다.

"우리가 시내에 있을 땐 이 집을 다른 사람이 지키고 있었거든요. 자세한 건 말할 필요가 없겠지만 젊었을 때 아버지의 도움을 많이 입은 사람이었어요. 아버지가 돌아가시고 나선 아무래도 관리가 허술해진 참에 그 사람이 집을 좀 빌려 쓰자고 해서 서로 편의를 본거죠. 한데 몇 년이 지나다 보니까, 우리가 시내서 이리로 물러앉아야 할 형편이 되고 말았어요. 그래 이젠 집을 비워달라고 했지요."

그런데 이 친구가 쉽사리 집을 비워주려고 하지 않았다. 이사할 집을 아직 잡지 못했다면서 한 달 두 달 미루고만 있었다. 그러더니 느닷없이 하루는 시내로 사람을 보내 웬 강도가 들어 식구가 모두 혼났다는 전갈을 보내왔다. 처음에는 철훈네도 곧이를 듣고 선뜻 이사를 해가기가 꺼림칙해 있었다. 한데 그다음부터는 그런 소리가 열흘이 멀다 하고 전해왔다. 권총 강도가 들어왔다느니 칼을 든 자가 벽장에 숨어 있다가 주인 사내와 격투를 했다거니 소문과 전갈이 꼬리를 들었다. 그런데 나중에 알고 보니 그게 모두 작자가 그런 식으로 이사를 못 오게 해놓고 집을 헐값에 팔아버리게 하려는 연극이었다는 것이다.

"서둘러 이사를 해왔지요. 물론 그자들은 시내로 집을 사 나갔고 말입니다. 한데 이자가 헛소문을 잔뜩 퍼뜨리고 다니니 염치가 없었던 모양이에요. 이사를 해가고 난 뒤로도 수작을 계속하는 거예요. 이번엔 진짜 사람들을 들여보내는 거죠. 지 선생도 당해봐서 아시겠지만 공연히 사람만 놀라게 말입니다. 자기들의 말이 끝까지 거짓이 아니었다는 걸 증명하고 싶었던 겁니다. 작자가 그러다 연극을 그만뒀으면 좋았을 텐데 그런 수작을 한두 번 되풀이하다 보니 다시 자신이 생긴 모양이었어요. 잊을 만하면 사람을 들여보내서 지내기가 흉흉하게 만드는 게 아닙니까. 그리고 사람이 한번씩 다녀가고 나면 아무리 입을 다물고 있어도 어디서부턴지 꾹꾹 소문이 퍼지고 말입니다. 끝끝내 집을 흉가로 소문내서 헐값에 팔아넘기게 하자는 수작이지요. 게다가 형과 제가 집을 떠난 뒤로는 놈들이 더 자신만만해진 모양이더군요. 요즘은 마침 지 선생이 계셔주셔서 다행이지만."

상민은 비로소 그가 우선의 목적이라던 은영의 말을 이해할 수 있었다. 철훈이 쫓아가 반죽음을 시켜놓은 것이 누구라는 것도 확실해졌다. 철훈은 하수인 따위는 전혀 도외시해버리고 있었다. 그러나 상민은 아직도 철훈의 이야기에 납득할 수 없는 곳이 있었다.

그것은 곧, 철훈이 돌아오자 그에게서 가장 먼저 알고 싶었던 의문에 대한 해답을 상민이 이미 얻고 있다고 생각한 탓이었다. 아무래도 그는 부인의 걱정처럼 소동을 벌이고 돌아온 것 같지는 않았다. 그러자 이젠 거꾸로 상민이 그 철훈을 납득할 수가 없었던 것이다.

"한데 어째서 그자를 만나 연극을 중단시키지 않았지요? 지금도 석 형은 별로 걱정이 없는 것 같군요."

"왜요, 한번은 쫓아가서 벼락을 놓았지요. 하지만 작자가 어떻게 시치밀 떼는지, 오히려 걱정까지 해주는걸요. 곧잘 옛정을 생각하면서 말입니다."

그가 소동을 벌였다는 것은 상민도 이미 알고 있는 사실이었다.

"직접 하수인을 붙잡아 다스리는 방법도 있지 않겠소?"

그러나 이 말에 철훈은 실없이 웃어버린다.

"녀석이야 지 선생은 당해봐서 알겠지만 점잖지 않습니까? 그리고 전 이제 집안일이라면 통 상관을 하고 싶지가 않아요."

"어머니를 가여운 분이라고 생각해보신 일이 없는 것 같군요."

그렇게 물은 상민은 철훈이 낮에 다시 찾아 갔으리라고는 꿈에도 의심하고 있지 않았다.

16

그런데 어쨌든, 상민의 이 물음에 대해 철훈은 빈 술병을 채우러 한 번 더 부엌을 다녀오고 나서야 대답을 했다.

술이 정말 독했던지 취기가 제법 심해진 상민은 철훈을 말렸으나, 그는 상민이보다도 말짱해서,

"제가 있는 곳을 알아요."

기어코 병을 다시 채워가지고 돌아왔다. 그러고는 아까 상민의 말에 새삼스럽게 대꾸를 했다.

"바로 그겁니다. 제가 집안일에 상관하고 싶지 않다는 거 말입니다. 전 어머닐 가엾은 분이라고 생각하고 있지 않거든요."

"정말 그럴까요? 어머니의 얼굴엔 늘 어떤 근심 같은 것이 어려 있다고 생각되는데 내가 잘못 본 것일까요."

"맞았습니다. 잘 보셨어요. 하지만 어머니가 살아온 어떤 오랜 세월의 흔적일 뿐입니다. 그 세월이 어머니의 얼굴이 되어버린 거지요."

"그 어머니의 세월이란 어떤 세월이었습니까?"

"글쎄요, 건방진 소리로 인고의 세월이었다고 할까요."

"어려운 말이군요. 어떤 인고가……?"

그러나 상민의 이번 물음은 철훈의 말이 정말 어려워서가 아니었다. 그는 상민의 말에 내심 놀라고 있었다. 그것은 철훈의 표현이 상민이 지니고 있던 부인의 얼굴과 너무 정확히 적중했기 때문이었다. 상민 역시 부인에 대해 언제나 그런 느낌을 가지고 있었다. 부인에겐 필연 깊고 오랜 고뇌의 세월이 있었으리라. 그리고 그처럼 긴 고뇌 끝에 부인은 이제 그 고뇌를 견디는 슬픔까지도 아름다운 것으로 승화시키고 있는 듯했다. 은영네 집 안을 흐르고 있는 그리고 이젠 계속해서 하나의 확고부동한 가풍으로 이어질 생활 질서도 부인의 그 오랜 참음의 세월 끝에서 비로소 얻어진 것이 아닌가 생각되었다. 다만 상민은 그런 자기의 느낌에 적절한 표현을 얻지 못하고 있었던 것이다. 한데 그것을 철훈은 서슴없이 말해버렸다.

부인에 대한 철훈의 이해는 지금까지의 기대보다 훨씬 깊은 게 틀림없었다. 그리고 이제 상민은 그 오랜 부인의 고뇌가, 인고의 내용이 구체적으로 어떤 것이었는지를 알고 싶어졌던 것이다. 그러나 철훈은 거기까지 입을 열고 싶진 않은 모양이다.

"그런 걸 이야기 들으실 필요가 있나요? 뭐 어머니에겐 그런 세월이 있었다는 거지요. 그러다 보니 어머니는 그 인고의 버릇에 너무 익숙해져서, 오히려 이젠 그 고뇌나 인고의 쓰라림이 없이는 생의 의미조차 지탱할 수 없는 것처럼 보인다는 말입니다."

"그래서 어머니께는 얼마든지 슬픈 일이 일어나도 좋다는 것입니까. 그래도 절대로 가엾어지지 않는다는 것입니까."

"어머니에겐 슬픔이 아니니까요."

철훈은 이제 다시 자기 결론으로 돌아가고 있었다. 그리고 거기서 좀처럼 물러설 기색이 없어 보였다. 그러나 상민은 철훈이 그런 식으로 끝끝내 부인을 가엾은 분이 아니라고 우기려는 눈치를 보이자, 그리고 그것으로 집안일에 대한 자신의 무관심한 태도를 변명하려 하자 다시 그 철훈을 동의할 수 없게 되어버렸다.

상민은 아직도 부인을 그렇게 생각할 수가 없었다. 부인은 철훈의 말처럼 그 인고의 성곽 속에, 안주해버리고 있지는 않았다. 지금 부인은 오히려 그 성곽을 깨뜨리고 나오려는 보다 생생한 아픔을 경험하고 있는 것은 아닐까? 가령 은영의 결혼을 서두르는 일 같은 것 말이다.

비약인진 모르지만 상민은 은영의 혼인에 대한 부인의 태도가 그렇게 생각되었다. 부인이 은영의 결혼을 서두르는 것은 그 은영을 통해 부인 자신의 관심을 담장 바깥세상으로 연장시키고 그 세상과 악수해보려는 노력이 아니었을까. 사실인지 아닌지 아직 확인이 된 일은 없지만, 정숙의 일에 대해 부인이 그토록 이상한 관심을 갖는 것도 상민은 그런 방식으로 이해할 수 있을 것 같았다.

그러나 철훈은 은영의 결혼에 대해서마저도 상민과 다른 의견을 가지고 있었다.

"아니에요. 어머니께서 은영의 혼인을 서두르시는 건 다른 이유가 있어요."

할 수 없었다. 이제 이야기는 끝이 난 셈이었다. 화제를 돌리는 수밖에 없었다.

"무슨 이유가 있나요?"

그 이유라는 것이나 들어두고 싶었다. 그러나 철훈은 이제 이야기에 지쳐 말을 하기 싫어진 것인지

"그건 말씀드릴 수가 없어요"

한마디로 거절해버렸다. 그러더니 그는 자신의 말투가 좀 지나쳤다고 생각한 듯

"이 집의 안위와 너무 깊이 관련되고 있는 일이라서요"

제법 암시적인 변명을 했다. 그러나 이젠 상민 역시 이야기에 지쳐 입을 다물고 있으려니까

"하하…… 지독한 양반. 이제 겨우 질문을 그치셨군요."

남의 집 일에 지나치게 관심을 쏟고 있는 상민을 나무라듯 골리고 들었다. 그 바람에 상민이 다시 물었다.

"또 묻고 들면 대답을 해주겠소? 마침 저도 집 안의 안위와 깊이 관계가 되고 있다는 그 어려운 사연이 궁금합니다마는……"

"굳이 감추고 싶은 건 아니죠. 알고 계신지 모르지만 제겐 젊었을 때부터 절간에 들어가 계신 숙모님이 한 분 계시죠."

"알고 있어요. 한데 은영 씨의 결혼이 그분하고 무슨 관련이라도?"

상민의 호기심은 다시 불붙고 있었다. 어떤 예감이 있었다. 그러나 허허하게 말을 꺼낼 듯하던 철훈은 갑자기 부인을 하고 만다.

"그저 우리 집엔 얼핏 이해하기 어려운 그런저런 사정들이 많다는 거죠. 가끔은 함부로 입을 열 수 없는 것도 있지만. 은영의 혼인에 관한 사정도 그런 일의 하나라는 거죠."

당황한 기색이 역연했다. 분명히 무언가를 감추고 싶은 어조였다. 그러나 철훈은 상민이 다시 물을 여유를 주지 않고 재빨리 이야기를 돌려버렸다.

"사실 전 어머니가 전혀 걱정되지 않은 건 아니지요."

새삼스럽게 엄숙해지기까지 했다. 그러나 상민은 철훈이 어머니를 가엾게 생각하고 있는 듯한 모처럼의 고백에도 별로 관심이 없었다.

철훈의 이야기가 그런 식으로 곁길로 흐를수록 그는 방금 말한 수수께끼의 여인과 은영의 결혼 사이에 또 하나의 비밀이 숨어 있는 듯한 깊은 궁금증에 빨려 들어가고 있었던 것이다.

그런데 이날 밤 상민은 중요한 대목에서 끝끝내 철훈을 이기지 못하고 만 셈이 되었다.

다음 날 아침, 철훈은 휴가도 보내지 않고 곧 서울로 떠나버렸다.

"석 형은 제가 어떤 사람인지를 결국 한번도 묻지 않는군요."

"지 선생이 어떤 분이건 무얼 하시는 분이건, 어머님만 이해하시고 그 어머니에게 위로가 되어주신다면 전 아무래도 상관이 없으니까요."

떠날 때 상민과 나눈 이야기도 그뿐이었다.

그런데 철훈이 떠나고 난 다음에야 비로소 그가 전날 시내에서 작자를 만나 저지른 소동이 담장 안으로 전해왔던 것이다.

전날 밤 상민이 은영의 혼인과 그 숙모라는 여인 사이의 궁금증 때문에, 철훈에게서 마지막 고백의 실마리를 놓치고 만 탓이었다.

*

민 형, 너무 오랜만입니다.

지난여름 소식 올린 후론 원고만 한번 더 보내드리고 그만이었으니까 이게 겨우 두번째 글이 되는군요. 그사이 벌써 두 번이나 계절이 바뀌었지요?

면목이 없습니다.

오늘 아침 잠에서 깨어나 보니 밤새 창밖이 온통 흰 눈에 덮어버렸더군요. 소식 미룰 구실을 더 만들 수가 없었습니다.

그동안 전 긴 꿈이라도 꾸고 있었던 기분이에요. 아마 그 비밀의 냄새에 썩 깊게 취해버렸던 것 같습니다.

한데도 이런 게으름과 아둔을 탓하지 않고 늘 저를 격려해주시는 민 형의 아량과 배려 앞에는 머리가 수그러질 뿐입니다.

제 글이 소설이란 이름으로 민 형의 잡지에 활자화된 것을 보고 저는 처음 놀랍고 부끄러웠습니다. 그리고 두려웠습니다. 그게 아마 제가 민 형께 편지도 없이 두번째 원고를 보내고 난 다음이었던 것 같군요. 그래서 전 그 후로는 다시 원고를 보내지 않았지요. 부끄럽고 두려웠기 때문입니다. 처음 편지에도 솔직한 심정을 말씀드렸지만, 어디 그게 소설이라고 할 수 있는 글입니까.

휴지뭉텅이보다 나을 게 없는 것을 공연히 민 형께 부탁드린 게 여간 후회스럽지 않았습니다.

그래 놓고도 민 형은 제게 일언반구 설명이 없었지요. 글이 실린 책 한 권을 보내주신 것으로 모든 이야기를 대신해버리셨지요. 하지만 전들 어찌 민 형의 뜻을 모를 리 있었겠습니까. 그런 식으로라도 제게 이야기를 계속시켜보려는 민 형의 배려에 저는 부끄러움마저 잊을 수 있었습니다.

어떻게 하든 붓을 쉬지 않겠노라고 마음을 가다듬기도 했습니다. 때로는 허무하고 부질없는 느낌이 들면서도 이토록 오랜 나날을 부인 곁에 머무르고 있는 것도 실상은 그런 저의 집착이 큰 이유였을 것입니다.

제겐 이것이 마지막 기회가 될지도 모르는 일이 아니겠습니까. 어떻게 시작된 이야기든 여기서 그 결말을 얻어보려고 했습니다.

그러나 역시 잘 되질 않더군요. 이야기의 계속을 생각해놓지 않고 서두부터 미리 발표해버리고 나니 아무래도 처음이 잘못 시작된 것 같았어요.

민 형께서 원고 중의 이름들을 바꿔준 것은 은영네를 위해서나 제 입장을 위해서 여간 다행스럽지가 않았습니다마는 그 비밀의 냄새 말입니다. 지난번에 전 그 냄새의 정체를 어느 정도까지 들추어낸 듯이 뽐냈었지요? 잔뜩 흥분해서 떠들어대고 있었지요. 지금 생각해보니 제가 지나치게 서둘렀어요. 은영이 자기 집 일에 너무 조급해 덤비지 말라고 한 것은 저를 위해서도 옳은 충고였어요. 성급하게 해답을 좇다 보니 이야기에 추상적인 비약이 생기고 심지어는 저 자신마저 어떤 선입견 속에서 헤어나질 못하게 되고 만 꼴이더군요. 부인은 은영의 결혼을 통해 담장 바깥세상과 화해하려고 한다, 은영의 결혼을 서두르는 것은 바로 부인의 그런 노력의 표현이리라, 은영의 결혼은 결국 어떻게 매듭지어질 것인가, 그리고 담장 바깥에서부터 거꾸로 뻗어 넘어오는 탐욕스런 손길에서부터 부인은 끝내 물러서지 않고 자신의 오랜 성곽을 지켜낼 수 있을 것인가, 이야기를 그런 식으로만 이어가려고 했어요.

몇 번이나 썼던 것을 찢고 또 찢고 했는지 모릅니다. 명색 연재물이랍시고 서두만 빼놓고 이야기를 계속해서 내보내지 못하고 있는 민 형의 난처한 입장을 짐작하면서도 전 그러고만 있었어요. 제 글이 나가기 시작한 것을 안 후로 원고 한 장 보내드리지 못한 것도 사실은 그런 저의 허물 때문이라고 해야 옳겠지요.

그렇다고 민 형, 전번에 보내드린 저의 이야기가 사실과는 전혀 거리가 멀다는 것은 아닙니다. 아직도 저는 그러한 저의 이해에 수정을 가해야 할 이유를 발견하지 못하고 있습니다. 은영의 결혼이 어떤 식으로 결말지어질 것인가 하는 문제가, 그 야반의 침입자와 은영네 사이의 팽팽한 긴장 같은 것은 아직도 저의 지대한 관심거리로 남아 있으니까요.

다만 소설에 대해서만은 그런 식으로 자신이 서지 않는다는 것입니다. 너무 조급하게 서둔 탓이겠지만 추상과 선입견의 심연에서 이야기를 끌어낼 수가 없어요.

그리고 은영네의 비밀이란 알고 보니 그렇게 막연한 것만도 아니었습니다.

이 집에서는 사람과 나무 들이 똑같은 영혼을 가지고 똑같이 소리 없는 말을 하며 지내는 게 아니겠습니까. 비밀들은 그 나무들의 들리지 않는 속삭임 속에 은밀히 숨어 있었어요. 흥분하지 않고 차분히 기다려야 했어요. 전 나중에야 그걸 깨달았습니다. 하지만 민 형, 이 이야기는 좀더 기다려주십시오. 전 아직 그 비밀들과 만난 이야기를 어떻게 적어야 할지 모르고 있으니까요. 또 흥분하기는 싫습니다. 이야기를 정리할 여유를 주십시오. 그 이야기 대신 여기 우선 원고를 백 매가량 동봉합니다. 읽어보면 아시겠지만 은영의 일기입니다. 제가 소설을 위해 은영의 이름을 빌려 쓴 것이 아니라 정말 은영 자신의 일기입니다. 지난 여름방학 이후의 것에서 좀 재미있다고 생각되는 것만 발췌하여 날짜의 순서에 따라 제가 원고지에 옮겨 적은 것입니다. 대개 기숙사 생활 이야기예요. 소설 가운데다 남이 쓴 일기를 삽입하는 것이 좀 어떨까 싶기도 합니다만, 별로 관계친 않으리라 생각됩니다. 오히려 그녀의 생생한 진술을 통해 이 집을 바라보는 것도 재미있는 방법이 아닐까요. 집을 떠난 그녀 자신의 생각이나 주변에서 일어나고 있는 일들도 무척 흥미 있는 게 많아요. 한 예로 일기 속의 은영은 마치 조롱에서 금방 나온 새와 같아요. 가엾고 조그맣고 슬프고⋯⋯ 조그만 것은 언제나 가여운 게 아닙니까. 그리고 가여운 것은 아름다울 때가 많지요. 그런데 이 조그만 새는 문을 나와서도 좀처럼 조롱 곁을 떠나지 못하고 있어요, 푸른 하늘을 조금 날아보다가는 금세 다시 조롱으로 돌아와버리곤 합니다.

엄청나게 넓고 푸르고 높은 하늘이 오히려 두려운 것 같습니다. 하지만 은영에게도 하늘을 맘껏 날아보고 싶은 꿈은 가득합니다. 조롱 곁에 앉아서도 언제나 그 푸른 하늘을 꿈꾸고 있어요.

민 형, 이 조그만 새가 언젠가는 그 하늘을 멀리 날아볼 수 있게 될는지 끝끝내 그 하늘이 두려워 다시 조롱 속으로 숨어들어 가버릴 것인지, 그것을 지켜보는 것은 흥미 있는 일이 아니겠습니까.

그리고 보니 참, 민 형은 어떻게 해서 제가 은영의 일기를 얻게 되었는지, 그리고 그것을 이야기 가운데 끼워넣어도 좋도록 양해가 구해졌는지 두루 궁금해지셨겠군요. 민 형 역시도 은영네와는 무관한 처지가 아닌 터이니까 말씀입니다. 하지만 이야기가 너무 장황해질 듯하니 이 사연도 다음 기회로 미루지요. 그 대신 먼저 이 편지로 민 형께 고백을 드릴 일이 있습니다.

민 형, 용서하십시오. 지금까지 이 글을 쓰면서 한 번도 눈치를 보인 일이 없습니다만 사실 전 어느 틈엔가 은영이 여간 가깝게 느껴지질 않게 되고 말았습니다. 은영 쪽에서도 마찬가지인 것 같습니다. 피차에 그런 뜻을 말하거나 예사스럽지 않은 눈길을 주고받은 일은 없지만 양쪽 다 오래전부터 그런 감정을 감추고 있었던 것은 사실에 가까울 듯합니다.

그러나 민 형, 저는 지금 이 이야기를 즐겁게 지껄이고 있는 것만은 아닙니다. 오히려 제 마음은 근심투성이입니다. 저는 애초에 은영에 대한 저의 감정을 혼자 감추고 있으려고 했습니다. 그러다 은영의 일기에서 (민 형께서도 조금만 주의 깊게 읽어보시면 곧 아실 것입니다) 저와 같은 감정을 발견하고는 얼마나 놀랐는지 모릅니다.

그것은 명색 소설을 써보겠노라는 제가 은영에 대한 분별없는 애정으로 자신마저 이야기의 한가운데로 뛰어들고 만 씁쓸한 자책감 때문만은 아니었습니다. 전 아직 은영에게 제 감정을 내색조차 하지 못하고 있습니다. 전 은영의 마음이 무심히 내려앉아 쉬는 작은 나뭇가지에 불과합니다. 전 알고 있습니다. 은영의 마음은 결코 저에게서 오래 쉬고 있을 수는 없습니다. 조그만 바람결에도 그녀는 금세 저로부터 후룩 날아가버릴 게 분명합니다. 하물며 그녀가 무심히 내려앉아 있는 것이 벌써부터 그녀를 기다리고 있는 무심하지 않는 나뭇가지라는 것을 알 때, 은영은 얼마나 놀라겠습니까. 소스라치며 멀리멀리 날아가버리고 말 것입니다. 조심스럽기만 합니다. 그녀가 조금이라도 오래 제게서 쉬어주기를 바랄 뿐입니다. 바람결에 그녀가 놀라지 않도록, 그녀가 앉아 있는 나뭇가지를 내려다보지 않도록 저는 바람을 견디려 안간힘을 쓰고 있는 것입니다.

하지만 이 글이 활자로 찍혀 나오게 되면 은영도 제 마음을 알게 되겠지요. 어머니께서는 (민 형, 전 요즘 부인을 가끔 어머니라고 부르는 버릇이 생기고 있답니다) 제가 당신의 이야기를 쓰고 있노라는 말씀을 드리지 않고 있지만, 은영은 사실을 알고 있으니까요. 서울에서 책을 보았답니다. 그러면서 은영은 당분간 어머니께서 그 책을 보시지 않도록 해달라고 제게 충고까지 하더군요. 그 은영이 또 이 글을 읽게 되면 적어도 두 사람 사이에선 모든 게 확실해질 게 아니겠습니까. 떳떳지 못하기는 합니다. 그러나 그때까진 은영이 제게서 떠나가버리는 한이 있더라도 저의 마음을 확실하게 느끼게 해볼 작정입니다.

민 형께서는 다만 이 일기로 이야기의 계속을 삼을 수 있겠는지만 결정해주십시오. 가하다고 하신다면 전 지금 보내드리는 것 말고 일기를 좀더 길게 간추려볼 생각입니다.

그리고 또 하나 마저 말씀을 드리고 싶은 게 있어요. 이것 역시 일기를 읽어보시면 곳곳에서 암시를 얻을 수 있는 일입니다마는 은영의 출생 내력에 관해섭니다. 갑자기 이렇게 말씀을 드리면 어리둥절하시겠지만 은영은 자신의 출생에 대해서 커다란 비밀을 안고 있더군요. 젊었을 때 입산하여 수덕사에서 평생을 보내고 계시다던 은영의 숙모 말씀입니다. 전에 철훈의 태도에도 조금 이상한 대목이 있었습니다만 그분에 대한 은영의 느낌이 특별해요. 하지만 이 이야기엔 몹시 조심스런 주의가 요합니다. 철훈의 말마따나 이것이야 말로 은영네 집 안의 안위와 가장 깊이 관련되고 있다는 바로 그 비밀에 해당하는 것일지도 모르니까요. 민 형께서는 우선 은영이 언제가 '그분'이라고만 말하고 있는 그 숙모라는 분에 대해 은연의 감정이 어떻게 나타나 있는지부터 자세히 살펴주십시오. 어떤 추리가 가능할 줄 압니다. 그리고 그런 추리가 사실에 적중하고 있는 것이라면 그때 가선 은영네를 위해서도 비밀을 밝혀버리는 것이 나쁘지 않겠지요. 지금 은영네 식구들은 한 사람 한 사람 모두 그 비밀을 알고 있으면서도 그것을 혼자만 알고 있는 양 묘하게 따로따로 숨기고들 있는 게 분명하니까요.

자 그럼 오늘은 이만 그치겠습니다. 부인과 은영의 소식을 따로 전해드리지 못함을 양해하십시오. 지금 은영은 방학이 되어 여기 와 지내고 있습니다. 어머니와 셋이서 가끔 민 형의 이야기를 하곤 합니다.

조롱(鳥籠)과 새와 하늘

×월 ×일

오늘 2학기 수강신청을 끝냈다. 교직 과목을 6학점이나 신청했다. 그러나 카드를 제출해버린 지금도 난 실감이 가지 않는다.

내가 정말 교단에 서서 아이들을 가르칠 수 있다고 생각한 것일까. 내가 선생이 되겠다고 교직 과목 신청을 했다는 걸 엄마가 아시면 얼마나 웃으실까.

"전공에만 매달리지 말고 미리부터 교직 과목 점수를 얻어두도록 해요. 막상 교문을 나서고 보면 뭘 할지 몰라 후회하게 될 테니까."

박 교수님의 충고도 난 우습기만 했었다. 교문을 나선다고 정말 뭐가 하고 싶어질까. 그래서 나도 망설이게 될까. 생각조차 해본 일이 없었다. 지금도 난 졸업 담에 내가 선생이 되어 있는 모습을 상상할 수가 없다.

결국 교직 과목을 신청한 것은 연순 언니 때문이었다. 망설이고 있으니까 언니가 맘대로 혼자 결정을 내려버렸다,

과목을 고르고 시간을 선택하고, 그래 놓고도 내가 차마 카드를 쓰지 못하고 있으니까 언니가 꿀밤을 먹이며 대신 써주었다. 그러자 난 벌써 선생님이 되어버린 것처럼 가슴이 두근거렸다. 카드를 제출할 때도 난 교무과 남자 직원이 내 카드에서 교직 과목만 유심히 살펴보는 것 같아 얼굴이 화끈거렸다.

선생님이 된다는 게 싫어서가 아니다. 내가 자꾸만 대견스러워졌기 때문이다.

하지만 난 역시 그런 내가 잘 상상되지 않는다. 자신이 없다.

연순 언니는 남의 일까지도 그렇게 척척 결정을 내려주는데 난 왜 요만큼도 자신이 없을까. 자신을 가져보고 싶다.

×월 ×일

오늘은 일요일— 엄마가 아시면 깜짝 놀라실 짓을 했다.

난생처음으로 남학생들과 함께 산엘 갔다 왔다. 연순 언니가 졸라대는 바람에 할 수 없이 따라나선 것이지만 갔다 오고 나니 즐거운 하루를 보낸 것 같다.

오늘도 모든 일을 언니가 대신 해주었다. 옷을 빌려주고 신발을 마련해주고, 그리고 산 밑에서 남학생들과 파트너를 정할 때

도 언니가 대신 제비를 뽑아주었다.

"뭘 망설이고 있어? 누가 너더러 시집가랄까 봐 겁나 그러니? 오늘 하루뿐이야, 오늘 하루 동안 실컷 부려먹고 걷어차버리면 되는 거야."

그러면서 정해준 파트너가 K. K는 겨우 나보다 학년이 하나밖에 높지 않으면서도 내겐 무척 어른스럽게 굴었다. 바위를 올라갈 땐 손을 붙잡아주고 산 위에서는 종처럼 고분고분 더운 점심을 손수 지어주었다. 남학생이 지어 바친 그 점심의 맛. 점심이 끝나고 단체 게임이 시작되었을 때는 점심을 해 바친 일이 몹시 억울한 듯 유난히 나만 골탕 먹이려 했다. 속이 상해 화를 내고 있는데도 K는 부득부득 나만 괴롭혔다. 게임이 다 끝나고 나서야 K는 슬그머니 내게로 다가와서 미안하다고 싱긋 웃었다. 그러고 나서부터 K는 산을 내려올 때까지 다시 친절했다.

산이라는 곳은 아무래도 좀 이상한 곳이다.

연순 언니는 하루 동안만 K와 짝이 되어 그를 부려먹는 것이라고 했지만 거리에서라면 모두가 어림없는 일이다. 징그러운 남학생과 짝이 되어 그에게 함부로 손을 붙잡히면서도 별로 이상스럽지가 않은 걸 보면 산이 그런 곳인 모양이다. 하지만 그런 것을 빼고는 나는 산이 좋아졌다. 메아리가 슬픈 것이 산이다. 다른 사람은 메아리가 슬프지 않은지 모른다. 하지만 난 나의 메아리가 슬프게만 느껴졌다.

야호— 하고 소릴 치면 내 목소리는 멀리멀리 산골짜기로 메아리를 지어가곤 했다. 나는 그 메아리가 재미있어 자꾸만 메아리를 만들고 있었다. 그러다가 나는 문득 슬퍼지고 말았다. 메아리를 만들 때마다 또 하나의 다른 내가 그 메아리를 타고 멀리멀리 사라져가고 있는 것 같았다. 그리곤 산골짜기를 헤매다 어디론지 나로부터 숨어버리곤 했다. 나는 자꾸만 나를 떠나가 이름 모를 골짜기의 숲속에 바위틈에 숨어버리는 내가 슬펐다. 그러면서도 나를 슬프게 하는 그 메아리가, 산이 좋았다.

지금도 난 그 산골짜기에 나의 한쪽을 남겨두고 온 것 같은 느낌이라. 나를 떠나가 숨어버린 또 하나의 내가 그 골짜기의 바위틈에서 숨어 기다리고 있을 것 같다.

연순 언니가 기회를 마련해준다면 꼭 한번 다시 가보고 싶다. 그래서 숨어 기다릴 나를 찾고 싶다.

그땐 좀더 열심히 준비를 해야지. 곱고 예쁜 색깔로 등산복도 마련하고. 하지만 오늘 하도 애를 먹여서 언니가 다시 나를 데려가줄까.

잠이 오지 않는다.

나도 언니처럼 저렇게 코를 골면서 단잠을 자봤으면 좋겠다. 몹시 피곤했던 모양. 연순 언닌 오늘 모임의 히로인이었으니까.

하지만 역시 아가씨가 코를 드렁드렁 골면서 자는 건 좀 우습다. 내일 아침 일어나면 언닐 놀려줘야지. 경선이 년을 좀 보지. 조그만 게 산에서도 남학생 징그러워할 줄 모르고 깜찍스럽게 굴더니 잠자리도 저렇게 얌전하거든.

×월 ×일

엄마로부터 편지.

엄마의 편지를 받으면 언제나 기분이 좋다. 엄마는 아무도 흉내 낼 수 없는 독특한 냄새를 지니고 계신다. 옷에서 나는 은은한 장롱 냄새, 정원의 풀 냄새, 오래된 창호지 냄새 같은 그런 냄새다. 그 엄마의 냄새가 편지에까지 묻어오곤 한다.

그걸 맡으면 난 언제나 기분이 좋아진다.

지 선생님이 계셔주어서 적적하시지가 않으시다는 말씀이다.

엄마는 안심.

×월 ×일

"이것 좀 보세요."

일제히 합창하는 소리에 나는 소스라치게 놀라 발을 멈춰 섰다. 오늘 낮 부속국민학교 곁을 지나가고 있을 때, 발을 멈추고 돌아보니 교실에 꼬마들이 가득했다. 꼬마들이 선생님을 따라 책을 읽으면서 선생님이 하시는 대로 목소리를 흉내 내고 있었다.

선생님이 "이것 좀 보세요" 하면 꼬마들도 "이것 좀 보세요" 하고 소리 높여 합창했다. 선생님이 "이리 오세요" 하고 "이리"를 느릿느릿 소리 내면 꼬마들도 "이리"를 느릿느릿 "이리 오세요" 했다. 선생님이, 또 "저리 가세요" 하고 "저리"를 높게 말하면, 꼬마들도 "저어리 가세요" 하고 "저리"를 크게 합창했다.

나는 발길을 돌렸다. 다음 교실에선 노래 공부를 하고 있었다. 선생님이 오르간을 누르며 "도레미" 하면 아이들도 다시 "도레미" 하고 노래했다. 선생님이 이번엔 오르간을 키만 눌러줘도 아이들은 여전히 도레미, 도레미……

그러나 선생님은 갑자기 오르간의 키에서 손을 떼며 "여러분" 하고 말했다.

그러자 꼬마들은 도레미를 멈추고 이번엔 "예" 하고 합창했다.

여러분! 예!

발길을 돌리려다 나는 문득 눈물이 솟았다.

×월 ×일

예기치도 않은 사람이 기숙사로 면회를 와주었다.

지난봄에 맞춰두고 한 번도 입어보지 않은 보라색 새 원피스를 꺼내 입어보고 있는데 연순 언니가 빙글빙글 웃으며 방문을 들어섰다. 나는 그때 뒤에 달린 지퍼를 올리지 못해 혼자 애를 먹고 있던 참이었다. 속이 상해 울상을 짓고 있으니까 언니가 지퍼를 올려주면서 또 날 놀려댔다.

"이 아가씨 자크가 안 올라간다구 또 눈물이 글썽해졌어?"

그러고 나서야 언니는 여전히 빙글거리면서 내게 면회 온 사람이 있으니 어서 나가보라고 했다. 누구냐고 물으니까

"알아맞혀 봐, 누굴 것 같아?"

한참 애를 먹인 다음에야 그것이 일전에 산을 같이 간 K라고 했다. 그러면서 언니는

"은영인 복도 많아, 첫눈에 반한 모양이지?"

놀려대면서도 은근히 부러운 눈치였다. 나는 와락 겁이 났다. 그 하루뿐이랬는데 작자가 무엇 하러 왔을까. 치근치근 귀찮게 굴려는 건 아닐까.

"언니두 같이 가요. 나 혼자는 안 갈래."

그러나 연순 언닌

"이 철부지 어리광 아가씨야, 그래 내가 뭐 하러 거길 가니? 그 사람이 널 만나겠다는데."

그리고는 마치 사내처럼 껄껄 웃어댔다.

"가 봐, 괜찮아. 작자가 만약 시시한 소릴 하거든 무안을 주고 돌아와버리렴."

"어떻게 무안을 주지?"

"도련님 같은 건 그날 버스를 타고 돌아오면서 벌써 잊어버렸노라구…… 하루 놀이라구 약속하구서 구질구질 남자답지 못하게 놀면 재미 적다구 말야. 그리구 또 만나봐서 너무 누더기 바지만 아니면 적당히 구슬러 실속을 잡는 거구…… 하하하."

할 수 없었다. 두렵지만 혼자 가는 수밖에 없었다. 그러나 막상 K를 만나보니 그는 두려울 것도 뭣도 없는 사람이었다. 오히려 싱거운 느낌이 드는 사람이었다.

"나와주셔서 감사합니다." 한마디를 해놓고는 별로 반가운 기

척도 보이지 않았다. "잠깐 이 앞에 다방에나 가실까요?" 하고는 어정어정 혼자 앞서 걸어가더니 다방을 들어가서도 겨우 한다는 소리가 "커피는 드시죠." 나의 얼굴조차 바로 건너다보지 않았다. 그렇다고 혼자 무슨 생각이 골똘해서 그러는 것 같지도 않았다. 원래가 그렇게 싱거운 사람이 분명. 그런 싱겁쟁이가 산에 가서는 어디서 그런 친절이 솟아났는지 신기할 지경이다. 산에서니까 그런 비위짱이 생긴 것일까. 어쨌든 나는 그 K 앞에서 터무니없이 지 선생님 생각만 하고 있었다. '사람은 앞으로 걸어 다닌다.' 그런 당연한 사실까지도 지 선생님은 언제나 엄숙한 얼굴로만 말하는 분이다. 내가 아무리 화를 내어 골려주려고 해도 지 선생님은 그 절벽처럼 의연한 얼굴을 한 번도 바꾼 일이 없었다. 그렇게 무엇이나 진지하기만 한 지 선생님은 여자를 보는 방법도 반드시 결혼과 결부시켜, 결혼을 전제로 하고 있으리라. 나는 우스워 견딜 수가 없었다. 그러나 그 지 선생님 못지않게 K도 우스웠다. 도대체 그는 나의 지 선생님 생각에 방해거리조차 되지 못했다. 싱겁게 앉아만 있던 K가 그래도 헤어지면서는 다음에 또 면회를 와도 좋으냐고 물었다. 흥…… 하지만 내가 그런 작자를 뭐하러 또 만나?

×월 ×일

오늘부터 또 부끄러운 빨래가 시작되었다. 한 달에 한번씩 이

때가 되면 난 언제나 짜증이 나서 견딜 수가 없어버리곤 한다.

연순 언니나 우리 방 꼬마둥이 아가씨 경선도 이 빨래만은 거르는 일이 없을 텐데 이들도 그때마다 기분이 언짢아지는 것일까. 왜 여자에겐 이런 귀찮은 행사가 따르는 것일까.

하지만 짜증을 내봐야 소용없는 일. 이 일만은 아무도 대신해줄 수가 없다. 빨래도 마찬가지. 마음을 고쳐먹고 몰래 빨래를 끝내고 나니 그래도 좀 마음이 개운했다. 도대체 나 혼자 할 수 있는 일이란 그것밖엔 아무것도 없지 않은가. 하루 종일 그분 생각이 머리를 떠나지 않았다. 기분이 울적해졌을 때만 떠오르는 분. 가엾은 분, 불행한 어른.

×월 ×일

어젯밤 잠자리에 들어 잠을 청하다 말고 우리 방에선 한바탕 토론이 벌어졌다. 장래 배우자를 어떤 타입의 인물로 정하는 게 좋으냐는 우스꽝스런 걱정 때문이었다. 열을 올려 말을 주고받은 것은 연순 언니와 경선이 년 두 사람이었다.

나는 듣기만 했다. 연순 언니가 잠을 자려다 말고 느닷없이

"경선이 넌 나중에 어떤 신랑감한테 시집갈래?"

뚱딴지같은 소리를 묻는 바람에 이야기가 시작되었다.

"나보다두 언닌 어떤 신랑감을 골라놨수?"

경선이 이불을 들추고 나서며 되물었으니까 언닌 정작 자기 말

이 하고 싶었던지

"난 돈이면 그만야, 키나 좀 건들하구 외모가 사내 꼴은 지녔으면 다른 건 필요 없어. 돈 대신 수입이 쏠쏠한 직장을 가지고 있어두 되구."

그런 사람을 벌써 골라놓기나 한 듯 뽐냈다. 그러자 경선이 년이 대뜸,

"언닌 그럼 못써!"

조그만 게 제법 충고를 하려 들었던 것이다.

"그래, 내가 못쓰면 그럼 넌 어떤 신랑감을 얻을래? 어디 한번 들어보자꾸나."

언니가 좀 화가 나서 물었다.

"첫짼 뭐니 뭐니 해도 애정이죠 뭐."

경선도 지지 않고 대꾸했다.

요게 여간 깜찍하고 야멸찬 생각을 하지 않고 있었다.

혼인을 하자면 무엇보다 먼저 상대방과 애정으로 결합할 수 있어야 한단다.

그리고 다음으로 중요한 것이 그 사람의 인격—인생에 대해 어떤 꿈을 가지고 있으며 세상을 얼마나 성실하고 깊게 바라볼 수 있는가 하는 인격이라고. 돈이나 직장이나 외모 같은 것은 오히려 맨 나중이란다.

"하하 참, 그 애 사람 한번 웃기는구나. 돈이 없어두 애정만 있으면 그만이라구? 그래, 그런 사람하구 혼인하고 나선 발가벗은 엉덩이 맞대구 앉아 애정만 씹어먹구 사니? 우선 배가 고파 눈이

뒤집힐 지경인데 인격은 무슨 말라비틀어진 인격이야. 인생에 대한 꿈? 흥! 다 소용없는 거라구. 돈만 있어봐. 애정이구 인격이구 제절로 척척 달라붙을 테니."

경선은 연순 언니의 말에 상당히 모욕을 느낀 모양이었다.

"언니, 그게 정말이우? 돈만 있음 애정이나 인격이 제절로 생긴다는 거, 정말 언니의 생각이우? 그렇담 언닐 다시 봐야겠네요. 돈이야말로 성실하게 살아가다 보면 없다가두 생길 수 있는 게 아니우?"

사뭇 경멸스런 어조로 대들었다. 언닌 화가 난 모양.

"그 생각 마르고 닳도록 길이 살려 가시라구. 누군 너만 때 그런 꿈 안 가져본 줄 아니? 하지만 지나고 보니 다 쓸데없는 꿈이더라구. 글쎄 넌 항상 팔팔한 대학 1학년 학생일 줄 알지만 나처럼 늙은이가 되어봐. 졸업이 이마빼기에 다가오구 시골에선 선을 봐라 악당을 봐라 야단인데 몸에 맞는 바진 골라놓은 게 없구, 그런 처지가 돼 보란 말야. 생각이 달라질걸. 그럴 바엔 자식 새끼나 낳은 담에 가정 교사 들이랴 시험에 떨어진 뒷바라지 하랴 귀찮지 않게 일찌감치부터 머리통이나 쓸 만한 녀석 하나 골라잡아 두는 게 좋을걸."

은근한 야유로 화를 참는 목소리였다.

아니 그건 숫제 연순 언니 자신에 대한 저주같이도 들렸다.

"안 그러니? 은영이 넌 어때?"

경선이 년이 이제 입을 다물어버리고 있으니까 언닌 나에게 동의를 구했다.

그러나 나는 대답을 하지 못했다. 연순 언니가 결혼을 여간 구체적이고 현실적으로 생각하고 있지 않다는 것은 알 수 있었다. 그에 비하면 경선의 생각은 훨씬 이상에 치우치고 있었다. 학년과 나이 때문인 듯. 그러나 나는 어느 쪽도 편을 들지 못했다. 연순 언니의 물음에 대답을 하지 못한 것은 그 때문이었다.

어쩌면 난 결혼에 대해서 그처럼이나 등한하고 있었을까. 연순 언니나 경선에 비하면 나는 선이라는 것을 훨씬 자주 보아온 셈이니까 결혼에 대한 주견도 그만큼 뚜렷해 있어야 한다. 한데도 나는 결혼에 대해서 아무것도 생각해놓은 게 없다. 선을 보면서도 정말 내가 그 남자를 좋아할 수 있는가를 생각해본 일이 없었다. 결혼에 대해서 도대체 나는 아무것도 실감을 갖지 못하고 있었다.

맞선 때만 아니라 학교 앞 다방 같은 데서 남학생들이 추근대고 들 때도 난 남자를 그런 식으로 생각해본 일이 한 번도 없었다.

나의 결혼은 항상 먼 구름 위에나 있었고, 나의 남자는 언젠가 그 구름 뒤에서 나타나줄 먼 나라의 왕자였다. 실제로 눈앞에 보이는 세상 모든 남자들은 나의 결혼과는 아무 상관도 없는 사람들이었다. 그 왕자가 나타날 때까지 헛되게 사랑을 호소하며, 노래를 부르거나 눈물을 흘리거나 하다가 허섭스레기처럼 사라져버릴 사람들이었다. 나는 그 노래와 눈물을 구경이나 해주면 그만이었다.

결혼에 대한 나의 생각이란 언젠가 그 먼 나라의 왕자가 나타나줄 때를 기다리는 식의 막연한 것이었다.

한데 언니는 다르다. 지나치게 이상적이라곤 하지만 경선이 년까지도 자기 나름으론 제법 또렷한 남자의 모습을 가지고 있다.
한데 나는 뭔가. 언니에게조차 내 주견 한마디 내놓지 못하다니.

×월 ×일

해마다 과에서 가는 가을 소풍이 올해는 수덕사행으로 결정되었단다.
하필 행선지를 그분이 계신 수덕사로 정할 게 뭐람?
아무래도 난 단념하고 말까 부다. 엄마와 함께가 아니고는 한번도 혼자 그분을 만난 일이 없다. 이번 기회에 한번 혼자 그분을 만나 뵙고 싶기도 하지만 그러면 또 엄마가 가엾어진다.
엄만 왜 내게 그분에 관한 모든 것을 속 시원히 말씀해주시지 않는 것일까.
그분을 누가 그렇게 불행하게 만들었든 이제 그런 건 따져봐야 소용이 없는 일이다. 하지만 그분 때문에 다른 사람까지 조심스러워지고, 비밀을 감추느라 우울해질 필요는 없지 않은가.
하지만 또 왜 나마저도 이미 모든 비밀을 알고 있노라고 엄마에게 말씀드리지 못하고 있는가. 엄만 아직도 내가 아무것도 모르고 있는 줄만 알고 계신다. 우리는 모두 비밀을 따로따로 알고 있다. 알고 있으면서도 서로 모른 체하느라 우울해지고 있다.
엄만 끝끝내 내게 비밀을 감추시려는 것일까. 내겐 영원한 비밀로 만들어버리려는 것일까. 말씀을 해주셔도 난 엄말 조금도 슬프지 않게 해드릴 자신이 있는데 그러나 엄만 역시 말씀을 해주시지 않으려는 거야. 언제까지나 날 어리광 어린애로만 알고 계시거든.

에이 그만두자. 자꾸만 우울해지는 생각.

수덕사 대신 엄마에게나 다녀올까. 하긴 그러기도 겁이 난다.

왜 소풍을 가지 않았느냐고 엄마가 물으시면 난 뭐라고 대답하지? 엄만 수덕사라는 말만 들어도 놀라실 테지만, 나더러는 왜 거기라도 가지 않았느냐 나무라시겠지? 가는 길에 숙모님도 만나 뵙구 좋지 않느냐구.

혼자라고 만나 뵈어선 안 된다는 법은 없지.

하지만 역시 그분을 혼자 만나기는 두렵다.

×월 ×일

이상하게 소풍날도 되기 전에 먼저 집에부터 다녀오고 말았다. 엄마의 기분을 살피고 용기를 얻고 싶어서였을까.

어쨌든 집엘 다녀오고 나서 마음이 썩 편해졌다. 지 선생님 때문인 듯. 요즘 난 이상한 버릇이 생기고 있다. 지 선생님 생각만 하면 마음이 무척 편해져버리곤 한다. 왜 그럴까.

일전에도 그런 일이 있었다. 그 K 녀석 실없는 작자가 또 면회를 온 일이 있었다. 내가 만나주지 않겠다니까 연순 언니가 '펑 대신 닭'이라면서 대신 K를 만나러 나갔다. 그날 밤 연순 언닌 밤이 늦어서야 돌아왔다. 한데 언니가 꿩 대신 닭 노릇을 하고 오니까 난 또 '먹기 싫은 감'을 생각하고 있었다. 마음이 여간 불편하지 않았었다. 슬며시 심술이 돋았다.

그러나 그날 밤 난 지 선생님을 생각하고는 이상하게 마음이 편해지고 말았었다.

이번에도 지 선생님을 직접 뵙고 나니 모든 걱정이 한꺼번에 풀려버리는 것 같았다.

하지만 난 얼마나 나쁜 심술꾸러기 계집앤가. 마음이 편해지면 편해질수록 자꾸만 더 그분을 괴롭히고 화가 난 척 짓궂게 골려주고 싶기만 했으니 말야.

어쨌든 집엘 다녀온 것은 다행이다. 엄마를 만나고 지 선생님을 만나고 그리고 난 알 수 없지만 마음이 편해졌으니까. 용기가 생기면 마음이 편해지는 모양.

돌아오는 기차에서 난 이번 소풍을 단념하지 않기로 마음먹었다.

그분을 기어코 혼자 만나 뵙게 되는가 보다. 거짓말은 안 될 테니까 엄마에겐 나중에 말씀드리기로 하고 그분을 만나 허튼소리할 것도 아닌데, 소풍 갔다 잠시 찾아뵈었다면 엄마도 용서해주시겠지 뭐, 엄만 좋은 분, 이 세상 누구보다도.

그분을 만나 뵐 생각을 하니 벌써부터 가슴이 떨리고 두려워지기 시작한다.

×월 ×일

수덕사 소풍.

우리들의 마음은 얼마나 변덕스러운 것인가. 어떤 날 우리는 온통 하느님의 축복 속에 행복스럽기만 한 느낌이다가도 다음 날은 또 모든 은총을 잃어버린 듯 쓸쓸해지고 만다. 오늘 하루도 나는 그토록 한결같을 수가 없었다. 가는 길과 오는 길이 어떻게 그렇게 다를 수가 있었을까.

아침 10시, 전세 버스로 교문을 출발했을 때, 세상은 온통 우리의 하루를 위해서만 존재하는 것 같았다. 투명한 햇빛은 도시에 아름답게 빛나고, 위에선 동동 구름이 우리와 함께 하늘을 흐르고 있었다.

우리는 차가 미처 시가지를 빠져나가기도 전에 노래를 부르기 시작했다. 아 누가 그 귀엽고 행복스런 합창에 반하지 않을 사람이 있었을까. 그러나 우리는 아무도 자신의 애인을 위해서는 노래를 부르지 않았다. 애인들은 모두 집에 있었다. 우리는 오직 가슴이 메어질 듯 황홀한 자신에 취해 노래를 불렀다. 그리고 우리를 축복하러 다가오는 대지와 하늘, 수줍은 미소를 흘리며 사라져가는 코스모스와 가로수 들에게 (그것들은 늘 아쉽게 길을 비켜서주곤 했다) 그 노래를 뿌렸다. 한적한 시골 신작로를 걷고 있던 영감님은 우리들의 합창에 놀라 차가 지나간 다음에도 한참이나 넋을 놓고 서 있었고, 젊은 남자들은 기어코 손을 흔들어오지 않고는 배기질 못했다.

노래는 끝이 없었다. 부드러운 우리 가곡의 순서가 끝나 내가 노래를 더 따라 부를 수 없게 되어버린 다음에도 합창은 무한정 계속되었다.

나는 외국의 팝송이나 국내 유행가에는 형편없이 서툴렀다. 그래서 중도에서 그만 입을 다물고 말았다. 그러나 나는 그들의 노래를 듣고 있는 것만으로도 여전히 즐거웠다. 처음엔 노래를 좀 더 배워두지 못한 것이 후회스럽기도 했으나 끝도 한정도 없이 합창을 이어가는 재간엔 그런 나의 후회나 부러움조차 미칠 수가 없었다. 그것은 차라리 천재의 능력이었다.

언제 유행되었는지 기억도 없는 옛날 노래를 끌어내는가 하면, 라디오에서나 한두 번 들었을까 말까 한 최신 팝송을 능숙하게 불러치우곤 했다. 학교에서는 얌전을 빼느라, 노래 같은 것하고는 실오라기만 한 인연도 없어 보이던 계집애들까지 노래만은 속속들이 배워두고 있었다.

운전수 아저씨까지도 그 천재에는 기가 질려버릴 지경이었다니까. 어디쯤에서였는지 운전수 아저씨는 갑자기 길가에서 차를 멈춰 세우고는 핸들에 머리를 기댄 채 우리를 한동안 기다리고 있었다.

"아저씨 웬일이세요?"

노래가 끝나자 누군가가 수상쩍어하며 물으니까

"아가씨들 노래에 취했나 봐요. 굉장들 하시군요."

정신을 차리려는 듯 운전수는 머리를 한두 번 흔들어대고는 다시 차를 돌기 시작하는 것이었다. 우리는 물론 다시 노래를 시작했다.

가는 길은 그처럼이나 행복스러웠다.

한데 오는 길은…… 아니 오는 길도 다른 친구들은 모두 노래를 부르고 있었다. 피곤하고 우울한 것은 나뿐이었다. 하지만 그 이야기는 그만두자. 너무 피곤하다. 오늘만이라도 그런 우울한 일은 생각하지 말기로 하자.

×월 ×일

봄꽃은 피기를 기다리는 꽃. 가을꽃은 지는 날이 기다려지는 꽃.

엉터리 없는 생각일까. 그래도 할 수 없다. 나에겐 정말로 그렇게 생각되니까.

봄꽃은 움이 돋아날 때부터 꽃망울이 여물고 꽃이 피어날 때까지 나를 몹시 기다리게 한다. 그러나 그것은 한번 피어난 다음에는 언제 시든 줄도 모르게 자취가 사라져버리곤 한다.

그런데 가을꽃은 그 반대다. 언제 꽃망울이 맺히는 줄도 모르게 하루아침 눈을 돌려보면 문득 꽃송이가 만발해 있곤 한다. 그래서 그것은 지는 날이 아쉽다. 애틋한 마음으로 하루하루 지는 날을 기다리게 한다. 가을꽃은 대개 꽃 생명이 오래지만, 그래서 더욱 지는 날이 길고 하루하루 시드는 모습도 역연하다.

사람의 생애를 꽃에 비긴다면, 아마 그럴 수가 있다면, 그것은 틀림없이 봄꽃과 가을꽃의 그것을 모두 지닌 것이리라. 사람은 누구나 목마르게 기다리는 성숙의 세월과 기나긴 쇠망의 날들을 가지고 있다. 그러나 사람마다 그것이 똑같다고 할 수는 없다. 성숙의 세월이 유독 아름다운 사람이 있는가 하면 쇠망의 나날만 특히 두드러지는 사람도 있다. 맘대로 말해도 좋다면, 그분이야 말로 아마 시드는 세월에 꽃 생명이 깃든 바로 그 가을꽃의 생애를 가진 분이리라.

오늘 오후 교정을 지나다 나는 문득 붉은 샐비어가 만발한 언덕길에 눈길이 끌렸다. 다시 바라보니 언덕과 교정 구석구석엔 온통 샐비어 천지였다. 샐비어는 언제나 그렇게 갑자기 피어나서 나를 놀라게 하곤 했다. 작년에도 재작년에도 그것은 늘 마찬가지였다. 그리고 그날부터 하루하루 꽃잎이 시들어 나에게 겨울을 심어주곤 했었다.

한데 올해는 바로 전날 그분을 만나고 온 탓이었을까. 이상하게도 나는 먼저 샐비어에서 그분의 모습을 보았던 것이다. 그러고부터는 하루 종일 우울한 생각만 하고 지냈다.

말이 나온 김에 아주 솔직하게 적어두자. 나는 어제 이 일기에서 수덕사로 가는 길만은 유쾌하고 행복했었다고 적었다. 그러나 지금 생각해보니 그것도 사실과는 좀 다른 것 같다.

정직하게 말하면 나는 차를 내리기 훨씬 전부터도 벌써 우울해지고 있었다. 엄마 몰래 그분을 만나 뵙기가 다시 두려워졌다.

모른 체하고 그냥 지나쳐버려?

처음 떠나올 때와는 다르게 그분을 만나지 말고 돌아와버릴 생각까지 하고 있었다.

그러나 나는 끝내 어느 한쪽으로 마음을 정하지 못한 채 차를 내리고 말았다. 경내는 이미 다른 소풍객들로 상당한 혼잡을 이루고 있었다. 나는 차에서 내려 절로 들어서자마자 그 혼잡한 사람들 사이에서 벌써 그분의 시선을 느끼고 있었다. 아니 그럴 리는 없었다. 그분은 뒤쪽 별채의 좁고 어두운 골방을 혼자 지키고 앉아 햇빛을 맞으러 나오는 일이 없었다. 그분의 시선을 만날 리가 없었다.

그런데도 나는 어디선가 계속 그분의 시선을 느끼고 있었다. 그리고 애들이 경내로 이리저리 흩어져 있는 동안 나는 그 보이지 않는 시선에 끌려 자신도 모르게 그분의 방문 앞까지 와 있었다. 방문 앞까지 와버리고 나니 나는 차라리 마음이 가라앉았다. 기척을 알아차리고, 문이 열렸을 때도 나는 태연한 마음으로 그분의 시선을 맞을 수가 있었다.

"저 왔어요. 그동안 안녕하셨어요?"

오히려 나는 혼자 나타난 나로 인해 그분의 심중에 일어날지도 모를 어떤 동요를 빠짐없이 살펴둘 결심까지 하고 있었다. 나는 말씀이 있기도 전에 대뜸 좁은 쪽마루로 올라섰다. 그러나 그분은 엄마와 함께였을 때와 마찬가지로 조금도 새로운 동요의 흔적을 보이지 않으셨다. 조용한 합장뿐이었다. 자리에서 몸을 일으키시지도 않고 여전히 두 무릎을 꿇어앉으신 채, 언제나와 마찬가지였다.

그분 자신은 늘, 자기는 불도를 모르노라고 하셨다. 그분이 이곳에 와 계신 것은 다른 사람처럼 불도를 깨치기 위해서가 아니라 전생의 업과가 너무 커서 다만 그것을 씻기 위해 죄 갚음을 하시려는 것뿐이라고 했다. 그래서 자기는 중도 아니며 부처님에게선 자비보다 책벌을 구하고 있는 거라 하셨다. 그러면서도 그분은 다른 중들처럼 머리를 깎고, 승복을 입고, 그리고 언제나 우리를 합장으로 맞고 떠나보내셨다. 엄마에게도 물론 마찬가지였다. 그것은 마치 사관생도를 애인으로 가진 애들이 거수경례로 이별의 인사를 받고 있을 때처럼 서먹서먹하고 매정스럽고 그리고 조금은 비장한 느낌마저 드는 그런 인사법이었다.

"오늘은 저 혼자예요. 애들과 같이 소풍을 왔거든요."

나는 다시 엄마가 오시지 않은 것을 확인시켜드렸다.

"어머니에게도 별일이 없으시지?"

그러나 그분은 이미 짐작을 하고 계셨다는 듯 여전히 조용하셨다.

조그만 동요도 보이지 않으셨다.

"네, 하지만 엄만 제가 여기 혼자 온 건 모르고 계세요."

그럴수록 나는 자꾸만 더 반박을 하고 싶어졌다.

"말씀드려놓지 않구……"

"어쩜 엄만 저 혼자는 못 가게 하실 것 같았어요."

"그건 또 왜?"

"어째서 그런지 모르지만, 저도 여길 혼자 찾아오긴 여간 두렵지 않았거든요. 이상해요."

처음으로 어떤 가느다란 근심기 같은 것이 그분의 눈동자를 스쳐갔다. 나는 그것을 재빨리 붙잡으려 했다.

"하지만 전 언제고 한번 혼자서 여길 찾아올 결심이었어요."

기어코 비밀을 내 입으로 털어놓고 싶은 심경이었다.

그러나 그분은 이내 다시 침착해져버렸다. 눈동자를 스치던 근심기 같은 것도 그 한순간뿐이었다.

"친구들 하고 왔으면 나가서 함께 절 구경을 해야지."

나의 말엔 대꾸가 없으신 채 문득 절 구경을 권해오셨다.

"구경은 옛날에 벌써 다 했는걸요 뭐."

나는 고집스럽게 좀더 자리를 지켜 앉아 있으려고 했다. 하고 싶은 이야기는 아직 꺼내보지도 못한 채였다. 그러나 이야기는 결국 그것으로 마지막이었다. 나는 이미 말길이 막혀버리고 있었다. 하고 싶은 이야기가 뭣인지조차 까마득해져버렸다. 그 모양으로 나는 그분의 조용한 눈길만 견디고 앉아 있다가 끝내 자리를 일어서고 말았던 것이다.

"그럼 이따 또 오겠어요."

그리고 한번 방을 나오고 나서 나는 절을 떠날 때까지도 다시 그분을 찾지 않았던 것이다.

방을 나선 순간부터 나는 벌써 울음이 터지려 하고 있었다.

그분의 업보가 얼마나 큰 것인지, 나로서는 그것을 이해할 수도 알아낼 수도 없다. 그러나 그런 업보가 있다고 하더라도 어째서 그런 방법으로만 그것이 씻어질 수 있단 말인가. 그분은 평생 발바닥을 땅에 대지 않으려 하고 계신다. 머리를 깎고 세상을 떠나온 것뿐만이 아니라 햇볕 없는 어두컴컴한 골방에서 두 무릎으로 하늘과 땅을 공경하며 자신의 업보를 씻으려 하고 계신다. 자신에 대한 끝없는 고통과 그 고통을 견디려는 공경심만으로 그분이 몸도 일으키지 않고 나를 맞고 또 떠나보낸 것은 그 때문이다. 하지만 왜 그래야 하는가. 전생의 업보라는 것으로 왜 이 세상 일이 그토록 참혹해져야 하고 나에게까지 비밀을 만들어야 하는가. 이미 비밀의 중요한 부분을 알아버린 나에게마저 그것을 털어놓지도 못하는가.

나는 방을 나온 다음에도 그분의 옷자락 밑에 숨은 발바닥처럼 군살이 붙어 있을 정강이가 자꾸만 눈에 어른거렸다. 그분 앞엘 다시 나섰다간 기어코 울음을 터뜨리고 말 것만 같았다. 소풍 놀이커녕 쌔고 쌘 선물 한 가지 살 생각도 없었다. 나는 결국 그 눈물만 혼자 몰래 참고 있다가 그분에게 떠나는 인사조차 드리지 못한 채 일찍 차로 올라와버리고 말았다.

×월 ×일

기어코 다시 집엘 다녀왔다. 엄마에게 죄를 지은 것 같아 견딜 수가 없었다. 그러나 이번에도 나는 엄마에게 절에 다녀온 이야기만은 끝내 숨기고 말았다. 너무너무 평온하신 엄마의 표정을 보자 나는 차마 입을 열기가 두려웠던 거다.

하지만 그보다도 이번 귀향에는 좀 이상한 일이 있었다. 뜻밖에 난 정숙 언니를 괴롭혀드리고 말았다. 전에는 전혀 그런 적이 없는 일이었다. 아니 이번만 해도 그러려고 해서 그랬던 것은 물론 아니다.

정숙 언니는 언제나 나보다 생각이 깊었다. 엄마를 위하고 이해하는 것도 나하고는 비교가 되지 않는다. 나에게도 친언니 이상으로 늘 자상하고 알뜰했다. 한데 이번에는 이상하게 그 모든 것이 비위를 건드렸다. 얄밉고 역겹기만 했다. 그런 줄도 모르고 언니는 여전히 나를 달래려고만 했던 것이다. 나의 혼인에 대해서 말이다.

"어머닌 여간 근심을 하고 계시지 않은데…… 다음번에 말씀이 있으시면 그런 어머닐 생각해서라도 마음을 좀 단단히 먹어주면 좋겠어. 한 가지 흉허물 없는 남자가 있겠어?"

엄마가 계시지 않을 때는 늘 일러주곤 하던 말이었다. 그런데 이번에는 그 말이 이상하게 신경을 건드렸다. 나는 그만 화가 발칵 치밀어 올랐다.

"언니 왜 남의 일에 그리 간섭이유? 그럴 시간 있으면 자기 일이나 걱정하잖구."

하긴 내가 화를 내어 말한 것은 다만 그 한마디뿐이었다. 그리고 그것도 애초에는 언니가 먼저 나를 건드린 때문이었다. 하지만 정말로 내가 언니를 비난하고 싶은 말이 그것뿐이었을까. 게다가 나의 그런 돌연한 행동이 정말 정숙 언니 때문이었다고 할 수 있을까. 아니다. 말을 끝내고 나서도 나는 목구멍에서 언니를 향해 좋아져 나오려는 좀더 가혹한 욕지거리를 간신히 참고 있었던 것이다.

—언니가 나하고 무슨 상관이 있는 사람이오? 정말 내 언니라도 된단 말이오? 언닌 남의 집 식구란 말예요. 아무리 허물이 없는 사이지만 그건 잊어버리지 말아주셨으면 좋겠어요.

정숙 언니가 나의 친언니가 아니라는 것을 그처럼 똑똑히 마음속에 새기고 있는 자신이 놀랍기도 했다.

언니 역시 나의 말을 단순한 투정으로만은 여기지 않은 게 분명했다. 별안간 얼굴이 까맣게 질려버렸다.

—네가, 설마하니, 네가 그런 소릴……

그러나 언니는 말을 하지는 않았다. 뜻밖의 충격으로 말을 잊어버린 듯했다. 경악과 원망이 얽힌 눈초리로 멍하니 나를 건너다보고만 있었다. 나는 일순 그 언니가 가엾어졌다. 나의 경망스런 행동이 후회스럽기도 했다. 그러나 나는 끝끝내 언니에게 사과를 하거나 상처를 위로해주려고 하진 않았다. 언니가 가엾고 송구스러우면 서도 다른 한편으로는 또 이상하게 그 언니를 이겨낸 듯한 승리감 같은 것이 느껴지고 있었던 것이다.

무엇 때문이었을까. 중요한 것은 그것일 듯하다. 도대체 무엇이 그처럼 나를 화나게 하고 잔인한 승리감에 취하게 한 것일까.

그것은 질투였다. 기차를 타고 오면서 나는 첫 칸에서 혼자 그것을 곰곰이 생각해보았다. 그렇다. 나는 정숙 언니가 요즘 그 남자를 만나고 있지 않은 것을 터무니없이 불안해하고 있는 자신을 발견했다. 그것은 엄마를 위해서가 아니었다. 그리고 나는 언니에게 '자기 일이나 걱정하라'고 말한 순간, 지 선생님의 모습이 재빨리 나의 뇌리를 지나가고 있었던 것을 분명히 기억해낼 수 있었다. 결국 나는 정숙 언니를 질투하고 있었다. 그렇다면 언니 때문에 화를 냈다고도 할 수 없다. 건강한 질투라고나 할까. 어쨌든 언니에겐 미안하다. 그러나 나는 지금도 나의 질투를 후회하지 않는다. 아마 지 선생님과 늘 함께 지낼 수 있는 언니가 부러워진 게지. 하지만 그 정도의 질투라면 오히려 건강하고 즐거운 것이 아닌가. 잊어버리자.

×월 ×일

집에 다녀온 지가 오래지 않아서일까.

오늘 나는 참 묘한 착각을 했다.

"얘, 은영이 너 한턱 써야 할 일이 있어."

수업에서 돌아오자 먼저 사실(舍室)로 돌아와 있던 연순 언니가 등을 툭 쳤다.

"편지 왔어요?"

나는 반가운 김에 우선 손부터 내밀었다. 사실 안에서 서로 한턱을 내야 할 일이란 면회를 온 사람이 있거나 편지를 받았을 때다. 아직 면회 시간은 한참 전이고 편지가 분명했다. 언니는 내가 엄마의 글을 받는 기쁨은 별로 쳐주는 일이 없었다. 그냥 편지를 내주어버리거나 차 한 잔 정도로 흥정을 끝내버리기가 일쑤였다. 그런데 오늘은 언니의 거동이 좀 달랐다.

"이 아이 봐라! 항상! 제 편지는 공짜 줄로만 알아."

짓궂게 손을 뒤로 감췄다.

"그럼 내 고구마 튀김하구 차 살게."

"안 돼! 오늘은 그 정도론 곤란해!"

엄마의 편지가 아니구나. 나는 번쩍 어떤 예감이 들었다.

"그럼 어떻게 해요? 내겐 큰 턱 쓸 편지가 없는걸요."

그러나 나는 나의 예감을 참으면서 일부러 짜증이 나는 척해 보였다. 그러면서 속으로는 은근히 그 예감을 혼자 즐기고 있었다.

그러나 그 예감이란 얼마나 엉터리없는 것이었는가(그리고 어떻게 나는 그처럼 쉽게 단정해버릴 수가 있었는가). 모든 것은 나의 착각이었다.

연순 언니는 나의 짜증을 뭔가 그럴듯하게 여기는 눈치였다. 뜻밖에 편지를 쉽게 내주었다.

"정말 한턱 쓰고 싶은 사람이 없어? 그렇담 오늘은 우선 그 정도로 참아주지. 하지만 고구마하구 커피는 틀림없겠지?"

내주는 봉투를 보니 어이가 없었다. 그것은 지 선생님이 아닌 K로부터였다. 나는 갑자기 약이 바짝 올랐다. 지금, 생각해보면 약이 오를 것도 어이가 없을 것도 없는 일이었다. 한데도 그땐 정말 K란 작자에게 내가 터무니없이 속아 넘어간 것 같아 견딜 수 없이 울화통이 치밀어 올랐다. "그 작잔 왜 귀찮게 편지질이야?"

마치 연순 언니가 당사자라도 되는 듯 K의 편지를 꽁꽁 꾸겨대며 화를 내고 있었다. 그러나 언니는 그러는 나를 오히려 재미있어하고 있었다.

"원 아가씨두. 너 같은 애들만 있으면 어디 놈팽이들이 이 동넬 좋아하기나 하겠니? 그까짓 편지 한 통에 그리 겁을 집어먹고 화를 내버리니……"

그러더니 문득 구겨버린 편지가 아까워지기라도 한 듯,

"너 정말 편진 읽어보지도 않을래? 그럼 어디 이리 내봐. 내가 대신 읽어줄 테니. K가 너한테 하는 소리라면 내게도 뭐 감출게 없을 테니 말야."

편지를 빼앗아가더니 서슴지 않고 사연을 죽죽 읽어 내려가는 것이었다. 뭐 앞으로도 종종 면회를 올 테니 그땐 연순 언닐 대신 내보내지 말아달라, 그리고 이제부턴 자기 학교 신문을 주일마다 보내줄 테니 아무쪼록 반갑게 받아 읽어달라는 따위의 시건방진 소리들이었다. 쓸개 빠진 녀석, 연순 언니도 작자의 수작엔 좀 화가 난 모양이었다.

"호, 숙녀에게 여간 실례되는 말버릇이 아닌걸, 뭐. 이담에 또 날 대신 보내지 말라구? 가만있자. 이애 은영이 너, 한 번만 더 참아줄래? 내 이담엔 정말 녀석의 버릇을 고쳐놔야겠어. 혹시 나중에라도 네가 좀 편해지게 말이야. 내 참, 대신이라도 만나준 걸 고마운 줄 모르고 우습게 알았어!"

팔을 부르걷는 시늉까지 했다.

그러나 언닌 역시 언니였다. 금방 다시 화가 풀어지고 나더니,

"에이, 그렇지만 녀석도 없는 데서 화를 내면 뭘 해? 우선 벌어놓은 차나 마셔야지, 안 그래?" 차나 마시러 나가자고 했다.

"누구 땜에 한 약속이건, 차를 사기로 한 건 우리 숙녀들끼리의 신성한 약속이잖아?"

평소엔 저녁을 같이하건 차를 마시건 절대 우리들에게 계산을 시키지 않는 언니였지만 편지나 면회 턱만은 용서가 없었다.

×월 ×일

K로부터 드디어 신문이 왔다.

"아마 이젠 아가씨나 도련님이 학괄 졸업할 때까진 계속 보내올걸. 실컷 보내오라지 뭐. 얼마든지 읽어줄 테라구."

연순 언닌 아무렇지 않게 말한다. 경선이 년도 언니와 한패다.

"그래요. 내버려두죠 뭐. 남자 학교 신문이 한 가지도 들어오지 않는다는 건 우리 방 체면 문제예요. 다른 방엔 몇 가지씩이나 되거든요. 우리 방에도 한 가지는 들어와야죠."

어떤 방은 막상 신문을 받아봐야 할 아가씨가 방을 옮겨버린 다음까지도 신문이 계속해서 들어온단다. 하지만 K로부터 신문을 받는 건 아무래도 걱정스럽다. 하긴 마음이 편하지 않을 건 K 아닌 다른 사람으로부터라도 마찬가지겠지. 도대체 어째서 내가 읽고 싶지도 않은 신문을 그것도 터무니없는 남자로부터 받고 있어야 한다는 것인가. 우스운 일이다. 그게 아무렇지도 않은 일이라니 더욱 우습고 걱정스럽다.

×월 ×일

뜻밖에 연순 언니의 눈물을 보고 말았다. 어쩌면 그런 일이 다 있을 수 있었을까. 하지만 오늘 밤 언니는 분명 나에게 눈물을 보였다. 그것도 경선까지 함께 있는 자리에서.

연순 언니는 요즘 좀 시무룩한 편이기는 했다. 웬만한 일에는 그저 남자처럼 하하 웃어넘기곤 하던 언니가 이상하게 늘 시무룩해 있었다. 오늘 밤도 나는 그 언니를 좀 위로해주고 싶었던 거다.

"언니 차 마시러 나가요."

경선과 함께 언니를 기숙사에서 끌고 나갔다. 그러나 교문 밖으로 나온 언니는 다방에는 들어가려 하지 않고,

"은영이 너 요전에 커피만 사고 고구마 튀김 빚진 건 그대로 남아 있지? 시원한 길바닥에서 그거나 사 먹는 게 어때?"

다른 제의를 했다.

"좋아요, 그러죠 뭐."

나는 한마디로 찬성했다. 선뜻 맘에 드는 일은 아니었다. 길거리에서 고구마 튀김을 사 먹는 일쯤은 다들 예사로 여기고 있었다. 그것은 오히려 멋있는 장난쯤으로 여겨지고 있다. 인기가 높다. 그날 밤 내가 얼핏 그것을 사겠다고 약속한 것도 그런 인기 때문이었다. 하지만 실상 나는 그 고구마 튀김에 아직 익숙해지질 못하고 있었다. 방으로 들여다간 몇 번 먹어본 일이 있었다. 길거리에서도 한두 번 끼어보려고 한 일이 있었다. 거리에선 아무래도 쑥스러워서 입이 잘 벌어지지 않았다. 가슴이 꽁꽁 막혀

고생을 하곤 했다.

그러나 오늘 밤은 어차피 언니의 기분에 따를 수밖에 없었다. 그리고 나 역시도 언젠가는 결국 그놈의 고구마 튀김에 익숙해져야 할 것처럼 생각되던 참이었다.

우리는 셋이서 고구마 튀김을 각각 한 봉지씩 나눠 들고 불빛 얼룩진 거리를 몇 번이나 오르락내리락했다. 그러면서 천천히 봉투를 비웠다. 남의 기분에 묻혀선지 오늘 밤따라 나에게도 쑥스런 기분이 덜했다.

그런데 그 봉지들이 거의 다 비워진 다음이었다. 연순 언니는 그토록 거리를 오르내리고 나서도 아직 속이 후련하지 않은지,

"니네들, 오늘 밤 내가 재미있는 거 배워줄까? 술이란 거 마셔본 일 있어?"

의외의 제의를 해왔다.

"언니가 술을 사려구요?"

술이란 쓰고 어지러운 것이라는 소문. 물론 마셔본 일은 없다. 한데 언니가 그 술을 배워주겠단다. 나는 호기심이 솟았다. 그러나 막상 그렇게 묻고 나니 어딘지 좀 심상찮은 기분이 들었다. 언니가 왜 갑자기 술까지 마시려고 하는 것일까. 말은 우리에게 술을 배워주겠노라고 했지만 자신이 술이 마시고 싶었던 게 분명했다. 그러나 언니는 내가 망설일 틈도 없이 어디론지 앞서 걷기 시작했다.

"오늘은 정식 주점은 안 되고 우선 술맛만 보는 거야."

그러면서 언니가 우리를 안내한 곳은 늘상 외식을 하려 드나들

던 중국집이었다.

"걱정 마. 중국집에도 우리들이 취할 술은 있으니까. 술맛만 보려면 정식 주점보단 이런 데가 더 조용하고 좋거든."

언니는 방으로 들어서면서 우리에게 안심부터 시켰다. 그리고는 전에도 가끔 그런 일이 있었던 듯 능숙하게 술들을 주문했다. 나와 경선에겐 맥주를, 그리고 자신은 배갈이라는 중국술을 시켰다. 이윽고 술들이 우리 앞으로 날라져왔다. 나는 잔뜩 겁에 질린 표정으로 호기심과 두려움을 함께 견디며 언니의 거동만 살피고 있었다. 언니는 역시 능숙하게 잔들을 채웠다.

나와 경선에겐 맥주를 그리고 자신의 조그마한 잔엔 그 배갈이라는 술을, 그런데 그다음이 문제였다. 어찌된 일인지 언니는 잔을 채워놓고도 좀처럼 술을 마시려 들진 않았다. 가만히 술잔만 들여다보고 있었다.

마치 우리들보다도 그 술에 대한 두려움을 더 크게 느끼고 있는 것처럼. 경선이 년이 먼저 혀를 날름대다가 잔을 입으로 가져갔을 정도였다. 그리고 나서야 우리는 겨우 술잔을 입으로 가져갔다. 경선, 연순 언니, 그리고 나의 차례로, 그러나 그다음부터가 더욱 괴상했다. 그깟 술맛 같은 건 기억해 뭣 하랴.

괴상한 것은 연순 언니의 태도였다. 언니는 한 번 술잔을 입에 대기 시작하자 우리들에게 술을 배워주겠다던 약속도 잊어버린 듯 혼자서만 연거푸 술을 따라 마시고 있었다. 그것은 술을 마시는 것이 아니라 마치 가루약을 목구멍에 털어붓는 형국이었다.

그러더니 언니는 드디어 머리가 어지러워지는 듯 정갱이를 상위에 올려놓으며 손으로 이마를 싸 쥐었다. 그러고는 한동안 말이 없었다.

"언니 취했수?"

경선이 년도 뭔가 심상찮은 기색을 느꼈는지 일부러 혀 꼬부라진 소리를 흉내 내며 익살스럽게 물었으나 언니는 여전히 대꾸가 없었다. 그러다가 마침내 상상할 수도 없는 일이 일어났던 것이다. 이윽고 머리를 든 언니의 눈에 뜻밖에도 눈물이 고여 있었으니 말이다. 게다가 언니는 그 눈물을 우리들에게 감추려고 하지도 않았다.

"미안해, 미안해. 공연히 기분이 이상해져서 말이야. 술이 취한 모양이지?"

황급히 손수건을 꺼내며 미안하다는 소리만 연발했다. 정말 술이 취하면 사람은 눈물이 나오는 것일까. 그러나 나는 언니의 눈물이 정말 술이 취해서라고는 생각되지 않았다. 언니는 뭔가 속이 상한 일을 가슴속에 감추고 있는 게 분명했다. 술을 마시려고 한 것도 그 때문인 것 같았다.

그러나 우리는 언니의 갑작스런 눈물에 어리둥절해 있을 수밖에 없었다. 좀 덜렁대는 성미긴 하지만 언니는 그만큼 속이 넓고 깊은 편이었다.

그런 언니의 속을 헤아려볼 수도 없거니와 그 신기스런(미안) 눈물의 비밀을 이해할 수는 더욱 없었다. 언니도 그 이상은 끝내 다른 내색을 보이지 않았으니까.

무슨 사연이 있는 것일까. 하지만 지금도 나는 언니에 대한 궁금증보다는 그 눈물이 신기하기만 하니 웬일이지?

×월 ×일

오늘 저녁엔 또 정 사감으로부터 필적 검사를 받았다. 물론 화장실 낙서 때문이었다. 계집애들만 지내는데도 기숙사 화장실 벽엔 망측한 낙서들이 자주 등장하곤 한다. 어떤 맨눈 앞에 그 낙서를 마주하고 앉아 있는 이쪽 얼굴이 붉어지는 것도 있다. 한데 사감 선생들은 이 화장실 낙서에 유독 걱정이 많았다. 그중에서도 정 사감은 특히 신경질이다. 제발 숙녀다운 교양과 지성을 지녀다오, 이 무슨 창피한 짓인가, 기회 있을 때마다 훈계였다.

한데 기숙사 안엔 그 낙서에 취미를 가진 축들이 여간 많지가 않다. 아무리 훈계가 되풀이되어도 화장실 벽엔 낙서가 사라지질 않는다. 아니 이번엔 마구 사감들까지 놀려대기 시작했다. 그러자 사감들도 정말 화가 나고 말았다.

이번에도 역시 정 사감이 가장 극성이었다. 전에는 낙서를 지우게 하고 훈계 정도로 끝나던 것이 이번엔 낙서의 장본인을 찾아내고 말겠다고 필적 검사까지 하고 나섰다. 하필 그 정 사감에 대한 낙서가 제일 많았다던가.

정 사감은 그 낙서들을 찾아다니며 일부러 필적을 외워두기라도 한 모양이었다. 도끼눈을 해가지고 노트란 노트는 모조리 뒤지고 다녔다. 낙서에 취미가 없던 아이들까지도 정 사감의 그런 처사에는 모두가 재미있어했다. 필적 검사가 시작되면 공연히들 아슬아슬해하며 그녀를 그토록 화나게 한 낙서의 내용을 알고 싶어 했다. 그렇다고 정 사감이 그런 필적 검사로 진짜 범인을 잡아낸 일은 한 번도 없었다. 공연한 수선으로 낙서 내용만 더 널리 광고하는 꼴이 되곤 했다.

오늘 저녁 일도 그런 것이었다. 교문 앞 구두장이에게라도 중매를 해줄 테니 늙은 암쾡이 노릇 그만하고 시집이나 가랬다던가.

우리들의 가엾은 목자여.

×월 ×일

쑥색과 옥색, 자주와 적갈색은 색상이 비슷하면서도 그 느낌은 하늘과 땅만큼이나 다르다. 그리고 이 두 색깔들 사이에도 명도와 색도의 변화에 따라 전혀 다른 뉘앙스를 지닌 색깔은 얼마든지 있다.

하나의 도자기 작품에서 이 모든 색깔을 자유자재로 얻어낼 수 있다면 얼마나 다행스러울까. 그러나 대개는 그것이 불가능하다.

작품을 구워 내놓고 보면 애초에 의도하고 기대했던 것과는 빛깔이 전혀 딴판이기가 일쑤다. 색도나 명도가 조금만 달라져도 그처럼 색상이 변해버리는데 때에 따라서는 그나마도 예기치 못한 빛깔이 나오는 수가 있다. 그렇게 우연히 되어 나오는 빛깔이 뜻밖에 고운 것일 때도 있다.

그래서 우리같이 경험이 적은 풋내기들은 곧잘 그런 우연을 기대하곤 한다.

그러나 나는 지금까지 한 번도 그런 우연을 기대해본 일은 없다. 그렇게 얻어진 빛깔을 아름답다고 생각해본 일도 없다. 아름다움이란 무엇인가. 그리고 창조란 무엇인가.

그것은 우선 마음속에서부터 어떤 형태의 미감을 얻어 그것을 형상화하고 실현하려는 행위가 아닐까. 그렇다면 그 아름다움이라는 것도 그것을 실현하려는 노력의 결과가 그 창조의 원형에 얼마나 접근했느냐 하는 데서 찾아져야 하는 것이 아닐까.

우연이란 용서될 수 없다. 실상 나는 바로 그런 나의 고집 때문이 새로운 작품을 구워낼 때마다 그 빛깔에 얼마나 두려움을 느끼게 되곤 했던가. 하지만 나는 작품 빛깔에 대한 나의 질서를 얻기까지는 차라리 그런 두려움을 견딜망정 우연을 용서할 수 없다.

한데 생활에서마저도 나는 내가 가지고 있는 계산된 질서 이의의 일은 용서하기가 싫은 것일까.

그날 밤 연순 언니의 눈물이 정말은 나와 관계가 있는 것이었다는 고백을 들었을 때, 나는 흡사 나의 작품이 전혀 엉뚱한 빛깔이 되어 나왔을 때와 같은 두려움이 앞섰다. 연순 언니는 경선까지 있는 앞이라 차마 말을 하진 못했지만, 그날 저녁 그토록 속을 상한 것이 실상은 나에 대한 어떤 죄책감이었다고 했다. 언니가 어느 날 나 대신 K를 만나러 간 것이 나를 위해서라고 생각했는데, 나중에 내게 보내온 K의 편지를 보고 나서 곰곰 생각해보니 아무래도 그런 것 같지가 않더라고. 자기가 엉큼하고 나쁜 계집애였다면서 이제부턴 정말 나더러 K를 다시 만나보란다.

이야기를 듣고 보니 뭔가 짐작이 가는 듯했다. 그러자 나는 갑자기 두려워져버린 것이다. 정말 그런 일이 있을 수 있었을까. 그리고 난 정말 K를 다시 만나야 하는 것일까. 언니도 K도 모두 두렵기만 하였다.

모두가 상상 밖의 일이다. 상상 밖의 일이라 더욱 두렵고 용납할 수가 없다.

그렇다고 뭐 언니의 말을 모두 곧이듣거나 나쁘게만 생각해서는 아니다. 그날 저녁 언니가 속을 상한 것도 나에 대한 죄책감 때문만은 아니었으리라.

언니에겐 말씨가 조금 덜렁대는 점을 빼고는 외모나 거동에 별로 흉을 잡을 데가 없다.

한데도 언니는 남자친구가 하나 없다. 그러면서도 언니는 늘 생활이 즐거웠기 때문에 우리는 언니가 남자친구 따윈 별로 염두에 두질 않는 거라고 생각하고 있었다. 그런데 언니는 그게 아니었던 모양이다. 그날 밤 일도 그런 언니 자신이 따분하게 여겨진 데서 짜증이 나고 만 게 분명하였다.

어쨌든 언니의 말을 듣고 보니 K를 한 번 만나보기는 해야 할 것 같다. 그가 예뻐졌거나 언니를 질투해서가 아니다. 언니와는 이미 끝난 일, 그가 자꾸만 두려워지는 것이 그래야 할 것 같다. 필경 그를 만나버려야 이 두려움이 씻어질 테니 말이다. K가 정말 나를 만나러 오기 전에 지 선생님의 편지라도 한 장 받을 수 있다면 좋겠다. (터무니없게도)

×월 ×일

지 선생님으로부터 편지.

K가 나를 만나러 나타나기 전에 지 선생님의 편지를 한 장 받고 싶었던 소원이 뜻밖에 쉽게 이루어진 셈이다. 마치 나의 소원을 지 선생님이 미리 점치고 있었기라도 한 듯.

그러나 내용이 기대하고는 너무나 딴판. 내가 지 선생님의 글을 바란 것은 K에 대한 두려움을 씻기 위해서였다. 두려움 없이 K와 만날 용기를 얻고 싶어서였던 것. (도대체 지 선생님의 편지가 어떻게 그런 용기를 줄 수 있으리라고 믿었던 것일까) 한데 지 선생님의 사연은 용기커녕 새 근심만 한 가지 보태준다.

엄마가 지난번 나의 수덕사 소풍을 눈치채고 계신 것 같다고. 한데 그런 곳을 다녀왔으면 왜 미리 엄마에게 말씀을 드리지 않았느냐는 거다.

지 선생님한테도 물론 나는 수덕사 소풍을 이야기한 일이 없다. 소풍을 앞뒤로 두 번씩이나 사실을 말씀드리러 갔었지만 끝내 입을 열지 못했던 것.

그건 엄마뿐 아니라 지 선생님에 대해서도 마찬가지였다. 한데 지 선생님이 여간 화를 내어 꾸짖지 않는 걸 보면 분명히 엄마로부터 무슨 냄새를 눈치챘기 때문이리라. 그 밖에는 지 선생님이 나의 소풍 사실을 알아냈을 리가 없다. 게다가 그 일로 엄마까지 걱정해드리고 있는 걸 보면.

그렇담 엄만 또 그걸 어떻게 알아내신 것일까. 그사이 엄마 혼자서 그분을 만나러 가셨을 리는 없지 않은가. 언제나 나하고 둘이서라야 엄마는 길을 나서곤 하셨거든. 그렇다면 그분이 일부러 소식을 전한 것? 하긴 언제고 한번 혼자서 그분을 만나러 올 결심이었다는 나의 말이 그분을 몹시 걱정스럽게 했을 것은 틀림없다. 하지만 이렇게 쉽사리?

그러나 어떻든 엄마가 비밀을 알아버리게 된 것은 그쪽밖에 생각할 수가 없다. 내가 산을 다녀오고 난 며칠 동안 그분은 괴로운 망설임 끝에 결국 엄마에게 글을 내버리고 만 것이리라. 되도록 엄마의 마음이 상하지 않도록 당신은 아무렇지 않은 척 조심조심. 은영이 소풍 길에 잠시 절을 다녀갔는데 물론 얘길 들어 알고 계시겠지요, 하는 식으로 말이다.

엄마도 역시 아무렇지 않은 척하셨을 건 마찬가지였을 게다. 적어도 그 정도의 일로 나를 추궁하거나 원망하시려 들 엄마는 아니니까. 지 선생님이 눈치를 채게 된 것은 아마 무심결에 지나치는 엄마의 말씀 같은 데서였을 것이 분명. 말꼬리를 붙잡히고서도 엄마는 역시 아무렇지 않게 당신은 이미 나로부터 이야기를 들어 알고 있던 일이기라도 한 듯 담담하게 지나치려 하셨겠지. 하지만 엄마의 마음속이 정말 담담한 얼굴이나 말씨처럼 아무렇지 않은 것이었을까. 그리고 난 그런 엄마를 안심해버려도 좋은 것일까. 천만의 말씀이다.

나는 엄마에 대해 또 하나의 몹쓸 비밀을 지니게 된 셈이다. 아무런 비밀도 갖지 않았던 아무런 비밀도 가질 수 없었던 엄마에 대해 어떻게 되어 나는 요즘 하나하나 그 비밀을 지니게 되고 있는 것일까. 그리고 내가 그것을 한 가지씩 더하게 될 때마다 엄마는 얼마나 가엾어지기만 하는가. 무엇보다 엄마가 가엾어지는 것은 견딜 수가 없다.

엄마에게 미리 말씀을 드리지 못하고 미적미적 망설이고 있었던 것이 우선 잘못. 그렇다고 엄마가 끝까지 나의 비밀에 깜깜해 계실 것도 아니었는데 엄마에 대한 나의 비밀이라는 것은 이번 일처럼 늘 그렇게 서로 눈치를 채게 되기 마련이었고 그러고 나서도 감히 추궁을 하려 들거나 어느 쪽에서도 먼저 입을 열지 못하는 속임수 같은 것. 그래서 우리들의 비밀은 더욱 슬프고 거북한 것이었다.

역시 이번 일은 언제고 기회를 봐서 고백을 해버리는 편이 좋으리라. 지 선생님이 일부러 글을 내주신 것도 결국은 그런 권유의 뜻에서였을 테니까.

하긴 지 선생님이 그런 계산에서 편지를 냈다는 것도 이상하다. 그럼 지 선생님도 이미 그분에 대한 비밀을 모두 알고 계신단 말인가. 그렇지 않다면 내가 엄마 몰래 그분에게 다녀온 것을 어떻게 엄마와 관련 지어 탓하고 나설 수 있을까. 뭔가 눈치를 채고 있는 게 틀림없다.

×월 ×일

지상민(池相民). 어째 성이 하필 지씨일까. 그야 지 선생님 허물이랄 순 없지. 아니 성씨가 무엇이든 처음부터 그게 허물일 순 없다.

하지만 엄만 분명 '지상민'이라는 성을 싫어하신다. 엄만 특히 싫어하시는 성씨가 몇 가지 있다. 혼인 이야기가 나와보면 엄마가 싫어하시는 성씨가 분명해지곤 한다. 자세한 곡절을 말씀하신 적은 한 번도 없었다. 그러나 어쨌든 지씨에 대해서도 엄만 별로 달가운 표정이 아니셨다. 성씨가 하필 지씨라는구먼. 지 선생님이 처음 우리 집으로 오시던 날, 엄마는 지상민이라는 성씨만이 유독 마음에 걸리시는 듯 시들한 목소리로 그렇게 중얼거리셨던 것이다. 하긴 엄마로부터 좀더 확실한 곡절을 이야기 들을 수만 있었던들 나까지 어떤 성씨에 대한 터무니없는 선입견을 지니게 되지는 않았으리라. 엄마가 싫어하시는 것만으로 덩달아 나까지 어떤 선입견을 지녀버리게 된 건 성씨에 관한 지 선생님에 대해서도 마찬가지. 그렇다고 내가 여태까지 지 선생님의 그 성씨를 늘 염두에 두고 지냈던 것도 아닌데 요즘 와선 이상하게 그게 자꾸 마음에 짚여오곤 한다. 뭔가 시들하게 중얼거리시던 그날의 엄마까지 왜 자꾸 새삼스럽게 떠오르곤 하는 것일까.

×월 ×일

이게 바로 그 멋진 학창이라는 것인가. 오늘 밤 난 이상한 불꽃놀이를 즐기고 왔다.

엄마는 학창이라는 것을 늘 깨끗한 제복과 엄격한 기숙사 생활 같은 것으로 표현하신다. 정결한 제복의 처녀들이 햇빛 밝은 기숙사 뜰에 여기저기 흩어져 앉아 '네프류도프' 백작이며 '베르테르'의 사랑 이야기를 꽃피우고 있는 모습을 한번 상상해보라고, 꽃잎을 따며 영롱한 처녀의 꿈을 기르고 자신들이 직접 경험한 사랑의 사연이 없이도 얼마든지 사랑을 아름답게 노래할 수 있었던 것이 엄마네들 학창이었다고. 그중에서 어쩌다 정말 연애라도 시작한 친구들은 몰래 오가는 편지가 언제나 만리장성이었단다.

그러나 그건 어디까지나 엄마 적 시절의 옛이야기. 요즘 와선 연애를 뺀 학창이란 도대체 생각조차 해볼 수 없는 것이 되어버렸다. 게다가 연애라는 게 엄마네들처럼 그렇게 조심스럽거나 심각한 것도 아닌 터, 편지질 같은 건 아예 처음부터 겁쟁이 학생들의 남학생들의 못난이 짓에나 속한다. 연애 상대를 골라잡는 것도 다방에서 모자란 걸상을 하나 옆자리에서 끌어오는 것만큼이나 간단한 일(한마디 양해조차 구하지 않고 우리는 얼마나 간단히 그 걸상을 끌어와버리는가. 하기야 다방을 나올 때는 끌어온 걸상을 반드시 본래 자리로 되돌려놓는 예의가 있으니까).

결국 엄마 적하고는 학창이 멋있어지는 방법이 달라졌달밖에. 연애가 있어야 학창이 학창다워지고 거기서도 거추장스런 절차 따위는 되도록 짧게 생략되어야 할 것. 그래서 오늘 밤 나의 불꽃놀이도 전혀 기대하지 못했던 방법으로 마지막을 장식하게 되었는지 모른다.

하기야 처음부터 누가 우리를 위해 오늘 밤 그런 잔치를 준비

했던 것은 아니다. 내가 지금 불꽃놀이라고 말한 것은 무슨 축제 프로그램의 하나가 아니라 오늘 밤 학교 앞 거리를 휩쓴 화재 사건을 내 식으로 표현한 것이니까 말이다.

그러나 어쨌든 결과는 마찬가지. 화재 현장을 목격하고 있던 나의 기분은 불꽃놀이라는 말 이외에는 다른 어떤 표현으로도 그것을 새길 수가 없었으니까. 어쩌면 그토록 가까이서 화재를 목격하게 된 것부터 나는 벌써 축복을 받은 것이리라.

저녁을 막 끝내고 나니까 뜻밖에 K가 찾아왔었다. 지난번 신문과 함께 한번 찾아오겠으니 반겨주십사는 전갈을 띄우고 나서는 한참 감감해 있던 그가 하필 오늘에야 불쑥 나타난 것도 우연이라면 우연이었다. 하지만 정말 우연이랄 건 오늘따라 내가 그 K를 냉큼 따돌려 보내버리지 않은 것. 언젠가는 한번 작자를 만나버려야 하리라고, 그래서 그전에 지 선생님의 편지라도 한 장 받게 되기를 바랐던 나였지만 오늘은 그나마의 두려움조차 없이 냉큼 그를 따라나서버렸던 것이다.

그러나 언제라고 K의 그 멋대가리 없이 눅눅하기만 한 태도가 달라질 수 있었을까. 우리는 말없이 교문을 걸어나가 언젠가 그와 꼭 한번 커피를 마시고 헤어진 다방을 찾아 들어갔다. 다방에서도 K는 역시 말이 없었다. 도대체 그가 처음부터 나에게 한 말이란, 나와주셔서 감사합니다, 그리고 어정어정 다방까지 걸어나와 먼저 차를 시켜놓고는, 커피 드시죠, 그 두 마디뿐이었다. 그리고는 나의 얼굴조차 바로 건너다보지 않은 채 싱겁쟁이처럼 멍하니 앉아만 있었다. 마치 한 여자를 못내 손아귀에 넣고 싶으면서도 그때까진 자신의 이야기나 관심의 표시를 최소한으로 아끼기로 작정하고 있는 사람처럼. 아니 K는 처음부터 그런 모든 것을 생략해버리고 싶었는지도 모른다. 그의 표정이나 거동은 도대체 왜 나를 찾아온 것인지조차 이해하기가 힘들 지경이었으니까.

그러나 K의 그런 덤덤한 태도는 나대로도 편한 데가 있었다. 적어도 그는 나의 상념을 방해하지는 않았으니까 말이다. 그리고 어느 순간 느닷없이 "불이야!" 소리에 놀라 다방을 뛰쳐나올 때도 난 그 K를 조금도 염두에 둘 필요가 없었으니까.

불은 바로 다방 옆 양장점에서 타오르고 있었다. 매운 연기가 꿈틀꿈틀 지붕을 새어 나오더니 어느덧 그 연기 사이로 세찬 불길이 널름거리기 시작하고 양장점은 곧 화염 속에 싸여버렸다.

그러나 불길에 휩쓸려 들어간 것은 그 양장점 건물 하나뿐이 아니었다. 소방차도 달려오기 전에 검붉은 화염은 펄럭펄럭 제 바람을 타며 방금 내가 뛰쳐나온 다방 건물과 그다음 책가게 하나를 순식간에 덮어버렸다.

마을은 별안간 수라장으로 변했다. 불길과 소방차와 구경꾼들로 거리는 온통 난리판처럼 복작대고 그 군중 사이를 낭자한 경비 경찰관 호루라기 소리가 바늘 끝처럼 분주히 누비고 다녔다. 그러나 불구경이란 피해자를 빼놓고는 역시 신이 나는 것. 그래서 일부러 불을 만드는 놀이까지도 생각해낸 것인지 모른다. 옛날 로마의 어떤 황제도 장엄한 시흥(詩興)을 얻기 위해 온 시내에 불을 놓았다지 않은가. 하여튼 나는 그 수라장 속에서도 한 발 한 발 자리를 비켜서면서 충천하는 불길에 실컷 정신을 취해버리고 있었다. 화를 당한 사람들의 쓰라림 같은 것은 도대체 염두에 두어볼 아량이 없었다. 나는 오히려 엄청나게 큰 불꽃놀이를 즐기고 있는 듯한 착각 속에서 검은 하늘을 끝없이 치솟아오르는 불꽃에 소리 없는 환호를 올리고 있었던 것이다. 그리고 무서운 흥분으로 가슴을 두근거리면서도 불길이 좀더 세차게 번져나가 타올라주기를 안타깝게 갈구하고 있었다.

나라는 계집이 워낙 악마였기 때문일까. 남의 불가에서 그처럼 잔인한 생각만 하고 있었다니. 그러나 뭐라고 해도 난 오늘 밤 일이 결코 후회스러워지지는 않으리라. 타오르는 불꽃은 역시 아름다운 것이니까. 그것은 이상하게 사람의 마음을 흥분시키고 문득 그것 속으로 우리를 끌어당기는 마력이 있다. 뿐만 아니라 그것은 한번 불길이 당기기만 하면 어떤 논리나 사유에도 불구하고 마구잡이로 세상을 쓸어삼키려 덤비는 무도한 윤리를 가지고 있다. 어린애처럼 단순하고 산도적처럼 무자비하고, 그러면서도 영원에 대한 손짓인 양 언제나 하늘을 향해서만 타오르는 그 천진스런 불꽃의 펄럭임…… 오늘 밤 비로소 (너무나 늦게도) 경험한 것이지만 불꽃은 그 모든 것으로 나를 정신없이 매혹시켜버린 것이다.

아마 그런 나의 황홀한 기분이 아니었더라면 나중 K의 뜻밖의 행동도 쉽사리 용서를 하진 않았으리라.

참, 애기가 나온 김에 K에 대해서도 조금만 더 적어두자. 난 다방을 뛰쳐나온 후 K를 아주 잊어버리고 있었다. 그를 잊어버린 채 나는 내내 불구경에만 정신이 팔려 있었던 거다. 그러나 K는 어느 틈에 나를 뒤쫓아 나와 줄곧 뒤를 지키며 따라다니고 있었던 모양. 한데 나의 염원도 소용없이 소방 호스에 결국 불길이 꺾여버리고 난 다음이었다. 난 갑자기 가슴이 텅 비어오는 듯 기분이 허전해져서 막 발길을 학교 쪽으로 돌려버리던 참이었다. 누군가 뒤에서 나의 팔목을 가만히 걸어 잡는 사람이 있었다. K였다. 아아 그때처럼 K가 반가울 때가 있었을까. 나는 불쑥 소리라도 지르고 싶을 만큼 그가 반가웠다. 아니 그가 여태까지 거기서 나를 기다려준 것이 눈물이 나올 만큼 고마웠다. 나의 황홀감이 힘없이 스러지려는 순간에 K는 그것을 지켜주려는 듯 불쑥 내 앞에 나타나주었던 것이다. 그리고 역시 밤 불꽃에서 뭔가 깊은 감격을 경험한 듯 한동안 말없이 나의 눈동자만 들여다보고 있다가 이윽고는 나의 어깨 위로 가만히 팔을 얹어오는 것이었다.

나는 마치 어떤 동지의 그것처럼 어깨 위에 K의 팔을 얹은 채 천천히 사람들을 사이를 벗어져 나왔다. 한데 내가 자신의 기분에 취해 K의 행동을 너무 방심하고 있었던 것일까. 뜻밖에도 그 K가 사람들 사이를 빠져나오자 아직도 인적이 드문드문 지나다니는 골목 어귀에서 느닷없이 나의 입술을 훔쳐버리지 않는가. 순식간의 일이었다. 그리고 그것은 나의 의사와는 조금도 상관없는 K의 일방적인 행동이었다. 정말 어이없는 작자의 어이없는 행동이었다.

하지만 옹색한 변명 같은 건 그만두기로 하자.

그것이 아무리 나의 의사와는 상관이 없는 K의 순간적 행동이었다 해도 어쨌든 나의 입술에 K의 그것이 스쳤던 것만은 사실이니까. 그리고 난 그 K를 빰 한 대 갈겨주지 않고 고스란히 그냥 돌려보내주지 않았는가.

다시 말하지만 그것은 모두가 오늘 밤의 그 황홀한 불꽃놀이 탓이었던 것이다.

저주받을 화마여! 그러나 나의 아름다운 불꽃이여!

×월 ×일

오늘 우연히 경선이 사 온 잡지를 들추다가 지 선생님이 우리 집 이야기를 쓰고 있는 것을 발견하다. 정말 뜻밖의 일. 글을 쓰시는 분이라는 것은 대략 짐작하고 있었지만 지 선생님이 바로 우리 집을 노리고 있었으리라고는 상상조차 하지 못한 일이었다. 도대체 우리 집의 무엇이 그처럼 관심거리란 말인가. 어째서? 엄마가 우선 걱정이다. 엄마가 이 일을 아시면 무어라고 하실까. 엄만 무엇보다 집안 이야기가 밖에 나가는 걸 싫어하시는 분이다.

누가 옛날이야기만 물어도 치맛자락을 들추시듯 망설망설 부끄럼을 타시는 엄마. 아무의 눈길도 받지 않고 조용히 조용히, 지 선생님 말씀처럼 홀로 정원이나 거닐며 지내시는 엄마. 엄마는 차라리 그 외로움이 당신의 희고 정갈한 치마저고리처럼 우아하게 어울리시는 분이다.

한데 지 선생님은 미주알고주알 그 엄마를 들추어낼 기세가 아닌가. 엄마에게서 그 외롭고 조촐한 평화마저 빼앗아버리려는 게 아닌가.

언제나 비밀스런 근심기가 가득한 얼굴이시라고? 그리고 집안 구석구석에서도 보이지 않은 비밀의 숨결이 느껴진다고? 그렇담 지 선생님은 우리 집의 이야기를 그 비밀이라는 것을 벌써 다 알고 있다는 것인가? 도대체 어디까지? 기껏해야 아버지와 아버지의 병풍들에 대해서? 아니 정숙 언니와 밤도둑에 관한 것? 아니 어쩌면 지 선생님은 '그분'과 나 사이의 비밀까지도 이미 눈치채고 있을는지 모른다. 하더라도 아직 그 정도?

어쨌든 이번 일은 당분간이라도 엄마가 모르고 지내시도록 하는 것이 좋겠다. 지 선생님의 문장 호흡이 여간 불길하지가 않다. 엄마의 얼굴은 어떤 내면의 갈등을 조화시키려는 오랜 인고의 세월에서 얻어진 것이란다. 그리고 그런 인고의 세월이 한 가풍을 만든단다. 정말 그런 것일까. 재미있는 말이기는 하다. 그러나 그 말에는 너무 무거운 어떤 숙명 같은 것이 느껴진다. 불길한 예감이 들 만큼 무거운 숙명 같은 것이. 만약 그런 식으로만 말한다면 지 선생님은 엄마의 다른 버릇들에 관해서는 또 어떤 해석을 내릴 것인가. 엄마의 흰옷 취미와 산책에 관해서는? 그리고 때도 장소도 없는 낮잠 버릇에 관해서는?

어쨌든 나는 엄마에 대해서든 나에 대해서든 적어도 나의 주변을 다른 사람이 정의해준 숙명의 울타리 속에 한정해버리고 싶지는 않다.

엄마가 또 슬프게 되지 말아야지.

×월 ×일

일기를 적고 있으면 누군가가 꼭 뒤에서 나를 엿보고 있는 것 같다. 언제부터 시작된 버릇인지 모른다. 그러나 내가 그런 착각에 자주 빠져들고 있는 것을 분명히 의식하기 시작한 것은 요즘의 일. 게다가 난 그 보이지 않은 눈길이 싫은 것 같지도 않다. 나의 일기를 일기에 적고 있는 마음을 누구에겐가 은근히 들키고 싶은 것일까. 심지어 어떤 때는 그를 위해 내가 일기를 적어가고 있는 것 같아지기도 한다.

그것이 누굴까? 고 눈길의 주인공이. 그러나 한 번도 그 얼굴을 붙잡은 일은 없다. 그것은 언제나 내가 일기를 적고 있는 동안만 곁생각을 타고 슬그머니 다가왔다가는 펜을 머물기가 무섭게 어디론지 재빨리 달아나 숨어버리곤 한다.

하간 일기를 적는다는 게 원래 그런 것이 아닐까. 가장 정직한 고백인 척하면서도 사실은 그 보이지 않은 눈길(차라리 어떤 꿈이나 가상의 기대라고 말할까)을 위해 어떤 때는 자기까지도 알 수 없는 소리들을 마구 지껄여대는 것— 가끔 난 내가 적어놓은 일기를 보고도 그것이 전혀 다른 사람의 이야기거나 적어도 나 이외의 다른 사람의 의식이 섞여들어 있는 흔적을 발견할 때가 많으니까 말이다.

여자란 하여튼 요물단지.

×월 ×일

긴 겨울방학 끝에 오늘 다시 상경.

경선이 한발 먼저 올라와 방을 정리해놓고 있다. 연순 언니는 졸업식에나 나타나려는지 아직 감감무소식. 그러니까 나도 이젠 4학년, 아직 신입생 배당을 받고 있지 않지만 이 방 실장님이시다. 그러나 연순 언니가 없는 방 안은 어딘지 한구석이 텅 빈 듯 쓸쓸하기만. 마치 보호자를 잃은 기분이다.

"이젠 우리끼리로군요. 이젠 언니가 잘해줘야겠어. 나, 언니만 믿을래."

경선이 년두 뭔가 자꾸 허전한 표정이다. 그러나 이제 어쨌든 실장은 실장. 잘해주도록 해야지. 혼자 일기에서나 지껄인 것처럼 잘해질까. 그러고 보니 내가 일기장을 대하고 앉은 것도 오랜만의 일인 것 같다. 지난 겨울방학 동안엔 일기를 적지 않았으니까. 방학 동안에 사건이 있었다면 바로 내가 그 일기를 적지 않게 되어버린 것. 참으로 어처구니없는 짓이었다. 지 선생님을 한번 혼내주려고 벼르고 간 내가 오히려 일기장까지 그에게 넘겨주고 말았다니. 그것도 기껏 지 선생님의 일이 애초 우리 집에 대한 호감에서 시작된 것이었다는 납득만으로. 그리고 한 작가의 호감 어린 눈초리가 우리 집에서 무엇을 찾아낼 수 있는가를 보고 싶은 호기심만으로. 게다가 한번 시작한 일이니 사실에서 너무 상상을 비약하지 않기 바란다는 옹색한 구실까지 붙여가면서 말이다.

그러나 아무리 어이없는 짓이었다 해도 이제 와서 그걸 후회하려는 건 아니다. 그때는 또 그럴 수밖에 도리가 없었으니까. 도대체 지 선생님의 조용한 설득 앞에서 난 한마디 항의조차 해보지 못하고 말지 않았던가. 우리 집에 대해 깊은 애정을 느낀다는 지 선생님의 말이 무엇을 뜻하는 것인지 좀더 확실하게 알고 싶었던 것도 사실. 어디서 주소를 훔쳐 보냈는지도 모를 그까짓 K의 편지 한 장을 받고는 공연히 안절부절 눈치를 보다가 스스로 일기장을 들어다 바친 것도 나 자신이 아니었던가.

이제 와서 후회가 무슨 소용인가.

그러나 역시 두려움이 남는 건 집안일을 실오라기만큼도 밖에 끌어내지 않으시려는 엄마에 대한 배신감 같은 것. 결국 이번 일로 난 엄마에게 또 하나 비밀을 갖게 된 셈이다. 하지만 어차피 이젠 기다리는 수밖에.

×월 ×일

등록, 수강신청, 교과서 구입 따위, 학기 초의 어수선한 일들이 끝나고 나니 마음이 좀 한가로워진 것일까. 간밤에 엄마를 보다. 엄마가 다시 걱정스러워지기 시작한 징조.

방학을 지내는 동안 내내 느껴온 일이지만 엄만 분명히 요즘 무슨 걱정스런 일을 숨기고 계신 것 같다.

아버지의 병풍을 팔려고 하신다든가 그런 괴로운 일을 몰래 계획하고 계실 엄만 꼭 이상한 꿈을 꾸신다. 아니 낮잠에서 깨어나신 엄마가 별안간 꿈 이야기를 하실 땐 틀림없이 어떤 음모(?)가 엄마에게 숨어 있곤 했다.

한데 지난겨울 동안 엄만 내내 그런 이상한 꿈을 꾸고 계셨다.

하루는 느지막한 오후의 낮잠에서 깨어나신 엄마가 여간 찜찜한 기분이 아니셨다. 나중에 이야기를 듣고 보니 꿈속에서 당신이 지 선생님 방문 앞의 석류나무를 베고 계셨다는 것이었다. 그것도 당신이 손을 대기 전에 그 석류나무가 먼저 보기 싫게 말라 죽어버렸기 때문이었다고.

그때만 해도 난 벌써 엄마가 또 무슨 일을 새로 계획하고 계시다는 걸 어슴푸레 짐작할 수 있었다.

한데 하루는 또 우리 집 연못에 연꽃이 가득 피어 있는데, 그 꽃잎 밑으로 엄청나게 굵은 잉어 떼들이 한가롭게 노닐고 있는 꿈을 꾸고 나셨다고, 엄만 꿈속에서도 웬 겨울에 연꽃이 만발했을까 이상해하고 계신 참이었는데, 그러다 보니 문득 그 연못이 또 파란 상추밭 같은 것으로 변해 있더라는 것이었다. 아니 그 상추밭은 연못 터뿐만 아니라 우리 집의 넓은 정원을 온통 뒤덮어 버릴 듯 있더라고.

이때도 엄만 역시 하필 한겨울에 무슨 연꽃이 만발한 꿈이냐고, 그리고 느닷없는 상추밭은 또 웬 거냐고 기분이 밝지 않으셨다.

"정말 정원을 갈아엎어 텃밭이나 만들까? 연못에단 잉얼 기르구 말야. 푸성귀도 얻구 김을 매자면 심심풀이는 되지 않겠니?"

말씀을 일부러 장난스럽게 하셨으나 얼굴이 여간 언짢아 보이지 않았던 것이다.

한데 그 후로도 엄만 계속 그런 이상한 꿈만 꾸셨다. 꿈속에서 우리 집 담장이 모두 어디론가 사라지고 허허벌판이 되어버리는가 하면 어떤 땐 동산 향나무가 커다란 은행나무로 변해 있기도 한다고.

분명히 엄만 무슨 일을 새로 결심하고 계신 것이다. 그것이 어떤 것인지는 알 수가 없지만 그래서 엄만 미리부터 남모를 괴로움을 당하고 계신 것이다. 엄마가 생각 속에 감추고 계신 일이란 늘 그처럼 괴로운 것이었으니까. 지 선생님은 그것을 무슨 물신(物神)의 복수라고 말씀하셨던가?

그러나 언제나처럼 엄마가 선뜻 속을 털어 보여주지 않으시려는 이상 나로서도 그것이 무엇인지는 알 수가 없는 일. 다만 궁금하고 걱정스럴 뿐이다. 도대체 엄만 무슨 생각을 하고, 계신 것일까.

×월 ×일

오늘 드디어 엄마의 비밀을 알아내다. 엄마가 겨우내 악몽에 시달리며 스스로 복수를 당해야 했던 마음속의 비밀을 말이다. 엄마가 오늘 전에 없이 긴 편지를 보내주신 것. 어쨌든 놀라운 일이다. 하지만 직접 말씀으로 알려주시지도 않고 이런 편지를 내신 건 이미 모든 일을 결정하고 난 다음이니 그리 짐작이나 하고 있으라는 결심을 보이기 위한 것?

날씨가 풀리면 곧 지금 집을 팔 작정이시란다. 이해조차 할 수 없는 일이다. 녀석들의 밤 장난에 엄마가 굴복이라도 하시고 말았단 말인가. 그럴 리는 없다. 엄만 지금까지 당신 혼자서도 끄떡없이 그 집을 지켜오신 분이다. 게다가 지금은 지 선생님까지 힘을 보태고 있는 터. 녀석들의 장난쯤으로 그처럼 쉽사리 물러나실 엄마는 아니시다. 그렇다면 언젠가 얼핏 지나치셨던 말씀처럼 우리가 정말 그처럼 가난해졌기 때문?

엄만 언젠가 문득 지 선생님 걱정을 하신 일이 있었다. 우리끼리람 걱정이 아니지만 집 안에 남자 손님을 한 사람 들이고 있으니 여간 어렵지 않은 데가 많노라고. 딱 무슨 뜻이 있었거나 지선 생님이 불편해져서였던 것은 아니셨겠지만 그런 말씀을 하시는 엄마의 어조엔 이제 지 선생님이 스스로 집을 떠나주셨으면 싶은 은근한 희망 같은 것이 깃들어 있었던 것이다. 그래서 내가 지 선생님 때문에 어려운 점이 무엇이냐는 물음에 엄만 가만히 이렇게 말씀하시던 것이었다.

"우린 이제 이 집 한 채를 빼면 톨톨뱅이야. 그동안 우린 아무도 모르게 조금씩조금씩 가난해졌거든."

하지만 내가 그때 조금이라도 그런 엄마의 말씀을 믿을 수가 있었을까. 천만의 말씀이다. 나는 엄마가 터무니없이 말을 과장하고 계시다고 생각해버렸던 것, 오히려 나는 그 엄마가 원망스럽기까지 했던 것이다.

엄마가 사랑방에 손님을 들이는 것은 시내서부터의 오랜 버릇이었다. 그리고 그것은 엄마가 아버지 시절의 버릇을 아직까지 간직하고 계신 것 중에서 가장 두드러진 것이었다. 그러니까 엄마에게 있어서 그것은 어떤 그리움 같은 것이 어린 멋이라고나 할까. 그래서 심지어 손님이 들어 있지 않을 때까지도 엄만 늘 방 하나를 따로 정결하게 꾸며놓은 여유를 지니시지 않았던가.

한데 엄만 무슨 생각에서였는지 지 선생님을 마지막으로 갑자기 그런 당신의 멋을 단념하러 드신 것이다. 안타깝지 않을 수 없었다. 아니 난 엄마의 말씀을 기어코 그런 식으로만 받아들이고 있었다. 그래서 어느 날 엄마가 문득 꿈 이야기 끝에 정원을 갈아 텃밭으로 하셨을 때도 난 그저 언짢은 기분을 달래시려는 장난말이거니만 여겨 넘겼던 것이다.

한데 그 가난이 정말이었단 말인가. 집을 팔아야 할 만큼?

—우린 아무도 모르게 조금씩조금씩 가난해졌거든.

엄마에겐 어떤 말씀이나 거동이 타고나신 것처럼 잘 어울리신다. 아무리 보잘것없는 말이나 행동도 엄마에게선 이상한 빛을 얻어 갑자기 우아하고 아름다워져버리는 것 같다. 하지만 가난까지도 엄마에게 어울릴 수가 있을까. 그건 안 된다. 아니 아무리 그것이 엄마에게 우아하게 어울린다 해도 엄만 결코 가난해져서는 안 된다.

아아 그러나 집을 팔아야 하다니. 우린 정말 가난해진 것인가. 그 가난 때문인가.

그리고 참말 다시 이사를 해야 한다면? 시내 집을 버리고 나올 때도 우린 얼마나 불길한 소문과 예감에 시달려야 했는데. 그 소문은 새집으로 이사를 와서까지 이런저런 방법으로 얼마나 끈질기게 우리를 괴롭혀왔는데.

정말 눈물이 나올 것 같다.

*

민 형, 미진한 데가 많으실 테지만 은영의 일기는 여기서 그만 끝을 내야겠어요. 욕심 같아선 좀더 정리를 해보고 싶지만 은영이 이젠 일기를 적지 않는답니다. 이것저것 마음이 분주한 탓이겠지요. 전번 보내드린 일기에서 대강 예상을 하고 계실지 모르겠습니다만 우린 시내로 이사를 나왔어요. 5월 7일인가로 기억됩니다. 날씨는 겨우 좀 풀린 편이었으나 부인께서 은영에게 소식을 전한 지 한 달도 채 되기 전이었지요.

그러고 보면 부인은 말을 꺼내기 전에 벌써 오래전부터 뜻을 정해놓고 있었던 모양이에요. 은영이 소식을 듣고 달려와서 굉장히 반대를 했지만 좀처럼 뜻을 굽히려 하지 않더군요. 은영이 달려왔을 때는 벌써 별장 매매가 끝나 있었고 시내에다 새로 옮겨갈 집까지 보아놓은 다음이었으니까요. 한 달 남짓 앞으로 이삿날을 잡아놓고, 그 한 달을 기다리는 것조차 부인에겐 짐겨워 못 견뎌 보일 지경이었다니까요.

하지만 부인은 모든 일을 전혀 혼자서 그리고 신속하게 처리해 나갔어요. 은영 오빠들과도 자세한 의논을 나눈 일이 없었던 걸로 생각됩니다. 이삿날 은영의 큰오빠 된다는 사람이 한 분 다녀갔을 뿐이죠. 물론 은영도 이삿날을 전후해서 한동안 부인 곁에 와 지냈구요.

하지만 하여튼 모를 일이에요. 부인께서 그처럼 간단히 이사를 결심해버린 까닭을 말입니다. 은영이나 오빠라는 분도 그런 얘긴 영 비치려 하질 않더군요. 정말 은영의 말처럼 부인의 그 '우아한 가난' 때문이었을까요? 혹은 옛날 관리인의 장난을 더 이상 견뎌낼 수가 없게 된 것인지도 모르지요. 하지만 가재집기나 나무 한 그루의 손상에서까지 엄청난 복수를 감수했듯 오랜 세월 속에서 부인의 호흡을 얻어, 부인과 함께 생명을 숨쉬기 시작한 별장을 그처럼 쉽게 등질 만한 이유가 저로서는 어느 것도 선뜻 납득이 가지 않는단 말입니다.

하긴 이런 경우 은영네에게는 어떤 이유에서였든 이사라는 것이 결코 즐거울 수는 없는 일이겠지요. 은영이 일기까지 중단해버린 심경을 이해할 수 있을 것 같아요. 부인께서도 역시 그건 마찬가지인 듯합니다. 이사를 끝내놓고도 새집에는 영 마음이 주저앉질 않으시는 모양이에요. 어떻게 보면 벌써 수없이 집을 옮겨 다닌 사람이 새집을 얻어들어가자마자 또 다음번 이사를 마음속에 준비하고 있는 것처럼 안절부절 불안한 표정이에요. 하기야 부인께는 이 한 번의 이사가 다른 사람의 수십 번 수백 번의 그것에 해당할 만큼 마음의 진동이 컸을지도 모르지요. 한데다가 부인께서 이 집에 마음을 붙이기 어려운 일이 또 하나 생기고 말았거든요. 그럴 일이 있었어요. 보내드린 원고를 보면 아시겠지만 이사를 오자마자 그런 불길한 일이 있어놔서 부인께는 충격이 더욱 컸던 모양이에요. 하지만 이 일은 저에게도 여간 놀라운 사건이 아니었으므로(그리고 적어도 저에게 관해서만은 그 일이 아직도 완전히 끝났다고 할 수가 없으므로) 자세한 이야기를 원고 쪽으로 미뤄두겠습니다.

어쨌든 우선은 부인이나 은영이나 그리고 저까지도 이번 이사에 대해선 좋은 기분을 갖지 않고 있다는 것만을 말씀드려두고 싶군요. 이제 막 성을 나온 은영 모녀가 건잡을 수 없는 어떤 힘에 이끌려 불행한 방황을 계속하게 될 것만 같아요. 다시는 그 조용한 성을 꿈꿀 수도 돌아갈 수도 없는 멀고 오랜 방황을 말입니다.

한데 부인은 그런 예감까지도 저와 비슷한 것일까요? 그래서 정말 그 불안한 방황이 시작되기에 앞서 은영만이라도 그녀의 성을 따로 갖게 해주고 싶은 것일까?

이사를 오고 난 다음부터 부인은 은영의 혼인을 전보다도 더 서두르시는 눈치군요, 마치 이번 이사하고 은영의 혼인 사이에는 무슨 큰 관계라도 있는 듯이 말입니다. 솔직히 말씀드리면 질투가 날 지경입니다. 언젠가 은영에 대한 저의 감정을 말씀드린 일이 있지요. 그리고 은영의 마음도 나뭇가지에 앉아 있는 새처럼 무심히 제게 다가와 있노라고요. 한데 전 지금도 그때처럼 마음이 편해져 있을 수가 없거든요. 무심결에나마 은영이 좀더 제게서 오래 머물러주기만을 바라며 무연히 기다리고 있기가 힘이 든단 말입니다. 그러나 민 형, 과히 비난하진 마십시오. 그렇다고 제가 무도하게스리 은영을 덮쳐주겠다는 건 아니니까요. 물론 마음속에다 은영을 숨기고 있는 저로서는 부인의 그런 초조감을 간단히 견디어낼 수는 없는 것이지요. 때로는 어떤 굴욕감까지 느끼곤 해요. 그러나 뭐라고 해도 전 아직 제 자신을 깡그리 제외해버린 채, 은영의 혼인이 과연 어떤 식으로 결정지어질 것인가에 더 흥미를 느낄 만큼은 여유가 있어요. 부인의 태도에 질투를 느끼게 된다는 것도 실상은 은영 때문이 아니라 부인의 태도 그 자체에 대한 것인 듯싶기도 해요. 은영에 대해서라면 전 가끔 그녀의 보호자라도 된 듯한 기분으로 정말 진지하게 그녀의 신랑감 생각에 골몰해지는 때까지 있거든요.

결국 전 이 집 일에 대해 어떤 터무니없는 자기주장을 하고 있다는 것이지요. 하지만 그건 제가 어느새 이 집 식구가 다 되어 있는 듯한 기분일 때가 아니겠습니까. 정말 이 집의 모든 일을 함께 알고 격의 없는 조언을 드리고 싶어지는 게 그런 것이지요. 그래서 나중에는 건방지게 저를 주장하게까지 되는 것이구요.

그러고 보니 어떻든 그런 저에게 유감스럽게 여겨질 수밖에 없는 것은 도대체 이 집의 모든 일들이 제가 관심을 가지고 있는 것에 비해 저와는 너무나 상관없이 진행되어버리곤 하는 것이었어요.

하지만 저에겐 이런 불평마저도 가당치 않는 것인지 모르겠군요. 안녕히 계십시오.

원고는 우선 몇 장만 보내드립니다. 되어가는 대로 차츰 다음을 이어나가도록 용서해주십시오.

전설(傳說)들의 고향

17

정숙이 약을 먹은 것은 시내로 집을 옮겨오고 나서 채 한 주도 지내기 전의 일이었다.

하루 아침은 상민이 곤한 늦잠에 빠져 있는데 느닷없이 방문을 두드려대는 소리가 들려왔다.

"선생님, 선생님!"

연이어 은영의 당황한 목소리가 뒤를 따랐다.

"빨리요, 지 선생님. 빨리 좀 일어나세요. 큰일났어요."

미처 생각을 추릴 틈도 없었다. 상민은 반사적으로 뭔가 심상치 않은 느낌이 들어 자리를 박차고 일어났다. 바지를 걸친 둥 만 둥 하고 문을 열고 나갔다.

"큰일 났어요. 언니가…… 언니가, 약을 먹었나 봐요."

은영은 얼굴이 새파랗게 질린 채 문 앞에 바싹 다가서서 상민을 기다리고 있었다. 상민은 오랫동안 머릿속에 뿌옇게 끼어 있던 것이 확 걸쳐 나가는 듯 새삼스럽게 긴장을 했다. 올 것이 왔구나.

그는 무턱대고 은영을 앞질러 정숙의 방으로 향하면서, 그런 생각부터 들었다. 뭔가 주위를 찌부듯하게 맴돌고만 있던 것이 이제 기어코 눈앞으로 다가오고 만 느낌이었다.

한데 그런 상민의 느낌이 터무니없는 것이 아니었다면, 그런 예감은 부인 쪽에서 더욱 먼저였을 것. 아닌 게 아니라 상민이 정숙의 방으로 들어섰을 때 먼저부터 그녀를 지키고 있던 부인의 태도는 상상할 수도 없을 만큼 담담했다.

"괜히 우리 집에 왔다가 이런 개운찮은 일만 자주 보게 되는구료."

이미 자신은 모든 것을 어떤 익숙한 숙명 같은 것으로 체념하고 있는 어조였다. 말씨나 거동이 한결같이 침착하고 조용했다. 말을 하면서도 부인은 조심스럽게 정숙의 팔목이며 가슴을 짚어보고, 그리고 코끝에서 숨결을 묻혀내려고, 세심한 주의를 기울이고 있었다. 그러니까 부인이 정숙의 변을 알아낸 것도 그리 오래지는 않은 모양.

어떻든 정숙이 약을 먹고 늘어진 방 안은 정말 목불인견이었다. 무슨 약을 먹었는지 누리끼한 속엣것을 잔뜩 토해내어 이부자리며 방바닥에다 마구 처발라놓았는가 하면, 방 안은 그 냄새 때문에 생사람까지 호흡이 곤란할 지경이었다.

그러나 정숙은 용케도 아직 숨결이 끊어지진 않고 있었다.

"약 기운에 속이 뒤집힌 탓이겠지만…… 어쨌든 속엣것을 제

절로 토해내어 약기운이 조금이라도 몸에 덜 배어들었기 망정이지……"

정숙의 호흡을 확인하고 나서야 부인은 우선 안심이 되는지 가는 한숨을 내쉬었다. 그리고는 이제 어떻게 하면 좋으냐는 듯 상민을 건너다보았다.

"이 상태론 환자를 병원으로 옮기는 것보다 의사를 모셔와서 응급치료부터 받아야겠는 걸요."

이유니 뭐니 그런 걸 묻고 있을 틈이 없었다. 정숙의 생명은 지금 촌각을 다투고 있을지도 모르는 일, 무엇보다도 우선 응급조치부터 받아야 하리라고 생각했다. 그러나 그때는 이미 은영이 의사를 불러놓은 다음이었던 모양이었다.

"제가 지금 김 박사에게 전활 드렸어요."

어느새 두 사람의 등 뒤에 와 있던 은영이 그녀도 이젠 웬만큼 놀라움이 가신 듯 목소리가 침착해져 있었다.

김 박사란 옛날부터 은영네를 드나들며 식구들의 건강을 돌보는, 이를테면 은영네의 개인 주치의였다. 별장에 있을 때 몇 번 다녀간 일이 있어 상민도 얼굴이 익은 터이지만 워낙 말이 적고 나이가 많아서 좀처럼 이야기를 나눠볼 수가 없었던 인물이었다.

"곧 와주시겠다더냐?"

"네, 제가 댁으로 전활 드렸어요. 병원으로 해서 곧 오시겠다구요."

부인은 다시 정숙의 호흡을 유심히 지키기 시작했다.

그러나 기다리는 김 박사는 은영의 말처럼 그렇게 빨리 나타나주질 않았다. 한참을 기다려도 영 소식이 없었다.

"김 박사 댁이 좀 먼 곳입니까?"

호흡이 촌각에 달려 있는 사람을 두고 무작정 김 박사만 기다리고 있을 수가 없었다. 상민은 몇 발짝만 나가면 거리에 즐비한 병원들을 생각하며 부인을 다그쳐 물었다. 우선 다급한 응급조치라면 굳이 김 박사라야 할 필요는 없지 않은가.

그러나 무슨 까닭인지 부인은 상민과 처음부터 생각이 달랐던 모양이었다.

"뭐 별로 먼 곳은 아니지만 아무래도 병원을 다녀 나오시자면…… 출발하셨는지 전화나 한 번 더 드려보련?"

부인이 상민이 묻는 뜻을 못 알아들었을 리는 없으리라. 한데도 부인은 상민의 말을 모른 척 굳이 김 박사만을 기다리려는 눈치가 아닌가.

한데 상민이 영문을 알 수 없는 것은 그 김 박사가 도착한 다음에도 역시 마찬가지였다.

다행히 김 박사는 정숙의 생명이 위태로울 지경까지는 약기운이 배어들지 않았다고 했다. 길게 하루쯤 혼수상태가 계속되기는 하겠지만 치료만 잘하면 건강도 크게 해칠 것 같지는 않다는 것이었다.

한데 이 김 박사마저 부인에게는 옛날부터 그런 식으로만 훈련이 되어온 듯 조금도 뭐가 궁금스러워하는 빛이 없었던 것이다. 집을 들어서자마자 으레 있어야 할 일이 자기를 기다리고 있다는 듯 다짜고짜 환자에게로 달려들어 진찰을 서두를 뿐이었다. 그러

고 환자를 다 들춰보고 나서는 한다는 소리가,

"수면제를 다량으로 복용했군요. 치사량을 몇 배나 넘는 것 같아요……"

"하지만 별로 염려하실 건 없겠어요. 오히려 너무 많은 양을 한꺼번에 복용한 덕분에 구토가 일어나서 약물을 모두 토해버렸으니까요. 이미 몸에 배어든 약 기운 때문에 한동안 혼수상태가 계속되긴 하겠지만."

그 몇 마디뿐이었다. 도대체 왜 그런 짓을 저지르게 되었냐든가, 어떻게 해서 처음 변을 알게 되었느냐는 따위 지저분한 호기심 같은 것은 추호도 내보이지 않았다. 한데 상민이 더욱 어리둥절해진 것은 응급치료를 대강 끝내고 난 다음 김 박사가 이렇게 말했을 때였다.

"하루 이틀은 제 병원에서 치료를 받게 해주십시오. 아무래도 당분간은 제가 곁에서 살펴야 할 테니까요."

듣기에 따라서는 너무나 당연한 말이었다. 헌데 그 당연한 소리를 하면서 김 박사는 이상하리만큼 부인을 조심하고 있는 것이 아닌가. 하기야 이런 일이 밖에까지 알려지는 것을 좋아할 사람은 아무도 없으리라. 막연한 느낌이긴 하지만 부인의 경우엔 그런 조심스런 감정이 누구보다 더하리라는 것도 쉽게 짐작할 수가 있었다. 시간이 좀 걸리더라도 굳이 김 박사만을 기다리던 부인의 속셈도 결국은 그 비슷한 이유에서였을 것, 그러나 상민은 김 박사 쪽에서 너무 그런 모든 것을 알고 있는 듯이 행동하는 데는 아무래도 납득이 쉬 가질 않았다. 그러나 부인은 또 그런 조심스런 박사의 제의마저도 선뜻 마음이 내키지 않는 모양이었다.

"입원까지 해야 할 형편입니까?"

할 수만 있다면 그냥 집에서 치료를 시켰으면 싶은 어조였다. 그러나 그것만은 김 박사도 적이 양보가 난처한 듯,

"아무래도 그래야겠지요. 역시 병원에서라야 확실한 치료를 할 수 있을 테니까요. 하지만 염려하실 건 없어요. 제가 조용히 치료를 끝낼 테니까요. 밖에 차도 갖다 놨구요."

상민의 힘을 빌려 기어코 정숙을 대기시켜놓은 차에는 싣게 했다. 어느 쪽도 끝내 사건의 자초지종은 입에 올려보지 않은 채.

18

상민이 정숙의 자살 소동에 대해 그럭저럭 앞뒤를 추려볼 수 있었던 것은 이날 해가 다 저문 다음이었다.

우선 정숙에게 심상치 않은 일이 일어났음을 눈치채고 맨 먼저 그녀의 방문을 열어본 것은 부인이었다.

새집은 아래층에 청마루를 둘러싼 모양으로 방이 세 개 있는데 부엌이 가까운 맨 안쪽 방을 정숙이 쓰고 있었고, 상민은 당분간 바깥 현관쪽 방을 지키고 있었다. 안방 겸 부인의 거처는 그 두 방 사이에 있었다. 은영은 그녀가 학교로 되돌아갈 때까지 우선 2층 방 두 개를 혼자 지키고 있었다. 식구들이 새집에 익숙해지면 상민이 그 2층 방의 하나로 올라가고 나머지 한 방은 이 집의 습관

대로 접객용으로 비워둘 참이었다. 은영이 학교에서 돌아오면 지금 상민이 거처하는 현관방이나 부인과 함께 안방을 쓰기로 했던 것. 한데 이날 아침 부인은 아무리 기다려도 정숙의 방에서 아직 기동을 시작하는 기척이 들리지 않더란다. 아이가 어디 몸이 불편한가.

처음에는 그저 그 정도로 생각하고 좀더 기다려볼 참이었는데 2층에서 은영까지 잠을 깨고 내려오는 소리를 듣게 되자 문득 수상쩍은 예감이 들더라고.

—혹시 새집이라 연탄가스나 새어든 게 아닌가.

자리를 차고 일어나가 정숙의 방문을 두드렸으나 역시 대꾸가 없어 문을 열어젖혀보니 그 지경이더라는 것이었다. 부인은 저녁에 상민이 김 박사의 병원에서 돌아오고 난 다음에야 처음으로 그런 이야기를 털어놓았다.

상민은 아침에 정숙과 함께 병원으로 김 박사를 따라온 후 하루 종일 정숙의 혼수상태를 지키고 있었던 것이다. 부인은 상민에게 다 모든 것을 맡겨버린 듯 잠시 후에 은영 편으로 입원 도구들을 챙겨 보내왔을 뿐 자신은 늦게까지도 병실을 찾지 않았다. 그러다가 밤을 새울 준비도 할 겸 잠시 집으로 돌아온 상민에게 경과를 전해 듣고 나서는 그 정도나마 자초지종을 들려준 것이다.

그러나 이때도 부인은 정숙의 동기에 대해서만은 여전히 함구무언. 마치 그러는 부인의 태도는, 아직 혼수에서 깨어나진 못하고 있지만 아침에 김 박사가 말한 대로 병원에서도 정숙이 별 염려가 없으리라던 말을 전해 듣는 것으로 이제 모든 것을 잊어버리려는 것 같기도 했다. 그것은 부인이 벌써부터 정숙의 동기를 알고 있었거나, 아니면 언제나 그와 같은 충격이 계속되어 이제는 아무것도 오래 기억 속에 담아두고 싶어 하지 않는 사람의 그것이었다.

다만 상민은 부인이 은영을 핀잔하는 소리에서, 부인이 정숙이의 이유를 알고 있는 것이 있다면 그것은 필시 부인 자신과의 어떤 깊은 관련 속에서 이해되고 있으리라는 느낌을 강하게 받을 수 있었을 뿐이었다.

은영은 이날 하루 종일 상민과 함께 정숙의 혼수상태를 지키면서도 병원에서는 별로 기분이 이상해지는 것 같질 않았었다. 그녀는 정숙의 병실을 혼자 지키는 것쯤 아무렇지도 않다는 듯 상민더러만 먼저 집으로 돌아가라고 졸라대곤 했던 것이다. 한데 그 은영이 결국 상민과 함께 집으로 돌아와서는 느닷없이 부인 앞에 눈물을 보였던 것이다.

그러나 상민은 웬일인지 그 은영의 눈물이 정숙이 가엾어서라곤 생각되지 않았다. 그것은 오히려 정숙의 일로 속을 깊이 상하고 계실 '엄마' 때문인 것 같기만 했다. 그렇지 않다면 그토록 오랜 시간 혼수 속을 헤매고 있는 정숙 앞에서도 아무렇지 않던 은영이 부인을 대하자 갑자기 눈물을 쏟아낼 이유가 없었다. 아닌게 아니라 부인 역시 은영의 눈물을 정숙에 대한 연민으로만 해석하지는 않는 눈치였다.

"울긴 못난이같이 왜 비죽비죽하니…… 울자고 들면 내가 너보단 열 배나 더 큰 소리로 눈물을 백 곱절이나 더 쏟아도 시원치가 않을 참인데……"

그것은 분명 정숙에 대한 연민에서라기보다는 오히려 자기 자신에 대한 어떤 연민 정숙의 자살기도를 이미 자신의 상처로 받아들여버리고 나서 그 자신을 슬퍼하고 있는 말이었다.

"아직 반세상도 채 못 산 너희들이 슬프고 괴로우면 그 슬픔이나 괴로움이 얼마나 한 것이라고…… 벌써부터 울고 짜고 게다가 한 아인 세상까지 버리겠다고 저런 소동을 벌이고—"

그러나 정숙의 동기를 부인이 어떻게 이해하고 있든 그것을 어떻게 자신의 상처로 받아들이고 있든, 이제 여기서 그 이야기는 그만 끝내기로 하자. 왜냐하면 이날 밤 상민은 확실하지는 않더라도 보다 구체적인 암시를 정숙으로부터 직접 들을 수가 있었으니까 말이다.

이날 저녁 은영은 눈물을 흘린 것이 정말 가엾은 '엄마'를 위해였던 듯, 부인의 핀잔을 듣고 나서는 곧 그 눈물을 거둬버렸다. 그리고는 상민이 정숙의 병원을 향해 집을 나설 때도 그녀는 병원에서와는 달리(자신은 그 엄마를 지키기 위해서였으리라) 굳이 상민을 말리려 하지 않았다. 하기야 은영이 좀더 고집을 부렸더라도 상민으로서는 이미 사내 녀석이 여자의 병실을 혼자 지키려는 쑥스러움까지 달게 받고 나섰던 터라 쉽사리 물러설 수 없는 속셈이 있었던 것이다. 구실이야 물론 정숙의 형편이 밤을 새워 지켜주어야 한다는 것이었고 부인이나 은영보다는 아무래도 자신의 뚝심이래야 긴 밤을 견디어낼 수 있다는 것이었지만, 실상 상민은 혼수에서 깨어날 정숙을 누구보다도 만나보고 싶은 욕심에서 그런 쑥스러운 일을 자청하고 나섰던 것이다.

한데 그런 상민의 희망이 과연 헛되질 않은 것이다. 상민이 혼자 병원으로 되돌아왔을 때 정숙은 뜻밖에도 그 긴 잠에서 깨어나 있었으니 말이다. 아아, 그리고 그 정숙은 이날 밤 상민에게 얼마나 놀라운 사실을 고백했던가.

어쨌든 상민이 병실로 들어섰을 때 정숙은 이미 정신이 되돌아와 있었고 그녀를 지켜주기 위해 찾아온 상민을 여간 반기는 것 같지가 않았다.

"부끄러워요. 전 이럴 작정이 아니었는데……"

정숙은 상민을 보자 아직 기력이 돌지 않은 속에서도 억지로 반가운 미소를 지어 보이며 모기 소리만 하게 변명부터 하려 했다. 그리고는 미처 무어라 대답할 말을 찾지 못해 침묵만 지키고 서 있는 상민을 보고 그녀는 다시,

"그렇게 너무 조심스러워하지만 마시고 아무 얘기든 하세요. 심심하니까요. 전 이제 기운만 얻으면 아무 염려도 없다고 했어요."

어리광스런 목소리로 오히려 상민을 안심시키려 했다. 그리고는 상민을 만난 반가움이 겨우 가시고 난 다음에야,

"저 때문에 괜히들 놀라셨겠지요? 어머니께선 얼마나 속을 상하셨을는지……"

비로소 자기 행동이 걱정스러워지는 듯 힘없이 눈을 감아버린다. 그렇게 눈을 감은 정숙의 얼굴에 연둣빛 약 기운이 어렴풋이 배어나와 있었다. 상민은 그 정숙의 얼굴을 한동안 연민스런 눈

길로 들여다보고 있다가 문득 부인이 다시 떠올랐다. 정숙 역시 이상하게도 자신의 행동을 부인에게부터 사죄하고 싶은 눈치가 아닌가. 물론 사리를 따져봐도 정숙이 부인에게 사죄를 하려는 것이 당연한 이치기는 하다. 그러나 상민은 방금 죽음과 등을 떼고 돌아선 사람이 자신에 대한 어떤 절박감에 앞서 부인부터 걱정하고 부인을 염두에 두는 것이 아닌가 싶어졌다.

그는 잠시 정숙의 곁을 떠나 병실을 나왔다. 그녀가 깨어났다는 것을 부인에게 알리기 위해서였다. 병실에도 전화기는 있었지만 상민은 일부러 정숙의 곁을 피해 간호원실로 가서 소식을 전했다. 그리고 나서 다시 병실로 돌아와 보니 정숙은 금세금세 기운을 얻어가는 듯 아까보다도 더 기운이 살아난 표정이었다. 그렇게 보아 그런지 눈동자도 훨씬 또록또록해진 것 같았다. 그런 정숙을 보자 상민은 별안간 신기한 생각이 들기 시작했다. 그리고 이젠 그녀가 별로 조심스러워지지도 않았다.

"아마, 약을 먹어도 너무 욕심껏 털어 마신 모양이지요?"

불쑥 뚱딴지같은 소리를 한마디 던지고는 짓궂은 눈웃음을 지었다. 한데 정숙 역시도 그런 소리에는 별로 허물을 느끼지 않는지 상민을 따라 힘든 미소를 지어 보이는 것이었다.

"그야 아까 말대로 정말 이렇게 될 작정이 아니었으니까요?"

"한데 그게 참 재미있단 말입니다. 아직은 좀 잔인한 얘기가 될지 모르겠습니다만, 바로 그런 욕심 때문에 정숙 씬 다시 살아나게 되었거든요. 너무 욕심껏 서둘러댔기 때문에 정숙 씬 너무 많은 약을 한꺼번에 삼켜버렸던 거지요. 치사량의 몇 배가 넘었을 거라구요. 한데 그렇게 욕심을 부렸던 것이 거꾸로 약을 토해내게 했으니 좀 재미있는 아이러닙니까."

정숙은 힘없이 웃고만 있었다. 상민은 이제 환자에 대한 주의는 깡그리 잊어가고 있었다.

"그런데 참, 정숙 씬 왜 그런 어린애 같은 짓을 생각하게 되었는지 이젠 그 얘기나 들려주시겠어요? 도대체 저로선 납득할 수가 없으니 말입니다. 그렇다고 함부로 누구에게 물어대거나 선부른 풀이를 해낼 수 있는 일도 아니고……"

그러나 그것만은 정숙으로서도 선뜻 털어놓기가 안 된 모양이었다.

"그런 쑥스러운 소리는 유서 같은 데나 남기는 거지요. 이제 와서 그런 얘긴 무엇 하게요."

가만히 고개를 가로저어버렸다. 그러나 정숙의 이 말에 상민은 여태까지 잃어버리고 있던 일이 또 한 가지 재빨리 머릿속으로 들어왔다.

"그럼 정숙 씬 정말 유서까지 남기셨던가요?"

왜 그것을 여태 생각해내지 못했을까. 이번 일이 정말 정숙의 말대로 이렇게 끝날 작정이 아니었다고 보면 그녀가 유서를 남겼을 것은 당연한 노릇이었다. 그런데 상민은 여태도 그것을 생각해내지 못하고 있었던 것이다. 그가 처음 정숙의 방으로 뛰어들어갔을 때부터 유서라고는 그 비슷한 것도 볼 수가 없었기 때문이리라. 그렇다면— 그렇다면 정숙의 유서는 상민이 방으로 뛰어들기 전에 벌써 부인에 의해 치워져버린 것이었을까. 그래서 부인은 처음부터 정말 모든 것을 알고 있었던 것일까. 도대체 정숙은 그 유서에서 무슨 말을 하고 있었기에?

그러나 정숙은 이제 상민의 말에는 대꾸조차 하려 하지 않았다. 정숙 역시 자신이 지껄인 소리에서 비로소 그 유서를 생각해내고, 그것을 걱정하기 시작한 모양이었다. 더더구나 유서의 내용에 대해서는 비슷한 소리조차 입에 담으려 하지 않았다.

"그런 건 아마 어머니께서 아무에게도 보이려 하지 않으셨을 거예요."

상민이 아직 그 유서를 모르고 있었던 것만 다행스러워하는 눈치였다.

그러나 아, 그 유서의 내용이 어떤 것이었든 여기서 상민이 그만 자신의 궁금증을 묻어버릴 수 있었다면 얼마나 다행이었을까. 하지만 상민은 도대체 그렇게 될 수가 없었다. 그리고 끝내는 정숙으로부터 뜻하지 않은 고백을 듣게 되고 말았던 것이다. 아니 그것은 아직 상민 쪽에서 지나치게 당황해할 필요는 없는 것인지도 모른다. 정숙의 고백은 그처럼 확실한 것이 아니었다. 상민의 추궁에 못 이겨 별안간 입을 열기 시작한 정숙의 이야기는 그 유서에 대한 어떤 암시처럼 보이기도 했으니까 말이다. 그리고 이번에도 정숙은 자신의 모든 행위나 그 행위의 의미를 전혀 부인에 의해서만, 그 부인을 위해서만 설명하려 했던 것이니까 말이다.

그러나 이야기를 들으면서 상민은 그것이 누구에 대한 고백이든, 그리고 어떤 의미를 암시하고 싶어 한 것이었든 우선 자신부터 당황해지는 것을 어쩔 수가 없었다.

"지 선생님께선 이런 저를 상상해보신 일이 있으세요?"

처음 정숙은 유서에 대한 이야기를 털어놓으려는 듯 이렇게 정색한 목소리로 묻기 시작했던 것이다.

"어떤 정숙 씨를 말입니까?"

"이상하게 들리실지 모르지만 전 항상 누군가를 좋아하지 않고는 견딜 수가 없는 계집처럼 생각되거든요."

"다른 사람보다 젊음이 유족하다는 증거겠지요."

상민은 무심결에 대답했다. 그러나 정숙은 상민처럼 그렇게 멋있는 생각을 하고 있지는 않은 모양이었다.

"좋게 생각해주셔서 감사하군요. 하지만 전 달라요. 전 사랑의 여신은 아니거든요. 게다가 제가 누군가를 늘 좋아하고 있어야 마음이 편한 것은 남보다 젊음이 유족해서가 아니라 그런 식으로 늘 어떤 구속 같은 것을 느끼기 때문이에요. 사랑의 노예라고 할까요? 하지만 그 노예는 사랑의 주인에게서가 아니라 전혀 다른 사랑에게 고삐를 잡히고 있는 거예요."

상민은 비로소 정숙의 말에 짐작이 갔다. 하지만 도대체 이 여자는 무슨 말을 하기 위해 이런 소리를 꺼내고 있는 것일까.

"아마 정숙 씨의 사랑은 엉뚱하게도 어머니께서 그 고삐를 쥐고 계시다는 말씀이겠군요."

그러자 정숙은 과연 상민을 시인하고 나섰다.

"그래요. 어머닌 왜 저를 그렇게 만들어버린 것일까요? 왜 전 어머니에게서 그런 구속을 받게 되는 것일까요?"

"그런 구속이란 미상불 싫어할 수는 없는 것 아닙니까?"

"하지만 어머니께선 저를 그런 식으로 구속하시면서도 책임은 지려 하시지 않아요. 제가 누구를 좋아해도 그건 상관을 않으시죠."

이 여잔 은영네 식구로서 주장을 하고 싶어 하는군. 그러나 정숙의 생각처럼 그녀가 정말 은영네 식구가 될 수 있었을까. 사랑의 고삐로 말하면 부인은 정숙에 대해서뿐 아니라 은영의 그것까지도 함께 쥐고 있는 셈이다. 한데 정숙의 말마따나 은영의 그것에 대해서만은 항상 부인의 깊은 책임이 따랐으리라. 정숙에게만 그게 따르지 않은 것이다. 정숙이 절망을 한 것도 바로 그런 자신을 깨닫게 된 것?

"그게 슬퍼진 게로군요."

그러나 정숙은 이상하게 그것만은 한마디로 시인하려 하지 않았다.

"아니에요, 그것이 가장 슬픈 일은 아니에요."

그리고 나서 그녀는 드디어 조심스럽게 그 마지막 고백을 털어놓았던 것이다.

"지 선생님께서도 은영을 선본 수많은 남자들과는 다른 것처럼 어차피 전 은영하고는 다르거든요. 가령 지 선생님께서 아무리 은영에게 관심을 가지신다 해도 그게 끝내 용납될 수는 없는 일 아니겠어요? 전 그렇게 생각되어요. 하니까 제가 슬퍼진 것은 어머니보다도 그런 괴상한 사랑에 버릇이 된 제 자신이었지요. 어느 누구도, 심지어는 지 선생님조차도 그런 슬픈 습벽을 거들

떠보아 주지 않은 저 자신이 말씀이에요."

어느덧 당황하기 시작한 상민의 표정은 거들떠보지도 않은 채 정숙은 좀더 말을 계속했다. "유서에서도 물론 어머닐 원망하진 않았지요. 그럴 권리가 있었겠어요? 다만 그간의 사랑에 감사하고 용서를 빌었을 뿐이지요……"

그러나 상민은 이 나중 말은 이미 귀에 들어오질 않고 있었다. 그녀가 고백하고자 하는 것이 너무나 뜻밖이고 분명해 보였기 때문이었다.

—그럴 수가? 그래 정숙이 어느새 나를 사랑하고 있었단 말인가? 뭐 은영에 대한 관심이 아무리 깊어도 끝내는 용납될 수가 없으리라구? 그래서 정숙은 나를 좋아할 용기라도 얻었단 말인가. 그리고 그것이 종내는 여자를 더욱 슬프게 만든 원인이었구? 상민은 어느 때부턴가 무심히 정숙의 손을 쥐어주고 있던 자신의 그것이 별안간 말할 수 없이 거북해져버린 것을 의식하면서도 착잡한 눈초리로 정숙을 말없이 내려다보고만 있었다.

19

정숙은 이틀 후에 얼굴만 좀 누리끼해진 채 별일 없이 병원을 나왔으나, 그러지 않아도 아직 새집에 마음을 붙이지 못하고 있던 부인은 어떻든 이번 일로 더욱 속이 언짢아져버린 모양이었다. 별장에서처럼 집 안을 정갈하게 정리한다든가 맘에 맞는 장식을 벌이려고 하지도 않았다. 금세 또 다른 곳으로 집을 얻어 옮겨가버릴까 궁리 중이기라도 한 듯 또는 마음부터 좀 가라앉기를 기다렸다가 집 안은 천천히 가꿔가기로 작정한 듯, 중요한 것은 짐도 채 다 풀지 않은 채 날짜만 보내고 있었다. 그렇다고 부인이 새집에 마음을 붙일 수 없는 허물을 정숙에게만 돌리고 있는 것 같지는 않았다. 병원에서 정숙이 돌아오자 부인은 조금도 그녀를 허물하는 기색이 없이, 오히려 전보다도 더 깊은 아량으로 그녀를 맞아주었다. 새삼스럽게 경위를 따져 묻거나 그녀를 언짢게 할 소리를 한마디도 입 밖에 내지 않았다.

"핑계가 없지는 않지만 네가 그처럼 괴로운 생각에 시달리고 있는 것을 헤아리지 못했다니, 이 어미가 잘못이었구나. 하지만 이젠 서로 모든 것을 용서받는 걸로 치고 이번 일은 아예 없었던 걸로 잊어버리는 게 좋겠구나. 왜 그런 몹쓸 짓까지 생각했는지 이제 와서 그까짓 건 말해 무엇하겠니. 이제부터라도 서로 은혜를 갚는 기분으로 늘 용서하고 이해하며 살아가야지. 이번에 네가 치른 괴로움도 아주 모른 것은 아니지만 그만한 괴로움은 앞으로도 수없이 마주치며 살아가야 할 텐데 말야. 그래도 난 이 나이까지 그런 것을 모두 견디고 이겨온 사람이니까 가끔은 충고를 해줄 수도 있을 테구."

그런 말로 부인은 오히려 정숙 쪽에 용서를 구하고 나서 위로와 격려를 아끼지 않았던 것이다. 그리고 끝내 울음을 터뜨리며 가슴으로 뛰어든 정숙을 안고는,

"울긴 왜 울어? 오늘은 정숙이 새 인생을 얻은 날인데 자, 울음

을 그쳐요. 그리고 우리끼리 기쁜 잔치를 열어야지."

정숙 덕분에 정말 오랜만에 기분이 즐거워진 듯 쾌활한 웃음을 웃었던 것이다. 유서니 뭐니 그런 쑥스러운 것은 아예 처음부터 잊어버렸거나 구경조차 한 일이 없는 듯한 태도였다.

"아니에요, 아니에요. 제가 잘못했어요. 어머님 때문이 아니었어요."

어리광처럼 도리질을 하며 울부짖는 정숙을 속속들이 다 이해해주지 못한 것은 상민뿐이었다고나 할까.

어쨌든 부인은 그처럼 정숙이 모든 것을 이야기하기도 전에 먼저 그녀를 용서해버렸던 것이다. 그러나 용서를 하고 나서도 역시 이사를 해오자마자 당하게 된 일이라 부인에겐 그 일이 새집에 대한 인상과 결부되지 않을 수가 없었을 것. 그래 그랬든지 부인은 이사를 하고 나서 거의 한 달 가까이나 영 새집에 마음을 담지 못하고 있었던 것이다.

집안 분위기가 그런 식이고 보니 엉뚱하게 입장이 난처해진 것은 상민이었다. 그는 은영의 일기에서 이미 자신이 서울로 돌아가야 할 때가 왔음을 깨달은 터였지만 이삿일에 손을 빌리다 보니 자신도 모르게 얼렁뚱땅 새집까지 따라오고 말았던 것, 새집으로 와서는 또 여자들끼리 집안을 휘어잡고 지내기가 어려워진 바람에 안팎이 익숙해질 동안만이라도 당분간 발목을 잡히게 되었던 것이다.

하지만 자신이 어떤 식으로든 은영네에게 짐스런 존재가 되고 있는 것을 새삼 확인하고 나서는 부인의 그런 태도까지도 늘 마음에 걸려오던 참인데 거기다 정숙의 일까지 겹쳐들고 보니 상민은 영 마음이 편하질 않았다.

그러니까 부인의 태도나 집 안 분위기가 끝끝내 그런 식으로 가라앉지 못하고 말았더라면 아마 상민의 이야기는 일단 거기서 다시 중지하고 말았을는지도 모른다. 왜냐하면 그가 부인 곁에서 아무리 이야기를 더 얻어내고 싶었다 해도 그런 분위기 속에서는 더 이상 자신을 견디어낼 염치가 없었을 테니까 말이다.

그러나 부인 역시 처음부터 새집에 정을 붙이려 하지 않았거나 집을 다시 옮기려는 따위의 생각을 하고 있었던 것은 아니었으리라. 구석구석 끌어낸 세간살이는 남보다 더한 데다 그것도 여자의 힘으로 치러야 할 일이고 보면 부인에겐 이사라는 게 그리 간단히 생각될 일도 아니었다. 부인이 한동안 속이 어지러웠던 것은 새집에서 비롯된 이유에서라기보다 차라리 전에 살던 교외의 별장 탓이었던 듯. 어떤 사정 때문이었는지 자세한 것을 알 수는 없지만, 부인은 그 별장을 팔고 난 후의 깊은 공허감 때문에 새집에 대해서까지 얼른 애착을 느낄 수 없었던 것이 분명했다. 거기다 정숙의 일까지 겹쳐 부인의 상처는 충격이 더욱 컸을 것.

그러나 시간이 그럭저럭 한 달쯤 흐르고 나니 부인은 결국 서서히 별장에서의 조용하고 침착한 부인으로 다시 돌아가기 시작했다. 정숙의 일은 처음부터 정말 머리에서 사라져버린 듯이 지내온 부인이었지만 이사를 한 후로는 버릇이 변한 듯 깜빡 잊어버리고 있던 낮잠도 이때부터는 차츰 다시 즐기기 시작했다. 여기저기 집 안을 맘에 맞도록 손질시키고 정원도 조그마한 대로 깔끔하게 다듬었다.

그러나 물론 그것으로 부인의 모든 것이 옛날 별장 시절로 되돌아간 것이라고는 말할 수 없다. 옛날과 같아진 것보다는 오히려 달라진 쪽이 더 많았다. 정말로 별장 시절과 똑같아진 것이 있다면 그 부인의 낮잠 버릇과 늘 조용하고 정결한 주위를 갖고 싶어 한 성벽 정도라고나 할까. 이제 부인에게서 틈만 나면 조용히 집 안을 거니는 취미 같은 것은 자취도 찾아볼 수가 없었다. 별장에서처럼 집 안에 거닐 만한 뜰도 없고, 이 방 저 방이 사통오달로 트인 데가 없는 탓도 있겠지만 부인은 조그맣게 꾸며놓은 정원에조차도 잘 나와보는 일이 없이 언제나 안방에만 틀어박혀 있었다. 기껏 발걸음을 하는 곳이라고는 별로 살필 것도 없는 부엌칸이나 비어 있는 2층 은영의 방을 잠깐씩 들여다보는 것뿐. 하긴 부엌을 들여다보는 것도 옛날 부인에게서는 영 찾아볼 수가 없었던 새로운 거동이었다. 누구보다 은영이 그러는 부인을 싫어해서 야단야단이었지만, 그 은영이 학교로 돌아가고 난 다음부터 부인은 마음 놓고 부엌 마루에 나가 앉아 신기한 듯 정숙의 일을 들여다보기도 하고, 그러다가 어떤 때는 호기심에 못 이긴 어린애처럼 자신이 직접 그 일을 거들고 나서기도 했다. 심지어 어느 날은 정숙이 집을 나간 틈에 부인이 슬그머니 시장을 나가 저녁 찬거리를 사온 일까지 있었다.

그러니까 무엇보다 먼저 부인에게서 달라진 것을 든다면, 부인이 바로 그런 시정인의 흉내를 내고 싶어 하는 것이라고 할 수 있으리라. 하지만 은영의 말대로 부인에게선 정말 그런 하찮은 일까지도 모두 우아하게만 어울려버리는 것일까.

은영이 그처럼 짜증을 냈던 가난의 몸짓 같은 것까지도 부인의 그런 행동은 도대체 무슨 각박스런 느낌은커녕, 장난기라고밖에 말할 수 없는 어떤 엉뚱한 여유가 느껴지곤 하는 것이었다.

어떻든 상민은 부인의 그런 태도로 이제 좀 마음을 놓을 수가 있었다. 물론 그는 지난번 병실에서의 일로 마음이 아직 완전히 편하지는 못했다. 터무니없이 어떤 비밀을 감추고 있는 것 같아 부인에게 여간 죄스런 느낌이 아니었다. 그보다도 더욱 불편한 것은 정숙의 태도— 병원을 나온 후로 정숙은 상민에게 여간 암시적이 아니었다. 이미 자신은 모든 것을 고백해버린 터라는 듯 눈길 하나도 무심히 흘리질 않았고, 기회가 있으면 무슨 구실로든 이것저것 상민과 이야기를 나누고 싶어 했다. 한데 상민 역시도 그런 정숙을 어떻게 대처해나가야 할지 자신을 얻지 못하고 있는 것. 그는 은영을 생각하면서 몇 번이나 그런 정숙에게 잔인해져버려야 할 자신을 다짐하곤 했으나 그때마다 늘 동정 반 호기심 반으로 마음을 돌리곤 했던 것이다. 무엇보다도 우선 그런 정숙이 터무니없다거나 경멸스러워질 수가 없는 때문이었다. 그러나 역시 상민의 거취를 결정하는 데는 그 정숙보다 부인의 문제였다. 부인이 새집에 자신을 안정하고 그것으로 상민을 용납한 이상 정숙쯤 못 견뎌낼 바가 아니었다. 게다가 아직은 정숙으로서도 그 이상 여자의 분을 벗어날 수는 없는 노릇. 속이야 어떻든 상민이 모른 체해버리기만 하면 일단은 안심을 할 수도 있었다.

그는 결국 부인 곁에서 좀더 머물러 있기로 마음을 정했다. 그리고 힘껏 부인의 외로움을 덜어주려고 노력했다.

그러자 이윽고 부인에게서도 이상한 요술이 나타나기 시작했다. 부인에게서 행해진 그 신기스런 시간의 요술이.

은영이 학교로 들어간 지 한 달쯤 되던 어느 날, 상민은 그녀로부터 뜻밖의 편지를 한 장 받았다.

잠시 시내 외출에서 돌아와보니 누가 가져다놓았는지 책상 위에 그녀의 편지가 놓여 있었다.

오랜만에 바람도 쐴 겸 상민더러 서울을 한번 다녀가라는 것이었다. 이유인즉 머지않아 그녀의 학교 개교 기념 행사가 있을 예정인데, 그 잔치에 상민을 자기의 남자 손님으로 초대하고 싶다는 것.

"지 선생님을 제 손님으로 초대하고 싶다는 거, 엄마에게도 따로 편지를 드렸어요. 물론 엄마도 함께니까요. 그러나 엄마만으로는 안 돼요. 이 잔치에 참가하려면 누구나 자기의 남자 손님이 한 분씩 있어야 하거든요.

그러니 선생님께서 엄말 모시고 한번 다녀가주세요. 엄마도 제가 지 선생님을 초대하는 걸 환영해주실 거예요…… 그럼 전 다른 남자 손님 구하지 않고 선생님만 기다리겠어요……"

이쪽 사정은 들어보지도 않고 어리광 반 억지 반으로 혼자서 결정을 내려버리고 있었다. 요즘 말하는 소위 파트너가 되어달라는 모양이었다.

어쨌든 상민은 뜻밖이었다. 그리고 그런 은영의 호감이 제법 알뜰하게 가슴에 닿아오고 있었다.

모처럼 즐거운 잔치에 은영이 하필 자기를 남자 손님으로 불러들이려는 데는 쑥스런 실소가 머금어지기도 했다. 무엇보다 상민은 서른이 넘은 자기 나이가 그런 잔치엔 어울릴 것 같지 않았다. 그리고 은영 쪽으로 말하더라도, K든 누구든 적어도 자기보다는 팔팔하게 기분이 맞을 상대를 구할 수가 있었으리라.

한데도 은영은 굳이 상민을 그날의 왕자로 골라준 것이다. 쑥스럽고 난처하면서도 상민은 그 은영의 편지가 은근히 반가웠다. 은영의 말대로 모처럼 만에 서울 바람도 쐴 겸 청을 들어주고 싶기도 했다. 그러나 상민이 정말 서울을 가고 안 가고의 결정은 은영의 편지처럼 그렇게 간단할 수는 물론 없었다. 상민 자신의 의사만으로 결정될 수 있는 일도 아니었다.

부인이 어떻게 생각하실까.

무엇보다 그 부인의 생각이 문제였다. 은영은 이번 일에 대해서만은 별로 '엄마'를 걱정하고 있지 않은 눈치였다. 오히려 엄마는 자기의 결정을 환영해주시기까지 하리라고, 벌써 부인의 승낙을 얻어낸 것처럼 의기양양했다. 그러나 상민으로서는 역시 그 부인의 생각이 문제였다. 은영의 편지를 너무 무관하게 생각하지 못한 탓일까. 그리고 은영에 대한 어떤 기대 같은 것을 혼자서 너무 깊이 감추고 있는 탓일까. 그는 편지를 읽고 난 순간부터 터무니없이 그 부인이 조심스러워지고 있었던 것이다.

그렇다고 뭐 터놓고 어떤 기색을 내보이거나, 이래라저래라 상민을 간섭하려 들 부인은 물론 아니었다. 상민 몰래 살짝 편지를 놓아두고 간 것이나, 은영의 다른 편지로 그가 읽게 될 사연을 이미 알고 있었으면서도 시치미를 떼고 있는 부인의 결벽성 같은 것이 그 좋은 증거였다. 그러나 상민은 바로 그런 성벽 때문에 부인이 더욱 조심스럽고, 은근히 두려워지기까지 하는 것이다.

그러나 시간이 흐를수록 상민은 결국 그 은영의 요청을 들어주는 쪽으로 생각을 굳혀가고 있었다.

—하기야 부인에게도 나의 동행을 싫어할 이유는 없겠지, 적어도 아직까지는 내가 그리 수상쩍은 놈으로는 여겨지지 않고 있으니까.

하지만 어느 쪽이든 부인은 또 모르는 척 내 기색만 살피고 계실 텐데, 섣불리 길을 따라나설 기미를 보였다가 공연히 이상한 생각이라도 들게 해주는 건 아닐까.

그 부인의 눈치가 불편스럽게 느껴지는 쪽만 아니라면 그는 일단 길을 나서보기로 마음을 정했다.

그래서 이날 밤 저녁상을 받은 자리에서 상민은 자신이 먼저 이야기를 끄집어냈다.

"제 방에 은영 씨의 편지를 갖다 놓으셨더군요. 아까 외출에서 돌아와 읽었습니다만, 학교에 무슨 기념 행사가 있다구요?"

조심조심 부인의 표정을 살피면서, 그러나 되도록 아무렇지 않은 척 말머리를 뗐다.

그러나 이게 어찌 된 일이었을까. 이날 밤 부인의 태도는 여태까지 상민이 예상해온 것과는 너무나 거리가 멀었다.

"내게도 따로 편지가 왔어요. 개교 기념 행사라나요? 그래서 지 선생더러는 그 잔치의 놀이 상대가 되러 서울까지 올라와주시라고 했다지요, 아마?"

첫마디에서부터 여간 서늘한 것이 느껴지지 않은 어조였다. 그에게만 결정을 맡기려 하거나 모르는 척 그의 의사를 기다리려고 하지 않았다.

"워낙 철이 들지 않은 아이라서 글쎄 아직도 할 소리 못할 소리를 분별하지 못하고 아무에게나 마구 응석을 부리려 들지 뭡니까. 녀석이 그런 버릇없는 소리를 썼다기에 편지를 다시 내와버릴까도 했지만, 나중에 녀석의 핀잔을 듣게 될 일도 겁이 나고 해서……"

부인은 자기까지 정말 미안해진 듯 쑥스런 미소를 지어버렸다.

그러나 부인의 어법으로는 그보다도 의사가 분명할 수 없었다.

부인의 말 가운데는 어느 때보다 확실한 결단이 담겨져 있었다. 은영의 편지 자체를 허물로 삼으려는 것이 바로 그것이었다. 다만 부인이 그 은영에게만 허물을 묻고 있는 것은 되도록 상민의 자존심이 다치지 않게 그것을 말하려는 부인다운 어법일 뿐이었다.

상민은 그처럼 명백한 부인의 암시를 거역할 수는 없었다.

"아마 어머니 혼자 오시라기가 뭣해서 저더러 함께 어머닐 모시고 오라는 것이었겠지요."

뻔히 아닌 줄 알면서도 멋쩍게 은영을 변명해주고는 그만 입을 다물어버렸다. 그러나 부인은 그 소리에도 틈을 남겨놓지 않았다.

"그러고 보니 자식 아이들은 벌써부터 날 서울 출입도 혼자 할 수 없는 막늙은이로 여기는 모양이구랴. 하지만 아직 그만한 기력도 남아 있지 않대서야 어디 인생이 서러워 견디겠소. 하하."

농 반 진담 반으로 은영의 편지에 대해선 다시 이야깃거리로 삼을 여지마저 지워버렸다. 그리고는 이제 자기의 의도를 알 만하지 않으냐는 듯 상민을 바라보며 남 일처럼 껄껄 웃어댔다.

"……"

결국 상민은 이야기의 운만 떼놓고 진짜 자기 의견은 꺼내보지도 못한 채, 기대를 꺾여버린 것이었다.

—이상한 일이로군. 어째서 부인은 처음부터 은영을 용납하려 하지 않은 것일까. 무슨 꺼림칙한 예감이라도 들고 있단 말인가. 그렇다고 미리부터 겁을 먹은 얼굴로 은영을 가로막고 나설 이유는?

그러나 상민은 그런 부인을 오랫동안 이상스러워하고만 있지는 않았다. 은영에 관한 한 부인은 여태까지 모든 문제를 혼자 대신해오고 있었다. 남자에 관해서는 더욱 그랬다. 결혼 상대뿐 아니라, 어떤 필요에서 어떤 식으로 은영과 관련이 지어질 남자건, 그 모든 선택은 오직 부인에 의해서만 고려되고 결정되어왔던 것, 은영이 가끔 산을 오르기도 하고 K와의 다방 출입도 한두 번 경험한 사실을 안다면, 아마 부인은 앞으로 은영의 등산 동료나 데이트 상대마저도 일일이 자신의 뜻으로 정해줄 수 있기를 바라게 될지 모르리라. 부인은 그처럼 은영에게는 선택을 맡기지 않았다.

아니 맡기기를 싫어했다. 은영이 이번에 상민을 잔치 손님으로 청해준 것은, 그것이 순전히 은영 혼자의 자의에 의한 행동이었다는 점만으로도 부인을 안심시키지 못할 충분한 이유가 될 수 있었다.

그러나 부인의 그런 성벽보다도 상민이 부인을 더 이상 이상스러워하지 않게 된 것은 은영의 개교 잔치고 뭐고 이젠 그만 그 일을 잊어버리고 싶은 까닭에서였다.

그래서 그는 다음 날로 곧 은영에게 사양의 뜻을 적어 보내고 말았다. 물론 부인을 핑계 댈 수는 없었다. 마침 분주한 일이 생겨서 호의를 사양할 수밖에 없는 게 유감이라고. 그러니 아무쪼록 멋쟁이 남학생을 만나 즐거운 잔치가 되기를 빌겠노라고.

그리고 나서는 부인이 정말 혼자서 서울로 떠나는 날까지 다시는 서울행을 생각조차 해보지 않았던 것이다.

한데 부인에게는 바로 그 서울행이 문제였다. 이 서울행이야말로 부인에게는 앞서 말한 그 이상한 변화, 이 집으로 이사를 오면서부터 부인에게서 일어나기 시작한 그 시간의 요술에 한 중요한 계기가 되어버렸으니 말이다.

그렇다고 이사를 오고 난 후로 부인에게서 뭔가 달라지기 시작한 일이 이때부터 처음 비롯된 것이라는 말은 물론 아니다. 정원을 잘 거닐지 않는다든가, 자주 부엌 근처를 기웃거리고, 일부러 그런 것이기는 하지만 (그러니까 더욱) 어떤 때는 시장 나들이까지도 서슴지 않게 되었다는 것은 앞에서도 이미 말한 대로. 게다가 은영의 신학기 등록을 구실로 그처럼 소중히 간직해오던 병풍까지 한 틀 팔아버리고 나서도 이젠 어수선한 꿈조차 꾸지 않게 된 부인이었다. 뿐만 아니라 이사를 오자마자 이젠 정말 일이 코앞까지 밀어닥친 듯 은영의 혼인을 더욱 조급하게 서둘러대고 있는 것도 새로운 변화라면 변화일 수 있을 것.

한데 부인의 이번 서울행이야말로 그런 모든 변화들 중에서도 가장 구체적이고 중요한, 어쩌면 결정적이라고까지 할 수 있을 그런 변화의 계기가 되어버렸던 것이다. 아니 그렇다고 뭐 부인이 서울에서 머리가 온통 세어져 돌아왔다거나 어떤 기이한 버릇을 새로 배워온 것은 물론 아니었다. 그것은 어떻게 보면 지극히 사소한 것, 그러면서도 지금까지는 전혀 그 성벽을 뛰어넘지 못하고 있었던 것, 그것을 부인이 이번 서울행에서 훌쩍 뛰어넘고 온 것이었다.

그러나 상민은 부인이 서울행을 혼자 떠난 것만으로는 물론 아무것도 아직 느낄 수가 없었다. 부인의 그런 변화가 상민에게 발견된 것은 그 부인이 서울에서 다시 집으로 돌아오고 난 다음이었으니까. 그리고 상민은 부인이 서울로 떠나자마자 바로 그날부터 정숙으로 인해 적잖은 괴로움을 먼저 당해야 했으니까.

20

부인이 집을 비우고 난 다음의 이야기를 조금만 하고 지나가자.

"아무래도 지 선생이나 나 가운데서 한 사람은 여기 남아 집을 지켜야겠지요?"

부인은 길을 나서던 날 아침에야 겨우 은영의 편지가 다시 떠오르는 듯했다. 그러나 그것 역시 상민에게 집을 잘 부탁하노라는 다짐일 뿐, 기회를 사양하려는 뜻이 아니었음은 다시 말할 것도 없다. 상민은 이제 부인의 어법에 속속들이 익숙해져 있었다.

"집은 제게 맡겨두시고 길이나 편히 다녀오십시오."

그래서 그는 이제 마치 자기 혼자밖엔 집에 남지 않을 것처럼 부인을 안심시켜 떠나보냈던 것이다.

한데 그렇게 부인이 집을 떠나버리고 나니, 상민은 또 이상하게 거북한 부담감 같은 것이 가슴속으로 밀려들기 시작했다. 부인이 집을 떠나고 나서도 그는 물론 혼자서 그 집을 지키게 된 것은 아니었던 것이다. 집에는 상민 말고도 또 한 사람 그의 곁에 남아 있는 사람이 있었다. 정숙 말이다. 상민에게 밀려들고 있는 거북스런 부담감 같은 것은 바로 그 정숙에 대한 것이었다. 텅텅 빈 집 안에서 문득 그녀의 존재가 의식되어오기 시작하자, 그리고 앞으로 한동안은 그녀와 단둘이서 밤낮을 함께 지키게 되어버린 것을 생각하자, 상민에겐 갑자기 온 집 안이 그 정숙이 한 사람으로 온통 가득해지고 있었던 것이다. 그리고 상민은 그 정숙이 여간 거북살스럽고 부담스럽게 느껴지질 않았다. 그것은 정숙이 마침 상민과 단둘이가 된 기회를 잡아서 또 무슨 암시를 해오거나 난처한 고백 같은 것을 꺼내놓으려 하지 않을지가 두려워서만은 아니었다. 그보다도 문제는 오히려 상민 자신에게 있었다. 이런 수월한 기회에 정숙에 대해 자꾸만 더 자유로워지고 싶은 상민 자신의 호기심을 어떻게 견뎌낼 수 있느냐가 더 큰 문제였다.

한데 상민은 이날 안으로 그 정숙을 정말 고통스럽게 느껴야 할 새로운 일을 하나 더 만나고 말았다. 그는 이날 낮 점심을 먹으러 꼭 한 차례 아래층을 내려왔을 뿐, 하루 종일 새로 방을 옮겨간 2층에서만 지내고 있었다. 그것은 상민이 정숙에 대한 자신의 음흉한 호기심을 자극하지 않기 위해서 일부러 그런 것이었다.

한데 오후 해가 반쯤 기울고 난 다음이었을까. 상민의 그 2층 방 창문이 갑자기 어두워지는가 싶더니 금세 밖에선 세찬 소나기가 쏟아지기 시작했다. 바로 그 소나기가 문제였다.

여름도 채 되지 않고 소나기는 무슨 처음엔 물론 상민도 그저 잠깐 지나가는 빗줄기려니 싶어 무심히 창문을 내다보고만 있었다. 하지만 소나기는 그처럼 쉽게 지나가줄 기세가 아니었다. 오히려 빗줄기가 점점 더 세차지기만 했다. 마구 번개까지 쳐대며 하늘이 째지는 듯한 천둥소리가 머리 위를 굴러가곤 했다.

—이건 아무래도 시작이 좀 심상칠 않은걸. 정말 비가 좀 내릴 참인가.

상민은 그제서야 비로소 새 정신이 드는 듯 생각을 가다듬기 시작했다.

—아래층엔 미리 손을 봐둬야 할 데가 없을까. 하기야 정숙이 손을 쓰고 있긴 할 테지만. 그러나 아래층에서는 여태도 정숙의 기척이 들려오지 않고 있었다. 정숙 역시 상민에겐 자기의 기척을 들키지 않으려고 하루 종일 조심만 하고 있는 것일까. 상민이 2층으로 올라와버린 다음부터는 도대체 기척을 알 수가 없었다. 정숙이 그 아래층 어디에 남아 있는지 없는지조차도 알 수가 없

을 지경이었다. 그러니까 한 사람은 2층에서 그리고 또 한 사람은 아래층에서, 둘이는 하루 종일 그런 식으로 서로의 정적만 지키고 있었던 것. 한데 그 정숙이 아직도 기척이 없는 것이다.

—잠에라도 빠져들어 아직 비가 오는 줄을 모르고 있는 건 아닌가.

하지만 그러고 있는 상민 역시 자신이 곧 그 아래층으로 형편을 살피러 내려가려 하지는 않았다. 우선 소나기를 핑계로 수선을 피우고 다니기가 싫었다. 그리고 시원하게 쏟아지는 빗줄기를 내다보고 있으려니 발이 쉽게 떨어지려고 하지도 않았다. 좀더 형편을 기다려보기로 게으름만 피우고 서 있었다. 그러나 빗줄기는 더욱 세차지기만 했다. 천둥소리도 여전했다. 하늘만은 아까보다 색깔이 좀 엷어지고 있는 듯했으나 세찬 빗줄기 때문에 사방이 아직 뽀얗게 어두웠다.

한데 바로 그때였다. 그리고 그것은 상민이 이번에야말로 정말 아래층 형편을 내려가봐야겠다고 막 유리창에서 얼굴을 들려고 했을 때였다. 그때 상민은 그 빗줄기 속에서 문득 이상한 움직임을 보았던 것이다. 문이 열리고 있었다. 그의 2층 창문에서는 아래층 욕실 문이 마주 내려다보였다. 상민이 마지막으로 유리창에서 시선을 거두려는 순간, 그 욕실 문이 슬그머니 열리기 시작했던 것이다. 그리고 그 문 뒤에서 천천히 나타나기 시작한 또 하나의 움직임, 그것은 실오라기 하나 몸에 걸치지 않은 정숙의 발가벗은 몸뚱이가 아닌가. 상민은 순간 전기라도 맞은 듯 그 자리에 꼿꼿하게 굳어 서고 말았다. 시선을 피하려 하지도 않았다. 한동안은 숨결마저 정지해버린 채 긴장한 눈초리로 정숙의 거동만 지키고 있었다.

참으로 이상한 일이었다. 빗속의 나체라니 도대체 이게 무슨 미친 짓이란 말인가.

그러나 정숙은 그런 상민의 시선 같은 건 의식조차 하고 있지 않은 것 같았다. 아니 그녀는 아예 그런 자기의 모습을 엿볼 사람이나 장소는 이 세상 어디에도 존재할 수 없는 것으로 믿어버리고 있는 것 같았다. 상민의 시선을 의식하기는커녕, 거기에 2층 창문이 있다는 것조차 잊고 있는 듯한 거동이었다. 발가벗은 몸뚱이에 조금도 스스럼이 없었다. 욕실 문을 열고 나설 때부터 그랬다. 그녀는 마치 평상의 여자가 방문을 열고 나서듯 사뿐히 그 욕실 문을 나섰다. 그리고는 주위를 둘러보는 기색도 없이 뽀얀 빗줄기 속으로 성큼 몸을 디밀어버렸다. 초여름 소나기라 선뜻선뜻 오한이 일 수도 있으련만 정숙은 몸을 떠는 것 같지도 않았다. 오히려 그 빗줄기가 시원스럽기만 한 듯 몸을 더욱 넓게 전개했다. 빗물이 그녀의 뽀얗게 부풀어 오른 젖무덤 사이로 그리고 탐스런 곡선을 이어 내리고 있는 허리의 굴곡 아래로 마구 줄기를 지으며 흘러내리고 있었다. 선뜻선뜻 오한이 느껴지고, 육신의 굴곡을 흘러내리는 빗줄기에 간지럼 같은 것을 느끼고 있는 것은 오히려 이쪽 상민이었다. 정숙은 그 빗줄기 속에다 여전히 몸을 내맡겨버린 채 자신의 육신이 못내 소중스러운 듯 조심조심 젖가슴을 손에 담아보기도 하고 어깨며 허리며를 번갈아 쓰다듬어보기도 하곤 했다. 자기 육신 속에 숨어 있는 아름다움을 샅샅이 찾아내버리기라도 할 듯 이곳저곳 유심히 자기의 몸을 살피고 돌아가기도 했다. 그것은 마치 정숙이 자신의 육체를 자기 스스로 즐기고 있는 것 같기도 했다. 그러나 정숙은 끝내 거기에는 싫증이 나고 만 것이었을까. 어느 순간 그녀는 호소라도 하듯 크게 몸을 젖혀 하늘을 한번 우러러보고 나더니, 거기서부터는 갑자기 모든 동작을 멈춰버리고 말았다. 그리고는 마치 비에 젖고 있는 여인 입상처럼 묘하게 수심이 어려드는 표정으로 발끝 아래를 응시하기 시작했다. 이젠 무슨 생각엔가 그렇게 열심히 골몰해질 일이라도 있는 듯. 그리고 그렇게 무엇인가 생각을 골몰하다 보니 몸을 내맡기고 있는 빗줄기마저 의식할 수가 없게 되어버린 듯—

그러고 있는 정숙의 등허리 위를 가끔 번갯불이 파랗게 지나가고 했다. 그러고 나면 빗줄기가 한 차례 그 등허리를 더욱 세차게 씻어 내리고……

그래도 정숙은 언제까지나 움직일 줄을 모른 채였다.

천둥마저도 도저히 그녀를 움직이게 할 수는 없을 것 같았다.

그런 일이 있고 나서부터 상민은 정숙이 더욱 거북살스러워지고 말았다. 물론 정숙에게 그녀를 엿본 기색은 보일 수가 없었다. 아무 일도 없었던 듯 모른 체하고만 있었다. 정숙 역시 그 빗줄기가 좀 뜸해지면서 몸을 거두어 들어가버린 뒤로는 별다른 기척이 없었다. 상민과 저녁상을 마주했을 때도 그녀는 아무 스스럼이 없었다.

그렇게 되고 보니 상민으로서는 정숙의 동기 같은 건 영 알 길이 없었다. 짐작할 수도 없었다.

이런 걸 생각해볼 수는 있었다.

교외에 있을 때부터 은영네는 부인이고 정숙이고 할 것 없이 밤목욕을 썩 좋아했다. 저녁이 되면 가끔 뜰 가에 방석을 깔고 앉았다가 느닷없이 밤목욕을 시작하곤 했다. 달이라도 밝은 여름밤이면 은영네의 그 밤목욕은 거의 예외가 없었다. 물론 뒤곁의 우물가에서였다.

한데 그때도 은영네들은 구차스레 이쪽 눈길을 피하려고 하질 않았던 것이다. 우물은 언제나 이쪽 시각 안에 있었다. 아니 이쪽 자리를 일부러 우물이 바라보이는 곳에다 정한 듯싶기도 했다. 그리고 그 우물은 몸을 감출 만한 울타리가 둘러져 있지도 않았는데, 아무도 그것을 꺼리는 사람은 없었던 것이다. 시선이 아물거릴 만한 적당한 거리와 뽀얀 달빛의 장막이 있으면 그것으로 그만이었다. 그리고 여인들이 그렇게 한 사람씩 우물가로 가서 뽀얀 달빛 속으로 좌르륵좌르륵 물소리를 뿌려대고 있을 때, 그리고 그 여인들이 차례차례로 서늘한 비누 냄새를 묻혀 돌아왔을 때, 상민은 이 여인들이야말로 정말 이상한 방법으로 달빛과 밤목욕을 그리고 심지어는 그 밤목욕의 습관까지를 즐기고 있구나 싶어질 지경이었던 것이다.

한데 정숙이 아직 그런 밤목욕의 버릇을 잊어버리지 못하고 있었던 것일까. 그래서 쏟아지는 빗물을 보자 문득 옷을 벗고 싶어졌던 것일까.

일단은 그런 상상을 해볼 수도 있겠다.

그러나 상민은 역시 그런 식으로 정숙의 동기를 상상할 수는 없었다. 도대체 한 여자가 자기의 습관과 순간적 충동 때문에 알몸이 될 수가 있을까. 어림도 없는 얘기다. 그렇다면— 그렇다면 상민은 이제 바로 그 자신을 정숙의 동기로 들어볼 수밖에 없었다. 그러나 거기에서도 역시 상민은 너무나 많은 것을 납득할 수 없었다. 정숙이 자기 암시의 방법으로 일부러 알몸이 되고 나타난 것이라면, 그건 너무 잔인하고 야비하고 그리고 충격적인 발상이었다.

그렇게 상상하고 싶지는 않았다. 그럴 수도 없었다. 상민의 눈길 같은 것은 염두에도 없는 듯 무던하기만 하던 정숙의 거동이 그런 상상을 용납하지 않았다. 상민은 결국 정숙의 동기에 대해서는 한 발짝도 납득해 들어갈 수가 없었다.

정숙이 스스로 입을 열어주지 않는 한 상민으로서는 도저히 짐작조차 해볼 수 없는 어떤 동기가 숨겨져 있거나, 아니면 그저 아무 생각도 없이 무심히 옷을 벗고 나선 것일지도 모른다는 식으로 궁금증을 일단 가라앉히는 수밖에 없었다. 또는 아무런 동기도 없었다는 정숙의 무의식까지를 포함하여, 지금까지 상상해본 몇 가지 동기가 한데 뭉뚱그려진 것이 진짜 정숙의 동기일 수도 있는 일이었다.

그런데 상민이 정숙의 동기를 어떤 식으로 생각해버렸건 간에 이번 일로 하여 그 정숙의 존재가 더욱 거북해진 것만은 어쩔 수가 없는 사실이었다. 정숙의 알몸을 보고 난 상민은 이제 어느 때보다도 그 정숙에게서 여자를 느끼기 시작했던 것이다. 그리고 정숙에게 여자를 느끼면 느낄수록 상민은 그녀의 존재가 점점 더 거북해지는 것이었다.

하지만 상민이 그 정숙으로부터 치열하게 여자를 느끼기 시작한 것은, 그가 빗속에서 그녀를 엿보고 있었던 그 당장의 일은 물론 아니었다. 그때는 몸과 마음이 한꺼번에 긴장하여 그런저런 느낌을 가져볼 여유마저 없었다. 그리고 우선 그 정숙의 모습이 금세 여자를 느끼기에는 너무 치열한 분위기였었다. 그 정숙의 모습에서는 한 여자에 앞서 인간의 생에 어떤 기묘한 엄숙미와 치열감이 먼저 느껴져왔던 것이다. 그리고 이상하게 음산하고 주술적인 분위기가 그녀의 주위를 맴돌고 있었던 것이다.

그러나 한 여자의 알몸이 상민에게서 가장 중요한 것은 뭐니 뭐니 해도 역시 그 알몸에서 직접 여자를 느끼고 싶은 충동이었을 것. 아닌 게 아니라 그 오후의 충격이 조금 사라지고 나자, 그리고 정숙에 대한 모든 수수께끼를 단념해버리고 나자 상민에게서는 드디어 그 하나의 충동만이 서서히 요동을 치기 시작했던 것이다.

밤시간이 여간만 거북스러워지질 않았다. 게다가 부인이 없는 동안 상민은 잠자리까지 아래층에다 펴야 했으므로 그 정숙을 더욱 가까운 거리에서 느껴야 했다. 집 안이 온통 그 정숙으로 가득해져버린 느낌이었다. 터무니없이 신경이 과민해지고 잠자리가 초조했다.

그러나 상민은 적어도 부인이 돌아올 때까지는 기어코 그 정숙을 견뎌내고 말 작정이었다. 남자란 원래 두 여자를 한꺼번에 느낄 수도 있는 동물이다. 소설 같은 데서는 가끔 그렇지 않은 것처럼 보이기도 하지만 실제 남자들이란 그렇지가 않다. 하지만 소설이 어떻고 실제 남자들이 어떻든 상민으로서는 그러기가 싫었다. 어떤 방법으로든 상민은 이미 그 정숙에 앞서 은영을 마음속에 느끼고 있었다. 그 은영을 아직은 정숙으로 바꿔 들이기가 싫었다.

거기까지는 거의 무의식중에서였겠지만, 그러기가 조금은 귀찮기도 하고 또 조금은 두렵기도 했다. 부인이 돌아올 때까지만이라도 정숙을 견뎌내는 것이 좋을 듯싶었다. 우선 그 부인 앞에서 쑥스러워질 구석을 남기고 싶지도 않았다.

"정숙 씨도 이젠 결혼을 해야 할 때가 되지 않았어요? 그런 거 생각해보지 않아요?"

하루는 정 호기심을 억제할 수 없어 무심결인 듯 상민이 그런 소리를 해버린 일이 있었다. 그때 정숙은,

"그럼요. 은영에겐 결혼이 남의 일처럼 되어 있으니까 생각을 하지 않아도 좋겠지만, 전 그게 제 자신의 일이거든요."

공연히 은영까지 들먹이며 뜻을 알쏭달쏭하게 흐려놓고 말았지만, 그러나 자신의 의사만은 예전에 비해 여간 분명하고 꿋꿋해져 있질 않던 정숙이었다. 그런 소리를 듣고 나서 이상하게 찔끔해진 상민은 그때부터 자신의 음흉한 호기심에 더욱 세찬 채찍질을 가하기 시작했던 것이다. 밥만 먹으면 정숙이 두려운 듯 2층으로 올라가버렸다. 그리고 밤이 되면 행여 정숙에게 무슨 기척이라도 들키게 될까 봐 조심조심 자리 속으로 숨어 들어가버리곤

했다.

한데 정숙에게서도 그날 오후에 한번 그런 일이 있고 나서는 좀처럼 다른 기색이 엿보이지 않았다. 그녀 역시 밥을 먹고 나면 곧장 자기 방으로 들어가서 언제까지나 정적만 쌓고 있었다.

2층 상민에게 기척을 보내오는 것은 세 끼 식사와 어쩌다 한번씩 그녀의 시장 출입을 알리려 할 때뿐이었다. 그 밖에는 상민이고 뭐고 도대체 안중에가 없는 듯 방에만 틀어박혀 있었다. 2층의 상민은 가끔 묘한 갈증 같은 것을 느끼는 듯 가만가만 헛기침을 짜내기도 했으나 정숙은 자기의 아래층 방에서 그나마의 기척도 없이.

그러다 어느 날 드디어 부인이 돌아왔던 것이다.

21

부인이 서울에서 돌아온 것은 애초의 예상보다 이틀이 더 늦어서였다.

한데 이번 서울행이 부인에게 어떤 중요한 변모의 고비가 되고 있었다는 말은 앞에서도 벌써 이야기를 해버렸던가. 그러나 상민은 물론 부인이 서울에서 돌아온 것만으로는 아직 그 부인에게서 아무것도 별다른 느낌을 가질 수가 없었다. 이틀쯤 집을 늦게 돌아온 것과, 길을 나설 때보다 다소 얼굴이 초췌해진 것을 제외하면 부인은 언제나 조용하고 침착하기만 한 평소의 부인

그대로였다.

"지 선생을 함께 모시고 오지 않았다고 은영이 년에게 얼마나 핀잔을 받았다구요. 글쎄 녀석이 통 곧이를 들어줘야지요. 지 선생에게 잡자기 무슨 분주한 일이 생겼느냐구 말야요."

잔치 소식을 묻는 말에도 부인은 그렇게 은영의 투정까지 선선히 일러주었다. 상민도 역시 그런 부인의 태도에는 무심스러울 수밖에 없었다.

"제가 따로 편지를 냈었지요. 바쁜 일이 생겨서 모처럼 서울 구경을 놓치게 되었노라구요."

변명 비슷한 소리를 하고 나서,

"하지만 그런 잔치이 남자 손님으로는 지 같은 집안 식구가 별로 재미없을 텐데요, 뭐. 그래 다른 기사님을 청해다 잔치는 즐겁게 보냈답니까?"

은근히 궁금해지고 있는 것을 물었다.

"편지를 좀 늦게 받아서 갑자기 변통이 어려웠나 보아요. 그래 맨날 내게만 붙어다니면서 투정이 아니었겠수. 부탁까지 미리 했는데 지 선생을 붙들어오지 못했다고 내게다 마구 화풀이를 해대면서 말야요. 요즘 애들은 워낙 별놈의 놀이를 다 생각해내구 그게 맘대로 안 되면 안달을 내버리곤 하니까……"

부인은 제법 말속에다 우스개까지 섞고 있었다. 그래서 부인의 어조는 무슨 비난기보다는 차라리 은영에 대한 어떤 대견스러움, 그리고 이번 여행에서 처음부터 상민의 동행을 따내버리려 했던 데 대한 변명이나 미안감 같은 것이 짙게 풍기고 있었다. 적어도 상민에게는 부인의 말이 그렇게 들리고 있었다.

"공연히 어머니께서 혼이 나셨군요."

"혼만 난 게 아니라 죗값도 톡톡히 바치고 왔어요."

"어떻게 말씀입니까."

"이번에 지 선생을 끌고 오지 못한 대신 가을에 있을 국전 출품을 허락하라구요. 아직까지 한 번도 국전엔 작품을 내보지 않았으니까, 금년엔 기회도 마지막이고 하니 꼭 한 번 출품을 하고 싶다네요."

부인은 여전히 장난기가 밴 어조로, 그러나 무심스럽게 말했다. 그래서 상민에게도 부인의 그 말은 아무런 저항도 없이 무심히 받아들여지고 있었던 것일까.

"하기야 은영 씨에겐 금년이 재학 시절로선 처음이자 마지막 기회가 되겠군요. 게다가 졸업을 하고 나서 곧 결혼이라도 하게 되면 학교 시절처럼 가벼운 기분으로 출품을 할 수도 없을 테구요."

은영의 생각을 거들고 있는 상민의 말속엔 부인에 대한 어떤 새로운 의식이나 놀라움 같은 것이 털끝만큼도 포함되어 있지 않았다. 그는 다만 은영이 아직까지 한 번도 국전엔 작품을 출품한 일이 없다는 것, 그리고 부인 역시 그것을 별로 달가워하지 않고 있었다는 사실만을 기계적으로 상기하고 있었던 것이다. 은영이 모처럼 국전 출품을 결심하게 된 데 대한, 그리고 그것을 부인이 용납하고 만 데 대한 주의는 아직도 먼 곳에 있었다.

그러나 상민이 그것을 어떻게 느끼고 있든 부인은 또 하나 주의할 만한 사실을 털어놓고 있었다.

"작품을 하자면 또 이번 여름방학을 온통 가마가 있는 지방에서 지내야 한다구 그것까지 미리 허락을 내리라고 하지 않아요."

그리고 상민은 아직도 그 기계적인 대답만을 되풀이하고 있었다.

"좋은 작품을 내려면 방학쯤 시골에서 지낼 각오를 해야겠지요."

그러나 부인과 상민이 양쪽 다 그처럼 무심스런 이야기를 주고받은 것은 뜻밖에도 부인이 돌아온 그날 하루뿐이었다. 부인은 이날 상민과의 이야기가 끝난 다음부터 갑자기 이상스럽게 슬픈 얼굴이 되어버리고 말았던 것이다. 그리고 그제서야 상민은 비로소 부인이 조금씩 이상하게 느껴지기 시작했다. 물론 전날서부터도 늘 어떤 근심기 같은 것이 희미하게 얼굴에 드리워 있곤 하던 부인이기는 했다.

그러나 부인이 그런 얼굴을 짓는 것은 상민이나 다른 누구의 앞에서도 함부로 있는 일이 아니었다. 부인은 언제나 그런 얼굴 표정을 혼자서만 깊이 안으로안으로 감추고 있으려고 노력했다. 그러나 이번만은 부인이 아무리 그런 노력을 계속해도 그 짙은 슬픔과 근심기가 어쩔 수 없이 부인의 얼굴을 덮어버리곤 했다. 게다가 부인의 그런 얼굴 표정 속에는 여느 때는 느낄 수 없었던 어떤 피로감과 실망기까지 함께 깃들여 있는 듯했다.

—필시 서울에서 무슨 일이 있었던 게로군.

그러자 상민은 그새 좀 잠잠하던 호기심이 다시 샘솟기 시작하고 있는 자신을 의식했다.

—도대체 무슨 일이 있었던 것일까.

그는 서울에서 부인과 관련하여 일어날 수 있는 일, 부인을 그토록 실망 속에 빠뜨릴 수 있는 일들을 차례차례 상상해보기 시작했다. 그러다 종당에 가서 생각난 것이 바로 부인이 서울에서 돌아오던 날의 그 무심스런 이야기들이었다. 그리고 상민은 그제서야 비로소 어떤 새로운 의미로 그날의 이야기들을 만들 수 있었던 것이다.

부인은 이번 서울행에서 분명 은영의 국전 출품을 승낙하고 왔다고 했다. 작품을 짓기 위해 은영의 지방 여행까지도 함께 승낙을 해버리고 온 것이었다. 그것은 실상 지극히 사소하고 당연한 일이기는 하다. 그러나 부인의 경우 그것은 조금도 당연하거나 사소한 일일 수가 없는 것이다. 은영이 별로 관심을 두지 않은 탓도 있기는 했겠지만, 지금까지 그녀의 국전 출품을 반대해온 것은 번번이 부인 쪽이라 했다. 부인에게는 좀처럼 허물어뜨릴 수 없는 그런 이상한 성벽이 있었던 것이다. 한데 그 부인이 은영의 국전 출품을 승낙한 것이다. 말하자면 자의로든 타의로든 그것으로 부인은 이제 그 자신의 견고한 성벽을 하나 무너뜨리고 만 것. 서울에서 일어날 수 있었던 일도 바로 그 부인의 성벽이 무너뜨려진 것 외에 다른 일이 있을 수 없었다. 부인의 얼굴에 그늘진 슬픔과 실망 같은 것도 바로 그 성벽이 무너뜨려진 데서 온 어떤 아픔과 충격의 그림자일 게 분명했다.

하지만 과연 그것만으로 부인의 서울행을 정말 어떤 중대한 변화의 계기라고 말할 수가 있을까. 도대체 은영의 국전 출품과 한 달 남짓한 작업 여행을 승낙한 것이 부인에게 얼마나 깊은 뜻을 지닐 수 있기에? 그리고 그것을 승낙함으로써 부인에게서 무너지고 만 성벽의 의미란 무엇이었기에? 더욱이 그것을 계기로 부인은 정말 앞으로 어떤 식으로 변모해갈 것이기에? 물론 아직은 그렇게 야단스런 어조로는 말을 할 수가 없을 것이다. 그것을 좀더 자신있게 말하려면 우선 이 여러 가지 의문점들부터 먼저 확실해져야 할 테니까. 그리고 부인이 은영의 작업을 한 가문의 운명과 관련하여 얼마나 깊이 또 어떤 식으로 생각하고 있었는가부터 확실해져야 할 테니까. 뿐만 아니라 부인의 그런 승낙이 얻어지기까지 서울에선 정말 어떤 사건이 일어났으며, 가능하면 이후 부인에게서는 실제로 어떤 변화가 일어나기 시작했는지도 조금은 말해진 다음이어야 할 테니까. 하지만 그것은 모두 은영부터 한번 만나보고 난 다음이라야 한다. 은영을 기다려 이야기를 들어봐야 모든 게 좀더 확실해질 수 있을 테니까 말이다.

우선 서울에서의 사건과 부인의 변모를 짐작해볼 수 있는 한 가지 사실만은 미리 말해두자. 그것은 은영의 혼인에 대한 부인의 다음과 같은 선언이다. 연앨 하든 뭘 하든 이젠 은영에게 제 신랑감을 구해오게 하리라—

어느 날 부인은 느닷없이 그런 선언을 하고 말았던 것이다.

22

부인이 은영으로 하여금 그녀의 신랑감을 스스로 정하도록 하겠다는 말은, 그것이 어떤 사연으로 해서 나온 소리든 여간 놀라운 일이 아니었다. 그것은 마치 이번 서울 여행 중에 부인이 은영의 국전 출품을 허락했던 것만큼이나 중요한 변화의 하나였다. 적어도 상민에게는 그렇게 보였다. 한마디로 그것은 지금까지 부인이 모든 일을 자기 팔짓 안에만 엄격히 한정해두고 싶어 하던 소극성에서 벗어나 좀더 적극적으로 바깥세상을 긍정해보려는 노력의 한 표현임이 분명했다. 부인이 지금까지 은영의 국전 출품을 꺼려온 것은 은연중에라도 당락에 대한 어떤 거북한 두려움을 지니고 있었기 때문은 물론 아니었다. 다른 이유가 있었다. 장담할 수는 없지만 상민은 그것을 일종의 협심증 같은 것이라고 생각했다. 어떤 사람이 갑자기 여러 사람의 시선을 받게 될 때 공연히 쑥스러워져서 얼굴까지 벌겋게 달아오르게 되는 것 말이다. 하나의 예술 작품의 경우, 거기에는 어떤 암호로든 반드시 그것을 창작한 사람의 정신력과 영혼의 비밀이 깃들여지기 마련이다. 부인으로서는 그래서 국전 출품이 더욱 쑥스러웠을 것이다. 심지어는 스스로 어떤 모욕감까지 느끼고 있었는지도 모른다.

하지만 부인은 결국 은영의 국전 출품을 허락한 것이다. 그리고 이젠 은영에게 그녀의 신랑감까지도 스스로 정해오게 하겠다는 것이다. 은영의 혼인을 그처럼 초조하게 서둘렀던 것도 실은 그 은영의 혼인을 통해 바깥세상과 화해를 이루어보려는 부인의 오랜 꿈이 아니었던가. 부인은 이제 그 꿈을 실현시키는 데 은영의 노력을 긍정하고 싶은 것이다.

상민의 생각은 대강 그러했다.

그러나 그것은 어디까지나 상민 혼자의 생각일 뿐이었다. 나중에야 안 일이지만 부인의 생각은 실상 상민의 그런 추리와는 전혀 다른 곳에 있었던 모양이었다. 아니 부인의 그 두 가지 결심에는 역시 어떤 공통점이 있기는 했다. 둘 다 '은영 네 마음대로 한다'는 식이 우선 그 하나의 공통점이었다. 그리고 상민의 생각이 어떻게 틀리고 있든 그 두 가지 결심은 부인 자신에게서도 역시 똑같은 정신 궤적 위에서 똑같이 중요한 사건으로 이해되고 있다는 것도 다른 하나의 공통점이었다.

그렇더라도 부인의 생각은 역시 상민의 그것과는 거리가 멀었다. 무엇보다도 부인은 그 두 가지 일을 결심하는 데 자신의 의사는 전혀 개입시키지 않고 있었던 것 같았다. 그것은 상민의 추리처럼 부인이 자기의 바깥 세계에 대한 적극적인 긍정이나 화해의 의미에서보다는 은영에 대해서, 또는 바로 부인 자신에 대한 어떤 깊은 실망과 체념에서 그렇게 되어버린 것이 분명한 것 같았다. 말하자면 이제 무슨 화해커녕 오히려 그 화해를 영영 단념해버리려는 슬픈 심경에서 말이다. 그렇다면 부인이 은영에게 신랑감을 스스로 정하게 하겠다는 것도 그녀의 의견과 노력을 사겠다는 뜻에서라기보다는 단순히 지금까지의 자기 노력을 포기하겠다는 뜻에서(상민은 나중 은영을 만나서 서울에서의 일을 듣고 난 다음에야 그것을 확실히 이해할 수 있게 되었지만)였다고 치는 편이 옳을 법했다. 어쨌든 부인이 은영의 국전 출품을 화해의 노력으로보다는 오히려 그것을 결정적으로 방해하려는 행동으로 이해하고 있다는 것만은 틀림이 없는 것 같았다.

그것은 어떤 엉뚱한 사건이 계기가 되어 나온 부인과의 이야기에서도 분명해진 일이 있었다.

23

어느 날 부인에겐 차림새가 몹시 허술한 중년 사내 한 사람이 장시간 면담을 하고 돌아간 사실이 있었다.

한데 그것이 사건의 발단이었다. 부인이 사기를 당한 것이다. 아니 부인이 사기를 당한 것은 그날의 사내에게서가 아니었다. 그 사내는 복덕방쟁이였다. 그리고 그 복덕방쟁이는 부인에게 이미 사기를 당하고 있다는 사실을 귀띔해주러 온 사람이었다.

부인이 사기를 당한 내용인즉, 한마디로 집을 속아 샀다는 것이었다. 지금 은영네가 사 들어온 집은 실상 오래전부터 새로운 도시계획상의 도로면에 접촉되고 있어 언젠가는 결국 그 건물의 일부나 전부가 헐리게 되어 있다는 것이었다. 그래서 일부 지역 사람들은 정말 그 도로가 뚫리기 전에 하루빨리 집을 처분해버리려고들 하는 판인데, 거기까지 자세한 사정을 알 리 없는 부인이 멋모르고 계약을 끝냈던 것이라고. 그것은 물론 전번 주인 녀석이 처음부터 복덕방쟁이와 짜고서 부인을 속이려 했던 결과임이 분명했다. 계약 당시는 물론 이 집으로 이사를 오고 난 이 몇 달 동안도 부인은 도대체 그런 사정을 까맣게 모르고 있었으니까 말이다. 그래서 이번에도 작자가 다시 나서질 못하고, 장소를 옮겨가버렸다는 핑계로 다른 녀석이 (그도 역시 한 패거리임에는 틀림이 없겠지만) 슬그머니 나타나서 사정을 귀띔해주는 척하는 게 아닌가. 게다가 이 녀석 역시 형세가 그처럼 불리하니 부인이 다시 적당한 가격으로 집을 내놓으면 이번에는 자기가 나서서 은밀히 매매를 주선해보겠노라고 하더라는 걸 보면 그게 모두가 복덕방쟁이들의 농간이라는 게 틀림없어 보였다.

그러나 상민은 복덕방쟁이로부터 직접 그런 사실을 들은 것은 물론 아니었다. 사내가 부인을 만나고 있는 동안 그는 2층의 자기 방에 있었다. 처음에는 부인과 사내 간의 면담 내용은 물론 사내가 복덕방쟁이라는 사실조차도 짐작하지 못하고 있었다. 한데 사내가 돌아가고 난 다음 부인의 얼굴에 이상한 실의 같은 것이 서려 있었던 것이다.

상민이 자초지종을 전해 들은 것은 그처럼 실의의 빛이 역력한 부인이 다시 한나절 동안이나 침묵을 지키고 난 다음이었다.

"아무래도 난 반편 노릇밖에 못하고 살 인간인가 보아요. 모처럼만에 남들 하는 일을 한 가지 해냈는가 싶었더니 결국은 또 반편 짓을 하고 만 것 같군요."

저녁상을 물리고 나서야 비로소 부인은 자신의 주변머리가 못내 안타까운 듯 스스로 침묵을 깨기 시작했다.

"이 집 말이오. 바보같이 사기를 당해서 사들였다는군요!"

그리고는 별반 상민 쪽의 주문이 없었는데도 낮에 만난 사내와의 이야기를 모조리 털어놓았던 것이다.

한데 그때 이상한 일이 있었다. 그렇게 한번 이야기를 시작한 부인의 태도에는 자기를 골탕 먹인 복덕방쟁이들의 농간에 대한 원망이나 그들에게 말려들어 불의에 덮어쓰게 된 재산상의 피해에 대해서는 조금도 근심을 하는 빛이 엿보이지 않았던 것이다. 부인은 마치 처음부터 그런 원망이나 근심 같은 것을 지닐 줄 모르거나 이미 모든 것을 자기 허물로 체념해버리고 있는 사람 같았다. 이야기를 하면서도 비실비실 힘없는 미소를 짓기까지 하는 것이었다.

하지만 그 부인에게도 딱 한 가지만은 근심거리가 되고 있는 것이 있었다. 바로 그 근심거리가 상민으로서는 이상하다는 것이다. 부인은 이야기를 하는 동안, 이번 사건으로 해서 정말 다시 이사를 하게 될지 모른다는 점에 대해서만은 터무니없이 깊은 걱정을 계속하고 있었다. 오후 한나절을 부인이 실의와 침묵 속에 보내고 있었던 것도 바로 그런 걱정 때문이었다.

이야기를 끝내고 나서까지도 부인은,

"어떻게 막 이사를 와서부터 집에 정이 잘 붙지 않아 언젠가는 다시 또 집을 옮겨야 하나 근심스럽더니 끝내는 이런 일이 생기고 마는구료."

상서롭지 못한 예감이 적중하고 말았다는 듯 혼자 가만가만 고개를 끄덕이고 있었다. 그리고는 또,

"하기야 전번에 은영이 년을 만나서 국전에다 꼭 작품을 내겠다고 고집해왔을 때 벌써 정말 이젠 다시 이사를 하게 되나 보다 단념을 하고 만 터이긴 하지만 말이에요."

얼토당토않게 이사와 은영의 국전 출품을 관련시키고 있었다.

그래서 이날 저녁 복덕방 사기에서부터 시작된 이야기가 나중엔 엉뚱하게도 은영의 국전 출품 시비로까지 화제가 번져나가게 되었던 것.

하지만 상민으로서는 부인이 어째서 하필 은영의 국전 출품 결심을 자기의 이사 예감과 관련지어 말하고 있는지 그 당장 깊은 내력을 헤아릴 수는 물론 없었다. 내력이 있어서 하는 소린지 어쩐지도 짐작할 수 없었다. 부인도 거기까지는 굳이 설명을 하려 하지 않았다. 그러나 다만 상민으로서 한 가지 확실한 것은 그런 부인의 어조에는 아직도 그녀가 은영의 결심을 꺼림칙하게 생각하고 있다는 것을 분명히 느낄 수 있었다는 점이었다.

"어머니께서는 은영 씨의 국전 출품을 허락하시고 나서도 뭔가 영 마음이 놓이지 않으신 모양이군요."

그래서 상민은 화제를 그런 식으로 아주 은영 쪽으로 못 박고 나섰던 것. 한데 부인도 상민의 그 질문에는 기다리고 있었기나 한 듯 얼른 뒤를 이어주는 것이 아닌가. 아니 부인은 그제서야 정말 기다리던 화제가 시작되었다는 듯, 또는 오래오래 품어오던 무슨 하소연이라도 털어놓듯 목소리까지 차츰 깊어져가고 있었던 것이다.

"글쎄요, 내 말이 어떻게 들려서 그런진 모르지만 그건 지 선생

말이 맞을지도 몰라요. 난 처음부터 은영의 국전 출품은 찬성을 하지 않았던 사람이니까요."

"4년 동안이나 정성들여 가꾼 재능인데 한번쯤 만인 앞에서 보람을 거둘 기회를 갖는 것도 나쁠 건 없지 않습니까. 어머니께선 왜 자꾸 그걸 꺼림칙하게만 생각하시지요?"

상민도 추궁 반 충고 반 계속 말을 이어나갔다. 그러자 부인은 이제 아주 눈까지 지그시 감아버린다.

"글쎄요. 지 선생이 지금 재능이란 말을 했지만 나로서는 아무래도 은영이 년의 재능이 예서부터 깊어지는 것을 찬성할 수가 없군요. 모르긴 해도 사람이 한 가지 일에 대해 정말 깊은 재능을 얻어가는 것이 바로 예술이라는 거 아닙니까. 정말 재능이 깊어지자면 그 사람의 온갖 정신력과 혼백이 함께 그 일에 바쳐져야 할 테니까 말입니다. 한데 난 바로 그 예술을 한다는 것이 처음부터 맘에 들질 않는단 말이에요. 공연한 선입견인지는 모르지만 은영의 경우엔 더욱……"

"무슨 이유에설까요? 예술을 한다는 것이 그처럼 혼신의 정력을 요구하기 때문인가요?"

그러나 상민의 이번 물음에 대해서는 부인이 시인도 긍정도 해오질 않았다. 부인은 잠시 혼자서 생각을 정리하고 있는 듯했다. 그러더니 이윽고

"아마 우리 집 큰아이 얘길 들은 일이 있지요? 서울 근방에서 지금 목장을 하고 있는 은영 큰 오라비 얘기 말입니다."

엉뚱한 곳에서 말문을 다시 열기 시작했다. 그러나 이야기를

해나가는 동안 상민은 그것이 곧 자기의 물음에 대한 부인의 대답이라는 걸 쉽게 깨달을 수가 있었다.

"전번 이사 때 한번 뵙긴 했지만 별로 말씀을 들을 기회는 없었지요."

상민은 처음 영문을 몰라 그렇게 애매한 소리로 얼버무려버렸다. 그러나 부인은 상민이 은영 오빠에 대해 얘기를 들은 일이 있건 없건 그건 별 상관이 되지 않은 모양이었다.

"그 아이가 말입니다. 그 아이가 학교 시절에 여간 책을 좋아하질 않았어요. 물론 문학 서적들이었지요. 아마 우리 집 서고에 쌓인 책들 중에서 거의 절반가량은 중학교 시절에 벌써 다 읽고 있는 형편이었거든요. 한데 그러디 보니 그 아이에게 썩 좋지 않은 일이 생기기 시작했어요. 아이 성미가 아주 두꺼운 껍데기로 둘러싸이기 시작하더란 말입니다. 자꾸 혼자서만 있고 싶어 하고 그러면서도 속에서는 뭔가 만만치 않은 것이 다져져 있어서 그런 자기 고립감 같은 것을 조금도 우울해하는 빛이 없어 보이구 말예요. 짐작하겠어요? 말하자면 그 아인 그런 책의 힘을 빌려서 그때 벌써 자기 속에서 어떤 새로운 세계를 발견하기 시작한 것이지요. 그게 어떤 세계였겠습니까. 그 아인 물론 자신이 직접 문학 작업에 참가하고 싶은 욕망은 없었습니다. 그리고 다행스러운 건 처음부터 그런 욕심을 부리려고 하지도 않았던 점이에요. 하지만 그 아인 거기서 그만 그 문학의 세계, 예술의 세계라고 할까요, 그 비슷한 세계를 보아버렸던 것이에요."

"하지만 스스로 그런 세계를 찾아냈다는 것은 생의 의미가 보다 윤택해지고 축복을 받을 수 있을망정 근심거리가 될 이유는 없지 않습니까."

그러나 부인은 희미하게 웃으며 고개를 조용히 가로젓는다.

"아니에요. 나에게는 이유가 될 수 있어요. 예술 세계란 철저한 영혼의 세계가 아닙니까. 단견인진 모르지만 내 생각으로는 그래요. 작품 제작 행위에서부터 감상의 과정까지 그것은 철저하게 영혼의 세계지요. 그래서 그것을 발견하고 거기에 취해 들어간 사람은 일상생활에서까지도 모든 의식이 지나치게 내면화되어가는 경향이 있지 않습니까. 그게 나로서는 용납할 수가 없었단 말입니다. 도대체 아이의 그런 변화를 보고는 무슨 불길한 예감까지 느껴질 지경이었다니까요?"

"불길한 예감이라뇨?"

이제 상민은 계속 묻고만 있었다.

"아까도 난 그런 나의 예감이 어떤 선입견 때문이었을지 모른다는 말을 했지만, 그때 난 퍽 인상이 깊은 소설을 한 편 읽고 있었는데 그 소설의 사건들이 꼭 나에게서 일어나고 있는 일처럼 착각을 일으킬 지경이었지요. 제목을 대면 아마 지 선생도 벌써 읽었을 책인데 너무 오래되어 기억이 잘 나질 않는군요. 누구던가, 독일 사람이 썼다는 기억은 있습니다만. 어쨌든 그 책 얘기를 하면 아까 내가 불길한 예감이라고 한 말을 짐작할 수가 있을 거예요. 줄거리가 이런 것이었지요. 사회적인 지위나 경제적 지반이 썩 튼튼했던 한 명망가의 이야기를 삼대에 걸쳐 샅샅이 그려 보인 것인데요. 그 제일세에서 이세까지는 활발한 사회활동과 성실한 내면 정신의 생활이 조화를 얻어 한 지방의 당당한 명명가로 계속 군림해옵니다. 경제적 실권 획득이나 공공사업 참여나 존경받는 공직 취임의 기회를 적당히 누려가면서 말예요. 그러면서도 한편으로는 또 그런 외면적인 관심과 사회활동을 뒷받침해줄 이 집안 특유의 강인하고도 전통적인 내면 성찰을 계속해나갑니다. 가문의 혼백이라고 할 수 있겠지요. 그리고 그 두 가지가 잘 조화됨으로써 이 집안은 결국 그처럼 오랜 번영을 누릴 수가 있었던 것이구요. 한데 이세의 말기에 이르러서부터 이 집안 안팎의 조화가 조금씩 무너지기 시작하는 것입니다. 가문의 내면 영혼이 외적인 활동을 승하기 시작했다고 할까요. 하여튼 이때부터 온 집안 식구들의 관심은 조금씩조금씩 그리고 차례로 안으로만 향하기 시작하는 것이에요. 인간의 운명만을 생각하게 되고, 생의 의미를 회의하고 그러면 그것이 마치 무슨 암시나 신호가 된 듯 밖에서는 뜻하지 않는 사건들이 연달아 일어나 이들로부터 경제적 지반과 사회적 신임을 차례차례 빼앗아가버리는 것입니다. 한데 마지막 삼대에 가서 이 집안은 완전히 쇠잔해버리는 거예요. 아니 그보다는 그 내면의 영혼이 완전히 바깥 관심에 승해버리고 말았다는 편이 낫겠군요. 무슨 일이 일어났는지 아십니까? 이 가문의 운명이 그런 식으로 구원을 얻은 것인지는 모르지만 그 삼대째 아이가 피아노를 치기 시작하는 거예요. 그것도 태어날 때부터 무슨 예술정신의 진수로만 뭉쳐져 나온 것처럼 신비스럽도록 아름다운 솜씨와 치열한 정신력으로 말입니다. 이세의 말기에서 조화를 잃기 시작하면서부터 수없이 나타난 그 불길한 징조들이 마지막 삼대까지 와서는 결국 그 조그마한 한 점, 예술의 불꽃을 켜게 한 것이었지요."

말을 마치고 나서 부인은 이제 자기가 이야기하려는 뜻을 알아듣겠느냐는 듯 상민을 찬찬히 들여다보았다. 상민은 고개를 끄덕여 대답을 대신했다. 부인이 방금 이야기한 소설은 그 역시도 이미 읽고 있었던 것이었다. 그래서 그는 아직 부인의 이야기가 계속되고 있을 때부터도 여러 번 고개를 끄덕여왔던 것이다. 부인이 소설을 정확하게 읽고 있었든 말았든, 그리고 그 소설의 내용을 정확하게 기억해내고 있건 말건 적어도 상민은 어째서 부인이 하필 그 소설 이야기를 들춰내고 싶어 하는지 그 의도만은 분명히 이해할 수가 있었던 것이다.

한마디로 부인은 한 개인이나 가문에 있어서의 영혼의 질서와 바깥세계와의 조화가 깨지는 것을 싫어했던 것이다. 부인에 의해 철저한 영혼의 세계로 표현되고 있는 예술은 그렇다면 바로 부인의 그런 조화를 깨뜨리고 들 수 있는 위험스런 정신 질서인 것이다. 그래서 부인은 심지어 그것을 어떤 불길한 운명의 암시나 몰락의 징조로까지 두려워하고 있는 것이 분명했다. 이해할 수 있는 일이었다.

그러나 부인은 상민의 표정이 미심쩍은 듯 다시 입을 열었다.

"이제 내가 하고 싶은 말을 이해했을지 모르겠군요. 하지만 큰아이의 경우는 그럭저럭 그만 정도로 자신을 조화시켜나가는 법을 배워 들이더군요. 그 정도도 물론 제 아버지에 비해서는 어림도 없지요. 아이들 아버지는 전에 병풍 때문에도 얘기를 한 일이 있지만 그게 거의 완전하였거든요. 한데 제 오라비 일은 어떻든 그쯤 되었다 치더라도 좋겠는데 이번에는 은영이 년이 정말 걱정스럽게 되어가고 있지 않겠어요?"

상민은 부인 나름의 깊은 통찰력과 사색에 섬뜩섬뜩 줄곧 놀라기만 해온 셈이었다. 그러나 이젠 상민도 오랜만에 이야기를 다시 본래 줄거리로 돌아가야겠다고 생각했다.

"하지만 은영 씬 이제 어차피 도자기를 선택해서 4년 동안이나 그쪽 세계를 경험해온 처지가 아닙니까. 국전에 작품을 내고 안 내고 하고는 상관이 없는 일 아니겠습니까."

"아니지요. 은영은 아직 이런저런 생각을 해보지 않은 아이에요. 그저 그런 학교엘 갔으니 국전에 작품이라도 한번 내보겠다는 정도의 철부지 같은 생각뿐이지요. 하기야 도자기를 빚는 일 따위로 예술을 들먹일 수 있는 일인지도 모르기는 하지만 거기서도 은영은 아까 말대로 재능이 아직 얕다고 할 수밖에 없는 아이지요. 그런데 만약 작품을 냈다가 자신이라도 갖게 되어버리는 경우를 생각해보아요. 그렇게 되면 이번 출품 결정이 정말 은영에겐 어떤 계기가 되어버릴 것 아니겠어요?"

부인은 은영을 끝끝내 철부지 취급을 했다. 그리고 그 철부지의 재능이 깊어지는 것을 부인은 정말로 두려워하고 있었다. 그래서 그 은영에게 정말 어떤 계기가 되어버릴지도 모르는 이번 출품을 부인은 못내 꺼림칙해하고 있는 것이다. 애초에 상민이 예상했던 것과는 전혀 다른 이야기였다.

그러나 상민은 이제 더 할 말이 없었다. 그는 자리를 일어서고 말았다. 자리를 일어나고 보니 그제서야 비로소 처음 이야기를 끌어내게 된 진짜 걱정거리가 다시 생각났다.

"그런데 참 이 근방 도시계획 사정이 정말 그렇게 되어 있는 형편이라면 번거롭더라도 집을 좀 빨리 처분하는 편이 낫지 않겠습니까."

새삼스런 어조로 부인을 걱정했다. 그러나 부인은 이 일에 대해서만은 여전히 시들한 대답뿐이었다.

"글쎄, 재수가 없다 보면 뒤로 넘어져도 코가 깨지는 법이라는데 우리 주제에 또 집을 옮겨간들 무슨 수가 나려구요."

"하지만 뻔히 앞으로 닥쳐올 일을 알면서도 가만히 앉아서 기다리고만 있겠습니까. 안 되는 한이 있더라도 하는 데까지는 방법을 다 해봐야지요."

"아니 뭐 그런다구 그냥 멍하니 눌러앉아서만 기다리자는 소리는 물론 아니에요. 좀더 자세한 형편을 알아보고 형세가 정 좋지 않으면 손핼 보더라도 일찌감치 자리를 바꿔 잡는 것이 속 편하겠지요."

게다가 결단까지 갈팡질팡하고 있었다. 뿐만 아니라 부인은 바로 그다음에 혼잣말처럼 이런 이상한 소리까지 중얼거리고 있는 것이 아닌가.

"은영이 년 일도 모두 저렇게 되어가고…… 집안일이 이젠 모두 진짜 전설이 되어가는 판인데……"

"네? 무슨 말씀입니까?"

그러나 부인은 이번 물음에 대해서도 여전히 알쏭달쏭한 말만 되풀이하고 있었다.

"전설이란 긴 세월이 흐르고 난 다음에야 진짜 뜻이 확실해지는 이야기거든요. 그런데 그런 전설들 중에는 가끔 그리 긴 세월이 지나지 않고도 정말 전설이 되어버린 이야기들이 있지요. 한꺼번에 많은 세월을 살아버렸기 때문이지요. 이사를 자주 다닌다는 것은, 그리고 그리 길지도 않은 세월 속에서 재빨리 고향을 뽀얗게 잊어갈 수 있다는 것은 그만큼 많은 세월을 한꺼번에 살아버리고 있다는 뜻이 아니겠어요."

그러면서 부인은 정말로 뽀얀 시선 속에서 상민을 향해 가늘게 미소를 지어 보내고 있었다. ―부인이 서울에서 은영의 일 때문에 이사를 예감하게 된 것은, 그러니까 그 은영의 일이나 이사가 모두 부인이 말한 전설의 세월을 재촉하고 있는 징조로 느껴진 때문이었던 것은 아닐까.

상민이 그런 생각을 해본 것은 그 가는 미소가 어린 부인의 시선을 뒤로하고 어둡고 긴 2층 계단을 절반쯤이나 올라가고 있을 때였다.

24

방학이 되자 은영은 곧장 작품을 하러 시골로 떠나버린 모양이었다. 집에는 들러보지도 않고 엽서만 일주일마다 꼬박꼬박 한 장씩 전해오고 있었다.

그러던 은영이 시커멓게 얼굴이 탄 모습을 하고 상민 앞에 나타난 것은 새학기 시작이 채 한 주일도 남지 않은 어떤 날 저녁 무렵이었다.

그러나 상민은 그렇게 나타난 은영이 워낙 오랜만이어서 그런지 어느 때보다도 더 반갑고 어른스러워 보이기만 했다. 지난봄 이사를 끝내고 나서 잠시 새집에서 머물다 간 후로는 이번이 처음이었다.

은영 역시도 모처럼 만의 상봉이 반가운 것은 상민 쪽에 못지 않은 모양이었다. 부인이 나무라는 것도 들은 척 만 척(상민으로서는 공연히 마음이 조마조마해올 만큼) 반 어리광을 부리며 상민을 반가워했다. 그러나 은영의 태도에는 바로 그 어리광 비슷한 반가움뿐 상민이 은근히 마음속으로 기대를 품고 있던 다른 어떤 감정의 흔적 같은 것은 조금도 찾아볼 수가 없었다. 이상스럽게도 은영은 그처럼 상민에게 별다른 기색은 느끼게 해주질 않았던 것이다.

그녀는 아마 상민이 전번 그녀의 개교 기념 잔치 때 초대를 거절한 데 대해서만도 하고 싶은 말이 남아 있었을 것이다. 그런데 은영은 처음 한차례 반가움을 쏟아버리고 나서는 도대체 상민에게는 별로 말을 건네려 하지 않는 눈치였다. 무슨 이야기를 하면 꼭 부인과 함께 있는 데서가 아니면, 처음부터 상민 쪽에서는 별로 흥미를 느낄 수가 없는, 싱거운 우스갯소리 같은 것뿐이었다. 아니 그녀는 상민과만 따로 무슨 이야기를 나누고 싶어 하기는 커녕 오히려 부인이 없는 데서는 둘이서 자리를 함께하게 되는 기회조차도 의식적으로 자꾸 피해버리려고 하는 눈치였다.

—뭔가가 망설여지는 것이 있는 모양이로군, 그러니까 용기는 나지 않구, 나를 경계하고 있는 게 아닌가.

상민은 결국 은영을 그렇게 생각할 수밖에 없었다. 그리고는 혼자 공연히 초조해지기 시작했다. 은영의 그런 태도가 전에 없이 차갑게 느껴지기도 했다. 은영이 뭔가 자기에게 하고 싶은 말이 있을 거라고 생각한 것은 실상 그 자신 쪽에서 은영에게 하고 싶은 말이 있었기 때문이었다. 그리고 은영의 태도를 어떤 망설여지는 일이 있기 때문이라고 단정해버리고 만 것도 사실은 바로 상민 자신 쪽에서 늘 그 은영에게 어떤 암시 같은 것을 기다리고 있었기 때문이 아니었을까.

한데 그 은영이 정말 어떤 하고 싶은 말이 있으면서도 망설임만 계속하고 있을지 모른다는 상민의 추리는 실상 사실에 가까운 것이었는지도 모른다. 어느 날 은영은 뜻밖에도 2층 상민의 방으로 그를 찾아왔던 것이다.

그것은 은영이 새학기 상경을 바로 하루 앞둔 날의 일이었다. 그때는 마침 아래층에서 부인이 오후의 낮잠에 한창 취해 들고 있을 시간이었는데 이 며칠 동안 상민의 의식 속에서 성숙할 대로 성숙해버린 은영이 말도 없이 슬그머니 그의 방 안으로 들어섰던 것이다.

그러나 그런 식으로 느닷없이 은영을 대하고 나니 상민은 이번에야말로 정말 말문이 꽁꽁 막혀버리고 말았다. 입가에서 무슨 말이 뱅뱅 맴돌기만 할 뿐 도대체 한마디도 얼핏 짚여 나오려고 하질 않았다. 아니 그가 지금까지 은영을 기다리며 하고 싶어 했던 말들은 실상 아무것도 확실한 것이 없었던 듯 생각이 잘 모이지도 않았다.

"전번 개교기념일엔 모처럼 편지를 받고도 가드리지 못해서 몹시 안타까웠습니다. 뒤에 어머니로부터 얘긴 들었습니다만."

그가 간신히 은영에게 던진 첫마디는 엉뚱하게도 그런 사과 말 비슷한 것이었다. 그 일에 대해서는 상민이 이미 편지를 낸 일도 있었고, 은영을 처음 보던 날 재차 변명을 한 일도 있었다. 한데 상민은 다시 한 번 그 멋없는 사과 말 같은 소리를 되풀이하고 있었던 것이다. 그러나 상민의 이 첫마디는 전혀 의미가 없었던 것 같지만은 않았다. 무엇보다도 두 사람이 마치 초대면이라도 하고 있는 듯한 이 새삼스런 한마디는 이제 비로소 둘만의 은밀한 시간을 가지게 되었다는 이상한 안도감을 자아내주고 있었다. 아닌게 아니라 상민은 그 한마디를 하고 나자 이제부터는 마음속에 제법 어떤 여유가 생기는 것 같았다. 이야기도 차츰 앞뒤가 가려지기 시작했다. 마침 은영 쪽에서도 상민의 말엔 굳이 허물을 하고 있지 않은 태도였다.

"잔치 같은 거 이젠 다 지나가버린 일인걸요 뭐."

아무렇지 않게 대꾸를 해버리고 나서 상민이 밀어주는 걸상으로 자리를 잡아 앉았다. 표정이나 어조가 역시 성숙한 여인의 그것이었다.

"어떻게, 여행에선 좋은 작품이나 많이 하셨나요?"

상민은 잔털이 보송보송한 은영의 목덜미를 옆으로 스쳐보며,

이번에도 역시 옛날에 벌써 치러버린 인사말 비슷한 소리를 되풀이 묻고 있었다.

"좋은 작품이 어떻게 그렇게 한꺼번에 많이 얻어질 수 있나요. 한 점이라도 제대로 마음에 드는 거나 얻게 되면 그중 다행이지요."

"어떻든 이번에 국전엘 출품하실 작정이라니까 맘에 드는 작품을 얻으셨겠지요."

그러나 이 말에는 은영이 그저 웃고만 있었다.

"어때요, 기왕 출품을 하시려면 심사를 잘 받아야 할 텐데 자신은 있으시구?"

"전 심사가 어떻게 되든 그것에는 실망을 하질 않을 거예요. 색깔에 대한 결벽증을 잃어버렸거든요."

은영은 여전히 얼굴에 웃음을 띤 채 다시 입을 열었다. 그러나 이번에는 상민이 그 은영의 말을 알아들을 수가 없었다.

"색깔에 대한 결벽증이라뇨?"

"언젠가 선생님도 제 일기에서 그런 부분을 발췌해낸 일이 있지 않아요. 작품을 구워내놓고 보면 늘 그 색감이 애초의 생각하고는 다른 것이 되어 나오곤 한다구요. 아까도 제가 좋은 작품이라고 하지 않고 마음에 든 작품이라고 말한 것은 그 때문이었어요. 우연히 마음에 드는 색깔이 되어 나온 작품, 그런 것이라면 심사가 어떻게 되든 제가 너무 실망을 할 필요는 없지 않겠어요? 색깔에 관한 한 심사위원들은 바로 그 우연을 심사하는 것에 불과한 것일 테니까 말예요."

상민은 그제서야 은영의 말뜻이 확실해지고 있었다. 이 아가씨가 색깔에 대한 결벽증을 스스로 잃어버렸다? 그것은 은영에 있어서 상당히 중요한 변화라 할 수 있는 일이었다. 그렇다면 도대체 은영이 이제 그 우연을 용납하게 되었다는 것은 그녀에게 무슨 의미를 지닐 수 있을 것인가.

그러나 상민은 그걸 물으려 하진 않았다. 벌써 어떤 어슴푸레한 느낌이 다가오고 있기도 했다.

그는 차라리 부인을 생각하고 있었다.

"심사 결과에 그처럼 관심이 적은 형편이라면 그럼 혹시 이번 출품을 아주 단념해버리겠다는 생각은 해본 일이 없습니까?"

약간 지나치다 싶은 소리를 하고 말았다. 그러자 은영도 이 말에는 조금 짜증이 나는 모양이었다.

"선생님은 아까부터 왜 제 국전 출품엔 그리 관심이 많으세요? 게다가 지금 말씀은 제게 출품까지 단념하라는 뜻으로 들리는데 말씀이에요."

그러나 상민에게도 물론 그런 소리를 꺼낸 이유는 있었다.

"그야 국전에 대해선 늘 곁에 모시고 계신 어머니의 관심이 그만큼 깊기 때문이겠지요."

"그렇담 저더러 출품을 단념하게 하려는 압력도 엄마에게서 청부를 받은 것이겠군요."

"하하 그걸 뭐 압력이랄 수 있습니까. 그저 한번 그렇게 물어본 것뿐이지요."

그러나 은영은 이제 그런 상민의 변명을 듣고 있진 않았다.

"저도 엄마가 아직 반대를 하고 계신 줄은 알고 있었어요. 하지만 도대체 왜 그렇게 한결같이 싫어만 하고 계신지 이유를 모르겠어요."

"정말 이유를 모르고 계셔서 하는 말입니까?"

"그럼 지 선생님은 알고 계신단 말씀이세요?"

"그야 은영 씨네 가문은 아직 예술하는 사람이 나야 할 때가 아니라고 생각하시기 때문 아니겠어요."

"무슨 말씀인지 전 알아들을 수가 없군요."

"어머니께선 이런 생각을 하고 계시더군요. 어떤 가문이 한 세기쯤 면면히 가세를 누리고 나서, 그 사양기로 들어서게 되면 어떤 식으로든지 꼭 한 사람의 예술가를 탄생시키게 된다. 그것이 어떤 장르의 예술이든지, 그리고 같은 장르의 예술이라도 그 정신에 따라 각각 존재 의미가 다르겠지만 그것이 어떻게 다르든지 말예요. 한데 저로서도 그런 어머니의 생각엔 대강 동의를 할 수가 있을 것 같더군요. 왜냐하면 한 가문이 그만한 세월 동안 가세를 누려오는 데는 내면에서도 또한 그만큼 치열하고 끊임없는 정신력의 연소가 계속되어오고 있었을 테니까요. 말하자면 한 가문의 내면의 정신력이랄까 영혼의 연소 같은 것이 저녁노을처럼 마지막으로 한번 찬란한 빛을 던지고 사라지는 것, 그것이 예술가라는 것이지요."

"그러니까 말을 바꾸면, 예술가가 생긴다는 것은 바로 그 가문의 몰락을 암시하는 불길한 징조가 될 수 있단 말씀이지요?"

은영에게도 역시 벌써부터 그 비슷한 것이 예감된 적이 있었던 것일까. 그녀는 상민의 말에 무척 귀가 빨랐다.

"적어도 어머니의 예감은 그런 식인 것 같았어요. 아까 말씀대로 은영 씨네에게 아직 그런 예술가가 나올 때가 아니라고 생각하고 싶으신 것도 그렇구요."

상민 자신은 이제 이야기에서 슬그머니 꼬리를 빼려고 했다. 말을 하다 보니 화제가 아무래도 마음에 드는 편이 아닌 것 같았다. 그러나 이번에는 은영 쪽에서 여간 매섭게 화제를 지키고 있지 않았다.

"하지만 엄만 그게 생각이 틀린 것 같아요. 엄마가 어떻게 생각을 하고 싶어 하시든, 우리 집 가운은 벌써 기울 대로 기울어버린 게 사실이거든요? 지 선생님께서도 그건 뻔히 인정을 하고 계실 일이 아니겠어요."

"……"

"물론 전 도자기를 빚는 일 따위가 가운이 한 번 마지막으로 아름답게 연소하는 예술이라고 생각하지는 않아요. 그리고 아직은 진짜 예술을 해보겠다는 허튼 욕심을 지녀본 일도 없구요. 재능도 노력도 모두가 부족하거든요. 하지만 만에 하나라도 혹시 제 일이 엄마의 염려처럼 무슨 몰락의 징조같이 될 수 있다고 해도 그것 역시 이젠 너무 때가 늦어버린 다음이 아니겠어요. 이미 우리 집은 끝장이 나버린 것이니까 말이에요. 엄마도 물론 속으로는 그걸 시인하고 계실 거예요. 시인하고 계시니까 더욱 시치밀 떼는 척하시는 것이지요. 하지만 이제 와서 그게 무슨 소용이에요?"

"소용이 없는 일일는지는 모르죠. 하지만 그런 어머니의 기분을 이해해드릴 필요는 있지 않겠습니까. 더욱이 어머니께서도 속으로는 모든 걸 시인하고 계신 줄 알고 있다면 말입니다."

"……"

은영은 이제 입을 다물어버렸다. 그리고는 느닷없이 그 맑은 눈 속에 이슬이 맺히기 시작했다. 상민은 이제 정말 화제를 바꾸고 싶었다. 그러나 눈물까지 머금고 있는 은영 앞에서는 당장 적당한 다른 화제가 생각나질 않았다.

한데 바로 그때였다. 금방까지도 눈을 적시고 있던 은영이 상민을 재촉이라도 하듯 갑자기 표정을 바꾸어버리는 것이 아닌가. 그리고는 상민의 생각까지 자기가 먼저 말을 해버리고 나서는 것이었다.

"이제 우리 그런 재미없는 얘긴 그만하고 다른 얘기나 해요."

"글쎄요. 저도 지금까지 자꾸 화제가 아닌 듯하기는 하면서도 갑자기 다른 얘기가 생각나질 않는군요."

당황한 것은 오히려 상민이었다.

그러자 은영은 거기까지도 미리 다 생각을 해두었던 듯 다시 이렇게 말했다.

"그럼 이렇게 한번 해보시겠어요? 전 가끔 할 얘기가 너무 많아도 망설여질 때가 있는데 그런 때 좋은 방법을 하나 배워둔 게 있거든요."

말을 해놓고 나서 은영은 이상스레 장난스런 웃음을 흘리고 있었다. 그러나 상민은 그제서야 다시 정신이 번쩍 드는 것 같았다.

—할 얘기가 너무 많아도 망설여지노라구—

상민에게 하는 소린지 은영 자신이 그렇다는 소린지 얼핏 구분이 가지 않았다. 하더라도 상관은 없었다. 은영의 말은 둘 중에 어느 쪽이든 적어도 한 사람은 할 말이 있으리라는 걸 인정하고 있는 셈이었다. 그것을 인정한 이상 말을 하고 싶은 것이 어느 쪽이든 그건 굳이 상관할 바가 아니었다.

"어떻게요? 제가 어떻게 하면 됩니까?"

상민의 음성에는 다시 활기가 어리고 있었다.

"오늘 저녁 제게 술을 사주시겠어요?"

은영은 여전히 웃음을 머금은 채다. 그러나 은영의 목소리는 그렇게 웃음을 띠고 있는 얼굴 표정과는 달리 여간 단단하지가 않다. 오히려 상민의 대답이 싱겁게 들릴 지경이었다.

"물론이죠. 그건 은영 씨뿐만 아니라 만인의 방법이니까요."

다만 하나, 그렇게 대답을 하고 있는 상민의 목소리에서도 확실한 것이 있다면 그것은 은영의 제안에 대해 그가 적지 않이 놀라움을 느끼고 있다는 것이었다.

그러나 상민은 은영의 제안에 그처럼 놀라움을 금치 못하면서도 마음 한구석에서는 벌써부터 그 은영과의 이야기가 또렷한 윤곽을 지어가고 있는 것 또한 틀림없는 사실이었다.

—아마 오늘 저녁엔 비로소 그 서울에서의 일을 확실히 이야기 들을 수가 있으리라. 그리고 또, 그리고 또……

25

은영은 엉뚱하게도 사람이 붐비는 맥줏집을 들어가자고 했다. 그래 놓고서도 은영은 탁자 위에 술을 따라놓은 글라스로 얼른 손이 가지는 못하고 있었다. 쭈뼛쭈뼛 시선을 움츠리며 눈치만 살피고 있었다.

상민에 앞서 하고 싶은 이야기가 있는 게 분명했다. 그것을 은영은 술잔에 대한 호기심이나 익숙지 않은 주점 풍속의 거북살스러움 같은 것으로 표정을 가장하고 있는 눈치였다.

상민은 이제 더 기다리지 않았다. 그녀가 먼저 술을 사달라고 했을 때부터, 그리고 기왕이면 사람들이 붐비는 진짜 술집을 들어가보자고 짓궂게 상민을 졸라댔을 때부터 그는 벌써 은영으로부터 심상치 않은 것을 느끼고 있었다. 그런 식으로 은영은 이미 상민에게 어떤 이야기를 시작해오고 있었던 것이다.

상민은 은영에 대한 자신의 조심성이, 그리고 음흉한 단어들만 입속에서 반죽하고 있는 자신의 침묵이 갑자기 견딜 수 없이 소심스럽게 느껴져왔다.

"어머니께서 전번 서울을 다녀오시고 나선 이제부터 은영 씨의 신랑감을 은영 씨 자신이 정하도록 할 작정이시라던데, 그건 정말 어머니께서 은영 씨를 이해하신 때문일까요?"

상민은 벌써부터 진한 갈색으로 식어 있는 맥주를 다소 야비하게 벌컥벌컥 들이켜버리고 나서는 역시 조금 거친 어조로 말문을 열었다. 서울에서의 사건(실제로 그것은 상민 혼자의 머릿속에서 불확실한 추리로만 존재해온 터이지만)부터 이야기를 시키고 싶었던 것이다. 그러나 상민의 질문은 그의 거친 거동이나 말씨에도 불구하고 역시 초점이 흐려 있었었다.

은영은 상민의 말을 얼핏 알아듣지 못한 모양이었다. 아니 일부러 알아듣지 못하는 척하는 것 같기도 했다. 도대체 부인이 은영을 어떻게 이해했기 때문에 그런 작정을 내렸다는 것인가. 상민은 말을 해놓고 나서 그 자신도 자기의 말이 애매하게 느껴질 지경이었다.

은영은 한동안 무심스럽게 탁자 위에 내려진 상민의 빈 술잔만 내려다보고 있었었다. 그러나 문득 생각이 떠오르기라도 한 듯 지나가는 계집아이를 불러 그 술잔을 채우게 하고 난 다음에야,

"미안해요. 엄만 여태까지 돌아가신 할아버지하고 아빠, 그리고 나중엔 오라버니들밖에 술을 따라보신 일이 없다고 하셨어요."

상민의 잔을 오래 비워놓은 데 대한 변명부터 늘어놓았다. 그리고는 정말로 난처해진 듯 웃음 띤 얼굴로 상민을 건너다보았다.

"괜찮아요. 이쪽에서도 은영 씨가 잔을 채워주길 기다리고 있었던 건 아니니까요."

상민 역시 그런 은영을 바라보고는 마주 웃어버리는 수밖에 없었다. 지금의 상민으로서는 그런 절차쯤 아무래도 상관이 없는 일이었다. 그보다도 그는 자기의 말을 꿀꺽 삼켜버린 채 좀처럼 반응이 없는 은영의 속이 더욱 궁금한 것이다.

"그보다도 은영 씬 처음 내가 한 말을 듣고 있지도 않았던 것 같군요."

그녀의 주의를 다시 한 번 환기시키려 했다. 한데 은영은 실상 상민의 그런 궁금증을 처음부터 점이라도 치고 있었던 것일까. 그래서 상민의 말엔 더욱 시치밀 떼고 못 들은 체하고만 있었던 것일까.

"가만 계셔보세요. 그렇지 않아도 전 아까부터 생각을 좀 다시 해보고 있는 중이니까요."

상민의 추궁이 떨어지기가 무섭게 은영은 대뜸 이야기를 정면에서 받고 나섰다. 오히려 상민 쪽이 어리둥절해질 지경이었다.

"뭘 다시 생각해본다는 겁니까?"

"지 선생님은 지금 엄마가 왜 그렇게 생각을 정하게 되셨는지, 엄마가 서울을 오셨을 때 저하고 어떤 일을 겪었는지 그걸 듣고 싶으신 게 아니에요?"

"서울에서 정말 무슨 일이 있긴 있었던 모양이군요."

상민은 그제서야 은영의 침묵이 계속 자기의 질문 위에 머무르고 있었음을, 그리고 오늘 밤 자기가 듣고 싶은 이야기와 집을 나설 때부터 은영 쪽에서 하고 싶어 한 이야기가 묘하게 한 곳에서 만나고 있음을 어슴푸레 깨달아가고 있었다. 상민은 슬그머니 혼자 미소를 짓고 있었다. 그러자 은영도 그 상민의 미소가 전염되어오기라도 한 듯 눈자위에 가는 미소가 감돌기 시작했다.

"서울에서 무슨 일이 있었을 거라고 지레짐작을 하고 계신 걸 보니 지 선생님도 이젠 상당히 익숙해지셨군요. 물론 엄마가 선생님께는 서울서의 일을 잘 털어놓으려고 하지 않으셨을 테니까 말씀예요."

"그렇다면 이젠 은영 씨가 그 이야길 좀 털어놓음 직도 한데 뭘 또 생각해본다는 거지요?"

그러나 은영은 여기서 다시 입을 다물어버리고 말았다. 상민의 말에 그녀는 뭔가 또 생각을 다시 해보고 있는 모양이었다. 거품이 깡그리 가셔버린 자기 술잔에다 시선을 꽂아버린 채 한동안 가만히 앉아 있기만 했다. 그러다가 은영은 엉겁결에 그 술잔을 집어다 꿀꺽 한 모금 술을 삼키고 나더니 그제서야 문득 생각이 정해지는 듯 쓰거운 표정으로 다시 입을 열기 시작했다.

"말씀드리겠어요. 어차피 저도 지 선생님껜 늘 한번 말씀을 드려야 할 것처럼 생각되곤 했으니까요. 생각을 다시 해보느니 어쩌느니 하고 이야기가 길어지다 보니 무슨 대단한 사건이라도 있었던 것 같지만 알고 보면 터무니없을 만큼 사소한 일에 불과할지도 모르거든요."

"이쪽에서도 무슨 비행기 납치 사고나 방화살인 사건 같은 걸 상상하고 있진 않으니까 안심하십시오."

"그럼 됐어요. 그때 엄마가 서울에 와 계신 동안 전 제 신랑 후보로 나선 남자를 다섯 사람이나 만나야 했지요. 물론 엄마가 서울에 오신 김에 아빠와 엄마의 옛 친지분들이나 오라버님들이 주선을 해주신 남자들이었지요."

"무척 분주하셨겠군요."

상민은 거기까지도 이야기가 대략 예상했던 대로라고 생각했다. 미상불 유쾌한 일일 수는 없었지만 그 때문에 그는 그만큼 여유를 가질 수가 있었던 것이다.

"분주했지요. 엄마가 서울에 머무르신 게 한 주일쯤 되었으니까 거의 하루에 한 사람씩을 만나고 있었던 셈이거든요. 그러다 보니 지 선생님께서 제 잔치에 와주시지 않은 것은 실상 원망할 틈도 없었지 뭐예요."

"하지만 결국 그 다섯 사람을 만난 일은 모두 허사가 된 모양이군요. 그래서 어머니께선 그만 지쳐나서 이젠 은영 씨 맘대로 하라셨던 것 아닙니까."

"그렇게 말씀하실 수 있는 건 그 다섯 남자를 모두 퇴짜놓고 만 것이 엄마가 아닌 제 쪽이었을 경우에 한해서이지요. 하지만 우선은 역시 그렇게 해두는 것이 좋겠어요. 어차피 저도 그땐 다섯 사람 중에서 한 사람도 호감을 가질 수가 없었으니까요. 모두가 희극의 주인공들처럼 우습게만 여겨졌거든요."

"어머니께서도 그 남자들을 별로 탐탁하게 여기시진 않으셨다는 뜻입니까?"

"그랬으니까 지 선생님 말씀처럼 간단히 헛수고가 되어버린 게 아니겠어요."

"얘기가 간단하군요. 한데 그처럼 간단한 얘길 가지고 은영 씬 뭘 다시 생각해봐야겠다는 것이었습니까?"

상민은 조금 싱거운 느낌이 들어 그렇게 은영을 추궁했다. 그는 정말로 이야기가 간단하게 끝나버린 것으로 생각되고 있었다. 그러나 그것은 상민의 착각이었다.

“지 선생님은 아까 제가 이 이야기를 늘 지 선생님께만은 말씀드리고 싶었다는 대목을 빠뜨리고 계시군요. 제가 다시 생각을 해봐야겠다는 것은 그 이야기 내용 때문이 아니라 제가 그런 이야기를 굳이 선생님께만 말씀드리고 싶어진 저의 충동에 대해서였다니까요.”

말을 이어나가는 은영의 어조는 이제 진짜 이야기가 시작되고 있는 듯 침착하게 가라앉아가고 있었다. 상민은 일순 이상한 혼란 같은 것이 머리를 스쳐 지나가고 있었다. 그는 가만히 입을 다물고 있었다. 은영이 말을 계속했다.

“그러고 보니 전 우선 한 사람 한 사람 제가 그 사람들을 만나고 난 느낌부터 먼저 말씀을 드려야겠군요. 제가 어째서 그 사람들을 하나도 마음속으로 용납할 수가 없었는지, 어째서 그 사람들에겐 도저히 관심조차 가져볼 수가 없었는지 그 이유부터 말씀이에요. 하지만 따지고 보면 여기엔 실상 이유랄 만한 것도 별로 없어요. 맨 처음 남자는 다만 엽차를 너무 많이 마시고 있었다는 것 정도뿐이거든요. 첫번째 남자가 다만 엽차를 쉴 새 없이 들이켜고 있다는 것만으로 전 그만 그 남자가 우스워지고 말았단 말씀에요. 그리고는 다른 아무것도 더 관찰해볼 생각이 없어지고 말았어요. 하지만 조금만 참고 들어보세요. 두번째 남자는, 물론 그 두번째에도 별반 신통한 이유가 있었던 것은 아니지만 어쨌든 이 두번째 남자는 다행스럽게 엽차를 많이 마시지는 않았어요. 하지만 이 남자에게도 참을 수 없는 버릇이 한 가지 있어요. 틈만 있으면 안경을 콧잔등에서 밀어올리고 나서 심각하게 창밖을 내다보는 것이었지요. 그 안경이 별로 콧잔등으로 흘러내리는 것 같지도 않았는데 말씀예요. 물론 전 금방 웃음이 터지고 말았어요. 이상하게 이 남자의 손버릇이 먼젓번 남자가 엽차를 쉴 새 없이 들이키고 있던 광경을 연상시키고 말았거든요. 그리고 세번째 남자는……"

은영은 세번째와 네번째 남자에 대해 계속해서 설명을 이어나갔다. 세번째 남자는 자리를 마주하고 앉았을 때, 찻잔을 집어 올리고 있는 그 남자의 손등에 털이 숭숭 돋아나 있는 것을 보고 그만 갑자기 그가 징그럽고 무서운 생각이 들어버렸으며, 네번째 남자는 간신히 두 사람이서 저녁까지 함께 먹으러 가게 되긴 했으나 식사가 시작되자 그 남자가 훌쩍훌쩍 소리를 내며 수프를 마시는 소리를 듣고는 까닭 없이 소름이 일고 말았다는 것이었다.

한데 은영은 그렇게 네번째 남자까지 설명을 끝내놓고는 잠시 상민의 반응을 살피고 싶은 듯 새삼스런 눈초리로 그를 건너다보았다.

"그래 은영 씨는 바로 그 엽차와 안경 때문에 그리고 털이 숭숭 돋은 손등과 수프를 훌쩍거리는 입소리 때문에 그 남자들이 모두 싫어지고 만 것입니까?"

상민도 이젠 어느 정도 혼란이 걷히고 있었다. 그러자 은영은 다시 천천히 입을 열기 시작했다. 아니 은영이 말을 끊고 있었던 것은 그녀 역시 자신의 행동에 대해서 상민과 같은 느낌을 가지고 잠시 그 느낌을 정리해보고 있었던 것 같기도 했다.

"역시 지 선생님께서도 그걸 물으시는군요. 하지만 사실이에요. 그리고 그래서 저 자신도 그게 이상하다는 거예요. 도대체 시시한 엽차나 안경 따위가 그리고 한낱 사소하기 짝이 없는 버릇들이 어떻게 한 남자의 전부로 받아들여질 수가 있겠어요. 하지만 그때 저에게는 분명히 그랬던 것예요. 끝까지 그런 식이었지요. 그리고 보면 결국 그 남자들의 피부 속으로는 애초부터 저의 관심이 한 치도 파고들어갈 의사가 없었던 것이라고 할 수밖에 없지요. 이상하지 않아요? 어째서 저는 그 남자들 중의 한 사람에게도 흥미를 가질 수가 없었을까요. 그 사람들을 한번 자세히 쳐다보기도 전에 처음부터 말예요."

"역시 지 선생님도 알 수가 없으신 모양이군요. 그래도 좋아요. 선생님이 모르고 계시더라도 전 이제 알고 있으니까요. 하지만 아까 제가 그때부터 늘 지 선생님께 뭔가를 말씀드리고 싶었다는 것은 바로 그걸 여쭈어보기 위해서였어요."

은영은 이제 자기 이야기에 몹시 취해들어가고 있었다. 그녀는 말을 하다 말고 이번에도 엉겁결인 듯 술잔을 얼핏 입으로 가져가곤 했다, 상민도 그때마다 자기 술잔을 맞잡아 올리곤 했다. 그리고는 비워진 양쪽 잔에다 다시 술을 채워놓곤 했다.

은영은 여전히 혼잣말을 계속하고 있었다.

"이상하지 않아요? 어째서 한 남자를 자세히 살피기도 전에 무턱대고 싫어지기부터 하는가, 어떤 남자도 마음속으로 용납할 수가 없는가, ……그래서 전 그걸 지 선생님께 여쭙고 싶었단 말씀이에요. 남자를 한 사람 만나고 났을 때마다 번번이 그랬어요. 물론 제가 지 선생님께 말씀을 드리고 싶은 건 그 남자들의 안경과

엽차의 이야기, 그리고 끔찍한 털이 돋은 손등이며 훌쩍거리는 입소리 같은 것도 있긴 했지요. 하지만 진짜로 선생님을 만나 여쭙고 싶었던 것은 그보다도 앞서 말씀드린 저의 병적인 무관심 상태 같은 것이었다니까요."

"하지만 이제 은영 씨는 그 이유를 알았다고 하셨지요?"

"그걸 듣고 싶으세요?"

은영은 다시 한 번 술잔을 끌어당기고 있었다. 그러나 이번에는 은영이 그 술잔을 한꺼번에 절반이나 비워버리고 나서도 얼핏 상민의 궁금증을 풀어주려고 하진 않았다. 그녀는 이제 조금 취기가 도는 듯한 목소리였으나 침착하게 화제를 우회하고 있었다.

"미련한 계집아이들의 이야기를 한 가지 먼저 말씀드려야겠어요. 뭔가 하면 언젠가 지 선생님께서도 제 일기 가운데서 그런 대목을 발췌하신 일이 있지만, 우리만큼 한 나이의 계집아이들에겐 누구랄 것 없이 모두 이상한 착각들을 한 가지씩 가지고 있어요. 자기의 혼인, 자기의 신랑감에 대해서죠. 요즘 여자아이들은 미팅이다 뭐다 해서 초학년부터 숱하게 남자아이들과 어울리는 일이 많지 않아요? 한데 그 남자아이들과 스스럼없이 어울리면서도 계집아이들은 늘 어떤 착각 속에서 혼자만의 황홀한 꿈을 따로 은밀히 간직하고 있단 말씀예요. 남자아이들 가운데는 처음부터 다짜고짜 수상쩍은 고백을 해오는 사람도 있고, 차마 그러질 못하고 있는 작자들도 망설망설 마음속에 음흉한 호기심 같은 걸 숨기고 있기가 일쑤지요. 뻔한 얘기예요. 한데 그런 때 계집아이들의 속심은 어떤 건지 아십니까. 흥, 맘대로 좇아다녀보라지, 내가 네게 베풀 수 있는 것은 당분간 충직스런 기사로 내게 봉사할 기회를 주는 것뿐이야. 하지만 당분간이라는 걸 잊지 마. 왜냐하면 내겐 따로 나의 왕자가 있거든. 언젠가 때가 오면 나는 그 나의 왕자님을 만나야 하니까 그때까지 나를 방해해선 안 된단 말야. 나의 왕자님은 지금 내 주변에 수없이 맴돌고 있는 당신네 털털뱅이 총각들과는 처음부터 다른 분이거든……"

"처녀 시절의 교제는 그것으로 적당히 끝내고 결혼은 따로 또 왕자님을 만나겠다는 말이겠군요. 한데 그게 어째서 착각이란 거지요?"

상민은 제법 머릿속이 몽롱해올 만큼 취기를 느끼기 시작했다.

"아무리 오랫동안 마음속에다 그 왕자님을 간직하고 있던 사람도 정말 나중에 왕자님을 만난 사람은 아무도 없으니까요."

은영은 자신만만했다.

"알고 보면 여자들은 너무도 막연히 자기의 왕자를 생각하고 있었던 거지요. 물론 착각이니까 그렇겠지만 그 황홀한 왕자님이 어디에 있는 것인지, 그리고 어떻게 만나게 될 것인지 그런 건 도대체 생각조차 해보지 않거든요. 어느 날 갑자기 먼 나라에서 그 왕자가 황홀한 모습으로 자기를 찾아와줄 거라는 동화 같은 생각이 아니면 기껏해야 누군가가 그때가 되면 그 왕자를 자기와 만나게 해주겠지, 만나지게 되겠지, 하는 터무니없이 막연한 기대뿐이지요."

"하지만 가끔은 정말 그 왕자를 만난 사람도 있지 않겠어요?"

"거짓말이에요. 도대체 처음부터 그런 왕자가 따로 있었던 게 아니니까요. 아시겠어요? 왕자를 만나러 가보면 그 왕자는 실상 전부터 수없이 주변을 맴돌던 그 털털뱅이 총각들, 한 번도 그 황홀한 왕자의 의상을 입혀 생각해본 일이 없는 바로 그 총각들이란 말씀예요."

"은영 씨 자신의 경험입니까."

"그래요, 제 경험이에요. 저도 물론 그런 착각 속에서 오랫동안 저의 왕자를 꿈꾸고 있었던 계집아이니까요."

열기 띤 음성으로 상민을 시인하고 나서 은영은 비로소 이야기는 처음 실마리 쪽으로 되돌아가고 있었다.

"경험을 했으니까 전 그게 착각이었다는 걸 깨달은 게 아니겠어요? 마저 말씀을 드리겠어요. 아까 제가 한꺼번에 다섯이나 되는 남자를 만나고 나서도 도대체 흥미를 가질 수 없었던 이유를 알게 되었다고 하지 않았어요? 그 이유가 바로 저의 그런 착각 때문이었어요. 전 왕자를 만나러 갔는데 거기서 만난 사람들은 늘 전부터 저의 가까운 곳을 맴돌던 남자들이었거든요. 그럴 수밖에 없었지요. 우리들의 왕자는 처음부터 이 세상에는 없는 것이었으니까요. 그러나 오랫동안 그것을 믿어온 저는 처음부터 실망을 할 수밖에 없었지요. 모두가 안경이나 엽차의 버릇 같은 것으로나 보이구요. 그러나 전 그때는 물론 알 수가 없었지요. 그래서 지 선생님을 만나 뵙구 그런 저를 여쭈어보려고 했던 것 아닙니까. 하지만 결국 전 혼자서 그걸 깨닫고 말았어요. 그리고 그 착각에서 깨어나면서 저의 왕자는 자취를 감추고 말았지요. 아니 자취를 감춘 게 아니라 그 먼 나라의 하늘에서 우리들의 땅으로 내려와 섞여버렸다고 할까요?"

"그래서 이젠 은영 씨 스스로 그 왕자를 땅 위에서 찾아내겠다는 작정이 서신 겁니까."

"그 왕자의 꿈이 어차피 환상인 바엔 누구도 그 환상과 만나게 해줄 수 없는 것 아니겠어요. 그리고 지금 저의 주변에서 맴돌고 있는 더벅머리들 중에서 그 왕자를 찾아내야 한다면 굳이 남의 도움을 기다릴 필요도 없을 테구요."

"현명한 판단인지 아닌지는 결과를 두고 봐야겠지만 하여튼 귀한 경험을 하신 셈이군요. 한데 은영 씬 어떻게 갑자기 그 오랜 착각에서 벗어날 수가 있었습니까. 무슨 특별한 계기라도 있었나요?"

"네, 계기가 있었지요. 아까 전 다섯번째로 만난 남자의 이야기는 빼놓고 있지 않았습니까. 그 다섯번째 남자를 만난 것이 계기였지요. 그 다섯번째 남자를 보았을 때 저는 대뜸 저의 왕자와 털털뱅이 총각들이 실상은 같은 사람이었다는 것을, 그 두 가지가 다른 사람이라고 믿고 있었던 저의 착각을 깨닫고 말았지요. 왜 하필 그때 그런 걸 깨닫게 된 줄 아십니까?"

은영은 말을 끊고 잠시 장난스런 눈초리로 상민을 건너다보았다. 상민은 침묵으로 은영의 말을 재촉했다.

"그날도 전 물론 또 한 사람의 새로운 왕자님을 만나 보러 엄마와 함께 약속 장소로 나갔어요. 분명히 저의 왕자를 만나러 말씀예요. 한데 문을 들어서자마자 전 누굴 보았는지 아십니까? 저를 기다리고 있는 왕자는 바로 K라는 작자였어요."

"……"

"아시겠어요? 언젠가 지 선생님께서도 제 일기에서 만나보신 일이 있는 그 K란 작자였단 말씀예요. 정확하게 말씀드리면 그러니까 엄마가 서울엘 오셨을 때 겪은 사건이란 바로 거기까지가 포함되어야 하는 것이었겠지요."

26

두 사람이 맥주홀에서 나와 거리로 나섰을 때는 팔뚝시계가 10시를 훨씬 넘고 있었다. 은영은 예상보다 훨씬 많은 알코올을 받아들이고 있었다. 한껏 조심스럽던 그녀의 육신은 귀여운 알코올기에 젖어들어 조금씩 그 질서를 잃어가고 있는 듯했다. 밤바람을 쏘이면서도 은영은 취기가 깨기는커녕 오히려 기분만 점점 더 좋아지고 있었다.

"우리 차 타지 말고 그냥 걸어서 집에 가요, 모처럼 맘에 드는 밤거리 아니에요. 지 선생님은 안 그래요?"

어리광스럽게 상민의 팔을 붙잡고 매달리기까지 했다. 그리고는 상민에게로 가만히 체중을 기울여 몸을 스쳐 기대보곤 했다.

상민은 그러는 은영을 내버려둔 채 묵묵히 거리를 걸어 내려가고 있었다. 훈훈한 것이 가슴속을 뿌듯하게 차오르고 있었다. 그것은 상민 자신도 착실하게 정리해낼 수 없는 어떤 미묘한 감정이었다. 그것은 너무도 자신만만하게 이야기를 털어놓고 있었던 은영에 대한 어떤 밉살스러움이나 두려움 같기도 했고 또는 그 은영 앞에서 이상하게 자꾸 무력해지려고만 하는 상민 자신에 대한 어떤 원망이나 경멸감 같기도 했다. 그러나 그것이 정확히 어떤 감정이었든 간에 그런 모든 감정은 상민에게서 커다랗게 한데 뭉뚱그려져서 그의 가슴속을 마침내 깊은 질량감과 훈훈함으로 가득 채워버리고 말았던 것이다. 그리고 그것이 상민에겐 어떤 자릿자릿한 쾌감으로만 느껴졌다.

그러나 상민은 그 훈훈하고 무거운 것이 가슴을 깊게 채워오면 채워올수록 그리고 그 이상한 쾌감 같은 것이 혈관 속을 진하게 흐르면 흐를수록 점점 더 말을 잃어가고만 있었다.

—K란 녀석, 은영의 말마따나 이 녀석은 제법 그 여인들의 착각을 아는 녀석이었군. 그래서 은영에겐 정식으로 왕자의 풍습을 본떠 나타났던 것이겠지. 아마 은영네 사정을 샅샅이 조사해놓고, 부인의 상경까지도 미리 눈치를 채고 있다가 재빨리 기회를 만든 것이렸다. 하지만 그렇게 해서 자기 착각을 벗어났다곤 하지만 그럼 이 귀여운 아가씨는 정말 이제부터 혼자서 자신의 왕자를 찾아내겠다는 것인가. 이 아가씨 사실은 누군가를 스스로 좋아할 수 있는지 그것만을 시험해보고 싶은 것은 아닐는지. 하긴 이쪽이고 저쪽이고 둘 다 거리가 썩 먼 생각이랄 수는 없는 일일 테지만.

결론도 없이 공연히 그런 생각들만 혼자 짓씹어댔다. 벌써 술자리에서 은영의 진술을 듣고 있을 때부터도 그랬다. 심지어는 은영이 그 다섯번째의 남자가 K였다는 말을 끝으로 입을 다물고 말았을 때도 상민은 그다음 이야기조차 물어볼 엄두를 내지 못하고만 형편이었던 것이다.

지금도 마찬가지였다. 그는 지금 할딱할딱 자기의 어깨에 매달려오는 은영에게서 너무나 뚜렷하게 그녀의 체온을 느끼고 있으면서도, 그녀의 체중이 이따금 가늘게 그의 옆구리를 스쳐 기대가는 것을 느끼고 있으면서도, 아니 그 체온과 체중이 아릿아릿한 쾌감 같은 것을 촉발해오면 올수록 그는 점점 더 몸이 굳어져가고만 있는 것이다. 정작 하고 싶은 말이 있는 듯하면서도 입조차 잘 떨어지려고 하질 않았다.

"그래 은영 씬 그 다섯번째의 왕자가 K라는 걸 알고 어떻게 했지요?"

조바심에 쫓기다가 이윽고 상민이 입을 연 것은 기껏 그런 싱거운 질문뿐이었다. 그러나 이제 그런 질문은 전혀 적당치가 않은 것이었다. 상민도 그것을 알고 있었다. 그가 조바심을 치면서 여태껏 침묵을 지켜온 것은 그런 멋없는 질문을 위해서가 아니었다. 한데도 정작 말이 되어 나온 것은 그뿐이었다. 게다가 상민은 한번 그렇게 말을 꺼내놓고 나서는 어조마저 제법 진지해져가고 있었다.

"물론 K는 그때 사정을 미리 알고 있었겠지만, 은영 씬 뜻밖에 당한 봉변처럼 여겨졌을 테니까 말이오."

그러나 은영의 대꾸는 상민의 진지한 어조와는 정반대였다.

"그야 뻔한 일이죠 뭐. 지 선생님이 여자의 처지로 그런 경우를 당하셨다면 어떻게 하셨겠어요. 시치밀 뚝 떼고 연극을 하시겠어요?"

"문을 박차고 뛰어나오기라도 했나요. 저녁에 엄마한테 종아릴 얻어맞지 않았어요?"

"종아릴 얻어맞을까 봐 집에서 엄마가 돌아오신 걸 보고 미리부터 울고 있었지요. 자초지종을 말씀드렸더니 엄마도 기진맥진해져버리시더군요."

"하긴 어머니께선 은영 씨 혼인에 대해 그쯤 지치기도 하셨겠지요."

상민은 웃으면서 이제 그만 이야기를 끝내려고 했다. 그러나 바로 그 상민의 마지막 말에서 다시 실수가 저질러진 모양이었다.

"아니에요. 지금 지 선생님 말씀 가운데서 바로 말해진 것은 엄마가 지치고 마셨다는 것 한 가지뿐이에요."

은영이 그 상민의 실수를 들추고 나섰다. 그러나 거기까지도 상민은 아직 자신의 실수를 깨달을 수가 없었다. 은영이 설명을 계속했다.

"제 혼인을 제게 맡겨버리시도록 엄마를 지치게 한 것은 제가 아니었단 말씀예요. 무슨 뜻인지 아시겠어요? 지금 지 선생님 말씀은 엄마를 그토록 지쳐버리게 만든 것이 모두 제 고집 때문이었으리라는 투였는데 말씀이지요. 실상 엄마가 그토록 지쳐버리신 것은 제 고집 탓도 있었겠지만 그런 저에 앞서서 늘 엄마 자신의 실망이 더 컸기 때문이었던 거예요. 그래서 전 앞에서도 저의 모든 이야기를 한꺼번에 다섯 남자를 퇴짜 놓고 만 것이 엄마가 아닌 제 쪽이었을 경우로 가정해서 말씀드리겠다고 하지 않았어요? 하지만 그 다섯 청년 때문에 엄마가 마지막으로 지쳐난 것도 실상은 저하곤 거의 상관이 없이 그 사람들에 대한 엄마 자신의 실망 때문이었단 말예요."

상민은 그만 입을 다물고 말았다. 비로소 사정이 확실해졌던 것이다. 얼핏 들어 은영의 항변은 별 의미가 없는 것 같기도 했지만 그러나 그 차이는 은영이 열심인 것만큼이나 상민에게도 구분이 확연했다.

—청년들에게 실망을 하고 만 것은 은영보다도 먼저 부인 쪽이었다.

충분히 납득이 가는 말이었다. 보나 마나 이번에도 부인은 은영의 신랑감으로 신흥재벌의 2세 청년 실업가나 관운 좋은 젊은 영감이 아니면 젊고 명석한 두뇌 하나로 세상을 척척 경륜해나가는 소문난 천재들을 잔뜩 만나고 왔음에 틀림없었다. 그런 상민의 추측이 사실이라면 K라는 청년도 어떤 퇴직 장관의 아들쯤 되는 처지였는지도 모르리라.

그러나 부인은 어찌 된 일인지 그런 인물들을 만나고 나서는 한번도 마음 흡족해하는 일이 없었다. 그것들을 용납하고 그것들과 화해하고자 하면서도 언제나 속으로는 실망스런 체념만 되풀이했다. 한마디로 그런 재력과 두뇌와 명성은 은영의 신랑감에서 부인이 구하고 있는 모든 것이 될 수 없었다. 그보다도 부인은 은근스럽게 한 청년의 몸에 밴 분위기를 더욱 귀하게 여기고 있었다. 겉으로는 아닌 척하려 하지만 부인은 그것이 없는 재력이나 두뇌는 그리고 어떤 가문의 명성은 절대로 용납되지가 않은 모양이었다. 적중한 말이라고 할 수는 없지만 상민은 그것을 어떤 가풍 같은 것이라고 생각했다. 그것도 몇 대를 거치면서 오랜 세월 동안을 끈질기게 깎이고 다져온 그런 깊은 가풍 말이다. 그것은 굳이 어떤 높은 귀족 취미나 엄격한 윤리 규범일 필요는 없었다. 어떤 것이거나 세월이 빛을 발하는 깊은 분위기, 그것이면 그만이었다. 한데 1년도 못 가는 특수경기의 붐을 타고 건립한 빌딩집 아들이나 명석한 두뇌 하나로 명사가 되어버린 청년들에게서 몸에 밴 분위기가 찾아질 리 없었다.

그래서 부인은 결국 그 집요한 화해의 노력에도 불구하고 번번이 실망만을 되풀이해온 것이리라. 그리고 서울에서는 그 마지막 실망을 맛보고 만 것이리라.

그러나 상민은 이제 계속 입을 다문 채 발길만 재촉하고 있었다. 은영의 항변에 납득이 가고 있었으므로 이젠 더 캐물을 것도 없었다.

두 사람은 어느새 큰길에서 빠져나와 골목을 들어서고 있었다. 두 사람은 아직도 한데 팔을 낀 채였다.

한동안이나 말이 없던 은영이 골목길로 들어서자 갑자기 뭐가 초조해진 듯 다시 입을 열었다.

"왜 말이 없으시죠? 밤새 이것저것 캐묻기만 하시더니 이제 좀 속이 후련하세요?"

그러나 그 은영의 어조에는 사뭇 비난과 핀잔기가 묻어 있었다. 게다가 아직 술기운도 다 가시지 않은 목소리였다.

"글쎄, 이젠 할 말이 없는 것 같구먼. 그러다 보면 실상 하고 싶은 말은 아직 한마디도 못하고 있는 것 같기도 하고……"

상민은 갑자기 상체가 무겁게 실려오는 은영의 몸무게를 의식하며 될수록 담담한 목소리로 대답했다.

"하긴 그럴 거예요. 지 선생님은 매사에 무척 자상하고 이해가 깊으신 척하지만, 그러느라고 늘 중요한 것은 빠뜨려버리곤 하시는 분이니까요."

은영의 목소리에는 점점 더 깊은 암시가 어리고 있었다.

"오늘 저녁에도 뭘 그런 걸 빠뜨린 게 있었나요?"

상민은 일단 시치밀 떼는 수밖에 없었다. 그러자 은영은 더욱 다부지게 나섰다.

"있었지 않구요. 아까 전 서울에서 다섯이나 되는 청년들을 만나고 나서 그때마다 지 선생님을 뵙구 싶었다고 말씀드리지 않았어요? 그걸 벌써 잊어버리고 계시지 않아요? 왜 제가 그랬는지 묻고 싶지 않으세요?"

"그야 그 사내들이 왜 모두 안경이나 엽차로만 보이게 되는지 그 까닭을 알고 싶어서였다고 자신이 말했지 않아요? 그리고 다섯번째 남자에게서 은영 씬 그 이유를 스스로 깨달았노라구…… 그래서 그다음부턴 저를 만나 이야기해볼 일도 없어져버린 게 아니었습니까?"

상민은 여전히 비틀거리고만 있었다.

"하지만 그걸 깨닫기 전에는 왜 하필 지 선생님께만 그걸 여쭙고 싶었는지 그건 이상하게 생각되지 않으셨어요? 그리고 그 이유를 알고 난 오늘 저녁까지 혼자 망설망설 주저하면서도 여전히 그 이야기를 지 선생님께 하고 싶어 했던 이유를 말씀예요."

"……"

상민은 다시 입을 다물어버렸다. 은영의 의사는 너무나 명백했다. 그 이상 더 모른다고 할 수가 없었다. 그는 문득 발길을 멈추며 은영을 내려다보았다. 은영의 눈동자가 어둠 속에서 호면처럼 맑게 빛나고 있었다.

—이런 아가씨에게선 입술을 몰래 빼앗아줘도 화를 낼 하느님이 없겠군.

그러나 상민은 아직도 망설이고 있었다. 이번에는 마음씨 착한 소녀가 탐스런 포도송이에서 그 마지막 열매를 따내기 전에 잠시 하느님께 감사를 바치고 있는 것 같은 그런 머뭇거림이었다.

"오늘 저녁 지 선생님하고 제가 이렇게 함께 지낸 줄 아시면 엄만 굉장히 슬퍼하시겠죠?"

은영이 재촉이나 하듯 상민을 쳐다보며 낮게 속삭였다.

상민은 이제 대꾸를 하지 않았다. 아니 그에게는 벌써 은영을 안심시킬 또 하나의 입술이 남아 있지 않았다. 은영도 그 상민에게선 대답을 기다리지 않았다.

아마 이때 골목 밖에서 이쪽 어둠 속을 엿본 사람이 있었다면 그는 필경 별빛 고운 하늘을 향해 이상스런 모습으로 조용히 기원을 드리고 있는 듯한 한 사람의 검은 그림자만을 볼 수 있었을 것이다.

그리고 두 사람이 이윽고 다시 대문을 향해 천천히 걸음을 옮기기 시작했을 때 골목 안의 담벼락들이, 그리고 두 사람의 발소리를 살풋살풋 숨겨주고 있는 어둠이 엿들은 소리가 있었다면 그것은 가늘게 떨리는 듯하면서도 행복스런 은영의 단 한마디 속삭임뿐이었으리라.

"이러다 정말 선생님이 좋아지고 말면 전 어떻게 하지요?"

27

은영이 다시 학교로 돌아가고 난 다음부터 집 안엔 차츰 이상한 공기가 쌓이기 시작했다. 집 안 공기라야 언제나 부인 한 사람의 거동과 분위기에 모든 것이 달려 있는 터이기는 했지만, 이번에는 특별히 상민까지도 그 새로운 분위기에 관련이 되어 있는 듯했다. 애써 표정을 무심스럽게 가꾸고 있기는 했지만 은영과의 그날 밤 일이 있은 후로 부인의 분위기에는 어딘지 분명 달라져가고 있는 데가 있는 것 같았다. 은영이 그날 밤 일을 부인에게 모조리 털어놓고 만 것인지도 모른다. 혹은 시간이 너무 늦었다는 핑계로 인사도 없이 2층 방으로 올라가버린 상민이 부인에겐 여간 의심쩍고 불쾌한 것이 아니었을지 모른다. 그렇게 생각해서 그런지 하여튼 그날 밤 이후로 상민에겐 그 부인의 태도가 어딘지 차갑고 거북살스럽게만 느껴지고 있었던 것이다.

그러자 상민도 차츰 속이 불편해오기 시작했다. 이번에는 머릿속에서가 아니라 가슴속으로부터였다.

—제길, 내게선 비끗한 눈길 한번도 용서하질 않으려는군. 그

럼 난 도대체 처음부터 부인 눈엔 뜨이지 말아야 할 총각도깨비 쯤으로나 태어난 놈으로 여기고 있단 말인가.

상민은 부인이 구하고 있는 것이 어떤 것이라는 것을 누구보다도 잘 알고 있었다. 그리고 그 자신으로서는 부인이 시선을 머물 만한 어떤 조건도 지니지 못하고 있다는 것을 또 앞으로도 결코 그런 것은 지니게 될 수 없으리라는 것을 스스로 잘 알고 있었다. 그러나 부인의 눈길이 줄곧 먼 곳에서만 헤매고 있는 것을 구경하고 있다 보니 드디어는 상민에게 어떤 절망감 같은 것이 슬그머니 머리를 들기 시작했다. 그리고 은영에 대한 질투와 모욕감 비슷한 것이 아프게 가슴을 파고들기 시작했다.

—글쎄 어떻게 그처럼도 무참하게, 아니 어떻게 그처럼도 당연스럽게 한 사람의 의미를 처음부터 남자로부터 제외시켜놓을 수가 있을까.

부인이 은영의 혼인에 대해 상민 앞에서 그처럼 열심일 수 있었던 것은 뭐라고 해도 부인이 상민의 존재를 그만큼 자연스럽게 그리고 그만큼 당연스럽게 남자의 의미로부터 제외시켜놓고 있었다는 증거로 보였다. 바로 그 '당연스런' 부인의 태도가 상민을 더 화나게 했다.

그러나 그것은 상민으로서도 또한 어쩔 수 없는 일이었다. 적어도 이 집에서만은 그것의 상민의 운명처럼이나 확고한 처지가 되어 있었다. 심지어 은영까지도 상민을 그런 식으로 이해하고 있었다. 그날 밤 골목길을 들어서고 나서 은영이 속삭인 말은 실상 그녀의 그런 선입견이 너무도 분명한 그늘을 짓고 있는 소리들이었다.

—오늘 저녁 지 선생님하고 제가 이렇게 함께 지낸 줄 아시면 엄만 굉장히 슬퍼하시겠죠?

하지만 그쯤은 오히려 모처럼 어머니의 팔짓 밖으로 벗어나본 자랑스런 근심이었을 수도 있었다. 그러나 정말로 상민이 좋아지면 어떻게 하느냐는 그녀의 마지막 속삭임에 이르러서는 상민에 대한 은영 자신의 이해 방법이 너무도 명백했던 것이다.

—은영에게서도 나는 그처럼 처음부터 제외되어 있었던 거야. 유쾌하진 않은 일이지만 이 집 안에서 내게 주어진 의미의 공간은 애초부터 그 정도뿐이었거든.

물론 상민도 그날 밤 당장 은영의 말을 그런 식으로 받아들이고 있었던 것은 아니었다. 그리고 상민은 지금도 그 은영의 속삭임이 그런 뜻만이 아니었다는 것은 너무나 잘 알고 있는 터이었다. 은영의 말 뒤에 어둡게 드리워진 선입견의 그늘을 깨달은 것은 오히려 은영이 학교로 돌아가고 나서 그 부인의 분위기가 서늘하게 느껴지기 시작한 다음부터의 일이었다.

그러나 어쨌든 이제 와서 그것은 상민이 어쩔 수가 없는 일이었다. 화를 내도 소용이 없었다. 은영에 관한 한 그것은 상민의 운명이었다. 상민은 그런 전제 위에서만 자신의 거취나 모든 것을 고려하고 결정해야 했다. 상민이 선택할 수 있는 행동의 한계는 뻔해 있었다.

한데 그런 식으로 상민이 미처 어떤 결단도 내리지 못한 채 그럭저럭 달력이 한 장쯤 바뀌고 난 다음이었을까. 어느 날 집 안에는 또 한 가지 분위기가 더욱 서늘해질 소식이 서울로부터 전해져 내려왔다. 그것은 이날 석간신문의 기사 때문이었다. 이날 신문에는 은영이 모처럼 작품을 내놓은 국전 심사 결과가 발표되어 있었는데, 그 입선자 명단에 은영의 이름이 끼어 있지 않았던 것이다. 부인을 물론 신문을 보고 나서도 아무 말이 없었다. 은영의 출품 자체를 그처럼 근심하고 있었으니까 부인으로서는 오히려 다행스럽게 여기고 있었을지도 모르는 일이기는 했다. 그러나 부인은 도대체 가타부타 말이 없었다. 은영이 작품을 내놓은 사실을 벌써 잊어버리고 있기라도 한 듯, 또는 신문에 그런 기사가 실려 있는 것을 흘려버리기라도 한 듯 얼굴에 아무런 변화도 찾아볼 수가 없었다. 상민 역시 부인 먼저 실없이 말을 꺼내고 나설 수는 없었다. 그저 모른 척 입을 다물고만 있었다. 그러니까 얼핏 보기에는 그 신문 조각으로 인해 집안 공기가 썰렁해지고 말 것도 없는 것처럼 보이기는 했다.

그러나 그처럼 아무렇지도 않은 듯한 분위기 속에서도 상민은 실상 속으로 적지 않은 충격을 느끼고 있었다. 가슴속까지 서늘해오면서 이상하게 불길한 예감들이 머리를 치켜들기 시작했다. 아니 그런 기분 나쁜 예감들은 신문을 읽기 전서부터도 이미 그의 어두컴컴한 머릿속 한 구석에 숨어 있다가 갑자기 요동을 시작하고 있는 것 같기도 했다.

—결국 그것도 안 되고 말았다는 말이로군. 그럼 은영은 스스로 혼인 상대를 찾아내겠다는 노력에서도 또 같은 낭패를 겪게 되는 건 아닐까. 글쎄 은영에겐 어쩐지 처음부터 위태위태한 느

낌이 들고 있었다니까.

어째서 그런 예감이 머릿속에 자리 잡기 시작했는지는 상민으로서도 알 수가 없었다. 은영의 국전 낙선이 어째서 당연스런 것처럼 여겨지는지 그리고 그것이 어째서 은영의 다른 노력까지 실패로 끝내려는 암시로 느껴지고 있는 것인지 그것을 도대체 자신에게조차 설명할 수가 없었다. 다만 그렇게 느껴지고 있을 뿐이었다. 하기야 상민이 이날 일로 어째서 부쩍 그런 터무니없는 예감을 느끼게 되었는지 그것은 세월이 훨씬 흐르고 난 다음에야 간신히 이해할 수가 있었으니까.

어쨌든 이날 상민의 예감이고 뭐고 그런 건 그저 입을 꾹 다문 채 해를 넘기는 수밖에 없었다. 그러나 신문을 보자마자 대뜸 머리를 치고 든 예감이나 무겁게 침전되어오기 시작한 은밀스런 근심기는 상민 혼자만이 느끼고 있었던 것은 아닌 모양이었다.

밤이 되자 뜻밖에도 정숙이 2층 방까지 상민을 찾아왔다. 정숙은 상민의 방을 들어서자 자기도 낮에 온 신문기사를 읽었노라며 대뜸 근심스런 표정이 되어버리는 것이었다. 그리고는 마치 그녀 자신이 이번 낭패의 장본인이라도 된 듯이 깊은 실망감에 젖어들기 시작하는 것이었다. 그러나 정숙은 은영이나 그 자신을 위해서보다는 아무런 표정도 드러내지 않고 있는 그녀의 어머니를 위해 더 깊은 근심을 하고 있었다.

정숙은 필시 어머니도 이미 그 기사를 읽고 계신 게 분명하다고 했다. 그리고 뭐라고 해도 어머니는 이번 일로 해서 누구보다 가장 쓰라린 고통을 견디고 계실 거라 했다. 아무리 부인이 아무렇지 않은 얼굴로 모른 척하고 있어도, 그러면 그럴수록 그녀는 부인의 내심을 구석구석 더 잘 알 수 있다고 했다. 상민도 정숙의 말은 대부분 수긍을 하고 있었다. 특히 정숙이 부인의 쓰라림에 관해 이야기하고 있을 때 상민은 어느 때보다도 깊은 동의를 정숙에게 보내고 있었던 것이다.

그러다가 정숙은 밤이 꽤 늦은 다음에야 그녀 자신이 더욱 슬퍼 보일만큼 슬픈 얼굴을 하고 조심조심 2층 계단을 내려갔다. 결국 이날의 소식은 그런 식으로 은밀히 집안 식구 세 사람을 모두 가슴 서늘한 근심기와 슬픔 그리고 아픈 쓰라림 속으로 빠뜨려 넣고 만 셈이었다.

그러나 여기서 몇 마디만 더 덧붙여두기로 하자. 바로 그렇게 하여 새로 시작된 이 집안의 서늘한 분위기는 정숙이 감격스럽도록 슬픈 얼굴을 하고 방문을 나간 그 순간부터, 더 이상 상민을 지배할 수 없게 되어버린 사실을 말이다. 그것은 뜻밖의 사건이었다. 그리고 그것이 뜻밖인 것만큼이나 상민에겐 확실한 사건이었다.

정숙의 얼굴에서 그 감격스런 슬픔을 보는 순간 상민은 이상하게도 정숙에게서 어떤 참을 수 없는 모욕감을 느끼고 말았던 것이다. 그것은 웃음이 치솟아오를 만큼 진한 모욕감이었다. 아니 그것은 어쩌면 정숙의 얼굴에서 그녀가 주인일 수 없는 슬픔을 빼앗아주고 싶은 난폭한 욕망 같은 것이었는지도 모른다. 그는 정숙의 발소리가 계단 아래로 사라져버리고 나자 불현듯 문을 박차고 정숙을 뒤쫓아 내려갔다. 무슨 생각에서였는지 정숙 쪽에서도 그런 상민을 나무라려고 하진 않았다. 오히려 이날 밤 일이 그렇게 되리라고 미리 예상을 하고 있었기라도 한 듯 깊고 부드러운 여인의 가슴으로 정숙은 조심성 없는 침입자를 말없이 맞아주었던 것이다.

거기서부터 상민은 정말 모든 것을 잊어버리고 말았다. 서늘한 예감도 거북살스런 집안 분위기도 머릿속엔 거의 아무것도 더 남아 있을 수가 없었던 것이다. 아니 그는 정숙을 팔 속에 안고서도 아직은 순간순간 은영을 생각하고 그리고 마음속 깊은 곳에서 아프게 견디고 있을 부인의 쓰라림에 대해서도 조금은 생각을 남겨놓고 있기는 했다. 그러나 그런 것은 지금 그가 정숙으로부터 맛보고 있는 어떤 해방감, 마치 은영과 부인과 정숙 그 모든 사람들로부터 자신이 풀려나오고, 그 자신으로부터 다시 은영과 부인과 정숙을 풀어내주고 있는 듯한 기묘한 해방감에 비하면 당분간은 아무것도 아니었다. 왜냐하면 순간적이나마 그것은 곧 상민 자신에 의한 자신의 깊은 해방감에 속하고 있는 것이었으니까 말이다.

우리들의 잔(盞)을

28

따스하고 투명한 가을 햇살이 상민의 2층 방 유리창에서 그 한 철을 무심히 졸다가 떠나버렸다. 그러자 벌판 건너편에서는 기다리고나 있었던 듯 뿌연 먼지바람이 T시의 하늘을 짙게 덮어오기 시작했다. T시의 가을은 그 뿌옇고 서걱거리는 먼지바람과 함께 방금 조락을 끝내려 하고 있었다. 바로 그 무렵 어느 날 은영네는 기어코 다시 집을 옮기고 말았다. 이번에는 시내의 다른 어느 지역을 택해 옮긴 것이 아니라 아주 T시를 떠나 서울까지 이사를 해버린 것이었다.

하기야 그것은 처음부터도 어느 만큼 예상이 되고 있었던 일이기는 했다. 은영네의 이삿길은 교외에서 시내로 들어온 그 첫 번 때부터 그만큼 꺼림칙한 구석이 많았고, 새 이층집으로 이사를 오고 난 다음에도 개운치 않은 일들은 계속 꼬리를 물고 일어나고 있었으니까. 이사 일주일 만에 벌어진 정숙의 자살 소동이 그랬고, 가옥 매매 계약 때 부인이 은밀히 속아 넘어간 복덕방쟁이들의 속임수가 밝혀진 것이 그랬다. 하나도 상서롭지가 못한 일들뿐이었다. 결국 언젠가는 다시 집을 옮기지 않을 수 없게 되어 있었다. 하나하나의 사건이 상민에게 모두 그런 식으로만 이해가 되어왔던 것이다.

그러나 은영네가 그처럼 갑자기, 그리고 같은 시내도 아닌 서울까지 집을 옮겨가기로 정한 데는 사실 그보다 좀더 깊은 이유가 부인을 작용한 탓이라고 해야 옳을 것 같다. 왜냐하면 부인은 그런 일이 생기기 전부터도 이미 자신 속에 지녀버린 어떤 괴로운 예감을 상민에게까지 으슴푸레 의식시켜준 적이 여러 번 있었으니 말이다. 부인은 이사를 해오고 나서 한 번도 새집을 맘에 들어 하는 일이 없었다. 그것은 이사를 해오기 전부터도 그랬고, 이사를 해오고 난 바로 그날 저녁부터 그랬다. 그러면서도 부인은 기어코 그 집으로 이사를 단행해왔고, 이사가 끝난 다음에는 잦은 낭패에도 불구하고 전혀 지난 일을 후회하는 기색이 엿보이질 않았던 것이다. 마치 그 모든 일이 부인에겐 이미 오래전부터 미리 정해져 있었기라도 한 것처럼, 그리고 이번 이층집에서도 부인은 별로 오랫동안 몸을 담고 있을 수가 없다는 것을 일찍 예감해버리고 있는 것처럼. 상민으로 말하면 그것은 은영네가 앞으로 걸어가야 할 어떤 끝없는 숙명의 자기 암시로까지 느껴지는 그런 것이었다.

은영네의 이번 이사는 무엇보다도 그런 부인의 자기 암시가 가장 깊은 동기를 마련해주고 있는 것 같았다. 적어도 상민에게는 이번 이사가 그렇게만 믿어지고 있었다. 한데 바로 그런 부인에게 뜻밖에 좋은 구실을 주어버린 것이 정숙의 자살 소동과 속임수 계약이 밝혀져버린 일었던 것이다. 그러나 이때도 부인은 그런 막연한 동기와 구실만으로 곧 이사를 결심하지는 못하고 있었다.

부인은 한동안 망설이고만 있었다. 그리고 두려워하고 있었다. 복덕방에다 집을 내놓고 있지도 않았다. 한데 그러던 부인이 갑자기 가을철로 접어들자 결단을 내려버린 것이다.

그것은 아마 서울로부터 은영의 낭패 소식이 전해온 그 직후였을 것이다. 부인은 물론 은영의 소식을 전해 듣고 나서도 한동안은 일체 낭패스런 내색을 엿보이지 않고 있었다. 그것은 이를테면 진짜 부인의 부인다운 참을성이었다. 한데 그 부인이 어느 날 느닷없이 혼자 은영을 찾아 서울행 기차에 몸을 싣고 말았던 것이다. 그러나 상민은 거기까지도 아직 부인의 생각을 올바로 알아내질 못하고 있었다. 부인이 아마 이 기회에 은영을 타일러서 그녀의 작업을 단념시키려 하거나 실망을 달래주려는 것이려니만 했다. 한데 부인이 돌아오고 나서 보니 사정은 영 딴판이었다. 부인은 이번에도 일주일 가까운 기간을 서울에서 머물고 난 다음에야 다시 T시로 돌아왔다. 그런데 그렇게 느지막이 서울에서 돌아온 부인은 대문을 들어서기가 무섭게 복덕방쟁이를 불러들여다 집부터 내맡기고 마는 것이 아닌가. 그러고 나서 부인은 다시 그 별장에서부터의 고미술품 중개상을 불러다가 비장품까지 몇 점 급히 대문을 내보내고 마는 것이었다. 그런 일이 모두 끝나고 나서야 비로소 부인은 상민에게 자초지종을 털어놓는 것이었다. 한마디로 부인은 이제 집을 다시 옮겨야겠다는 것이었다. 그리고 기왕 또 집을 옮기게 될 바에야 이번엔 아주 T시를 떠나 서울 쪽을 정해 가기로 했다는 것이었다. 과부살이는 낯모른 땅이 좋다고 T시에서는 이제 더 이상 세간을 이리저리 끌고 다니기도 부끄럽고, 그런 꼴을 보이지 않으려면 땅 넓고 눈 없는 서울로나 들어가 박히는 것이 그중 속이 편할 듯하다고. 이번에 부인이 서울을 올라간 것도 실상은 그런 생각에서 집을 한 칸 보아두려는 길이었다는 것이었다. 그래서 부인은 그 일주일을 내내 은영과 함께 서울의 뒷골목들을 찾아 헤매면서 보냈고, 그런 끝에 마침내는 조그만 집을 한 칸 찾아내어 계약금까지 일부를 미리 치러놓고 오는 길이라는 것이었다.

결국 이번 은영네의 이사는 그렇게 해서 저질러진 일이었다. 그리고 은영네의 T시 2층이 팔리게 되자마자 부인은 그 건조하고 뿌연 먼지바람투성이의 T시를 주저없이 떠나고 만 것이다.

따지고 보면 모든 것은 애초에 상민이 예상하고 있었던 그대로 되어진 셈이었다. 그러나 뭐라고 해도 이번 은영네의 이사가 좀 갑작스런 사건이었다는 것은 한편으로 부인할 수 없는 사실이기도 했다. 그것은 모든 사정을 미리 짐작하고 있었던 상민에게서까지도 역시 마찬가지였다. 사실 상민은 그동안 은영네가 다시 한 번 집을 옮기게 될지 모른다는 점에 대해서는 누구보다도 많은 걱정을 해온 사람이었다. 아니 그는 단지 그것을 걱정만 해온 게 아니라 당분간만이라도 그런 부인의 새 이사 습성을 주저앉혀보려고 무척 애를 써온 사람이기도 했다. 자기 운명의 암시 속에서 의식을 회복하지 못하고 있는 듯한 부인의 태도가, 그리고 무의식중엘망정 그토록 취해들어가고 있는 그 운명의 얼굴이 어느 쪽도 상민에겐 마음에 들 수가 없었던 것이다. 어떻게든 부인의 예감부터 우선 꺾어버리고 싶었다. 그는 부인의 예감에 구실이 되어줄 만한 일들을 열심히 수습하고 다녔다. 정숙은 그 후 상민과의 은밀한 관계 때문에 부인이 따로 신경을 쓰지 않아도 좋을 만큼 충분히 표정이 밝아지고 있었다. 이제 부인은 그녀의 자살 소동 같은 것을 굳이 불길한 기억으로 머릿속에 남겨둘 필요가 없어진 셈이었다. 뿐만 아니라 상민은 부인이 이미 체념을 해버리고 있는 가옥 철거 문제에 대해서도 지방도로국이나 시청 같은 곳을 뛰어다니면서 부지런히 부인을 안심시키려고 했다(글쎄 도시계획 당무자의 말로는 도대체 그런 뒷골목 도로계획이란 10년이나 20년 후에도 쉽사리 가능하게 될 일이 아니라는 게 아닌가).

한데도 그런 보람도 없이 부인은 기어코 이 이사를 결심하고 말았던 것이다. 순전히 자기 예감에 쫓기고 있는 행동이었다. 부인에게는 혹시 그것이 지금까지처럼 자신의 성벽을 뚫고 나가 바깥세상에다 자신을 조화시키고 거기서 어떤 화해를 얻어보려는 적극적인 행동으로 이해되고 있는지도 모를 일이기는 했다. 그러나 상민은 거기서도 모두 부인을 동의할 수는 없었다. 그것은 이미 조화나 화해일 수가 없었다. 그것은 차라리 굴복이었다. 그것은 어떤 대등한 화해의 악수가 아니라 다만 하나가 다른 하나 속으로 점점 깊이 묻혀 들어가 끝내는 소멸의 비운에 이르고 말 굴복일 뿐이었다. 사실 부인은 지금까지만 해도 조금씩은 그렇게 되어온 셈이었다. 그리고 그 점에 대해서만은 부인도 늘 어떤 두려움 같은 것을 느끼고 있던 게 사실이었다. 부인이 가끔 무슨 일을 너무 갑자기 서둘러버리곤 하는 것은 바로 그런 두려움 때문에, 그 두려움을 견디지 못해 그렇게 되어버리곤 했던 게 틀림없었다. 그러나 어쨌든 이제 이사는 이미 끝나버린 일이었다. 그리하여 은영네는 그 한적한 교외 별장에서부터 시내로, 그 시내 2층에선 다시 넓고 소란한 서울 바닥으로, 그렇게 한 번씩 집을 옮길 때마다 뭔지 눈에도 잘 띄지 않는 것을 곳곳에 흘려버리면서, 보다 넓고 큰 것 속으로 조그맣게 흘러들어가고 있는 것이었다.

29

—우린 이제 집 한 채를 빼면 정말 톨톨뱅이야. 우린 그동안 아무도 모르게 조금씩조금씩 가난해져왔거든—

언젠가 은영은 그녀의 일기 속에서 몹시 슬픈 목소리로 그렇게 '엄마'의 말을 회상한 일이 있었다. 그러면서 은영은 어떤 일이 있더라도 그 가난만은 절대로 '엄마'에게 어울릴 수가 없는 일이라고 어울려서도 안 될 일이라고 애원스런 절규를 적고 있었던 것이다.

한데 서울에서의 은영네에게 바로 그때의 그 가난이 조금씩조금씩 자연스럽게 스며들어오고 있는 것 같았다. 그럴 수밖에 없는 일이었다. 무엇보다도 우선 새로 얻어온 집의 몰골부터가 그랬다. 이번 집은 그 규모가 형편없이 초라하고 답답했다. 방이 셋밖에 없는 단층 한옥에 정원도 딸려 있지 않았다. 단지는 조금 조용한 주택지의 한가운데라고 했지만 그 대신 교통이 너무 불편했다. T시의 2층에 비해서도 규모나 쓰임새가 한결 덜한 집이었다. 어정어정 서울까지 올라온 상민이 당분간 방을 하나 얻어 차지하는데도 은영의 양보가 따라야 할 지경이었다. 은영은 아직 한동안 기숙사에도 더 머물러 있을 수 있었고, 기숙사를 나오더라도 우선 정숙과 한방을 쓸 수가 있다. 하여 부인은 상민부터 먼저 방을 정하게 했던 것이다. T시의 집을 팔아 얻은 금액에다 부인이 일부 소장품까지 끌어내어 계약을 끝냈는데도 그렇게 집은 자꾸 낮아지기만 했던 것이다. 그리하여 부인은 아닌 게 아니라 정말 아무도 모르게 조금씩조금씩 자꾸 가난해져가고만 있었던 것이다.

그러나 부인에게 있어서만은 역시 그 가난이란 것도 아직 별문제가 되고 있지는 않은 것 같기도 했다. 부인은 서울 집의 그 은밀스런 가난기 속에서도 언제나와 마찬가지로 늘 조용하고 결백스럽고 그리고 태연스럽기 그지없는 거동으로 집안 분위기를 변함없이 이끌어나가고 있었던 것이다. 그리고 부인은 마침내 그 가난기마저도 자신에게선 영락없이 귀엽고 우아스런 것으로서 기묘한 조화를 이루어버리고 있었던 것이다. 부인에게서는 아직 가난이 가난으로 보일 수가 없게 되어버리는 것이었다.

하지만 상민은 부인이 아무리 그 가난을 우아하고 참을성 있게 견디고 있다 하더라도 그녀의 감정에 대해서는 역시 어떤 위태로운 긴장감을 느끼지 않을 수가 없었다. 부인은 처음부터 끝까지 모든 일이 당연스럽게만 여겨지고 있는 듯 티끌만큼 한 감정의 변화도 얼핏 얼굴에 드러내는 일이 없었다. 어떤 일에서나 부인은 끝끝내 침착하고 끝끝내 대범스러웠다. 그리고 여유 만만해 보이는 듯했다. 하지만 상민은 바로 그런 부인의 태도가 오히려 불안해지기 시작한 것이다. 부인은 모든 일에 대해 너무나 침착했다. 그리고 너무나 여유 만만했다. 너무나 침착하고 너무나 여유 만만한 것이 상민은 오히려 불안했던 것이다. 왜냐하면 상민은 거꾸로 그런 부인의 태도에서 눈에도 보이지 않는 어떤 질기고 조용한 긴장감 같은 것을 수시로 느끼고 있었기 때문이었다. 그렇다. 부인은 그처럼이나 지독한 긴장감 속에서 이번 이사 기간을 끝끝내 무심스러운 듯 지나쳐 넘길 수가 있었던 것이다. 그처럼 완전무결한 긴장감이 부인에게 그런 조심스런 여유와 침착성을 마련해줄 수 있었던 것이다.

그러나 이젠 이사도 이미 끝난 일이다. 부인도 언젠가는 잠시 그 긴장을 풀어버려야 할 때가 오고 말 것이다. 물론 어느 경우에서나 부인이 한꺼번에 긴장을 모두 풀어버린 일이라곤 아직 한 번도 있어본 적이 없다. 이사가 끝난 다음이라 할지라도 물론 그런 일이 쉽게 생기리라고는 장담할 수 없다. 그러나 이번만은 역시 예외가 될 수도 있는 점이 있었다. 부인은 너무나 오랫동안 그리고 너무나 지독하게 긴장만 하고 있는 것이다. 오래지 않아 부인은 더 이상 그 긴장을 견뎌낼 수가 없을 만큼 피곤해지고 말 것이다. 그렇게 되면 아마 뜻하지 않은 일이 벌어질지도 모른다. 갑자기 모든 긴장이 부인에게서 한꺼번에 풀려나가버리고, 지금까지 그것에만 짓눌려 있던 그녀의 감정은 느닷없는 곳에서 분출구를 찾아내어 발버둥치며 쏟아져 나오고…… 그것은 무섭게 처참한 부인의 통곡 같은 것일 수도 있었고 어쩌면 영원히 잠들 수밖에 없는 운명에 대한 저주나 회한 같은 것일 수도 있었다.

상민을 갈수록 긴장시키고 불안하게 하고 있는 것은 바로 그 점이었다. 상민에겐 지금 부인이 그 긴장이 풀리기 시작하는 날을 위해 엄청난 인내로 하루하루를 기다리고 있는 모습이 너무도 역력하게 느껴지고 있는 것이었다.

그러나 상민은 이제 불안한 긴장 속에서도 어차피 그런 어떤 것을 기다리고 있을 수밖에 다른 도리는 없었다. 아니 어쩔 수 없이 그것은 이제 상민에게서 그렇게 기다려지는 것이 되어버리고 있었다.

그러나 부인에게선 여전히 그 침착하고 조용한 날들이 한동안 더 계속되고 있었다. 상민의 불안한 기대는 이제 어쩌면 진짜 기우로 끝나버리고 말 것 같은 생각이 들기도 했다.

한데 그러던 어느 날이었다. 이때쯤 해서는 상민도 벌써 부인에 대해 어느 만큼은 안심을 해버리고 있는 참이었는데, 하루 아침은 부인이 느닷없이 상민에게 한 가지 부탁을 해왔던 것이다. 수덕사를 함께 가주지 않겠느냐는 것이었다. 그간 집을 옮기느라고 수고가 많았을 테니 바깥바람도 좀 쏘이고, 은영 숙모에겐 이사 소식도 전해줄 겸해서 수덕사나 하루 다녀오자는 것이었다.

한데 바로 그 일이 계기가 되어 부인은 끝내 그 오랜 긴장을 도저히 더 이상은 견딜 수가 없게 되고 말았던 것이다. 그것은 이날 부인이 상민과 함께 수덕사를 찾아갔다가 거기서 만난 또 하나의 뜻하지 않은 일 때문이었다. 하기야 부인이 이날 느닷없이 수덕사로 은영의 숙모를 만나보러 가고 싶어진 것은 그것부터가 이미 자신에게서 어떤 새삼스런 감상을 용납하고 있다는 증거랄 수 있는 일이었다. 부인이 오랜만에 바깥바람을 좀 쏘이고 싶어졌다거나 수덕사 쪽에다 이사 소식을 전하고 싶어진 것은 우선 백번도 당연한 일이었다. 하지만 부인은 지금까지 그런 일에 대해서는 단 한 번도 내색을 보인 일이 없었다. 그러던 부인이 이제 와서 갑자기 여행을 서둘게 된 데는 아무래도 그럴 만한 이유가 따로 있을 법했다. 그것은 부인의 긴장이 비로소 조금씩 풀려가기 시작한 가장 좋은 징조의 하나였다 상민은 그렇게 생각되었다. 다만 상민으로서 아직도 부인의 제의에서 얼핏 납득할 수 없는 점이 있다면, 그것은 부인이 이번 여행의 동행을 은영으로 택하지 않고 어째서 하필 자기에게 그런 부탁을 해오게 되었느냐는 의문 정도였다. 그러나 그 점에 대해서도 두 사람이 정말 수덕사를 향해 차를 달리고 있을 때쯤 해서는 상민 나름으로 이해가 되는 일이 있었다. 부인은 은영의 숙모에게 한 일을 상민이나 은영에 대해 다 같이 비밀로 해두고 있었다. 그러니까 부인의 여행길이 수덕사 쪽인 경우에는 은영이나 상민 어느 쪽도 물론 마음 편한 동행이 되어줄 수가 없었다. 양쪽이 다 부인에게는 그녀의 비밀과 관련하여 여간 부담스런 존재들이 아닐 수 없었다. 하지만 어차피 두 사람 중에서 한 사람을 동행으로 골라내야 한다면 그것은 말할 것도 없이 상민 쪽이었으리라. 적어도 상민은 그 비밀의 가장 가까운 당사자인 은영 쪽보다는 부인에게 훨씬 긴장을 아껴줄 수가 있을 테니까 말이다. 그래서 상민은 차를 타고 가면서 되도록 부인의 마음을 편하게 해주기 위해서, 쓸데없이 누구를 수상쩍어하거나 부인의 주의를 어지럽히게 될 소리는 일체 입을 삼가버리고 있었던 것이다. 말하자면 상민은 부인이 갑자기 수덕사를 찾고 싶어진 바로 그 점으로도 이미 부인에게선 더 이상 긴장을 견디어낼 수 없는 어떤 피로감 같은 것을 눈치채버리고 있었던 셈이었다.

하지만 부인에게서 정말 그런 긴장이 눈에 띄게 풀려나가기 시작한 것은 역시 수덕사 문을 들어서고 난 다음부터의 일이었다. 다름 아니라 상민들이 수덕사에 도착하여 그 햇빛조차 들지 않는 컴컴한 골방을 찾았을 때 거기에선 은영의 숙모가 뜻밖에도 초췌해질 대로 초췌해진 몰골로 조용히 운명의 시각만을 기다리고 있었던 것이다. 이름도 알 수 없는 열병이 시작되어 식음을 폐한 지가 벌써 한 주일을 넘고 있다고 했다. 두 사람이 방문을 들었을 때만 해도 그녀는 이미 사람의 출입조차 알아볼 수가 없는 듯, 천장을 향한 퀭한 눈길에선 조그만 의식의 흔들림도 일어나고 있질 않은 것 같았다. 비정스럽게 억눌려 나온 부인의 목소리가 방 안의 고요를 깨뜨려놓았을 때도 그녀의 죽음처럼 고요한 눈길은 여전히 움직일 줄을 몰랐다. 그러고 있는 그녀는 이제 마치 이 세상을 위해서가 아니라 보다 장엄하고 영원한 시간을 위해 그리고 그런 엄숙한 시간의 속삭임을 위해 끝없이 깊은 영혼의 밑바닥으로 모든 감관을 열어놓고 있는 것 같았다.

그러나 상민은 유감스럽게도 거기서 그만 더 이상의 자세한 형편은 살필 수가 없게 되어버리고 말았다. 뜻하지 않은 상황에 한동안 넋을 잃고 있던 부인이 이윽고는 그 마지막 남은 한 줄기의 기력을 모두어 낸 듯한 목소리로 상민에게 방을 좀 나가달라고 말했기 때문이었다. 상민은 자리를 비켜서주는 수밖에 없었다. 은영의 숙모라는 분은 도대체 병세가 그처럼 나빠지도록 어째서 부인에겐 한마디의 연락도 하려 하지 않았던 것일까. 그리고 사람의 출입조차 의식할 수 없을 만큼 기력을 잃고서도 그녀는 어떻게 그처럼 몸을 고요히 가누어낼 수가 있단 말인가. 정말로 그녀는 사람의 출입조차 의식할 수 없을 만큼 혼백이 나가 있는 것일까. 만약 그렇지 않다면 도대체 그 두 사람의 기이한 상면은 어떻게 이해될 수가 있을까. 상민은 의식이 몽롱해질 만큼 그런 여러 가지 궁금증들이 한꺼번에 머릿속을 스쳐 지나가고 있었다. 그는 결국 그 모든 궁금증을 한 가지도 해결하지 못한 채 먼저 방을 물러나오고 말았던 것이다. 물론 상민이 옛날부터 혼자 오랫동안 호기심을 품어왔던 그녀의 진짜 입산 동기나 발바닥을 땅에 닿지 않으려는 이상한 참회의 노력에서 생긴 정강이의 군살 같은 것에 대해서는, 그리고 조금 전 차를 타고 오면서까지도 은근히 어떤 기대를 가다듬어보곤 했던 그녀에 관한 갖가지 수수께끼들에 대해서는 더 말할 것도 없었다. 그러나 그렇게 두 사람에게 자리를 비켜주고 나오면서도 상민은 이제 단 한 가지 예감에 대해서만은 제법 확실한 자신을 얻을 수가 있었다. 그것은 여간 잔인스런 예감이 아니었다. 이번에야말로 부인은 통곡이든 뭐든 더 이상 긴장을 견뎌낼 수 없는 피로감 속에서 무섭게 감정을 놓아버릴 차례가 오고 말리라는 생각이 그것이었다.

아닌 게 아니라 상민은 자기가 그렇게 방을 비켜 나오고부터 부인이 그 한나절을 내내 통곡으로 해를 보내고 있는 것 같은 생각이 들기도 했다. 그것은 물론 문밖까지 호곡이 새어 나오는 그런 통곡 소리는 아니었다. 그 한나절 방 안에서는 그런 아무런 소리도 바깥까지는 새어 나와본 일이 없었다. 부인이 한두 마디 독백 비슷한 소리를 중얼거리다가 그것마저 이내 침묵 속으로 사라져버리고 난 다음부터는 도대체 옷깃 스치는 소리 하나도 문을 새어 나오는 기척이 없었다. 하지만 그때 상민은 만약 자기가 그 방문을 열어보기라도 한다면 그는 아마 틀림없이 한 번도 만나본 일이 없는 기이한 부인의 모습을 발견하게 되리라고 굳은 확신에 잠겨 있었다. 아무도 엿보지 않는 컴컴한 어둠 속에서 모처럼 속이 후련하도록 슬픈 얼굴을 하고 있거나 아니면 그녀 역시 은영의 숙모를 닮아 반 혼백이 나가버린 얼굴을 하고 앉아 깨어질 듯 단단한 고요 속에서 먼 운명의 소리에 귀를 기울이고 있거나.

그것은 물론 상민이 상상해낸 부인의 통곡의 모습이었다. 그리고 부인에게 있어서는 그보다 더 처절하고 완벽한 통곡의 방법도 있을 수 없는 것이라고 상민은 생각했다.

30

뜻밖에도 은영 숙모의 입산 사연이 밝혀졌다. 그녀의 입산 사연이 밝혀졌다는 것은 곧 은영의 출생에 얽힌 비밀까지도 함께 풀리게 되었다는 말이 된다. 그것은 바로 상민이 부인의 길동무로 수덕사를 따라갔다가 그녀의 소리 없는 통곡을 보았던 날의 해 질 녘에 일어난 일이었다.

부인은 이날 상민의 생각대로, 정말 마음속에서나마 실컷 통곡을 해버리고 난 모습이었다. 반 토막밖에 되지 않은 절간의 하루해가 거의 다 저물고 난 다음에야 방을 나온 부인의 얼굴은 아닌게 아니라 맘껏 울음보를 터뜨려버리고 난 어린애의 그것처럼 후련스런 빛이 역력했다. 그것은 어떤 갑작스럽고도 거센 감정의 연소나 깊은 체념의 밑바닥 같은 데서나 가끔 얻어질 수 있는 이상스럽게 평화스런 얼굴이었다. 부인은 그런 얼굴로 방을 나오자마자 상민에겐 이런저런 사정도 설명해주지 않고 대뜸 산을 내려가자고부터 했다. 상민은 처음 부인의 그런 태도가 어디서 의사라도 한 사람 찾아오기 위해 그처럼 하산을 서두르는 것으로만 믿고 있었다. 그러나 부인의 다음 거동은 반드시 그런 생각에서 하산을 서두른 것만도 아닌 것 같았다. 부인은 굳이 차를 기다릴 것 없이 걷는 데까진 천천히 걸어서 산을 내려가자고 했다. 그리고 그렇게 걸어서 산을 내려오다 말고 어느 지점에선가 부인은 느닷없이 길섶으로 몸을 주저앉히며 청하지도 않은 은영의 숙모

이야기를 스스로 끄집어내기 시작했던 것이다.

부인의 이야기인즉, 한마디로 지금까지 은영이나 상민이 상상하고 있었던 대로, 자기는 은영의 친어머니가 아니라는 것이었다. 그리고 부인은 지금까지 그런 사실들을 까만 망각 속에다 버려두고 지내온 터이기는 하지만, 그러나 정말 은영을 이 세상에 낳아주고 그녀의 일생을 누구보다 먼저 축복해주었을 진짜 어머니는 그 늙고 쇠잔한 절간방의 가엾은 비구니라는 것이었다.

한데 일이 그렇게 된 데는 물론 그럴 만한 사연이 있게 마련이었다. 그리고 그것이 곧 한 여인이 그토록 일찍부터 세상과 인연을 끊어야 했던 슬픈 운명(그렇게 말할 수가 있을는지 모르겠다)의 사연이었다. 부인이 털어놓은 그 사연은 대략 이런 것이었다.

은영의 할아버지는 원래 성격이 몹시 활달하고 진취적인 두 아들을 두고 있었다. 은영의 아버지인 석용호 씨가 맏이였고 그보다 나이가 열 살이나 떨어진 아우는 물론 은영에게 숙부(실은 이분이 진짜 아버지라 해야 옳겠지만)가 되는 분이었다. 한데 사건이 일어난 것은 그 석용호 씨의 부친은 이미 이 세상 사람이 아니었고 두 아들도 물론 다 장성하여 양쪽이 모두 결혼을 하고 있었을 때였다. 도쿄 유학에서 돌아오자 곧 사회활동에 정신이 팔려버린 석용호 씨는 그 덕분에 결혼이 퍽 늦은 편이었지만, 만혼에서나마 이미 그때는 두 아들을 얻고 있는 처지였고, 고희를 바라보시는 홀어머니의 성화에 못 이겨 유학 중에 성급히 아내를 맞아들여놓고 현해탄을 건너 다니던 아우도 그 즈음엔 귀여운 딸아이 하나를 노친네 앞에 낳아 올리고 있었던 것이다.

그런데 사건의 화근은 바로 그 아우 쪽이 아직 유학을 끝내지 못하고 있었다는 데에 있었다. 남자들 쪽으로는 나이가 10년씩이나 벌어지고 있었지만 여인들로 말하면 남편들이 만혼과 조혼이 맞닿아 있어 처음부터 나이 차이가 별로 지지 않는 사이들이었다. 그래서 두 여인은 다른 어떤 집안에서보다 더욱 준엄하고 까다로운 가풍 아래서도 유독 깊은 이해와 우애로 서로를 감싸고 격려해주는 기특한 며느리들이었다. 그러나 아무리 '형님'과 '아우' 사이는 그렇게 우애스럽고 만족한 것이라 해도, '아우님' 쪽으로 말하면 그것만으로는 역시 모든 것을 견뎌내기가 아직 부족한 곳이 있었을 것은 당연한 노릇이었다. '아우님' 쪽도 물론 성미가 깊고 질기기로는 '형님' 못지않은 데가 있었다. 그러나 그 '아우님' 쪽으로는 누구보다 가깝고 미더운 언덕이 되어줄 사람이 늘 먼 곳에만 있었다. 게다가 집안에서 가장 어른이 되는 은영의 할머니는 혼자 떨어져 있는 나이 어린 며느리의 심중에 쓸 데없는 공백이 생겨나지 못하도록 더욱 엄격한 주의의 눈길을 그녀에게만 집중시키고 있었다.

한데 그러던 참에 한 가지 어처구니없는 사건이 일어나고 만 것이다. 그리고 어떻게 보면 지극히 사소하고 어처구니가 없는 이 사건이야말로 바로 한 젊은 여인의 생애를 너무도 뜻밖의 방향으로 급선회시켜버린 참혹한 운명의 시초였던 것이다. 사소한 사건이란 다름이 아니었다. 어느 날 석용호 씨는 바깥출입을 서두르다가 우연히 바지 앞단추 하나가 떨어져나간 것을 발견하고 그것을 별채 쪽 은영네 방에다 부탁을 한 일이 있었다. 외출을 서두르고 있던 참인 데다가 마침 안채에선 마땅한 사람을 찾을 수 가 없어 석용호 씨는 미처 옷을 바꿔 입을 생각도 못 해보고 무심결에 그런 부탁을 하게 되었던 것이다. 그것도 천성이 조금 활달한 편이던 석용호 씨라 손아래 여자에 대한 주의를 잠깐 잊어버린 듯 그 바지를 손수 벗어 들고 은영네 별채까지 나가서 말이다. 그러나 화근의 시초가 되었던 애초의 사건은 단순히 그것뿐이었다. 한데 운명이 그렇게 정해져 있었던 것인지 그런 사소한 부주의의 결과가 엉뚱하게도 일을 상상할 수 없을 만큼 크게 벌여놓고 말았던 것이다. 최초의 잘못은 어쨌거나 별채까지 그런 주의 없는 부탁을 하러 간 석용호 씨 자신에게 있었고, 그다음 잘못은 물론 오래전부터 이미 그런 경우에 적용될 만한 주의를 받고 있었으면서도, 한번쯤은 어물어물 그런 주의를 넘겨버리려 했던 은영네 쪽에 있었다. 그녀는 아무리 한 집안 사람들끼리라도 남정네와 아녀자 사이에는 일정한 법도와 예의가 있는 법이니, 부모와 남편을 제외하고는 장성한 남정네의 아래 옷에 (비록 그것이 벗어놓은 것일지라도) 손이 스치는 것조차도 스스로 삼갈 줄을 알아야 한다는 말을 여러 차례 듣고 있었던 것이다.

그러나 그만한 부주의가 그토록 불행한 결과를 낳게 한 가장 큰 책임은 누구보다도 역시 은영의 할머니 쪽에 있었다. 일이 결국은 그렇게 되려고 그랬겠지만, 그때 하필 안채 뒤뜰을 거닐고 있다가 집 안이 갑자기 조용해지고 있는 듯한 느낌에 별채까지 사람을 찾아나왔던 은영 할머니(아마도 시어머니라는 말이 더 적합하겠다)가 운 나쁘게 그 조그만 며느리의 불공을 목도하고 만 것이다. 은영네가 그 시어머니 앞에 얼굴을 붉혔을 것은 물론이었다. 한데 시어머니는 그 조그만 며느리의 불공을 결코 모른 체하고 지나쳐주지를 않았던 것이다.

안채 앞마당 아래는 곧 돗자리가 깔리고 그 자리 위에서는 은영네의 무참한 석고대죄(席藁待罪)가 시작되었다. 지중한 어른의 말씀을, 그것도 눈까지 속여가며 마음속에 소홀히 한 불경을 사죄하고, 거기다가 은영네 스스로가 마음속에 범한 부정의 그림자를 말끔히 씻어낼 수 있을 때까지 그것은 무한정 계속되어야 하는 것이었다. 석용호 씨가 자신의 부주의를 후회하고 대신 용서를 빌었으나 그것은 처음부터 소용이 없는 일이었다. 시어머니 역시 며느리의 그런 행실을 정말 부정 그것으로만 여기고 있었던 것은 물론 아니었다. 그러나 노인은 그것이 비록 부정 '자체'는 아니라하더라도 '부정스런' 행동으로 여겨지는 데에서만은 추호의 아량도 베풀 의사가 없었던 모양이었다. 그래서 은영네에게는 그로부터 당장 그 가혹한 참죄가 시작되었던 것이다. 그런데 한번 그렇게 뜰 위에 엎드린 은영네의 참죄는 좀처럼 끝이 날 줄을 모르고 계속되고 있었다. 해가 지고 다시 날이 밝았을 때까지도 그것은 아직 계속되었다. 물 한 모금 마시지 않은 채 은영네는 그렇게 꼬박 뜰 앞에 엎드려 밤을 지새운 것이다. 그러고 나서도 은영네는 아직 자리를 일어서려고 하질 않았다. 그러자 이번에는 어른 쪽에서도 정말 생각이 달라져버린 모양이었다. 도대체 어른 쪽에서는 먼저 며느리를 뜰바닥에서 일으켜 세우려고 하질 않았다. 실상 은영네는 자기 마음속에서 부정스런 그림자가 깨끗이

사라지고 불공에 대한 죄 닦음이 충분히 끝났다고 여겨지면 언제든지 스스로 자리를 일어날 수가 있게 되어 있었다. 참죄의 시간은 그때까지 스스로 계속하게 되어 있었던 것이다. 한데 은영네는 이제 그렇게 땅바닥에만 꿇어 엎드려 영원히 죄닦음을 끝내지 못할 사람처럼 자리를 일어나려고 하지 않았던 것이다. 다시 하룻밤이 지나도 그것은 마찬가지였다. 어른 쪽에서도 여전히 며느리를 먼저 일으켜 세워주지 않았다. 석용호 씨는 숫제 그런 일이 시작되면서부터는 며칠 동안 집에조차 들어오지 않았고, 이번에는 그 부인이 가엾은 아우와 석용호 씨를 대신하여 용서를 빌고자 했으나 어른은 그럴수록 어린 며느리에 대해 추호도 측은한 눈길을 지어 보이려 하지 않았다. 어른은 이제 숫제 며느리의 일엔 관심조차 두고 있지 않은 사늉이었다.

한데 은영네는 그때 자기의 허물이 정말로 그토록 참혹한 방법으로 오래오래 고통을 견디어야 할 죄과로 여겨지고 있었던 것일까. 아니 그것도 모자라서 아주 한평생 그 고통을 짊어져버리고 싶은 기묘한 운명의 암시라도 만나게 되었던 것일까.

은영네는 꼬박 사흘이 지난 다음에야 비로소 그 자리 위에서 조용히 몸을 일으켜 나왔다. 기력도 몰골도 모두 말이 아니었으나 얼굴 표정만은 정말로 모든 갈등과 사죄가 끝난 사람처럼 지극히 공손하고 평온스런 모습이었다. 그녀는 자리에서 그렇게 몸을 일으켜 나와 다시 한 번 어른 앞에 공손히 절하며 사죄의 뜻을 바쳤다.

그러나 바로 그다음 날 새벽 은영네는 그렇게 정의가 깊던 '형님'에게조차 속마음을 깜짝 숨겨버린 채, 유서 형식으로 된 편지 한 장을 남겨놓고 홀연 자취를 감춰버리고 말았던 것이다. 두꺼운 한지를 접어 그 위에다 한 자 한 자 정성스런 붓글씨로 사연을 적어가고 있는 그 유서의 내용인즉 이런 것이었다.

무엇보다 먼저 그녀는 이번 일로 인해 누구를 원망하거나 자신의 허물을 변명하기보다는 그녀의 얕은 소양과 좁은 부덕으로는 분에 넘치는 이 집안 사람 노릇을 끝끝내 감당해낼 수가 없으리라는 것을 깨닫게 되었다는 것이었다. 그러니까 그녀가 잠시나마 이 가문의 사람이 되고자 했던 것은 처음부터 외람된 욕심이었으며, 이번에 일어난 부끄러운 소동만 해도 그런 경망스런 욕심을 이기지 못하고 잘못 시작이 된 한 여인의 생애에서 피할 수 없었던 운명의 탓으로 돌릴 수밖에 없는 것이라고. 그녀는 이번 일에서 자기의 허물이 아무리 사소한 것이었다 해도, 그것으로 인해 사건이 그처럼 난처하고 번거롭게 번져나가버린 것을 보고는 겁이 날 수밖에 없었으며, 결국 그것을 자기 운명의 깊은 암시로 받아들이지 않을 수가 없게 되었다는 것이었다. 그녀는 눈에 보이는 한 조그만 사건이 아니라 그것을 인연으로 해서 보다 엄청난 자기의 운명을 본 것이며, 그녀는 그것을 전생의 업보 같은 것이라고 체념스럽게 말했다. 그러니 이제 그것을 깨닫고 난 이상 자기는 가문의 이름에다 또 다른 누를 끼치게 되기 전에 스스로 몸을 삼가려 하는 것이니, 장차는 하늘도 감히 쳐다보지 못하고 땅바닥도 못 딛고 설 이 불경스런 아녀자의 배덕을 마지막으로 한 번만 더 용서해주십사고. 그러고 연이 끝난 것으로 생각할 터이니 '형님'더러는 자기의 마지막 유언으로 알고 은영을 대신 맡아 은영의 진짜 생모가 되어달라고 했다. 그렇게만 되어주면 자기의 종적에 대해서는 행여 수소문을 해볼 필요조차 없으며, 또 그래봐야 소용도 없는 일이니 아무쪼록 마음들을 편히 가지고 지내기를 빌겠노라고.

집안에 다시 한바탕 소동이 일었을 것은 말할 것도 없었다. 아니 이번에는 집안에서뿐 아니라 담장 안팎이 모두 조용하면서도 세찬 소동 속에 흔들렸다. 그녀의 발길이 닿을 만한 곳은 어느 곳을 막론하고 은밀히 사람을 쫓아 보냈고, 한편으로는 행여 은영네가 스스로 생각이 바뀌어 발길을 돌이켜 오지나 않을까 하여 며느리를 용서하고 그녀를 마음 편히 맞아들일 준비를 백방으로 갖춰놓고 있었다. 나중에는 석용호 씨가 도쿄에서 아우까지 은밀히 불러들여 팔도 산골의 절이란 절은 모조리 뒤지고 다니게도 해보았다. 그러나 모두가 허사였다. 하루가 지나고 한 주일이 지나고 한 달이 지나도 은영네의 소식은 종무소식이었다. 어느 곳에도 그녀의 흔적이 스친 곳은 없었다. 결국 모든 것은 그녀가 집을 떠나면서 마지막 날 저녁에 남기고 간 결심대로 결말이 지어져가고 있었다.

세월마저 이젠 어느덧 한 해가 흐르고 있었다. 그러자 이번에는 집안 어른들 사이에 새삼스런 걱정이 싹트기 시작했다. 어린 은영에 대해서였다. 은영은 큰어머니 품에서 그런대로 잘 자라나고 있었다. 한데 어른들은 자기들에게서 비롯된 불행스런 사건의 결과를 가엾은 어린것에까지 유산으로 남겨줄 수는 없었던 것이다. 은영에게만은 그것을 영원한 비밀로 해두어야 했다. 게다가 그 은영에겐 금세 새 엄마가 생겨줄 것 같지도 않았다. 설사 새 엄마가 곧 생겨준다 해도 그녀의 나이와 새엄마의 결혼 일자는 이미 호적에서부터 맞춰질 수가 없는 것이었다. 결국 석용호 씨 내외는 은영네의 소원대로 어린것을 온통 자기들이 맡는 수밖에 없다고 생각하기에 이르렀다. 친부인 아우의 승낙을 얻어 은영을 전적시키고 호적을 모조리 새로 정리해놓았다. 그것은 물론 불법적인 데도 있었지만 그쯤은 석용호 씨의 힘으로 충분한 일이었다. 그런 후에 집에서는 비밀을 알고 있을 식모하며 침모 유모들을 한 사람 한 사람 차례차례로 모두 입을 막아 내보냈다. 옛 청지기나 하인들도 모두 다른 일터를 얻어서 인연을 끊어 보내고 대신 새 사람들을 들여다 부렸다. 가까운 친지나 족척 간에는 처음부터 이해가 통하고 있는 일이었다.

은영의 친아버지가 새아내를 맞아들인 것은 그런 일이 모두 끝나고 나서 이젠 그 은영의 할머니마저도 오랜 생애에 유명을 달리하고 난 다음이었다. 그리고 이미 은영의 새엄마가 되어버린 부인이 우연치 않은 생각으로 절구경을 다니다가 수덕사 한 모퉁이에서 뜻밖에 은영이네를 만나게 된 것도 바로 그 무렵이었다. 그러나 그때는 이미 그녀도 이 세상에 대해서는 티끌 하나 미련을 남기지 않고 있는 모습이었고, 은영에 대해서도 가부간의 관심을 보이려 하지 않았기 때문에 부인은 별로 할 말도 못하고 어물어물 절을 내려와버렸던 것이라 했다. 한데다가 그 후 은영의 친아버지이자 숙부가 되는 분은 새아내와도 별로 인연이 깊지를 못했던지 곧 별거 생활이 시작되었고, 그러다가 끝내는 6·25를 만나 행방까지 묘연해져버린 바람에 은영의 출생에 관한 사연은 아직까지도 그럭저럭 비밀이 유지되어왔던 것이라고. 다만 어렴풋이나마 은영이 자신의 비밀에 대해 어떤 예감을 간직하고 있는 것이 있다면, 그것은 부인이 은영네를 다시 발견하고부터는 내내 1년에 한두 번이라도 그녀를 찾아다녔던 데다 요즘 와서는 은영에게까지도 어느 정도 내력을 꾸며 붙여 가끔 산까지 동행을 시키고 있기 때문인데, 하지만 그것도 부인은 별 상관이 없는 일이라고 했다.

부인의 이야기는 대략 거기까지였다. 부인은 은영이 사실을 눈치채기 시작하더라도 어째서 그것이 별로 상관할 일이 아니라는 것인지, 그리고 뭐라고 해도 그런 은영을 대하는 생모의 요즘 심중이 정말로는 얼마나 고통스런 것인지에 대해서는 더 이상 설명을 잇지 못한 채 슬그머니 이야기를 끝내버리고 말았다. 아니 이야기는 그렇게 끝나는 수밖에 도리가 없었다. 왜냐하면 부인은 평화스런 옛이야기나 되는 것처럼 시간 가는 줄도 모르고 말을 거기까지 계속해나가다가 그만 어이없게도 잠이 들어버리고 말았으니 말이다. 바로 그 시간과 장소를 가리지 않은 부인의 낮잠이었다. 그러고 보니 상민은 문득 부인에게서 그런 낮잠 버릇을 보게 된 것도 썩 오랜만의 일인 듯싶은 생각이 들었다. 게다가 그는 그렇게 슬그머니 잠이 들고 만 부인의 얼굴 모습이 다른 어느 때보다도 더욱 조용하고 평온해 보이는 것은 어떤 분명한 이유가 있는 일이라고 생각했다.

—확실히 이분은 오늘 마음속으로나마 가슴이 후련하도록 통곡을 쏟아버리고 난 모양이로군.

산길은 어느새 숲속에 숨어 있던 어둠이 살금살금 발등을 덮고 기어 나오기 시작했다. 그러나 상민은 싸늘한 저녁 공기 속에서도 평화스런 잠속에 젖어들어가버린 부인을 서둘러 깨울 생각은 없었다. 차가운 날씨만 아니라면 그는 될수록 오래오래, 언제까지나 그 길가에서 부인의 잠을 지켜드리고 싶었다. 그는 조용히 저고리를 벗어 부인의 발등 위에 올려놓았다. 그리고는 무작정 부인 쪽에서 먼저 잠이 깨어나기만을 기다리고 있었다. 잠이 깨고 나면 이제부터 부인은 도대체 어떻게 할 참인가. 한 여인의 운명을 절간 방구석에 내 팽개쳐둔 채 부인은 정말 이대로 산을 내려가버리고 말 것인가. 만약에 그럴 생각이 아니라면 부인은 도대체 그녀를 위해서 무엇을 어떻게 할 참인가. 말없이 부인을 지키고 앉아있는 상민의 머릿속에서는 시작도 끝도 없이 그런 상념들만이 수없이 뇌수를 건드리고 지나가고 있었다.

도대체 부인은 은영을 위해서는 또 무엇을 어떻게 할 것인가. 그녀를 위해서 부인은 끝끝내 비밀을 지켜버리고 말 것인가. 그리고 어째서 부인은 오늘따라 하필 자기를 동행시키고 와서 청하기도 전에 스스로 그런 이야기들을 털어놓고 있었던 것일까. 부인은 이제 그 조용한 목소리와 평화스럽게 잠든 얼굴 모습에서처럼 정말로 모든 것이 그렇게 갑자기 편해져버리고 만 것인가.

31

산길을 내려오다 도중에서 실없이 잠이 들어버리고 말았던 부인은 냉기 어린 밤 별들이 이슬방울처럼 수없이 나뭇잎 끝에 매달리기 시작했을 때에야 겨우 몸을 다시 일으켜 앉았다. 그리고 나서 부인은 기침 소리 하나 내지 않고 곁에서 자기를 기다리고 있는 상민이 새삼 민망스러운 듯, 어조나 거동이 갑자기 익살스러워졌다.

"저런! 어느 틈에 내가 또 잠이 들어버리고 말았구랴. 아녀자가 이렇게 아무 데서나 잠이 들어버리다니 영락없이 선머슴 한가지지? 지 선생은 이런 선머슴 같은 늙은이 낮잠이나 지켜주러 다니는 신세가 됐구 말이우. 하하하……"

남자처럼 호탕하게 웃어제끼면서 부인은 자리를 차고 일어나 하산을 서둘렀다.

"하지만 잠을 좀 일찍 깨워주지 않고 윗도리까지 벗어주면서 그리 떨고만 앉아 있을 건 뭐람."

그러나 상민은 부인의 말에는 별로 대꾸를 하려고 하지 않았다. 그는 부인의 발치에서 저고리를 거둬 입으면서 아직도 뭔가 마음속이 후련해지지는 못하고 있었다. 그는 갑자기 크고 익살스러워진 부인의 목소리가 이상스럽게 자꾸 공허하게만 느껴지고 있었다. 부인은 커다란 목소리를 속에다 으스스 몸이 떨려 나오는 냉기 같은 것을 애써 숨기고 있었다. 그러나 부인이 아무리 목소리를 크게 해도 몸 전체에 속속들이 배어들어버린 오한은 어쩔 수 없이 부인의 발성 기관을 조금씩 흔들리게 하고 있었다. 부인의 목소리에 묻어 나오는 그 조그만 흔들림은 상민으로 하여금 불현듯 어떤 연민 같은 것을 느끼게 했다. 그리고 부인이 그 흔들림을 숨기려고 하면 할수록 상민은 점점 더 기분이 공허해져가고 있었다. 마치 그 흔들림은 상민의 가슴속까지도 넓고 깊은 파문으로 조용히 번져 닿아오고 있는 것처럼.

—선머슴의 낮잠 그 건강하고 투박한 감각. 그러나 어머니의 낮잠 버릇은 그렇게 건강할 순 없다. 그것은 죽음의 형체, 밤과 정지의 암시, 결코 건강한 것일 수가 없다. 어머니도 그것을 알고 있다. 알기 전에 벌써 그것을 느끼고 있다. 그러면서도 어머니는 선머슴처럼 건강한 체해 보이고 싶은 것이다.

상민은 속으로 혼자 뇌까리고 있었다. 그리고 묵묵히 입을 다물어버린 채 부인의 다음 거동만 기다리고 있었다. 부인도 이젠 더 이상 목소리를 돋워내려고 하진 않았다. 상민의 침묵에 재촉이라도 당하고 있는 듯 부인은 서둘러 산을 내려가기 시작했다. 상민은 여전히 입을 다문 채 그 부인을 뒤따랐다. 그리고 두 사람이 산길을 거의 다 빠져나왔을 때에야 그는 비로소 부인을 향해 궁금한 듯이 물었다.

"이제 어떻게 하시겠습니까?"

"어떻게 하다니?"

부인은 갑자기 물어오는 상민의 말뜻을 잘 알아들을 수 없었는지 발길을 멈추며 그를 뒤돌아보았다. 상민이 다시 말을 덧붙였다.

"이 길로 그냥 서울로 가시겠습니까?"

"서울로 가지 않으면, 정말 길가에서 밤이라도 지새울 작정인 줄 알았수?"

벌써 은영의 '숙모님' 일은 까맣게 잊어먹고 있는 시늉이었다. 그러나 그것은 역시 부인이 그러는 척해 보이는 것뿐이었다. 상민은 그것을 알고 있었다.

"아닙니다. 그게 걱정이어서가 아닙니다."

상민이 일부러 은영의 '숙모님'에겐 병 시중꾼이라도 하나 부탁해놔야 되지 않겠느냐고 의사도 대보지 않고 정말 이대로 산을 떠나버릴 작정이냐고 추궁하려 하자 부인은 금세 이렇게 상민을 막아서고 말았던 것이다.

"염려 말아요. 아직 차가 있을 테니까. 설마 지 선생을 한데서야 지내게 하려구……"

시치미를 떼고는 다시 발길을 재촉하는 부인이었다. 그녀는 분명히 상민이 묻고 있는 말을 알고 있었다. 그러면서도 부인은 짐짓 그 말을 모른 체하고 있는 것이었다. 그러나 어쨌든 상민은 다시 입을 다물 수밖에 없었다. 부인이 절에서의 일을 정말로 잊어버리고 있든 말든 그것으로 오늘 저녁 그녀가 다시 절로 돌아가거나 뒷일을 서두를 작정이 아니라는 것만은 너무도 분명했으니까 말이다.

상민은 부인과 함께 좀더 길을 내려갔다. 그리고 거기서 두 사람은 정말 부인의 말대로 마지막 하산 손님을 기다리고 있는 버스에 간신히 몸을 실을 수가 있었다. 부인은 몇 번 출입이 있어서 그런지 차 시간을 꽤 정확하게 외워두고 있는 것 같았다. 버스는 오래지 않아 어느 간이역에서 정확하게 서울행 기차를 연결시켜 주었다. 버스를 기차로 바꿔 타고 나서 자리가 좀 조용해지고 나자 상민은 아까 산길에서 꺼림칙하게 끝나버리고 만 이야기를 다시 꺼내기 시작했다.

"이제 일이 이런 고비까지 오고 말았는데 은영 씨에게도 모든 걸 속 시원히 이야기해주는 편이 좋지 않을까요?"

상민은 아무래도 부인의 행동에는 납득이 가지 않고 있었던 것이다. 어떻게 그런 위급한 사태를 눈앞에 두고 부인은 그처럼 쉽사리 발길을 돌려버릴 수가 있었을까. 그리고 부인은 그 가엾은 여인을 위해서는 한마디 근심스런 말조차 없이 이제 와선 숫제 그녀의 이름이 들먹여지는 것조차도 달가워하는 눈치가 아닌 것이다. 상민은 우선 부인의 그런 태도부터 납득이 가지 않고 있었다. 한데다가 부인은 아까 은영이 비밀을 대강 눈치채고 있으리라고는 하면서도 그것마저 별로 대수로워하지 않으려는 눈치가 아닌가.

그러나 부인은 이번에도 역시 상민에게 시원스런 대답을 해주지는 않았다. 상민의 말을 듣고 나서 부인은 그가 묻고 싶은 말뜻을 알아내려는 듯 한동안 물끄러미 그의 표정만 들여다보고 있었다. 그러다가 부인은 어리둥절해질 만큼 갑자기 상민에게 되물어오는 것이었다.

"그럴 필요가 있을까요."

부인의 얼굴에는 조용한 미소가 흐르고 있었다. 그 미소는 아무나 쉽사리 흉내낼 수 없을 만큼 부드럽고 인자스럽고 그러면서도 누구나 함부로 범접할 수 없는 것이 있는 그런 웃음이었다. 그러나 상민도 이젠 어차피 내친김이었다.

"죄송한 말씀입니다만, 제 느낌으로는 이제 그분의 여명(餘命)이 그리 오래지는 않을 듯싶은데, 아무래도 그전에 은영 씨를 한번 내려가 뵙게 해드려야 하지 않겠습니까."

"내려가 만나게 해줘야지요."

부인은 아직도 희미하게 웃고 있었다.

"그리고 이번엔 마지막으로 한번 서로 죄악감 같은 것을 느끼지 않는 대면이 허락되어야지 않을까요?"

그러나 부인은 다시 고개를 가로젓고 말았다.

"그러고 보니 지 선생도 여간 감상적인 사람이 아니로군그래. 그렇다면 지 선생은 내 입으로 비밀을 다 말해버려야 할 것 같아요? 그럴 필요는 없는 거예요."

"물론 어머니께서도 아까 은영 씨가 비밀을 눈치채고 있다는 걸 알고 계시다고는 하셨지요. 그러나 은영 씨는 아마 언젠가는 어머니께서 보다 확실한 목소리로 모든 걸 말씀해주시리라 믿고 있을 텐데요. 어쩌면 아까 그 부인도 지금쯤은 그걸 바라고 계실지 모르는 일이구요."

그러자 부인의 어조는 거기서부터 좀더 단호해지기 시작하고 있었다.

"아까도 말했지만 그건 역시 지 선생이 너무 감정적이기 때문에 그렇게 생각되는 거예요. 지 선생 말마따나 우린 물론 모두가 서로 비밀을 알고 있는 건 사실이에요. 그러나 우리는 지 선생이 생각하듯 그렇게 누가 사실을 확인해주기를 바라고 있는 것은 아니에요. 비밀을 서로 감추고 서로 모른 체하면서 그걸 견디는 거지요. 은영 어미도 그렇고 나도 그렇고, 심지어는 은영 자신까지도 말예요. 은영이라면 혹시 철없는 생각에서 전혀 그런 생각을 갖지 않는다 장담할 수는 없는 일인지도 모르지요. 하지만 그 애도 역시 겁을 내고 있어요. 그 앤 한 번도 내게 그런 걸 정말로 물으려 하진 않았거든요."

"하지만 그거야말로 정말 그럴 필요가 있는 일일까요? 무엇 때문에요?"

"그건 우리들의 진실이니까."

"진실이라는 말씀을 이해할 수가 없군요."

"어려운 얘기가 아니에요. 말하자면 내가 은영의 친어미가 아니라는 건 사실이지만 그러나 그것은 어디까지나 사실일 뿐 그 이상의 뜻은 지닐 수가 없다는 말이에요. 그러나 우리가 모두 그런 사실을 비밀로 숨기면서 서로 모른 체하고 그 비밀을 견디고 지내는 것은 사실상의 진실입니다. 사실이 모두 진실일 수는 없어요. 그리고 때로는 보다 큰 진실 앞에서 사실이라는 것은 그것이 아무리 정직하고 싶어도 침묵을 해야 하는 경우가 있지 않아요."

"어떤 경우에 그런 진실이 요구됩니까?"

"바로 우리들의 경우지요. 그러나 그런 진실이 가능한 것은 서로의 믿음 위에서뿐입니다. 서로의 믿음 위에서라면 그 믿음을 전제로 진실은 얼마든지 이해가 가능합니다. 난 지금도 은영 모의 유서라는 것을 간직하고 있어요. 은영에 대해서, 아니 이젠 나의 모든 것이 은영 하나에 매달려 있는 것이지만— 나는 언제나 그것을 나 자신의 유서로 간직해오고 있단 말이에요. 이건 지금까지 은영이나 그 애의 어미가 꿈에도 생각을 못 하고 있는 일이지요. 그렇지만 그 사람들은 또 나에게서 그 유서 이상의 것을 믿고 있는 겁니다. 그러기 때문에 우린 서로 아무도 그 진실을 훼방하려 하지 않고 그것 때문에 견뎌내야 할 고통들을 묵묵 감수해가고 있는 게 아닙니까."

부인의 목소리는 전에 없이 치열한 열기가 어리고 있었다. 부인은 그 열기 때문에 한동안 음성까지 떨리고 있는 것 같더니 드디어는 아주 목이 메어버리고 말았다. 한데 바로 그때였다. 상민이 이상하게 견디기 어려운 어떤 압박감 같은 것을 느끼면서 목이 메어 말을 잇지 못하고 있는 부인의 얼굴을 건너다보았을 때였다. 그는 뜻밖에도 부인의 눈가에 가는 눈물이 맺혀 있는 것을 보았다. 그것은 상민이 부인에게 한번도 상상해볼 수 없었던 기이한 감정의 노출이었다. 그는 심한 충격 때문에 재빨리 부인의 얼굴에서 시선을 떨어뜨려버렸다. 순간 그는 부인이 정말로 눈가에 이슬을 맺고 있었는지 어쨌는지조차 잘 기억을 해낼 수가 없었다. 착각처럼 생각되기도 했다.

그러나 그는 다시 고개를 들고 부인에게서 그 눈물을 확인해볼 용기도 나지 않았다. 다만 그는 부인의 몸속에서 아프게 소용돌이치고 있을 어떤 격정 같은 것이 자신에게까지 전해져오고 있음을 치열하게 의식하고 있었다. 그는 자기도 모르게 몸을 부르르 떨고 있었다. 그리고 뭐가 뭔지 확실한 실마리가 잡히지 않으면서도 상민은 그 눈물 때문에 부인의 모든 논리와 감정이 한꺼번에 수긍되어져버리고 있었다. 사실과 진실, 믿음과 침묵, 그리고 그 진실이 요구하는 고통의 모든 것이. 그러자 상민은 이제 아무도 훼방하지 않고, 아무도 간섭해오지 않기를 바라는 그 진실이라는 것을 무모하게 짓부숴놓으려 덤벼들고 있었던 자신이 뼈아프게 후회스러워지기 시작했다. 너무도 미련하게—괴롭혀드리고 있었어. 아무것도 모르면서, 아무것도 도울 수는 없으면서, 마치 세상을 혼자서 다 살아가고 있는 것처럼. 그러자 상민은 이번에야말로 정말 입을 다물어버리지 않을 수가 없었다.

32

그러나 이날도 물론 상민이 부인의 심중을 깊은 곳까지 모두 이해했다고는 말할 수 없었다.

"어젠 내가 그만 얼떨김에 아무 생각도 못 해놓고 길을 되돌아와버렸구랴. 어떻게 오늘이라도 지 선생이 T시로 김 박사를 좀 찾아가 봐주겠수? 전에 정숙이 년 소동 때 쫓아와준 김 박사 말이우."

부인은 서울 집으로 돌아와 하룻밤을 지새우고 난 다음 문득 생각이 떠오르는 듯 그렇게 부탁을 해왔던 것이다. 그리고 상민은 부인의 그런 말을 듣고 나서야 그녀가 정말 그런 식으로 은영 모를 내팽개쳐두려고 하지는 않고 있다는 것을 깨달았다. 뿐만 아니라 상민은 부인이 전날서부터도 이미 그런 생각을 하고 있었으면서도 그걸 혼자 몰래 숨기고 있었으리라는 느낌까지 함께 들고 있었다. 부인은 은영 모의 모습을 본 순간 처음부터 김 박사를 생각했음에 틀림없었다. 그러나 부인은 전부터 모든 비밀을 알고 있는 김 박사를 당신 스스로 찾아가서 당황스레 애원하는 꼴을 보이고 싶지가 않았던 것이다. 그래서 전날은 일부러 생각이 미치지 못한 듯 창황히 길을 되돌아왔다가 이날 상민에게 새삼스런 부탁을 해온 게 틀림없었다. 아닌 게 아니라 부인은 지금도 그 가엾은 여인과 은영이 뜻깊은 순간에 다시 만나고 김 박사까지 함께 어떤 긴장을 숨기고 있어야 하는 현장에 자신은 모습을 드러내고 싶지가 않은 게 분명했다.

"은영이 년을 데려가보면 김 박사는 곧 찾을 수 있을게요. 산까지 박사를 모시자면 물론 차를 따로 내야겠지만 말이외다."

상민이 어름어름하고 있는 동안 부인은 다시 그렇게 말해버렸던 것이다. 부인의 말에는 곧 은영에게 이번 일을 말해줘도 좋다는, 아니 말을 해줄 뿐 아니라 은영과 함께 김 박사도 모시러 가고 그녀로 하여금 마지막이 될지도 모르는 생모와의 상면을 갖게 해줘도 좋다는 (어쩌면 이렇게 해주기를 바라는) 은근한 암시가 숨어 있었던 것이다. 게다가 부인은 그 두 사람의 상면에 자신은 자리를 함께하지 않으리라는 점을 더욱더 분명히 하고 있었다. 아마도 부인은 아무 말도 할 수 없는 그 두 사람의 상면이 어떤 식으로 시작되어 어떤 식으로 끝나게 될지가 자신으로서도 무척 두려웠기 때문이었으리라.

어쨌든 상민은 부인의 부탁을 거절할 수가 없었다. 그는 아침을 끝내자마자 곧 길을 나섰다. 집을 나선 그는 먼저 은영의 학교부터 들러 그녀를 불러내었다. 상민으로부터 자초지종을 설명을 들은 은영은 수업 같은 건 아랑곳도 없다는 듯 대뜸 그를 따라나섰다.

"어머니께선 은영 씨가 곧 김 박사를 찾아주실 수 있을 거라구?"

은영은 이미 '엄마'의 허락이 내리고 있노라는 뜻으로 그렇게 상민이 말했기 때문에 더 이상 망설일 필요가 없다고 생각한 모양이었다. 길을 따라나서도 꼬치꼬치 사정을 캐묻지도 않았다. 뭔가 올 것이 왔구나 싶은 듯한, 또는 그런 어떤 것을 맞을 결심을 오래전부터도 이미 마음속에서 다져오고 있었던 듯한 표정으로 묵묵히 길을 서둘고만 있었다. 상민도 전날 있었던 일 가운데서 그녀의 '숙모님'이 몹시 위급한 형편이라는 것과 어제는 날이 늦어 '엄마'와 함께 일단 서울로 돌아오지 않을 수 없었다는 말 이외에 공연히 쓸데없는 소리는 한마디도 입에 올리지 않았다. 더욱이 부인이 그 길가에서 잠이 들기 전 은영의 출생에 대해 스스로 비밀을 털어놓았던 사실이나 차 속에서 주고받은 이야기에 대해서는 전혀 알은체하고 나설 처지가 아니었다. 그러나 T시로 접어들어 김 박사를 찾아낸 은영은 상민으로부터 이미 그런 이야기를 모두 들어버리기라도 한 듯 사뭇 비극적이기까지 한 얼굴로 김 박사에게 애원을 하기 시작하는 것이었다.

"숙모님을…… 저의 숙모님을 살려주세요. 숙모님이 돌아가시려고 해요……"

다만 은영이 김 박사에 대해 아직도 자기 비밀의 끄나풀을 마지막 한 가닥까지 놓아버리지 않고 있는 것은 그 여인을 끝내 '엄마' 대신 '숙모님'이라고만 부르고 있는 점이었다. 그것은 은영이 차를 내어 김 박사와 함께 산으로 가는 도중에서도 그리고 일행과 함께 그 산사의 뒷골방으로 가련한 여인을 찾아들어갔을 때도 역시 마찬가지였다.

"숙모님, 제가 왔어요. 저 은영이에요. 은영이가 왔어요."

방문을 들어서자 은영은 전날처럼 여전히 사람의 출입을 알아보지 못하고 있는 여인 앞에 갑자기 감정을 가눌 수가 없어진 듯 무릎을 꿇고 주저앉아버렸다. 그러고서 은영은 한동안 여인의 멍한 눈동자를 들여다보기도 하고 때로는 안타까운 듯 그녀의 손목을 마구 잡아 흔들어보기도 했다. 그러나 그러는 은영의 입에서는 여전히 그 '엄마'가 아닌 '숙모님'뿐이었던 것이다. 그런 은영에게서는 부인의 말대로 어떤 지독한 참음, 하나의 진실 앞에 다른 모든 것은 그것이 비록 보다 정직한 사실일지라도 침묵을 해야 하는 고통스런 믿음 같은 것이 느껴지고 있었다. 믿음의 뜻은 어느새 은영에게까지도 그처럼 깊이 뿌리를 내려버리고 있었던 모양이었다.

그러나 이제 와서 그런 고통을 끝까지 견디어낼 수 있었던 것은 오직 부인과 은영 그 두 사람뿐이었는지도 모른다. 그때 기적 같은 일이 일어났던 것이다. 그처럼 오랫동안 죽은 듯이 천장만 응시하고 있던 여인의 눈동자에 문득 눈물이 어리기 시작한 것이다. 아아, 여인의 의식은 모처럼 아직도 또록또록 살아 있었던 것이다. 그리고 그녀는 은영보다 몇 배나 오랜 세월 동안 괴롭게 견디어온 두 사람 사이의 비밀을 이제는 그 눈물로 은영보다 먼저 발설하려 하는 것이다. 게다가 여인은 이제 그 눈물로 부드러워진 눈동자를 조용히 은영에게로 향해 오기 시작하는 것이었다.

그러자 상민은 이제 거기서 그만 자리를 일어서버리고 말았다. 더 이상 두려워서 자리를 지키고 앉아 있을 수가 없었다. 하긴 부인까지도 은근히 사양을 해버리고 만 장소였고 보면 그곳이 상민에겐 처음부터 격에 맞을 리가 없는 곳이었다. 하지만 격에야 맞든 맞지 않는 어떤 의미로는 처음이자 마지막이 될지도 모르는 이 모녀의 기이한 상봉을 기왕이면 좀더 눈여겨봐두는 게 좋으리라는 심산으로 방 안까지 따라 들어왔던 상민은 사태가 막상 그런 국면으로 접어들자 두렵고 아슬아슬해서, 그리고 부인에 대한 어떤 무참한 배반감 같은 것 때문에 더 이상 쑥스럽게 자리를 지키고 앉아 있을 수가 없었던 것이다.

그러니까 상민은 그 뒤로 여인이 정말 은영에게 어떤 말을 속삭여주었는지 그리고 그 속삭임이나 눈짓들이 정말 두 사람 사이의 비밀에 관한 것이었는지 어쨌는지는 알 수가 없는 일이었다. 그것은 다시 한 식경이 지난 뒤에 은영과 김 박사가 그 방을 물러나오고 난 다음까지도 역시 마찬가지였다.

은영과 김 박사는 상민이 방을 물러나와 늦가을 추위 속에서 한 시간 이상을 족히 기다리고 난 다음에야 함께 그 방문 밖으로 나타났다. (하기야 김 박사는 상민이 방을 나온 다음에야 여인의 병세를 살피기 시작했을 게고 처방과 투약을 실시했을 테니까) 그리고 나서 김 박사는 자기가 내일쯤 다시 한 번 와서 좀더 자세한 병세를 살피고 치료 방법도 확실하게 결정하겠으니 오늘 밤은 우선 누구라도 한 사람 곁에 남아서 시중 삼아 경과를 좀 살펴달라는 부탁을 남기고는 부랴부랴 먼저 산을 내려가버렸다. 한데 은영은 김 박사가 산을 내려가버리고 나서 상민과 단둘이 되었을 때도 방 안에서 있었던 일에 대해서는 좀처럼 내색을 보이려 하지 않았던 것이다.

"가엾어죽겠어요. 숙모님에게 김 박사가 아무리 시내로 내려가서 치료를 받아보시래도 숙모님은 막무가내시기만 하세요."

숙모님, 숙모님, 은영은 안타까운 듯 그 '숙모님'의 병세만 걱정하고 있었다. 그리고는 김 박사가 부탁하고 간 밤시중을 걱정하기 시작했다.

"오늘 밤 어떻게 하지요? 전 숙모님이 가엾어죽겠지만 그래도 저 혼자서 그분과 밤을 지내기는 싫어요. 지 선생님도 저와 함께 계셔주세요, 그래 주시죠, 네?"

"왜 두 분끼리서 아직도 하고 싶은 말을 털어놓지 못하고 계십니까? 정말 무서워해선 안 될 분을 무서워하게?"

상민은 은영의 말꼬리를 받아 그렇게 변죽을 울려보기까지 했다. 그러나 은영은 여전히 상민의 호기심을 무시해버리고 있었다. 아니 은영은 숫제 상민의 말뜻은 처음부터도 알아듣지 못한 시늉이었다. 할 수 없었다. 이젠 은영의 근심부터 덜어주는 편이 좋을 것 같았다. 실상 상민은 아까 김 박사가 아무나 한 사람 절에 남아서 경과를 살펴달라는 부탁을 들었을 때부터 이미 오늘 안으로는 두 사람 다 서울로 돌아갈 수가 없으리라는 것을 각오하고 있던 터였다. 병시중을 들며 '숙모님'과 함께 밤을 지낼 사람은 물론 은영이어야 했다. 그러나 은영이 산에 남게 되면 상민으로서도 혼자 서울로 돌아가버릴 수는 없는 일이었다. 그렇다고 상민은 또 그러고 앉아 밤을 함께 지새울 수도 없는 노릇이었다. 그래서 상민은 미리 생각해놓은 바가 있었던 것이다.

"어쨌든 오늘 밤 여기서 어른을 지켜드려야 할 쪽은 은영 씨지요. 하지만 저도 은영 씨가 무서우시다면 늦게까지 함께 있어드리기는 하겠습니다. 그러다 밤이 늦으면, 전 요 아랫마을로 내려가서 여관을 찾도록 하지요."

—아마 부인이 몹시도 소식을 궁금해하고 계시리라. 게다가 은영과 함께 이 산중에서 하룻밤을 지내고 간다면 부인은 어떤 표정을 지으실까.

상민은 잠시 그런 생각이 머릿속을 지나갔으나 자신의 생각을 은영에게 말해버렸다.

그러자 은영은 겨우 좀 안심이 되는 듯 상민에게 잠시 기다리라는 눈짓을 보내고는 다시 여인의 골방 쪽으로 사라져 들어갔다.

33

마을로 내려가는 산길에는 전날처럼 나뭇가지들 사이로 별들이 아름답게 매달려 있었다.

밤이 어지간히 늦은 다음 상민은 아랫마을로 그 숲길을 걸어 내려가고 있었다. 그러나 그는 아직도 혼자가 아니었다. 은영이 한 발짝쯤 뒤에서 그를 뒤따르고 있었다. 은영은 저녁이 되자 상민더러도 골방에서 함께 밤을 지키자고 했다. 그러나 상민은 반대였다. 연이틀 동안의 여행에 몸이 몹시 피곤하기도 했지만 별할 일도 없이 그녀와 함께 밤을 밝히고 앉아 있기란 여간 면구스런 일이 아니겠기 때문이었다. 그는 밤이 웬만큼 늦어지자 결국 자리를 일어서고 말았다. 그러자 은영은 자기도 좀 바람을 쏘이고 싶다면서 훌쩍 상민을 따라 일어서고 말았던 것이다.

그러나 상민은 이제 그녀에게 별로 할 말이 남아 있을 리 없었다. 은영의 무거운 기분에 눌려 묻고 싶은 말도 없었고, 언젠가 T시의 밤거리에서처럼 그녀의 체온을 느끼고 싶은 충동도 없이 은영의 발자국 소리만 의식하면서, 그리고 어디쯤에서 그녀를 돌려보낼까 그런 생각만 쉴 새 없이 되풀이하면서 묵묵히 길을 내려가고 있었다. 그러나 끝끝내 입을 다물고만 있을 수는 없었다. 말없이 옮겨놓다 보니 상민은 어느 순간 그게 더 이상하게 느껴지기 시작했고, 그러자 그때부터 상민은 조심스럽게 그를 뒤따르고 있는 은영의 존재가 갑자기 부담스럽게 느껴지기 시작했던 것이다. 상민은 결국 그 무거운 기분을 떨어버리려고나 하듯 자신이 먼저 입을 열기 시작했다.

"아마 은영 씬 요즘도 열심히 작품을 계속하고 있겠지요?"

한데 길을 비켜서려면 맞부딪치는 격으로 이 말이 공교롭게 은영의 비위를 건드린 모양이었다.

"엊그저께 낙방을 먹고 난 사람보고 좀 잔인한 말씀을 하시는군요."

잠잠히 뒤를 따라오고 있던 은영이 대뜸 핀잔을 주고 나서는 것이었다.

"지 선생님은 그렇게 잔인한 데가 많은 분이니까 제가 그런 낭패를 겪는 걸 보시고도 위로 한마디 없으셨죠."

원망기까지 담고 있는 그녀의 핀잔을 먹고 나서야 상민은 아뿔싸 했지만 이미 때가 늦은 다음이었다.

"긁어 부스럼이라더니 괜히 안 할 소리를 했군요. 하지만 전 예술 행위란 워낙 그런 당락하고는 상관이 없는 작업으로 생각하고 있었으니까요, 하하……"

그러나 은영은 역시 성미가 바늘 끝처럼 뾰족거리기만 하는 아가씨는 아니었다. 은영은 이 1년 동안 알게 모르게 제법 부인의 대범성을 배워 익히고 있었던 것이다.

"하지만 뭐 그렇게 너무 민망해하실 건 없어요. 전 괜히 한번 그래 보고 싶었을 뿐이거든요. 그런데 선생님이 너무 그러시면 저까지 정말 민망스러워진단 말예요. 사실 전 이번에 낙방을 먹고 나서부터 작품 제작에 더욱 열심히 되고 있거든요. 아마 잘 이해를 못하시겠지만 이번 낭패를 맞보고 나니까 전 거꾸로 이상한 투지가 생겨나더란 말씀예요."

"언젠가 어머니께서 말씀하신 그 진짜 예술이란 에고가 눈을 뜬 모양이군요. 하지만 어쨌든 다행입니다. 기왕 뜻을 두고 시작하신 일이니까 끝장을 봐야 할 게 아닙니까…… 그런 점에서라면……"

그러나 은영은 여기서 또 반발을 하고 나섰다.

"그런 점에서가 아니라면요? 그럼 선생님은 계속 되어서는 안 될 이유라도 따로 가지고 계시다는 말씀이세요."

"그거야 벌써 어머니께서 말씀하시지 않았습니까? 지금도 말했지만 그 예술의 에고 말이에요. 정말 작품에만 빠져들어갔다간 어머니를 끝내 실망시켜드리고 말지도 모르지 않아요."

"엄마를 어떻게 실망시킨다는 거예요."

"요즘 와선 은영 씨 자신에게로 거의 모든 책임이 돌아가고 있는 일이지만 어머니께선 한동안 은영 씨의 혼인을 무척 고대하고 계시지 않았습니까. 한데 은영 씬 모든 남자들을 무심스럽게 흘려 지나치면서 어머니의 노력을 깡그리 허사로 만들어버리고 있지요. 어쩐 일인지 전 지금 은영 씨가 작품에 취해들기 시작했다는 말을 들으니 앞으로 은영 씨의 그런 고집이 훨씬 더 깊어질 것 같은 느낌이 드는군요. 아무래도 은영 씨에게선 작품과 혼인이 서로 배타적인 관계에 있을 것 같은 그리고 은영 씨는 그 작품 생활에서 자신의 혼인을 실패시킬 좀더 그럴듯한 이유를 만들어갈 것 같은 느낌이 말입니다."

"이상한 일이군요. 제가 작품을 생각하는 것이 어째서 혼인을 실패시킬 이유가 될 수 있을까요. 사실 전 본격적으로 작품을 생각하면서부터 모든 다른 일에서 마음이 훨씬 자유로워지고 있는 건 사실이에요. 혼인 같은 것도 가끔 열심히 생각을 해보려고는 하지만 그때마다 허망한 생각이 앞서 요즘 와선 거의 관심 바깥 일이 되어가는 것 같구요. 하지만 그게 어떻게 작품 탓일까요?"

"그렇게 생각할 수도 있겠지요. 어머니께선 은영 씨의 혼인을 통해 어떤 조화를 구하고 계신 데 반해 은영 씨의 예술은 그런 눈에 보이는 조화나 화해의 방법 위에 있지 않거든요. 은영 씨는 자신의 예술을 통해 자기 에고와 인내를 확인해가고 있어요. 그것이 확실하면 확실할수록 새로운 조화를 바라게 되지 않고 더욱 배타적이 되어간단 말이에요."

"……"

"하지만 은영 씨도 뭐 그 때문에 어머닐 걱정해드려야 할 필요는 별로 없을 것 같아요. 내 보기엔 어머니께서도 은영 씨 이상으로 강인한 분이시거든요. 어머니께선 아직도 당신 혼자의 힘으로 모든 걸 충분히 견디어나가고 계시단 그 말입니다. 무슨 뜻인지 아시겠어요? 어른의 마음속은 아직도 바깥세상과의 화해가 진짜 불가피한 게 아니라는 거예요. 정말로 그렇게 되기까지에는 어머니의 의식이 너무 강인하고 자신만만해 계시지요. 은영 씨의 혼인에 대해서만 해도 그렇습니다. 방금 전에도 말했지만 내 생각으로는 아마 당분간 은영 씨의 혼인이 이루어지기는 좀처럼 어려우리라고 봐요, 하지만 그것 때문에 어머니께서 정말 실망을 하시게 될지는 의심입니다. 왜냐하면 어머니께서는 이미 당신 스스로가 은영 씨의 혼인을 쉽사리 용납하지 않으시리라는 점을 잘 알고 계시거든요. 외롭고 고통스럽더라도 어머니께선 아직 그런 외로움 때문에 섣불리 화해의 손길을 붙잡아버리지는 않으실 거라는 말입니다. 아마 어머니께서는 어쩌면 영원히 그러고만 계실 분인지도 모르지요. 그런데도 어머니께서 은영 씨의 혼인을 초조해하시고 자주 은영 씨에게 선을 보게 하셨던 것은 그런 당신의 맘속을 당신 스스로가 너무 잘 알고 계시기 때문이라고 하겠죠. 어머니는 바로 그런 당신 자신이 두려워지신 거라고 말예요. 어머니께서는 아마 그런 점까지도 이미 다 짐작을 하고 계시는지 모르지만 말입니다."

상민은 사뭇 혼자서만 지껄여대고 있었다. 말을 하다 보니 그것은 은영에 대한 자신의 모종 고백 같은 생각이 들기도 했다. 그러나 사실인즉, 그것은 은영에 대한 상민의 깊은 좌절감과 그 좌절감을 적당히 논리화한 자기 설득의 변이라 해야 옳을 소리들이었다. 어쨌든 은영은 그런 상민의 지껄임을 한마디 대꾸도 없이 묵묵히 듣고만 있었다. 그러다 보니 두 사람은 어느새 산길을 절반가량이나 내려와 있었다. 그곳은 바로 전날 부인이 절을 내려오다 말고 별안간 길섶에 주저앉아 실없이 낮잠을 부르던 그 지점이었다. 상민은 그곳까지 이르자 이젠 정말 은영을 되돌려 보내야겠다고 생각했다. 거기서만 해도 은영을 되돌려 보내자면 상민은 다시 절간 쪽으로 얼마간 그녀의 동행이 되어줘야 할 형편이었다. 상민은 곧 발을 멈추었다.

"그럼 은영 씬 여기서 그만 돌아가시지요. 쓸데없는 소릴 듣노라고 웬만큼은 바람도 쏘이셨을 테구."

상민의 조용한 목소리가 이내 은영을 타이르기 시작했다.

"좀더 내려갔다간 아무래도 제가 은영 씰 다시 절간까지 바래다주어야 할 테니까 말입니다."

그러나 상민이 그렇게 조심스럽게 타이르고 났을 때도 웬일인지 은영은 금세 길을 돌아설 기색이 아니었다.

"염려 마세요. 여기까지만 해도 전 선생님께서 절 다시 바래다주실 줄만 알았는데요. 하지만 그게 걱정이시라면 저도 마을까지 선생님을 따라갔다가 혼자 길을 돌아와드릴 테니까요."

상민이 발을 멈추자 은영도 따라서 걸음을 머물러서기는 했다. 그러나 은영은 그렇게 어둠 속에서 상민을 향해 선 채 이상하게 반발을 하고 나선 것이다. 아무래도 곧 발길을 돌려줄 기세가 아니었다. 한 데다가 그녀는 한참 동안 그렇게 어둠 속으로 상민을 응시하고만 있더니 이젠 숫제 심술이 나서 오도가도 하기가 싫다는 듯 풀썩 길섶으로 몸을 주저앉혀버리기까지 하는 것이 아닌가. 그것도 바로 전날 그녀의 '엄마'가 몸을 비끼고 앉아 옛날이야기를 시작하던 그 장소 그 잔디 위로 말이다. 한데 우연은 그뿐만도 아니었다. 기묘하게도 은영은 그렇게 몸을 잔디 위로 주저앉히고 나더니 어제 있었던 일을 속속들이 알고 있었기라도 한 듯, 그리고 아직도 어디엔가 스며 남아 있을지 모르는 그 '엄마'의 냄새를 찾아내기라도 하려는 듯 사방을 두리번거리며 심상찮은 표정을 짓고 있는 게 아닌가.

그러나 상민은 은영에게 어제의 이야기를 꺼내려 하지는 않았다. 공연히 그런 말로 또 시간을 끌고 싶지가 않았기 때문이었다.

"일어나요, 어서. 밤도 늦었고 한데 숙모님을 혼자 계시게 하면 안 되지 않아요. 자, 내가 다시 절까지 바래다드릴 테니."

은영의 기분 같은 건 모른 체해버리는 수밖에 없었다. 그러나 은영도 한번 고집이 돋친 이상 쉽사리 자리를 일어설 작정은 아닌 모양이었다. 아니 그녀에겐 그렇게 풀썩 길가로 몸을 주저앉힐 때부터 그보다도 어쩌면 이 숲길까지 상민을 따라나섰을 때부터 뭔가 하고 싶은 말이 따로 있었던 것 같기도 했다.

"좋아요. 정 선생님께서 제가 불편하시다면 돌아가드릴께요. 하지만 그전에 하나 다짐을 받아둘 게 있어요."

은영은 조그맣게 몸을 웅크리며 별안간 상민에게 다짐을 받아둘 일이 있노라고 했다.

"다짐을 받다니요?"

"아침까지 절 기다려주시겠다고 약속해주세요. 오늘 밤 서울로 돌아가버리지 않겠다고 말씀예요."

"나더러 이 길로 서울을 가지 말라구요?"

"그래요. 전 지금 아무래도 선생님이 그냥 혼자 서울로 도망쳐버릴 것만 같거든요. 웬일인지 전 아까부터 죽 그런 생각만 들고 있어요."

"그 참 별난 걱정도 다 있군요. 왜 하필 그런 생각이 드신 거죠? 난 이 밤중에 서울로 도망질을 쳐야 할 만큼 은영 씨가 무섭다고 생각한 일도 없고, 그런 눈치를 보였을 리도 없었을 텐데 말입니다."

"그건 저도 모르겠어요. 하지만 어쨌든 약속을 해주세요. 내일 아침에 다시 이 길을 올라와주시겠다구요."

이야기가 그쯤 되고 보니 상민은 오히려 은영을 재촉해댈 수가 없었다. 결국은 자기도 함께 은영의 곁으로 몸을 슬그머니 주저앉히고 말았다. 한데 그렇게 은영 곁으로 자리를 잡아 앉고 보니 상민은 밤 추위에 젖은 은영이 몸을 가늘게 떨고 있는 것이 보였다. 그러자 상민은 순간적으로 그 은영이 퍽 가엾은 여인처럼 생각되기 시작했다. 그리고 그는 은영이 그처럼 가여워지고 있는 동안은 그녀를 마음 놓고 사랑할 수 있을 것 같기도 했다.

"새삼스럽게 약속을 한다는 게 우습지만 정 다짐을 받고 싶다면 다시 약속을 하지요."

상민은 좀더 은영 쪽으로 다가앉으며 자연스럽게 그녀의 손을 찾았다. 은영의 차디찬 손이 금세 상민의 그것 속으로 꺾여 들어왔다. 그러나 은영은 상민의 거동에는 전혀 신경을 쓰고 있지 않은 듯 목소리가 제법 의연했다.

"그럼 됐어요. 하지만 이번엔 제가 선생님께 용서를 구해야 할 일이 또 한 가지 있어요."

"용서를 구하다니요? 은영 씨가 내게 말예요?"

상민은 되도록 자신의 체온이 은영에게로 깊이 흘러들어가도록 손에 힘을 주며 반문했다.

"그렇다니까요. 뭐냐 하면 아까 선생님께선 저더러 왜 무서워해선 안 될 분을 무서워하느냐고, 그건 두 사람 사이에서 아직도 시원스럽게 말을 해버리지 못하고 있는 때문일 거라고 하셨지요? 사과를 드릴 일이란 바로 그 말씀과 상관이 되는 일이에요. 뭐냐 하면 우린 지 선생님 상상과는 반대로 이미 다 모든 이야기를 해버렸거든요. 물론 지 선생님이 우리들 사이의 비밀이라고 생각하신 그런 얘기들을 말예요. 한데 그런 얘기 가운데 무슨 말이 있었는지 아십니까. 숙모님께선 제게 지 선생님이 누구시냐고, 누구시길래 어제부터 예까지 모시고 와서 애를 먹이느냐고 물으시겠죠. 그래서 전 대뜸 선생님을 이 세상에서 숙모님이 저 다음으로 아껴줘야 할 분이라고 대답해드렸단 말씀예요. 가엾게도 숙모님은 그걸 물으실 때 제 대답이 그런 것이기를 바라시는 게 분명했거든요. 그래서 전 그렇게 대답을 해드리고 나서, 어떻게 숙모님 맘에 드시냐고 물었지요. 그랬더니 그분도 아주 만족스런 표정을 지으시지 않겠어요. 어때요? 제가 잘못했지요? 하지만 그래서 그렇게 미리 사죄를 드리고 있는 것 아녜요, 선생님도 용서를 해주시는 거죠?"

아마 은영은 어둠 속에서도 얼굴을 몹시 붉히고 있었으리라. 그러나 상민은 그 은영의 말이 끝나고 나서도 얼핏 마땅한 대꾸가 생각나주지 않았다. 그래서 그는 말없이 은영의 손만 끌어쥐고 있었다. 그러자 잠시 후에 은영이 다시 말을 계속했다.

"사실은 아까 제가 지 선생님께 다시 한 번 절엘 올라와주시라는 다짐을 드린 것도 바로 그 때문이었어요. 이제 그분은 단 한 가지 저의 일만이 궁금하고 염려스러울 뿐이거든요. 그래서 전 그 가엾은 일을 위해 지 선생더러 한 번 더 그분을 찾아봐주시라고 부탁을 드렸던 거예요."

은영의 어조는 이제 사뭇 호소 조가 되고 있었다. 상민은 더욱 입을 열 수가 없었다. 그러자 은영이 이번에는 상민에게서 슬그머니 손을 뽑아버리더니 갑자기 목소리를 바꾸기 시작했다.

"하지만 안심하세요. 모든 건 가엾은 그분을 위해서였을 뿐이니까요. 그분과 저 사이의 이야기 때문에 선생님이 거북해지시거나 부담감을 느낄 필요는 조금도 없어요. 게다가 우리들의 이야기는 모두가 눈짓과 표정만으로였거든요. 숙모님이 제게 선생님을 물으신 것도 눈짓으로였고 제가 대답을 해드린 것도 모두 눈짓만으로였어요. 눈짓과 표정으로 말을 하는 것은 정말 목소리를 주고받는 것하고는 다르지 않아요? 그것은 지 선생님이나 엄마를 위해서도 곧 없었던 일로 마음속에서 지워버리기가 쉬울 테니까 말예요."

"그럼 이번 일도 서울 어머니께는 모두 없었던 걸로 하겠습니까?"

상민은 그제서야 겨우 한마디 물었다.

"물론이에요. 엄만 절 믿고 계시니까요. 저도 엄마가 절 믿도록 해드려야 하지 않겠어요? 제가 그분하고 주고받은 이야기는 선생님에 대한 것이나 우리들의 비밀에 대해서나 모두 모두 말예요. 엄마도 물론 제가 그런 식의 눈으로 말을 하는 것은 즐거이 용서해주실 거예요. 그러니까 저도 엄마를 위해선 정말 이번 일을 잊어버려야 하지 않아요. 우리들의 믿음이란 서로 마음속을 알고 있으면서도, 그렇기 때문에 마음을 서로 아프게 하지 않으려고 말을 참고 있는 것이니까 말씀예요."

이야기를 끝맺고 나자 은영은 이제 더 이상 냉기를 견딜 수 없는 듯 커다랗게 몸을 떨기 시작했다. 이제 그녀의 손은 완전히 상민을 빠져가버린 지가 오래였다. 그러나 상민은 추위에 떠는 은영을 위해 다시 그 손을 찾으려 하진 않았다. 왠지 그럴 용기가 나지 않았다. 그는 은영을 향해 무슨 새삼스런 말을 시작하려 하지도 않았다. 한숨을 쉬듯 나뭇잎 사이에 매달린 별들만 묵묵히 쳐다보고 있었다.

—이 아가씬 지금 무척도 속이 추운가 보다. 하지만 나는 이제 이 아가씨에게 한 줄기 체온조차도 나누어줄 수가 없는 것 같다. 이 아가씨가 그걸 원하지 않고 있다, 아니 그녀는 지금 나에게서 아무것도 원하고 있는 것이 없다, 은영이 가엾어지지 않는 한 나는 절대로 그녀를 사랑할 수가 없는 것이다. 나는 언제나 은영에게서 그녀의 가엾음만을 사랑할 수 있었던 것이니까 말이다.

한데 은영은 아직 한마디로 너무 자신이 만만한 것이다. 그녀는 절대로 자신을 가엾게 만들지 않으려 하고 있었다. 그리고 은영의 그런 자신만만한 태도가 상민에게 이상스럽게 절망적으로만 느껴지고 있었던 것이다.

그는 그런 절망감 속에서 멍청스럽게 은영이 먼저 자리를 일어서주기만을 기다리고 있었다.

34

이틀 밤을 계속 산에서 지내고 나서 상민이 은영보다 한발 먼저 서울로 돌아왔을 때, 부인은 뜻밖에 또 한 가지 다른 실의를 안고 있었다. 그사이 정숙이 홀연 집을 나가버린 것이었다. 부인은 상민이 은영과 함께 김 박사를 찾아간 일이며, 아직도 은영이 T시와 절간 사이를 오르내리며 속모님 곁에 매달려 있노라는 전갈에 대해서는 으레 다 그러는 줄 알고 있었다는 듯 아무것도 더 자세한 사정을 물으려 하지 않았다. 김 박사 말로는 치료만 잘 계속하면 큰 변은 없으리라더라고 해도 특히 반가운 빛을 보이지 않았고 그러니 은영의 숙모님은 한사코 T시로 가기를 거절하고 있노라는 말에도 별로 근심스러워하는 기색이 없었다. 그도 으레 그러리라는 표정뿐이었다. 모두가 정숙의 가출에서 받은 충격 때문인 것 같았다. 무연한 허탈감 같은 것이 그 부인의 얼굴을 짙게 감싸버리고 있었다.

한데 부인을 그처럼 실망시키고 만 정숙의 가출 사건은 실상 상민에게도 이상스러울 만큼 충격적이었다. 그것은 부인 모르게 은밀히 싸덮어온 그녀와 상민 사이의 특별한 관계 때문만은 물론 아니었다. 더더구나 이번 정숙의 가출이 이 집안에 무슨 특별한 피해를 입힐 수 있는 사건도 아니었다. 오히려 그것은 정숙이 집을 나가면서 부인에게 남겨놓은 몇 마디 짧은 하직의 변 때문이었다. 정숙은 그 하직의 글 속에서 막상 집을 나가면서도 지금까지 자기를 그처럼 아끼고 돌봐주신 '어머님'께 대해서는 송구스런 마음 금할 수가 없었다고 백배 사죄를 하고 있었다. 하지만 비록 집은 나가더라도 자기는 부인을 마음속에서 계속 어머니로 모실 것이며 자기가 집을 나가는 것도 무슨 특별한 이유나 계기가 있어서 그런 것은 아니라고. 그러면서 그녀는 충분한 두려움을 가지고 자신의 경망스러운 배은을 부인에게서 용서받고 싶어 했다.

그러나 중요한 것은 어쨌든 자기는 이제 그 어머니 곁을 떠나 집을 나갈 수밖에 없노라는 것이었다. 무슨 이유에선지 자기는 이제 좀 혼자가 되고 싶고 그것이 집을 나가고 싶은 이유가 되어 주었고, 그러다 보니 자기는 정말 집을 나가야 할 사람처럼, 집을 나갈 수밖에 없는 사람처럼 생각되기 시작했다는 것이었다. 부인을 실망시킨 것은 그 정숙이 이유도 없이 집을 나가고 싶었다는, 그래야 할 것처럼 생각되었다는 바로 그 점이었다. 말하자면 정숙은 어떤 뜻으로든 이제 더 이 집에서는 견딜 수가 없어졌다는 말이었다. 무엇 때문에 정숙은 이제 더 견딜 수가 없어지고 만 것인가. 그러나 정숙은 그 자세한 이유는 말을 하지 않고 있었다. 그 이유는 정숙 자신도 잘 알 수가 없노라고 했다. 하지만 이유가 없을 수는 없었다. 상민은 그 이유를 누구보다 잘 알고 있었다. 부인도 아마 그것을 알고 있었으리라. 은영네 쪽 일에 비해 어떻게 보면 전혀 대단치도 않을 정숙의 가출에서 부인이 더 큰 실망을 사고 있는 걸 보면 그것은 의심해볼 여지도 없는 일이었다. 그러나 부인도 상민도 그 이유에 대해서는 물론 서로 말을 하려고 하지 않았다.

한데 그러던 어느 날이었다. 그 정숙의 가출에서 받은 충격조차도 그리 오래갈 수 없는 일이 또 한 가지 은영이네를 찾아오고 말았다. 어느 날 아침 은영네에겐 지난 봄 부인이 팔아버리고 온 그 T시 교외의 별장집이 이상스런 화재 사건으로 하룻밤 사이에 몽땅 잿더미로 변해버렸다는 소식이 전해져왔던 것이다.

35

T시 교외의 옛 별장집이 불탔다는 소식은 부인이나 상민을 다같이 깜짝 놀라게 했나. 따지고 보면 이제 그 별장 집은 은영이네와 무슨 이해관계가 남아 있는 것은 아니었다. 집이 불탔다고 특별히 놀라거나 근심스러워질 필요는 없었다. 한데 화재 소식이 전해지자 두 사람은 똑같이 넋을 놓고 놀라버렸던 것이다. 한동안은 서로 말을 잃어버렸던 것이다. 한동안은 서로 말을 잃어버린 채 가슴만 마구 두근거리고 있었다.

어떤 불길한 예감 때문이었다. 소식을 접한 순간 두 사람의 마음속에선 똑같이 어떤 불길한 예감이 머리를 쳐들었던 것이다. 그것은 얼핏 한두 마디로 형용이 가능하거나 어째서 무턱대고 그런 느낌부터 먼저 드는지 이유를 설명할 수 있는 것은 아니었다. 어쩌면 그것은 은영네가 한때 오랫동안 그 집을 소유하고 있었던 인연으로 해서, 이젠 남의 손에서나마 아주 그 자취를 잃어버리게 된 데 대한 아쉬움 때문이었는지도 모른다. 물론 그럴 수도 있었다. 하지만 그따위 어쭙잖은 감상이나 아쉬움에서라고 하기엔 그것은 달콤한 것이 너무 적었고 그리고 너무 무겁고 불길하기만 한 예감이었다.

상민 쪽으로 말해서 그 예감이란 가령 이런 것이었다. 그는 소식을 접하자마자 웬일로 정숙부터 불쑥 머리에 떠올랐었다. 그리고 그 정숙은 훨훨 타오르는 별장집의 불길 속에서 검은 밤하늘을 향해 집과 함께 붉게 불타오르고 있었다. 정숙이 집을 나간 후 어찌하여 그녀가 별장 집을 다시 찾아가게 되었는지, 그리고 어찌하여 그녀가 그 불길 속으로 몸을 던져들게 되었는지는 상민으로서도 이해할 수가 없었다. 말하자면 밑도 끝도 없는 환각이었다. 그러나 그 환각은 상민이 나중까지도 혹시나 하고, 불길 속에 몸을 태워 죽은 한 여인의 시신의 이야기를 기다리고 있었을 만큼 역력스런 것이었다. 그리고 그 화재 사건으로 인한 상민의 예감은 그런 환각 속의 정숙과 관련하여 지극히 상서롭지가 못한 것이었다.

하지만 부인 쪽으로 말하면, 그런 상민의 환각에서보다도 충격이 더한층 심한 듯했다. 아니 부인은 처음부터 상민의 그것과 같은 환각 따위는 용납할 여지가 없었던 모양이었다. 금세 얼굴부터 새하얗게 질려버렸다. 그것은 정숙이 집을 나가버린 일 때문에 슬프고 낭패스런 표정을 짓던 때하고는 전혀 달랐다. 산사의 뒷골방에서 은영 모의 절망스런 모습 앞에, 울음을 짓씹고 있을 때하고도 또 달랐다. 승방의 여인에 대한 연민이나 정숙의 가출 사실 같은 것은 이 한 가지 소식으로 모두 순식간에 머릿속에서 사라져버린 것 같았다. 부인은 이제 오로지 초조하고 안타깝고 그리고 알 수 없는 불안에만 휘몰리고 있는 그런 얼굴이 되어 있었다. 그것은 환각 이상의 어떤 구체적인 사건을 마음속에서 몰래 경험하고 있는 그런 불안스런 얼굴이었다.

어쨌든 두 사람은 그렇게 그 별장집의 화재 소식을 각기 불길한 예감으로만 맞아들이고 있었던 것이다. 그러나 두 사람은 물론 서로 그런 자기의 예감을 선불리 입에다 올리려고 하지는 않았다. 그런 소리를 입에 올리기는커녕 될 수만 있으면 서로 상대방에게 자기 기분을 들키지 않으려고 애들을 쓰고 있었다. 특히 부인 쪽에선 터무니없는 무표정을 가장해 보이기까지 했다. 평소엔 무관스럽던 이야기들도 유별나게 말을 짧게 끊어버리곤 했다. 그러나 상민은 부인의 그런 기분을 못 알아볼 리가 없었다. 그는 조심스럽게 부인을 지키면서, 부인의 불안과 화재 사실을 한꺼번에 설명해줄 수 있는 또 다른 소식을 열심히 기다리기 시작했다. 그는 부인의 표정이나 자신의 예감으로 보아 틀림없이 그런 소식이 또 하나 전해져오리라고만 믿고 있었던 것이다. 그러면서 한편으로는 또 그 끔찍스런 정숙의 환상을 좇으면서 은근히 그녀의 소식을 기다려보기도 했다. 그것은 물론 어느 쪽이나 상민으로서는 무거운 두려움이 뒤따르는 기다림이었다.

한데 이날은 또 어떻게 하루 종일 별다른 소식이 없었다. T시 쪽에서도 그랬고 집을 나간 정숙에게서도 마찬가지였다. 할 일 없이 그럭저럭 하루해가 저물어버리고 있었다. 한데 그렇게 하루

해가 거의 다 저물고 난 다음이었다. 어둠을 의지할 데 없는 도회의 저녁 별들이 쑥스러운 눈짓으로 상민의 창문가에 깃들기 시작할 무렵이었다. 그때 드디어 한 가지 예기치 않은 일이 일어났다. 그것은 물론 상민이 하루 종일 목을 뽑고 기다리던 화재 사건의 다음번 소식 바로 그것은 아니었다. 집을 나간 정숙의 소식이 전해져온 것도 아니었다. 언젠가 그 T시 교외의 별장 집으로 휴가를 나왔다가, 밤을 새우며 상민과 술을 마셨던 은영의 오빠—은영네의 이사 행각이 시작되면서부터는 한 번도 부대를 나온 일이 없던 그 철훈이 느닷없이 대문을 들어섰던 것이다. 한데 그 철훈의 출현이야말로 상민에게는 그가 궁금해하고 있던 화재 사건의 소식보다도 훨씬 그럴듯한 사건이었다. 철훈의 출현이 하필 그런 날 그런 시각에서였기 때문일까? 상민은 그 철훈의 출현이 바로 그가 하루 종일 기다리던 부인의 불안과 화재 사건에 대한 진짜 해답으로만 생각되어버렸던 것이다. 게다가 철훈이 대문을 들어서는 것을 보고도 반가움보다는 근심과 두려움이 먼저 앞서버리는 부인의 태도나, 모든 것을 이미 다 알고 온 듯, 변할 대로 변해버린 집안 분위기에도 위로말은커녕 짜증 한마디 없는 철훈의 침묵이 상민으로 하여금 더욱 그런 느낌을 짙게 했다.

철훈은 대문을 들어설 때 벌써 지독한 취기에 몸이 절어 있었다. 아마 그것은 부인으로서는 도저히 용납을 할 수가 없는 일이었으리라. 한데도 철훈은 굳이 자신의 취기를 부인 앞에 숨기려 하질 않았다. 그는 대문을 들어서자, 이상스럽도록 치열한 침묵 속에서, 뜨겁고 독한 술냄새를 마구 뿜어대며 이윽히 부인을 쏘아보고만 있었다. 그리고 그렇게 부인을 쏘아보고 있는 철훈의 눈길 속에서도 술취한 남자에게서는 흔히 볼 수 없는 어떤 치열한 불길 같은 것이 크게 너울거리고 있었던 것이다.

부인은 물론 그런 철훈을 대하자 처음에는 넋을 놓아버릴 만큼 깜짝 놀랐다. 놀랐다기보다는 그 자리에 그냥 몸이 꼿꼿하게 굳어지며 질려버리는 것이었다. 그러다가 그녀는 한참 만에야 겨우 놀라움에서 벗어나 조금씩조금씩 침착을 되찾기 시작했다. 그러나 부인은 그렇게 겨우 정신을 되찾고 나서도 이번엔 더욱 깊은 두려움과 근심기가 어린 눈으로 철훈을 바라보기 시작하는 것이었다. 도대체 곁에 선 상민의 존재 같은 건 안중에도 없는 표정이었다.

그러나 상민은 이제 그것으로 모든 것을 짐작할 수 있었다. 왜냐하면 그는 그 모자의 괴상스런 침묵이야말로 두 사람만의 가장 확실한 대화 방법이었다는 것을 금세 깨달을 수가 있었으니까 말이다. 놀랍게도 두 사람은 그렇게 서로 침묵 속에서 눈길을 주고받는 것만으로 모든 이야기를 끝내버리려 하고 있었던 것이다. 그리고 상민 역시도 그 두 사람의 눈길 속에선 어렴풋이나마 어떤 대화를 엿들을 수가 있었던 것이다. 상민의 감각도 이제 그만큼은 은영네의 풍속과 분위기에 익숙해져 있었기 때문이었다. 그래서 그는 두 사람의 대화에는 전혀 귀찮은 간섭을 하려들지 않았다. 귀찮게 간섭을 하지 않아도 모든 것을 짐작할 수가 있었다.

그러나 상민으로서도 물론 이날 밤 뜻밖에 철훈을 만나, 그런 식으로 자신의 궁금증을 풀게 된 것을 후련스러워하고 있을 수만은 결코 없는 처지였다. 이젠 화재 소식 때문에 부인과 자기가 그토록 놀랐던 일이 그럴듯하게 증명되어진 것처럼 보이기는 했다. 그리고 또 두 사람이 하루 종일 똑같이 무겁고 불길한 예감에 쫓기고 있었던 일이 전혀 터무니없는 감상에서가 아니었다는 것도 어느 정도는 근거가 확실해진 셈이었다. 그러나 그러면 그럴수록 상민의 가슴속은 후련해지기는커녕 오히려 점점 더 안타깝고 참담스러워져가고만 있는 것이다.

36

상민이 은영네 집을 떠나기로 작정한 것은 철훈이 휴가를 다녀간 바로 그 직후의 일이었다. 아니 철훈이 휴가를 다녀가기 전부터도 이미 상민은 그런 생각이 자주 들고 있던 터이긴 했다.

—이젠 정말 나도 이 집을 나가야 할 때가 온 게로군.

이사를 할 때마다 방이 하나씩 줄어드는 것을 보고도 그런 생각을 했고 부인에게 새로운 근심거리가 생겼을 때나 그 근심거리의 핵심에 가선 이상하게 자주 외면을 하고 마는, 그래서 결국 부인에겐 아무런 힘도 보탤 수 없는 자신을 발견하게 될 때도 으레 그런 생각을 했다. 정숙이 불시에 집을 나가버렸을 때도 그랬다. 한데다 은영 때문에는 유독 더 자주 그런 생각을 하게 되었다. 왜냐하면 은영은 이제 머지않아 곧 기숙사를 나오게 되어 있었기 때문이었다. 상민은 듣지 않고도 그것을 너무나 잘 알고 있었다.

은영에겐 이제 졸업이 불쑥 가까워져 있었다. 겨울방학이 시작되면 그것으로 기숙사는 마지막이다. 한데 은영은 그 겨울방학까지도 기숙사를 지키려 하지 않을 게 틀림없었다. 이번 '숙모님'의 일로 그녀는 부인에게 너무 많은 비밀을 지니게 된 것이다. 물론 부인도 짐작은 하고 있을 비밀들이다. 하지만 은영은 그 비밀들 때문에 더욱더 부인 곁으로만 돌아오고 싶어 하게 되어 있었다. 부인 곁에서 그 부인을 안심시켜드려야 하는 것이다. 그러자면 기숙사를 나오는 수밖에 없었다. 그리고 은영이 기숙사를 나오면 상민은 곧 은영네를 하직해야 하는 것이다. 정숙이 나가고 없는 바람에 방이 모자랄 것은 없지만 그보다도 상민은 이제 더 이상 은영을 가가지 하고는 지낼 수가 없는 심경이 되어버린 것이다.

—정말로 이젠 내가 나가야 할 때가 온 거야. 아무래도 멀리만 기다리고 있을 수는 없어.

그래서 상민은 실상 철훈이 휴가를 나오기 전부터도 늘 그렇게 어떤 계기만을 기다리고 있었던 것이다. 한데 철훈이 다녀가고 나자 그 철훈이가 계기가 되어 갑자기 생각이 정해지고 만 것이다. 철훈이 남기고 간 암시 때문이었다.

"어머니는 안 돼요. 저런 식으로 가다간 어머니는 정말 끝없이 불행해지시기만 할 거란 말입니다. 이젠 저도 더 보고만 있을 수가 없어요. 제가 해야 할 일은……"

그날 밤 철훈은 잠시 부인의 방을 들렀다가 이내 상민에게로 건너왔었다. 그리고 그때부터 철훈은 상민과 밤을 새워가며 술에 취하기 시작했던 것이다. 한데 철훈은 그렇게 술을 겹쳐 취해 들어가면서도 끝끝내 정신을 놓아버리진 않고 있었던 것이다. 옛날 처럼 이야기가 길어지는 일도 없었고 어쩌다 한마디씩 하는 말도 꼭꼭 어떤 암시가 숨어 있는 소리뿐이었다.

"제가 해야 할 일은 무엇보다도 우선 어머니의 주변으로부터 그 음산스런 추억거리들을 소제해드리는 일이지요. 뭔 줄 아십니까? 요즘까지도 어머닐 저토록 괴롭히고 있는 것이 말입니다. 바로 그 시골집의 유령이에요. 어머니를 괴롭히고 있는 불행의 촉수들은 모두가 그 별장집의 축축한 그늘 속에서 뻗어 나오고 있거든요. 그러니까 어머니에게선 그 집부터 먼저 빼앗아버려야 해요. 추억조차도 지닐 수 없도록 말입니다. 그러자면 나중엔 그 집에서부터 묻어 나온 것, 거기서부터 시작된 어머니의 취미라든가, 인간관계…… 그런 것까지도 모두 주변에서 정리가 되어야겠지요. 전 그렇게 되기를 바라고 있어요."

철훈은 알 듯 모를 듯 그런 소리만 하다가 새벽녘이 되어서야 겨우 잠이 좀 들었었고, 이튿날 아침 그 잠이 깨어났을 때는 전번처럼 휴가도 보내지 않고 부대로 허겁지겁 되돌아가버렸던 것이다. 한데 그렇게 철훈이 몇 마디 남기고 간 말이 상민으로 하여금 별안간 집을 나갈 작정을 하게 한 것이다. 그것은 상민이 그 몇 마디의 말속에서 철훈의 뜻을 너무도 역력하게 읽어낼 수 있었기 때문이었다. 그리고 상민 자신도 그런 철훈의 뜻에는 뭔가 마음 속으로부터 깊은 동의를 구할 수 있었기 때문이었다.

그러나 상민은 작정이 섰다고 마음처럼 곧 집을 나가버릴 수는 물론 없었다. 어떤 식으로 결말이 나든 그것은 수덕사 쪽 일이라도 좀 마무리가 지어진 다음이라야 했다. 은영마저 아직 상경을 않고 있는 형편에서 별안간 집을 나선다고 하기는 여간 뭣한 데가 없지 않았다. 그쪽 일이 그러고 있는 한은 부인의 처지도 적지 않이 딱해 보였다. 이 며칠 동안은 상서롭지 못한 일들만 거푸 꼬리를 물고 있어서 앞뒤를 다 가려 생각할 수가 없을는지도 모르지만, 그렇다고 부인이 은영의 소식을 기다리는 것까지 잊고 있을 리는 없었다. 표정이 요란하지 않을 뿐 부인의 마음속은 여간 초조하고 안타깝지 않을 게 분명했다. 그런 부인을 혼자 남겨두고 느닷없이 집을 나가겠다고 할 수는 없었다.

그래서 상민은 마음을 정하고 나서도 며칠을 계속 미적거리고만 있었다. 그동안 산으로 다시 내려가 은영을 대신하거나, 아니면 소식이라도 좀 알아올까 했으나 그럴 수도 없었다. 상민이 내려가기 전에 은영으로부터 먼저 소식이 올라와버렸기 때문이었다. 다행스럽게도 '숙모님'의 병세는 김 박사의 치료에 하루하루 차도가 좋아지고 있다는 것이었다. 그리고 그곳 일은 좀 힘이 들기는 하지만 김 박사와 다른 비구니들의 도움을 얻어 혼자서도 잘해나가고 있으니 안심들을 하기 바란다고 거기다 은영은 병세가 이런 속도로만 좋아진다면 자신도 며칠 안엔 곧 상경을 할 수 있으리라는 것이었다. 그런 은영을 굳이 절까지 찾아내려갈 필요는 없었던 것이다. 상민은 계속 머뭇거리고만 있었다.

하지만 이제 상민이 분명히 은영네를 하직하기로 작정한 이상 언제까지나 그런 사정만 무한정 계속되어질 수는 물론 없었다. 결국 언제고 한번 그날은 상민을 찾아오게 마련이었다. 그리고 끝내는 그날이 다가오고 말았다. 병시중을 모두 끝낸 은영이 어느 날 드디어 집으로 돌아와버린 것이다. 그리고 그 은영은 과연 기숙사엔 돌아가지 않고 그날 밤부터 바로 부인 곁에 주저앉고 말았던 것이다. 모두가 상민의 예상대로였다. 이젠 더 이상 미적미적 망설이고 있을 필요가 없었다. 그는 은영이 돌아온 다음 날로 부인에게 곧 하직의 뜻을 밝혔다.

"갑자기 이런 말씀을 드려 언짢게 여기시지나 않을지 염려됩니다만…… 저도 이젠 어머님 곁을 떠나야 할까 봐요."

이상하게도 자꾸 어떤 배반감 같은 것이 앞서는 바람에 부인 앞에 그런 말을 드리기는 여간 힘이 드는 일이 아니었다. 그래서 상민은 우선 그렇게 간단한 한마디로 이야기의 핵심부터 선언하고 나서는,

"아무래도 더 이상은 쓸데없는 괴로움을 끼쳐드릴 수가 없는 것 같아서요……"

지극히 죄송스런 목소리로 변명을 덧붙여버렸다. 한데 상민의 말을 듣고 난 부인의 반응은 전혀 뜻밖이었다. 어찌 된 일인지 부인은 으레 오늘쯤은 상민으로부터 그런 말이 있으리라는 것을 짐작하고 있었던 듯, 말을 듣고 나서도 전혀 놀라거나 의아스러워하는 빛이 없었다. 마땅히 겪어야 할 일을 겪고 있는 듯한 차분한 표정뿐이었다. 언제나 조금은 기진맥진해 있었고 그래서 또 언제나 조금은 슬퍼 보이기도 했던 그 부인의 얼굴에는 알 듯 모를 듯 희미한 미소까지 흐르고 있었다. 당황한 것은 오히려 말을 꺼낸 상민 쪽이었다. 상민은 실상 그렇게 말을 시작하면서도 부인이

당장은 여간 놀라워하질 않거나 적어도 한두 마디쯤은 그를 만류해올 줄만 알았던 것이다. 그는 부인의 그런 만류까지도 미리 다 각오를 하고 있었고, 그래서 더욱 깊은 배반감을 삼켜야 하지 않았던가. 한데도 부인은 처음부터 모든 것을 짐작하고 있는 표정인 것이다. 게다가 그 부인은 이제 상민을 향해 한차례 지극히 긍정적인 고갯짓까지 보내주고 나서는, 조용히 눈을 감아버리는 것이었다. 상민은 당황하지 않을 수 없었다. 당황한 김에 묻지도 않은 변명들을 길게 늘어놓고 있었다.

"생각해보면 이제 와서 제가 이런 말씀을 드리는 것부터가 쑥스럽고 우스운 일이지만, 전 그동안 하는 일도 없이 어머님께 너무 괴로움을 끼쳐드리고 있었어요. 어머님께는 아무런 도움도 되어드리지 못하면서 말씀입니다. 그렇다고 제가 작년에 어머님을 찾아뵈러 온 것이 처음부터 무슨 도움 같은 것 드리기 위해서였다는 말씀은 결코 아닙니다. 오히려 그 반대였지요. 하지만 이렇게 한 2년 가까운 세월을 줄곧 어머님 곁에서 지내다 보니 저도 언제부턴가는 뭔가 좀 어머님을 위해서 해드려야 할 일이 있는 것만 같거든요. 한데 그게 마음처럼 그리 쉽지가 않은 일이었단 말씀입니다. 어머님껜 전 언제나 무용지물일 뿐이었어요. 아니 그냥 무용지물 정도가 아니라 때로는 지극히 거추장스럽고 때로는 지극히 건방지기까지 한 구경꾼의 존재였지요……"

상민은 터무니없이 말이 길어지려 하고 있었다. 말을 하면 할수록 이상하게 그는 자꾸 거짓말만 하고 있는 기분이 되어갔기 때문이었다. 끝끝내 철훈을 하직의 구실로는 삼을 수가 없었기 때문이었다. 사실 그가 지금까지 부인에게 말한 것들도 따지고 보면 어느 것 하나 거짓말일 수는 물론 없었다. 그것도 모두 상민으로서는 부인에 대한 솔직한 심경의 고백이었고 그가 부인을 하직하려는 이유의 커다란 부분임이 틀림없었다. 하지만 상민이 그처럼 갑자기 집을 나가려고 한 것은 그날 밤 철훈의 암시 속에 보다 큰 이유가 있었다고 하는 것이 더욱 솔직한 말이었다. 그리고 그날 밤 철훈의 암시는 눈길로만 주고받은 대문간의 대화로 부인 쪽에서도 이미 다 짐작을 하고 있을 사실들이었다. 한데도 상민은 그 철훈의 암시를 결코 하직의 구실로는 삼을 수가 없었던 것이다. 철훈의 암시야말로 그때 대문간에서 두 모자가 그랬던 것처럼 누구의 입으로도 직접 말이 되어져 나와서는 안 될 것이기 때문이었다. 한데 그러다 보니 상민은 아무리 말을 해도 자꾸 거짓말만 하고 있는 기분이 들고 만 것이다. 그럴수록 이야기가 자꾸 더 길어지려고 하는 것도 당연스런 일이었다.

그러나 상민은 그만 여기서부터는 더 이상 혼자서만 말을 계속할 수는 없었다. 가만히 눈을 감고 있던 부인이 무슨 생각을 했는지 갑자기 상민을 가로막고 나섰기 때문이었다.

"알고 있어요. 지 선생이 긴 말을 하지 않아도 난 언젠가는 지 선생이 곧 우리 곁을 떠나게 되리라고 짐작을 하고 있었으니까요."

부인은 이제 모든 사념을 가슴속에 삭여버리고 난 듯 정면으로 상민을 건너다보고 있었다. 조용조용한 목소리가 여간 편안스럽게 가라앉아 있지 않았다. 부인은 그런 목소리로 좀더 말을 계속했다.

"이유는 내게 있으니까요. 지 선생이 뭐라고 해도 지금 지 선생이 집을 나가고 싶어진 이유는 내 쪽에 있다는 말입니다. 물론 나는 그 이유가 어떤 것인지도 잘 알고 있어요. 어떻게 설명을 해야 할까요. 일전에 정숙이 년이 집을 나가버렸을 때…… 쉽게 말하면 난 그때부터 늘 이런 생각을 하고 있었지요. 이제 결국은 여기까지 오고 말았구나, 그렇다면 머지않아 지 선생도 여길 떠나게 될 테지…… 그런 식으로 말이에요. 난 정숙이 년이 집을 나간 걸 보고 지 선생도 언젠가는 곧 우리 곁을 떠나게 되리라는 걸 예감할 수 있었다는 말입니다. 아시겠어요? 그러니까 지 선생이 우리 곁을 떠나고 싶어진 건 내게 그 허물이 있는 거예요."

"어째서 그게 어머님 탓이랄 수 있습니까?"

상민이 비로소 송구스런 얼굴로 한마디 물었다. 예감대로 부인이 상민의 하직을 미리부터 점치고 있었던 것은 정말 놀라지 않을 수 없는 일이었다. 그러나 부인의 말에는 아직도 상민이 잘 알아들을 수 없는 데가 많았다. 정숙이 집을 나가는 것을 보고 어째서 자기마저 곧 그 정숙을 따라가게 되리라는 생각이 들었다는 것인가. 정숙이 어째서 집을 나갔다는 것인가. 그리고 부인은 어째서 그것을 자신의 허물 때문이라고만 하는가. 도대체 그 부인의 허물이란 무엇인가 상민은 그 모든 것이 하나도 확실하지가 않았던 것이다. 그러나 부인은 여전히 침착하게 말을 잇고 있었다.

"지 선생은 아직도 내 말을 잘못 알아들은 것 같구먼요. 그렇다면 내 좀더 분명한 설명을 해드리지요. 가령 이런 경울 생각해 보면 어때요. 작년에 지 선생이 날 찾아왔을 때를 말입니다. 그때

지 선생은 거의 아무런 주저감도 없이 민 선생의 소개 하나만 가지고 우리 집엘 들어설 수가 있었지요. 한데 그건 민 선생의 소개가 처음부터 그래도 무관한 것으로 보였기 때문이 아니었겠어요. 그리고 지 선생은 우리 집엘 온 다음에도 뭐 그리 별다른 스스럼을 느낄 필요는 없었으리라고 여기고 있는데 그건 또 왜 그럴 수 있었는지 아시겠어요. 이건 내가 지 선생께 특히 신경을 써주었다거나 하는 그런 뜻에서 하는 말이 아니니 오핼 하지 말아요. 왜냐하면 그게 바로 우리 집이었거든요. 지 선생이 그처럼 주저스럽지 않게 찾아와 얼마 동안이라도 스스럼을 느끼지 않고 머무를 수 있는…… 우리 집이 원래 그런 곳이었단 말입니다. 아시겠어요? 물론 그런 사람이 지 선생뿐만도 아니었지요. 그런 사람들이 얼마든지 많았어요. 옛날에는 수도 없이 많은 사람들이 마치 제 집을 찾아들 듯 아무 스스럼없이 찾아와서 한 달이고 두 달이고 원하는 대로 머물다 가곤 하던, 그런 곳이 우리 집이었으니까요. 한데 어느 때부턴가는 그런 우리 집에서 차츰 사람들이 줄기 시작했어요. 그만큼 우리 집이 쓸쓸해지기 시작한 거지요. 집이 쓸쓸해지면 쓸쓸해질수록 사람은 더욱더 줄어들어만 갔구요. 지 선생은 이를테면 그렇게 우리 집을 찾아온 맨 마지막 사람이었던 셈이지요. 그리고 지 선생은 지금 또 맨 마지막으로 우리 집을 떠나려 하고 있는 것이구요. 그럼 생각해보세요. 어째서 옛날에는 그처럼 수도 없이 찾아들던 사람들이 요즘은 새로 오는 사람도 없이 모두 다 떠나가버린 것입니까. 어째서 정숙이 년까지도 기어코 우리 곁을 떠나가버린 것입니까. 그들도 처음엔 모두 지 선생처럼 스스럼없이 우리 집을 찾아들었던 사람들이었어요. 우리 집이 이젠 더 이상 그들이 머물러 있을 수 없게 된 거예요. 마지막으로 남아 있던 지 선생에게까지도 말입니다. 앞뒤가 좀 다른 경우기는 하지만 정숙이 년이 집을 나가버린 것을 보고 난 그것을 다시 한 번 확인할 수 있었던 거예요."

흥분을 할 듯 할 듯하다가는 이내 다시 차분한 가락으로 내려앉아버리곤 하던 부인의 이야기는 여기까지 와서 문득 끝이 났다. 그러나 상민은 이제 다시는 아무것도 더 물으려 하질 않았다. 부인의 이야기엔 더 이상 이상스러울 것이 없었다. 그는 처음에 이야기를 꺼내려 했을 때보다도 더욱 송구스러운 심경이 되어 말을 잃고 있었다. 한동안 견디기 어려운 침묵이 두 사람 사이를 메우고 있었다. 그러자 갑자기 상민을 위로라도 해주려는 듯 부인이 다시 입을 열었다.

"하지만 그동안도 지 선생이 날 위해 늘 무얼 해주고 싶었다는 건 정말 고마운 일이군요. 나로서는 지 선생같이 맘에 맞는 친구를 곁에 두고 지낼 수 있었던 것만도 얼마나 다행스런 일이었는데 말이에요. 게다가 진짜 도움을 드렸어야 할 쪽은 우리 쪽인데 그러질 못했던 게 후회스럽기도 하구……"

화제가 바뀌어져가고 있었다. 부인은 그렇게 화제를 바꾸고 나서 잠시 상민을 바라보았다. 한데 이번에는 상민도 계속 입을 다물고 있을 수만은 없었다.

"어머님 쪽에서 후회 하실 게라니요. 조금이라도 힘이 되어드려야 했던 것은 역시 제 쪽이었지요."

상민은 방금 부인으로부터 그가 은영네에게로 온 후론 처음으로 그에 대한 심상찮은 소리를 듣고 있었던 것이다. 진짜 도움을 줬어야 할 건 부인 쪽이라는 말이 그것이었다. 부인에게서 그런 말을 듣기는 정말 이번이 처음이었다. 전에는 도대체 기색조차 나타내 보이지 않던 말이었다. 그는 은근히 놀라지 않을 수 없었다. 한데 상민의 치렛말 끝에 한번 더 다짐을 하고 나서는 부인의 말은 더욱더 상민을 놀라게 해버렸다.

"하지만 지 선생은 직업이 직업인 데다 눈이 워낙 깊은 분이니까 모든 걸 속속들이 다 알아내고 말았겠지요. 만족할 수는 없겠지만 지 선생이 만족할 수 없는 건 처음부터 우리 집에 기대만큼의 이야깃거리가 없었던 탓이었을 게구요."

부인은 지금 뜻밖에 상민의 정체에 관한 이야기를 하고 있었던 것이다. 여태까진 궁금해하는 얼굴 한번 보이지 않던 그의 정체를 부인은 벌써부터 속속들이 다 알고 있었다는 듯이 말이다. 상민이라는 인간을 원래부터 표를 박은 이야기꾼으로 여기고 있는 점도 그랬고 그가 부인을 찾아와 머물게 된 동기를 그쪽에 빗대어 말하고 있는 점도 그랬다. 그것은 다른 말이 아니었다. 바로 상민의 소설 이야기였다. 그의 소설을 도와야 했다는 말이었다. 놀라지 않을 수 없었다. 상민은 새삼스럽게 부인이 두려워지기까지 했다.

"그러고 보니 어머니께선 벌써부터 저를 송두리째 다 알고 계셨던 모양이군요."

변명을 하고 있기라도 하듯 그는 멋쩍은 한마디를 입술로 밀어

내고 나서는 다시 한동안 부인의 표정을 조심스럽게 살피고 있었다. 그는 이제 더 이상 부인 앞에서 자신을 숨길 수가 없다고 생각했던 것이다. 그러다가 상민이 끝내 궁금증을 누르지 못한 듯 다시 입을 열기 시작한 것은 그 부인의 표정에 아무런 힐난기도 서려 있지 않음을 확인하고 난 다음이었다.

"하지만 어머님께서는 도대체 언제부터 그런 걸 알고 계셨습니까? 처음 제가 어머님에게로 왔을 때 민 형한테서 그런 얘기가 있었습니까?"

한데 부인은 과연 상민을 힐난할 생각은 조금도 없는 모양이었다. 아니 그것은 처음부터도 그랬던 것이니까 다시 말할 나위도 없는 일이었다. 부인의 목소리는 여전히 부드럽기만 했다. 상민의 말에 부인은 먼저 고개부터 가로저었다.

"아니지요. 내가 지 선생이 글을 쓰는 사람이라는 걸 안 것은 그렇게 일찍부터가 아니었어요. 언젠가…… 아마 그게 작년 여름 언제쯤이었으리라고 기억됩니다만, 지 선생 글을 읽은 일이 있었지요. 한데 그게 바로 우리 집 이야기가 아닌가 싶어졌어요……"

"그런데 어머님께선 왜 그때 제게 그런 말씀을 하지 않으셨습니까. 제 글을 보셨노라고 말씀입니다."

"그야 지 선생도 내게 글을 쓰는 사람이라는 걸 말한 일은 없지 않아요."

"하지만 전 바로 어머님 이야기를 쓰고 있었거든요. 불쾌하거나 위태롭게 여겨지시지 않았습니까."

상민은 점점 노골적으로 부인의 기분을 비집고 들었다. 그러나 부인의 대답은 여전히 선선했다. 이젠 사뭇 장난스런 미소까지 지어 보이고 있었다.

"그건 지 선생을 믿었어야죠. 그만도 못 믿을 사람이었다면 처음부터 집엘 들이지도 않았겠지요. 말하자면 그건 언젠가도 말한 일이 있듯이 상대방의 진실을 서로 신뢰하고 있었던 때문이라고 할까요. 지 선생이 내게 오늘날까지 신분을 말하지 않고 지낼 수 있었던 것도 결국은 지 선생 자신이 자기 진실을 신뢰하고 또 나를 신뢰할 수 있었던 때문이 아니었겠어요. 말을 한다는 것은 오히려 서로의 신뢰감을 파괴하고 진실을 방해할 뿐이지요……"

"……"

"그렇다고 지금 내 말이 그때 우리 얘기를 쓰고 있는 지 선생을 고마워하고 있었다거나, 석씨네 가문의 앞뒤 내력이 세상에 드러나는 것을 자랑스럽게 여겼다는 말은 물론 아니에요. 지 선생은 어떻게 보고 있었는지 모르지만, 한 집안의 내력이란 원래가 밤을 흐르는 안개와 같은 것이 아니겠어요. 어떤 모양이 있는 듯도 하지만 너무 가까이서 붙잡으려 하면 형체도 없이 흩어져버리고, 더욱이나 밝은 세상이 되어 햇빛을 만나면 흔적마저 스러져버리고 마는 그런 밤안개 말입니다. 한데 지 선생은 그런 우리 집 얘기를 대낮 한가운데로 끌어내려 했거든요. 이렇게 말하면 예술하는 사람을 욕하는 소리가 될지 모르지만, 진짜 모습이랄 만한 것도 없는 일을 말입니다."

부인은 자신의 운명에 대해 무섭도록 정확한 말만 하고 있었다. 아니 그것은 부인 자신이나 석씨 가문의 운명에 대해서뿐만 아니라 상민에게까지도 무섭게 정곡을 찌르고 드는 말들이었다. 무엇보다도 부인이 한 집안의 내력이나 정신을 밤안개 같은 것이라고 한 것부터가 그랬다. 상민에게 있어서 은영네의 이야기는 정말 그 밤안개 같은 것이었다. 분명히 어떤 형태가 있는 것 같기는 한데 한 번도 그 정확한 모습을 본 일이 없는 것이다. 아니 그렇지는 않다. 보려고 했다면 볼 수는 있었을는지도 모른다. 하지만 그는 그렇게 하질 못했던 것이다. 천박스러울 만큼 집요한 호기심에 쫓기고 있다가도 막상 그 모습이 진짜로 드러나기 시작할 대목에 가서 늘 자기 쪽에서 먼저 외면을 해버리곤 했던 것이다. 두려웠기 때문이었다. 부인의 말처럼 그는 정말로 그것을 붙잡으려다가 자신의 예감마저 잃어버리고 말 것 같은 두려움이 늘 앞서고 있었기 때문이었다. 그러다가 그는 결국 제풀에 지쳐나서 자신을 잃어버리게 되었고, 끝내는 은영네를 하직하려 하고 있는 것이다. 모두가 그 밤안개처럼 느껴지고 있었기 때문이었다. 다가서면 흩어지고, 햇빛 아래서는 금세 모습이 스러져버리는 안개. 그 안개가 흩어져버리는 것을, 햇빛을 만나 영영 모습이 스러져버리는 것을 두려워하고 있었기 때문이었다.

"하지만 저라는 놈은 그러니까 더욱 위태로운 존재가 아니었겠습니까. 그럴수록 더욱 어머님께서는 저로부터 주위를 지키셔야 하지 않았느냔 말씀입니다. 왜 저를 말리려 하지 않으셨지요?"

상민은 이제 거의 투정이라고 하고 있는 기분이었다. 그러나 부인은 거기까지도 아직 그 부드럽고 침착한 목소리에 가락을 잃지 않고 있었다.

"그건 바로 지 선생이 아니더라도 누군가에 의해선 곧 그렇게 되도록 되어 있었으니까…… 어차피 우리가 숨어 숨 쉴 어둠이 영원해주길 바랄 수는 없는 노릇 아니겠어요. 햇빛이 어둠을 말려오기 시작한 거란 말이에요. 지 선생이 아니더라도 우린 그 햇빛을 맞을 수밖에 없게 되어 있었어요. 그런 걸 운명이라고 하지 않습니까."

너무도 온화하고 너무도 분명한 목소리였다. 부인은 그렇게 말을 끝내고 나서 이젠 이윽히 상민만을 바라보고 있었다. 그것은 차라리 어떤 오만에 가까운 표정이었다. 그러나 상민은 부인의 그런 오만이 전혀 밉질 않았다. 아니 그것은 처음부터 미울 수가 없는 것이었다. 오히려 그 오만이야말로 부인에게 있어선 무엇보다 소중하고 아름다운 것이어야 했다. 상민은 그것을 느끼고 있었다. 그리고 자신도 모르게 그 부인의 오만에 어떤 깊은 감동 같은 것을 느끼고 있었다.

상민이 은영네 집을 떠난 것은 부인과의 그런 긴 이야기가 있었던, 그리고 모처럼 깨닫게 된 부인의 아름다운 오만이 새삼 소중스러워졌던, 바로 그다음 날의 일이었다.

에필로그

민 형.

참으로 오랜만입니다. 이번엔 정말 오랜만이라고 하기도 쑥스러울 만큼 긴 세월이 흘러버렸군요. 그러니까 전 그때 은영 씨네에게서 집을 나온 이야기를 마지막으로 아주 민 형께는 소식을 끊고 말았었지요? 그게 벌써 10여 년 전 일이라니 도대체 믿을 수가 없을 지경이군요. 게다가 마지막 번 원고를 보낼 때는 민 형께 따로 글을 드리지도 못했었지요. 그때는 저도 이미 은영 씨네를 따라 민 형이 있는 이 서울로 와 있었으면서도 말입니다.

용서하십시오. 모두가 저의 게으름과 소심성 탓이었다고 생각하니 민 형의 책망이 두려워 변명조차 드릴 엄두가 나지 않아요.

하지만 솔직히 말씀드린다면 전 그동안도 늘 민 형의 소식만은 그렇게 멀리하고 있는 편이 아니었답니다. 민 형이 아직도 그 잡지사 일을 관계하고 계신다거나, 가끔은 제 소식이 궁금하여 주변 친구들에게 수소문을 하고 계시더라는 말을 자주 듣고 있었어요. 이를테면 전 지금까지 늘 민 형 근처에 있었으면서도 저 혼자서만 민 형을 만나고 있었던 셈이지요. 그것도 민 형과는 너무나 가까운 거리에서 말입니다.

한데도 전 민 형께 제 소식을 전해드리거나 직접 민 형 앞에 나타날 용기는 한 번도 가져볼 수가 없었던 것입니다. 민 형께 대한 어떤 무거운 부채감 때문이었지요. 민 형께서도 대략 짐작을 하고 계시리라 믿습니다만 이야기를 그런 식으로 끝내버린 데 대한 저의 부끄러움 말입니다. 전 조금이라도 홀가분한 마음으로 민 형을 만나고 싶었어요. 그래서 전 어떻게든 그 부끄러움을 씻게 될 날을 기다리면서 이토록 오랜 세월을 한결같이 망설이고만 있었던 것이에요. 그러다 10여 년이 지나가버렸지요.

좀더 솔직하게 말씀드리지요. 새삼스런 이야기가 될지 모르겠습니다만, 전 그때 소설을 그런 식으로 끝내고 나서 도대체 저 자신도 제 이야기엔 전혀 납득하고 있지 못했단 말씀입니다. 제 소설의 결말 부분을 다시 쓸 작정을 하게 되었어요. 아무래도 이야기가 다 끝난 것 같질 않았거든요. 제 머릿속엔 아직도 뭔가 꼭 해야 할 이야기가 남아 있는 것만 같았고 은영 씨네에 대해서도 끝끝내 어떤 석연치 않은 느낌이 가시질 않고 있었거든요. 하지만 전 그것이 도대체 무엇인지, 무엇 때문에 자꾸 그런 미지근한 느낌이 남아 있는 것인지 그 당장엔 썩 알아낼 재간이 없었지요. 언젠가는 정말 소설의 종말로서 스스로 납득할 수 있는 이야기를 다시 쓰게 되리라, 그러고 난 다음이라야 나는 얼마쯤이라도 부끄럽지 않은 얼굴로 민 형을 다시 만날 수가 있으리라— 막연히 그런 생각만 하고 있었지, 그렇다면 그 이야기는 정말 언제쯤 가서 어떻게 끝이 나야 한다는 것인지에 대해서는 전혀 확실한 예감을 지니고 있지 못했단 말씀입니다.

물론 쉽게 생각할 수 있는 이유가 몇 가지 있기는 했지요. 이를테면 제가 마지막으로 은영 씨네를 하직하고 나온 이야기를 갑자기 한두 줄로 짧게 줄여버린 것 같은 것은 소설의 형식이나 균형상으로 볼 때 너무 싱겁고 불친절한 짓이었어요. 뿐만 아니라 전 그 전날 하직의 뜻을 밝히면서도 너무 부인의 분위기에만 압도되어 제 이야기는 잘 꺼내보지도 못하고 말았었지요. 사실 전 지금도 그때 제가 부인을 떠나려고 한 행동에 대해서만은 훨씬 더 정직한 변명을 드려뒀어야 했다고 생각하고 있거든요. 제가 집을 나가려 하는 것은 부인의 말처럼 모든 이유가 전혀 부인 쪽에만 있는 것이 아니라, 제 쪽에도 충분히 그럴 만한 이유가 있는 것이라고, 그래서 전 부인 쪽과는 아무 상관도 없이 오직 저의 이유에 따라서만 그런 결심을 하게 되었노라고 말씀입니다. 가령 제가 그때 은영 씨 때문에도 더 이상 부인 곁에서는 머물러 있을 수가 없노라고 했더라면 저로 인한 부인의 상처는 훨씬 줄여드릴 수가 있지 않았겠습니까. 이제 전 은영을 정말 사랑하게 되어버릴 것 같다, 그러나 은영은 부인의 말처럼 그녀의 육신과 넋이 모두 함께 밤을 흐르는 안개와 같은 여인이다, 누군가 은영을 붙잡으려 하면 그녀는 마치 햇빛을 만난 밤안개처럼 가엾게 부숴져버리고 말 것이다. 그러면서도 은영은 지극히 오만스럽게 자기의 인생을 희열을 가지고 살아나가려 하고 있다. 저로서는 그 은영의 소중스런 오만을, 유리그릇처럼 조심스런 생의 방법을 꺾어버리고 싶지가 않다, 아니 특히 저라는 놈은 사랑이란 이름으로 은영을 꺾기에는 가장 적당치 못한 놈이다, 그러므로 전 이젠 그 은영을 위해서, 그리고 저 자신을 위해서 은영 씨 곁에서 사라져버리려 하는 것이다…… 그렇게만 말씀드렸더라면 아마 부인의 상처는 훨씬 더 가벼워질 수가 있지 않았겠느냐는 말씀입니다. 게다가 부인께 하직의 구실을 삼을 수 있었던 일로 말하면 그 은영 씨뿐만도 아니었어요. 그날 밤 철훈이 제게 암시를 주었던 일이 또 있지 않았습니까. 이제야 이야기지만 그날 밤 철훈이 제게 암시를 주고 싶어 했던 것은 그 T시 교외의 별장집 방화범이 다른 사람 아닌 바로 철훈 자신이었다는 사실이었어요. 부인의 머릿속에 그늘진 불행의 예감 같은 것을 철훈은 그런 식으로 깡그리 뿌리뽑아버리고 싶었던 거예요. 모든 불행의 촉수가 뻗어 나오는 근원을 철훈은 어두컴컴한 옛날 별장집으로 단정하고 있었던 것이지요. 그래서 그는 부인이 그 별장집을 추억거리로 삼는 것조차 싫어하게 되었고 심지어는 그곳에서 비롯한 모든 사건이나 인간관계에서마저 부인을 해방시켜드리고 싶어 했던 거지요. 그것은 부인을 위하고 가문을 위하는 철훈의 은영과는 다른 방법이었습니다. 그리고 전 그런 철훈의 생각과 방법에 일단은 동의를 보낼 수밖에 없는 처지였구요.

하지만 저는 물론 그 철훈 역시도 부인께 대한 하직의 구실을 삼을 수는 없었지요. 소설 속에서도 그랬어요. 왜냐하면 저는 철훈의 그런 생각과 행동을 절대로 범죄시하고 싶지 않았거든요. 만약 그때 제가 철훈의 방화 사실을 좀더 명백한 말로 단정하고 나섰더라면, 그것이 실마리가 되어 철훈은 아마 그 당장에 세상으로부터 형편없는 미치광이로 매도당하고 말았겠지요. 그것은 그때 그 별장집의 화재 원인이 끝끝내 밝혀지지 못하고 말았던 것만 생각해도 금세 상상할 수 있는 일이 아닙니까. 한데 저는 그처럼 간단히 철훈을 터무니없는 미치광이로는 만들 수가 없었단 말입니다. 한데다가 바로 제 자신이 그 비극의 불씨가 된다는 것은 상상할 수도 없는 일이었지요. 그래서 저는 그때 그 방화 사건과 관련된 철훈의 행동을 몇 번씩 되풀이되는 암시만으로 그냥 지나가버리지 않았겠습니까. 그나마도 소설 속에서만 말입니다. 부인 앞에선 물론 그런 암시조차 감히 엄두를 낼 수 없었지요.

이야기가 너무 옆으로 흐른 것 같군요. 다시 저의 소설로 이야기를 돌아가겠습니다. 그러니까 지금까지의 이야기는 결국 그처럼 제가 두고두고 소설을 다 끝내지 못한 듯한 느낌이 이야기를 너무 갑자기 끝내버린 형식상의 허물이나, 부인께 드리고 싶은 변명들을 열심히 드려놓지 못한 아쉬움 때문에서만은 아니었다는 것이에요. 그리고 그따위 변명이나 저의 심중 같은 것은 말씀을 드리나 마나 부인께서도 이미 다 짐작을 하고 계셨을 일들이 아닙니까. 철훈이 그런 짓을 저지른 사실은 부인으로서도 그 대문간의 첫 대면에서 벌써 확인이 되었을 게고, 제가 집을 나가려는 것도 그 철훈에게서 밤새 어떤 암시를 받은 때문이리라는 것쯤 부인께서 모르고 계셨을 리가 없어요. 제가 은영 씨를 좋아하고 있다는 점에 대해서도 물론 마찬가지였지요. 심지어 전 그 2년 동안 부인 곁에 와 지내고 있었던 것이 순전히 저의 소설 때문만은 아니었다는, 소설보다는 오히려 부인과 그 부인이 지니고 있는 은영 씨네의 어떤 분위기 때문이었다는 사실조차 끝내 해명을 해드리지 못하고 말지 않았겠습니까. 하지만 그런 것도 모두 부인께서 이해를 하고 계셨을 거란 말씀입니다. 오히려 부인께선 그토록 모든 것을 너무 잘 알고 계셨기 때문에 저에게는 그런 이야기들을 모두 생략해버리도록 만드셨던 거지요.

말이 또 되풀이되는 것 같습니다만, 그러니까 결국 제 말씀은 그처럼 자꾸 소설을 다 끝내지 못한 것 같은 기분이 결코 부인께 이야기를 모두 말씀드리지 못한 아쉬움 때문에서만은 아니었다는 것입니다. 보다 중요한 이유가 있었어요. 그 이유란 굳이 따질 필요는 없는 것이었지요. 한마디로 저의 소설은 도대체 그런 식으로 끝이 날 수가 없었으니까요. 소설이 아직 덜 씌어졌던 거란 말씀입니다. 어느 정도였느냐 하면 전 그때 민 형이 제 소설의 말미에다 '끝' 자를 넣어주지 않았던 일이라든가, '편집 후기' 같은 곳에다 연재가 끝났노라는 광고를 하지 않고 지나가버린 일들에까지도 혹시 민 형께서 그런 저의 기분을 너무 잘 알아서 다음에라도 한번 제게 다시 어떤 기회를 주려는 의도에서가 아닌가 하는 엉뚱스런 상상을 하고 있었을 지경이니까요.

민 형께 대한 저의 그런 상상이 옳았는지 글렀는지는 아직도 확인할 길이 없습니다만, 그래서 저는 그때 결국 언젠가는 그 이야기의 끝을 다시 써야 한다고 생각하게 되지 않았겠습니까. 그리고 그때부터 저는 정말로 그 소설의 마무리를 다시 생각하기 시작했던 것입니다.

물론 민 형을 만나 뵙는 것은 저에게서 그런 일이 모두 끝나고 난 다음으로 미뤄질 수밖에 없었지요. 그땐 저도 물론 민 형을 다시 만나 뵙게 될 일이 이토록 오래리라고는 상상조차 해보지 않은 채 말입니다. 한데 그게 생각처럼 그렇게 쉬운 일이 아니지 않겠습니까. 뭔가 머리에 떠오를 듯 떠오를 듯하기는 하면서도 막상 이야기의 실마리가 붙잡힌 일은 한 번도 없었어요. 그 후론 도대체 은영 씨네가 어떻게 지내고 있는지조차도 영 소식을 알 수가 없었구요. 왜냐하면 전 한번 은영 씨네를 나오고 난 다음에는 좀처럼 다시 부인을 찾아가지지가 않았거든요. 별로 그래야 할 이유도 없는데, 어떻게 자꾸 그래지더군요. 그러니 저의 생각은 더욱 계기를 얻기가 힘들었지요. 공연히 조바심만 늘어가고, 민 형께도 점점 더 나타나기가 힘들게 되어갔지요. 그러다가 어떤 때는 거의 자포자기가 되다시피 하여 이젠 소설이고 뭐고 다 잊어버리고, 살아갈 궁리나 차려볼까 싶어지기도 했고 말입니다. 사실대로 말씀드린다면 이 몇 년 동안은 거개가 그런 식이었어요. 어떻게 소설을 다시 생각해보기는커녕, 민 형께 대한 죄송스러움마저 차츰 잊혀져가는 형편이었거든요.

저의 소설은 결국 그런 식으로 끝장이 나버릴 판이었어요. 그리고 소설이 그렇게 되고 보면 제가 민 형을 만나게 될 일도 지금보다는 훨씬 더 먼 훗날을 기약할 수밖에 없는 처지가 되지 않았겠습니까. 한데 사람의 일이란 역시 시작과 끝이 그렇게 간단치만은 않은 게 사실인 모양이에요.

뜻밖에 예기치 않던 일이 한 가지 생기더군요. 바로 요 며칠 전 일이었지요. 어떤 일인고 하니 전 그날 참으로 오랜만에 시내 나들이를 나갔다가, 전부터 아는 제 동향 친구의 개인전 소식을 듣고는 그 친구의 전시회장엘 간 일이 있지 않겠습니까. 한데 우연스럽게도 거기서 은영 씨를 만났어요. 정말로 뜻밖의 일이었지요. 그동안 늘 형편이 궁금하면서도 소식을 들을 길이 깜깜 막혀 있다 보니까 더욱 반갑기 이를 데 없었어요. 은영 씨네와 그처럼 오래 소식이 막히게 된 것도 따지고 보면 전혀 제 고의는 아니었거든요. 처음 한동안 제가 좀 게으름을 피우기는 했었지요. 언제고 한번 부인을 찾아가 문안 겸 지내시는 형편을 여쭤봐야 할 텐데…… 한 달이면 몇 번씩이나 그런 생각을 되풀이하면서도, 정작 부인을 찾아본 일은 단 한 번도 없는 저였으니까 말입니다. 하지만 그러다가 제가 정말 부인을 찾아뵈려고 날을 잡아 나섰을 때는 은영 씨네 쪽에서 먼저 집을 다른 데로 옮겨버린 다음이었거든요. 그리고 그 후론 아무리 수소문을 해봐도 부인의 소식을 들을 길이 영 깜깜해져버렸단 말입니다. 그러다가 뜻밖에 은영 씰 만났으니 반가움이 어떠했겠어요.

그런데 저에게 있어선 그날의 일이 지금 말씀드린 것처럼 그저 그런 단순한 반가움만이 아니었던 거예요. 뭐라고 할까요. 한마디로 그날의 일은 저에게 있어 어떤 충격에 가까운 것이었어요. 은영 씨를 만나자 저는 어떤 충격으로 인해 기억상실증에 걸린 사람이 또 하나의 다른 충격으로 불현듯 잊어버렸던 일들을 기억해내듯, 한꺼번에 모든 생각들이 되살아나기 시작했거든요. 부인의 일들이 생각났고, 저의 소설이 생각났고, 그리고 민 형께 대한 저의 오랜 빚더미가 머리를 쳐들며 다시 저를 괴롭혀오기 시작했고…… 하지만 그날의 반가움을 제가 지금 충격적이었다고 말한 것은 반드시 또 그런 이유에서만도 아닙니다. 왜냐하면 전 그날 다짜고짜 저를 끌어대는 은영 씨를 집으로 따라갔다가 부인과 그 은영 씨가 지내고 있는 모습을 보고는 더욱더 놀라고 말았거든요.

오늘 갑자기 민 형께 이런 글을 드리게 된 것도 사실은 그때의 충격 때문이라고 할 수 있어요. 너무 놀라웠어요. 전 그때 제가 그토록 기다리기만 하다가 끝내는 단념까지 하고 말아야 했던 제 소설의 결말을, 그 결말로 주어야 할 해답을 제 눈으로 직접 보고 있는 것 같았어요. 10여 년이 지난 뒤의 부인과 그 모녀의 모습이 그런 것이었단 말씀입니다. 그래서 전 문득 결심을 하게 되었어요.

민 형, 이제 비로소 제가 지금까지 민 형께 소식을 드리지 못하고 있었던 이유를 모두 알게 되셨겠지요. 그리고 오늘 제가 이처럼 갑작스레 글을 올리게 된 사연도 대략은 짐작이 가시겠지요. 다름 아니라 전 이제 겨우 저의 소설에 진짜 마무리를 지을 수가 있게 된 것입니다. 제가 그날 은영 씨네에서 받은 충격의 내용은 제 소설의 마무리를 대신하기에는 더 적합할 수가 없는 것처럼 생각되고 있거든요.

그날 이야기를 마저 끝내도록 하지요. 그래서 만약 민 형께서 용서하실 수가 있다면 감히 이 글을 제 소설의 진짜 마무리로(후기 형식이면 되지 않을까요) 삼아주시라고 부탁드리겠어요. 사실은 그래서 오늘 글이 이처럼 길어지고 있는지도 모르겠군요. 하지만 이젠 이야기가 뭐 특별히 달라지거나 새로워질 것은 없어요. 민 형께서도 그간 부인과는 소식이 막혀 있었다니(부인께서 퍽 궁금한 얼굴로 그런 말씀을 하시더군요) 모르고 계시겠지만, 제가 그곳엘 가서 보고 느낀 것은 오히려 모든 것이 옛날과 너무도 달라지지 않고 있었다는 것이니까요.

그리고 그날 제가 새삼스럽게 충격을 받은 것도 바로 그 너무나 달라지지 않은 부인의 주변에 대한 놀라움이었어요. 무엇보다 먼저 말씀드리고 싶은 것은 은영 씨가 아직도 결혼을 하지 않고 있었다는 사실입니다. 그녀는 이제 완전히 혼기를 지낸 노처녀였어요.

아니 처녀라기보다 오히려 중년의 여인에 가까웠지요. 한데도 혼인 같은 건 이제 아주 단념을 해버린 듯 전혀 허전한 구석이 없더군요. 그러면서 옛날처럼 그 도자기 제작에만 꼬박 몰두해버리고 있어요. 언젠가 제가 자기의 예술 속에서 자기의 방법으로 생의 희열을 찾아 얻으리라고, 어떤 의미로는 지극히 오만스럽기까지 한 그녀의 집념을 결혼 따위로 쉽게 양보하려 하거나(그래서 전 은영 씨가 그렇게 되어서는 안 된다고 스스로 그녀를 단념해버리지 않았습니까) 타협해버리지는 않을 거라고 말씀드렸던 바로 그대로 말입니다. 그처럼 은영 씨는 조금도 달라지질 않고 있었어요. 하지만 옛날과 달라지지 않고 있는 것은 물론 그 은영 씨뿐만이 아니었지요. 부인 말씀입니다. 부인은 그 모습이나 분위기가 더한층 옛날 그대로였어요. 투명하도록 해맑은 얼굴엔 옛날의 그 근심스런 체념기 같은 것이 조금도 더하거나 덜해지질 않고 소녀처럼 고운 피부도 전혀 늙어가는 흔적이 없었어요. 조용조용한 거동이나 분위기까지 모두 옛날 그대로였어요. 다만 부인에게서 조금 달라진 것처럼 생각되는 일이 있었다면 그것은, 부인께서 전보다도 더욱 부엌일 같은 것을 즐겨 다루고 계신 정도(정숙 이후론 다른 사람을 들인 일이 없다는군요)라고 할까요. 하기야 굳이 그런 식으로 말한다면, 수덕사에서 한평생을 묻혀 지내시던 은영의 '숙모님'이 그간 세상을 떠나버리신 일이나, 군 복무를 끝내고 나온 철훈이 이젠 결혼을 하여 은영에 앞서 부인 곁을 떠나버린 것 같은 일도 어떤 뜻으로는 부인의 주변이 조금 달라진 것이라 할 수 있겠지요. 그리고 부인께선 그동안 생각난 것만 해도 무려 스무 번 이상이나 집을 옮겨 다니고 계셨다는데(그렇게 끝없이 이사를 다니시다가 요즘은 두 칸짜리 셋집으로 남의 집을 얻어들고 계셨는데) 그것도 옛날과 달라졌다면 달라진 점이 되겠구요. 하지만 부인에게서 달라진 거라곤 모두 그런 것뿐이었어요. 그 밖에는 한결같이 옛날 그대로였습니다. 그리고 그 부인이나 은영 씨가 그렇게 아무것도 변하지 않고 있다는 사실이 바로 저를 그토록 놀라게 했던 것입니다.

왜 그랬을까요. 당연한 얘기지요. 은영 씨가 아직 결혼을 하지 않고 있다는 것은 도대체 무슨 말이겠습니까. 그리고 부인이 그때 벌써 거의 모든 것을 체념해버린 듯 보였으면서도 아직까지 아무것도 달라질 수 없었다는 것은 또 무엇을 말하는 것이겠습니까. 저는 그 여인들에게서 아무리 발버둥을 쳐도 끝내는 스스로 용납할 수 있는 타협의 손길이 발견될 수는 없었던 한 사랑스런 인간들의 순수한 숙명을 보았던 것입니다.

그리고 그러한 자신들의 숙명의 숨결을 깊은 체념 속에서 조용히 응시해 보고 있는 체념이 깊기 때문에 더욱 침착하고 끈질기게 그것을 견디어가고 있는 그 여인의 아름다운 오만을 보게 되었던 것입니다. 하기야 저는 옛날에도 벌써 부인이나 은영 씨가 모든 것을 오직 스스로의 정신만으로 감내해나가려 하고 있음을 알고 있었고, 또 그럴 수 있으리라 생각되었기 때문에 두려움을 가지고 두 사람에게 그 오만을 되돌려주고 만 일이 있었지요. 제가 그때 은영 씨를 단념해야 했던 것은 따지고 보면 바로 그 오만에 대한 두려움 때문이 아니었습니까. 물론 제가 은영 씨를 단념한 데는 앞서도 말한 것처럼 또 하나 다른 두려움이 있었던 것도 사실이지요. 절대로 은영 씨의 방법을 꺾어서는 안 된다든가, 은영 씨를 붙잡으려는 저의 행동은 오히려 그 은영 씨의 모든 것을 밤안개처럼 스러지고 말게 하리라는 두려움 말입니다. 부인께서 그런 비유를 말씀하셨지요. 전 지금도 그 말씀엔 동의를 하고 있어요. 은영 씨를 단념하게 된 이유의 하나가 그 근처에 있었으리라는 것까지도 말입니다. 하지만 그것도 어차피 마찬가지 얘기가 아니겠습니까.

제가 은영 씨를 단념한 것은 필경 그것을 꺾을 수는 없다는, 그리고 꺾어서도 안 된다는 그 오만에 대한 두려움 때문이었어요.

한데 지금 와서 그 오만이 전혀 달라지지 않고 있는 것을 다시 본다는 것은 정말로 놀랍고 감동스런 일이 아니겠습니까. 참으로 그 오만, 그 인내야말로 아무도 흉내낼 수 없고 아무도 빼앗을 수 없는 진짜 그 여인들만의 소중스런 몫이었지요.

정신없이 지껄이다 보니 그만 이야기가 너무 장황해진 것 같군요. 그러나 조금만 더 쓰게 해주십시오. 저도 이젠 더 이상 길게 드릴 말씀은 없어요. 드리고 싶은 말씀은 이제 이걸로 대강은 다 적은 셈이 되니까요.

하지만 이 글을 끝내기 전에 다시 한 번 상기시켜드리고 싶은 일이 있군요. 그 여인들의 오만과 인내 말입니다. 그리고 그 오만과 인내의 의미 말입니다. 되풀이 말씀드리지만 그 오만과 인내야말로 그 여인들이 이 세상에서 그들의 몫으로 들고 간 가장 소중스런 인생의 잔이었지요. 그러나 그것은 그들의 잔인 동시에 또한 바로 우리들의 잔이기도 하다는 것입니다.

그리고 우리는 이제 그들이 그처럼 뜨거운 눈물로 비우고 간 잔에 새로 우리들의 몫을 채워 넣어야 하지 않겠느냐는 것입니다. 그래서 우리도 또한 결코 비워져 있어서는 안 될 그 우리들의 잔을 들어야겠다는 것입니다.

글이 끝나기 전에 제가 한 번 더 다짐을 드리고 싶었던 것은 바로 이 말이었어요. 물론 그 모두를 민 형을 향해서라기보다는 제 자신에 대한 어떤 새로운 다짐으로 말씀입니다. 그것만 확실해진다면 이제 제 이야기는 정말 끝이 나도 좋은 거예요. 참, 그러고 보니 아직 또 알려드리고 싶은 게 한 가지 남아 있군요. 그동안 전 생각지도 않게 일찍 총각을 면하게 되었거든요. 벌써 아이들까지 몇 얻고 있어요. 이번에도 민 형은 소식을 알리지 않았다고 핀잔이시겠지만 실은 약혼이나 혼인식 같은 번거로운 절차가 모두 생략되어버린 바람에 누구에게 알리고 말고 할 계제도 아니었어요.

한데 제가 꼭 이 소식을 알려드리고 싶은 건 다름이 아닙니다. 제 집사람 때문이에요. 민 형께선 그때 제 신부가 되어준 여인이 누구였는지 짐작을 좀 하시겠습니까. 제가 말하지요.

기억을 하고 계신지 모르겠습니다만 제 집사람이 바로 그 정숙이란 여자랍니다.

부인을 하직하고 나온 후에 우연찮은 방법으로 그녀를 다시 만나게 되었지요. 그리고 우리는 으레 그럴 작정이나 하고 있었던 것처럼 만나자마자 곧 살림을 시작하고 말았던 거예요. 알고 보니 정숙이 그때 슬그머니 부인 곁을 떠나버린 것은 끝끝내 그녀가 은영 씨네 식구로는 될 자신이 없었기 때문이었다는군요. 아무리 부인의 이해와 애정이 깊어도 그 어머니의 진짜 딸이 될 수는 없었고, 아무리 집안 풍습을 익히고 나도 진짜로 그것에 마음이 편안해져버릴 수는 없다는 것을 깨닫게 되었다는 거예요. 이를테면 그것은 제가 은영 씨를 사랑(이런 말이 용서될 수 있을는지 모르겠군요)하면서도 끝내 그녀를 단념할 수밖에 없었던, 그리고 그녀에게서 스스로 멀리 도망질을 쳐버려야 했던 것과도 비슷한 데가 있는 이야기였지요. 그래서 우리는 다시 우리끼리 만나게 되었다고나 할까요. 그런 정숙에 비하면 부인과 은영 씨는 얼마나 부러운 모녀가 되어 있는 것이었겠습니까.

하지만 이런 이야기는 민 형을 만날 기회를 따로 기다리기로 하고 오늘은 우선 여기서 그치도록 하지요. 아마 이번엔 머지않아 곧 민 형을 만나뵐 수 있을 것만 같군요. 그렇게 되어야겠지요. 그럼, 남은 이야기들은 다시 그때로 미루면서.

붓을 놓으려다 보니 마침 창문 밖에서 소담스런 눈송이가 쏟아지고 있군요. 또 한 해가 저무는가 봅니다. 하지만 눈이란 늘 사람들을 그리워지게 해서 좋지요?

뵙게 될 때까지 안녕히 계십시오.

1970년 세모에

지상민 올림

자료

텍스트의 변모와 상호 관계

이윤옥
(문학평론가)

『신흥 귀족 이야기』

| **발표** | 『여성동아』 1970년 1월~1971년 2월.

| **최초의 단행본 수록** | 『신흥 귀족 이야기』, 문학과지성사, 2016.

『신흥 귀족 이야기』의 원제(原題)는 『이제 우리들의 잔(盞)을』이다. 『이제 우리들의 잔을』은 『여성동아』에 1970년 1월부터 1971년 2월까지 총 14회 연재된 잡지 연재소설이다. 문제는, 원제가 『원무(圓舞)』인 다른 소설이 『이제 우리들의 잔을』로 개제됐다는 사실이다. 『원무』는 『조선일보』에 1969년 11월 15일부터 1970년 8월 14일까지 총 230회 연재된 신문 연재소설이다. 시기가 대부분 겹치는 두 소설의 연재가 끝난 후, 이청준은 『원무』를 『이제 우리들의 잔을』로 개제해 단행본으로 출간했다. 본래 『이제 우리들의 잔을』이었던 소설은 이름을 잃었고 단행본으로 출간되지도 않았다. 두 소설이 완성도에서 특별히 우열을 가리기 어렵고, 주제와 소재에서도 중복되는 부분이 없다는 점에서, 작가가 비슷

한 시기에 쓴 장편소설 중 하나만 선택한 이유를 알기 어렵다. 단지 『원무』가 『이제 우리들의 잔을』로 출간될 때 덧붙여진 「작가의 말」을 참고하면, 이 제목이 『원무』의 "내용에 보다 잘 부합"된다.

『이제 우리들의 잔을』은 잡지 연재가 끝난 지 35년여 시간이 흐른 뒤, 이번에 새 이름 『신흥 귀족 이야기』로 출간된다. '신흥 귀족 이야기'는 이청준이 남긴 초고 제목인데, 소설 본문에 '신흥 귀족'이 무엇을 말하는지 짐작할 수 있는 실마리가 있다. 주인공 지상민이 제목을 밝히지 않은 채 내용만 요약하는 『부덴브로크 가의 사람들』(토마스 만)과 그의 아내가 되는 정숙이 읽는 책 『사양』(다자이 오사무)이 바로 '몰락하는 신흥 귀족'에 대한 이야기다.

『신흥 귀족 이야기』에는 적어도 세 작품, 「꽃과 뱀」「바람의 잠자리」「불의 여자」가 온전히 들어 있다. 그 밖에 묘사나 인물관계, 이름과 직업 등에서 이 소설과 겹치는 작품들이 매우 많다. 『젊은 날의 이별』「행복원의 예수」「귀향 연습」「치자꽃 향기」「금지곡 시대」 등.